STILLE DONAU

Hilde Artmeier, geb. 1964 in Oberbayern, arbeitete lange in der Industrie als Biologin, Fremdsprachenkorrespondentin und Übersetzerin und lebt heute als freie Schriftstellerin in Regensburg und Karlsruhe. Bisher erschienen zahlreiche Kriminalromane und Thriller aus ihrer Feder, zuletzt »Donauherz« (Emons, 2018) und »Gleißender Tod« (Knaur, 2019), der erste gemeinsam mit ihrem Ehemann, Bestsellerautor Wolfgang Burger, verfasste Action-Thriller.
www.burger-artmeier.com

HILDE ARTMEIER

STILLE DONAU

Kriminalroman

emons:

Lust auf mehr? Laden Sie sich die »LChoice«-App
runter, scannen Sie den QR-Code und bestellen Sie
weitere Bücher direkt in Ihrer Buchhandlung.

Bibliografische Information der Deutschen Nationalbibliothek
Die Deutsche Nationalbibliothek verzeichnet diese Publikation
in der Deutschen Nationalbibliografie; detaillierte bibliografische
Daten sind im Internet über http://dnb.d-nb.de abrufbar.

© Emons Verlag GmbH
Alle Rechte vorbehalten
Umschlagmotiv: Val Thoermer/stock.adobe.com
Umschlaggestaltung: Nina Schäfer, nach einem Konzept
von Leonardo Magrelli und Nina Schäfer
Umsetzung: Tobias Doetsch
Gestaltung Innenteil: César Satz & Grafik GmbH, Köln
Lektorat: Susann Säuberlich, Neubiberg
Druck und Bindung: CPI – Clausen & Bosse, Leck
Printed in Germany 2020
ISBN 978-3-7408-0763-4
Originalausgabe

Unser Newsletter informiert Sie
regelmäßig über Neues von emons:
Kostenlos bestellen unter
www.emons-verlag.de

Für Hans-Peter, Brigitte und Sonja

1

Alles begann mit Benedettas Leidenschaft für Regensburgs Gotteshäuser. Im Alten Rathaus war die junge Römerin schon gewesen, bei der jahrtausendealten Porta Praetoria und auf der Steinernen Brücke sowieso. Und nun also die Kirchen.

»Vor einer halben Stunde hätte sie mich ablösen sollen, vor einer halben Stunde!«, rief Mona mir empört ins Ohr. »Diese Kuh, ständig treibt sie sich nur herum, also echt, ich hab so was von die Nase voll!«

Die stellvertretende Geschäftsführerin meiner Boutique hatte mich angerufen und sich mit jedem Wort noch mehr in Rage geredet. Ich hatte bisher keine Möglichkeit gefunden, ihrem Redeschwall Einhalt zu gebieten. Nun schnaubte sie wie die Dampflok des Fränkischen Museums-Eisenbahnvereins, und ich nutzte die Gelegenheit.

»Mona, ich bin gerade mitten in einem geschäftlichen Termin, ich kann jetzt nicht …«

»Ich bringe sie um«, unterbrach sie mich wütend. »Ehrlich, Anna, dieses Mal bringe ich sie um.«

Sie hatte so laut gesprochen, dass das betagte Paar mir gegenüber, immerhin meine neuen Auftraggeber, vermutlich jedes Wort aus meinem Mobiltelefon verstanden hatte. Ich lächelte den beiden beruhigend zu. Ihre alarmierten Blicke waren mir nicht entgangen.

»Dabei sollte ich längst im Amtsgericht sein.« Mona verlegte sich nun aufs Jammern, wurde dabei aber keine Spur leiser. »Du weißt doch, ich muss zum Anwalt. Was mache ich jetzt bloß?«

»*Non c'è problema*«, entgegnete ich in meiner ersten Muttersprache und strahlte das trotz ihres Alters rüstige Architektenpaar mit unverändert gelöster Miene an. »Kein Problem, wir besprechen das gleich persönlich. In einer Viertelstunde?«

»Du bist die Beste.« Ein Stoßseufzer. »Die nächsten hundert Jahre kannst du mich als Babysitter einplanen, Anna-Schätzchen«, fügte Mona hinzu, jetzt wieder in ihrem üblichen frechfröhlichen Tonfall. »Bis gleich im Laden, okay?«

Betont entspannt steckte ich das Smartphone in meine Handtasche aus regenbogenbuntem Patchwork, entschuldigte mich für die Störung und warf einen Blick auf das vor mir liegende Notizbuch. Alles Wesentliche hatte ich notiert, auch das Honorar für den neuen Auftrag war geklärt. Es war, man konnte es nicht anders nennen, geradezu fürstlich.

»Gut, dann bräuchte ich nur noch die Fotos der drei Gemälde, die ich für Sie ausfindig machen soll.« Ich schlug ein Bein übers andere. »Bis Mitte, spätestens Ende nächster Woche sollte die Angelegenheit erledigt sein.«

Und ich unterwegs in die Toskana, um dort gemeinsam mit meinem Lebensgefährten Maximilian und meinem Sohn Vincenzo unseren alljährlichen Sommerurlaub bei meinen Verwandten zu verbringen. Diese zusätzliche Motivation, den neuen Auftrag so bald schon abzuschließen, würde ich meinen Klienten jedoch selbstverständlich nicht auf die Nase binden.

»Das klingt ja vielversprechend«, sagte Julius Kalterer mit seiner sonoren Altmännerstimme. »So können wir also doch noch unbesorgt an die Nordsee fahren, wie wunderbar. Sylt ist die beste Gegend zum Entschleunigen, wie man heutzutage so schön sagt.«

Er legte seiner Frau, die neben ihm saß, die Rechte auf ihre im Schoß flatternden Hände. Dann ergriff er seine Pfeife, die im Aschenbecher auf dem Schellacktischchen zwischen uns lag, ließ das goldene Feuerzeug ein paarmal klicken, nahm einen tiefen Zug und blies einen Rauchkringel in die klimatisierte Luft.

»Die Fotos kriegen Sie per Mail, gleich im Anschluss.« Er sah dem nach Bergamotte duftenden, kreisförmigen Gebilde nach. »Und auch alle sonstigen Eckdaten.«

Zu Beginn unseres Termins hatte der nahezu Achtzigjährige mit jugendlich flamingoroter Hornbrille mir erklärt, das Zimmer, in dem unsere Besprechung stattfand, sei das einzige in der ganzen Wohnung, in dem er rauchen dürfe. Bei den Drucken und Bildern, die die Sitzecke mit den gediegenen Ledersesseln auf drei Seiten schmückten, handelte es sich um die »robusteren Exemplare« der Kalterer'schen Sammlung. Ich war keine Kunstexpertin, schätzte aber den Wert jedes der hier ausgestellten Werke im drei- bis vierstelligen Bereich ein.

»Und bitte, achten Sie auf äußerste Diskretion«, schärfte er mir nun schon zum dritten Mal ein, als ich auch das Notizbuch in der Tasche verstaute. »Wenn sich herumspricht, dass wir eine Privatdetektivin engagiert haben … Nein, das würde nur für unnötige Aufregung sorgen. Wir können uns doch auf Sie verlassen, Frau di Santosa?«

Seine Ehefrau nickte zustimmend, ihre Finger kamen endlich zur Ruhe. Rosina Kalterer war ein zartes Persönchen jenseits der siebzig im leicht angestaubten Chanel-Kostüm. Mit ihren Silberlöckchen, dem herzenswarmen Lächeln und den blitzwachen Augen inmitten der vielen Fältchen erinnerte sie mich an Nonna Emilia, meine geliebte italienische Großmutter.

Erneut versicherte ich, dass Diskretion für mich das höchste Gebot sei, was nicht gelogen war, und leerte ohne Eile meine Teetasse aus feinstem chinesischem Porzellan. Die kleine Anekdote des Hausherrn, wie er das wertvollste Stück der Sammlung, immerhin ein echter Pieter Brueghel der Jüngere, einem Formel-1-Rennfahrer aus Argentinien vor der Nase weggeschnappt hatte, bei einer Auktion in New York, quittierte ich mit interessiertem Lächeln.

Auch in der Diele, wo wir ausgiebig Hände schüttelten, ließ ich mir meine zunehmende Unrast nicht anmerken. Der Kunde war schließlich immer der König.

Kaum aber hatte ich die Tür der luxuriösen Loftwohnung mit direktem Blick auf die Donau hinter mir zugezogen, verschwand die gute Laune aus meinem Gesicht. Es war nicht das erste Mal, dass ich für Benedetta Castiglione einspringen musste, die neue Praktikantin in meiner Modeboutique mitten in der Altstadt und nicht weit von hier. Doch es war das erste Mal, dass ich ihretwegen einen wichtigen Kundentermin so zügig beendet hatte.

Ich lief die Treppe hinunter, knallte die Haustür hinter mir zu, sauste über den Donaumarkt, vorbei am erst vor Kurzem errichteten Museum Bayerischer Geschichte. Auf dem alten Kornmarkt zwängte ich mich zwischen rucksackbewehrten Schulkindern hindurch, die aus der Niedermünster-Schule strömten. Wie immer, wenn ich nicht so konnte, wie ich wollte, murmelte ich verhalten italienische Flüche vor mich hin.

An der Ostseite des Doms überholte ich im Laufschritt dahinschlendernde Touristen, die heute, an einem hochsommerlich heißen Freitag Ende Juli, die Innenstadt in Scharen bevölkerten. Auf den Stufen, die zum Südportal hinaufführten, saß noch mehr junges Volk und hielt unter den Augen der Wasserspeier und steinernen Fabelwesen auf Pfeilern und Balustraden die Gesichter in die Mittagssonne.

Ein Mann rempelte mich so heftig an, dass ich fast gestolpert wäre.

»He, passen Sie doch auf!«, rief er wutentbrannt, anstatt sich bei mir zu entschuldigen, und sah jemandem nach, der rannte wie der Teufel. Ein schmaler Rücken, ein schwarzer Pferdeschwanz, der unter einem froschgrünen Käppi auf- und niederhüpfte.

War das etwa Benedetta?

Ich kniff die Augen zusammen. Aber schon war die kleine, flinke Gestalt inmitten einer Touristengruppe verschwunden. Der Mann, der mich angerempelt hatte, war weitergegangen. Auch ich setzte meinen Weg fort, kam aber wieder kaum vom Fleck.

Die Frau mit Pferdeschwanz und Käppi musste von der schmalen Seitentür gekommen sein, die ins Dominnere führte. Davor saßen ein Pärchen und drei, vier Schulkinder, die sich über ihre Handys beugten. Zwei weitere steckten die Köpfe über einem Stickeralbum zusammen, ein Anblick, der mich rührte, musste ich dabei doch an meine eigene Kindheit denken, als man noch Sticker in Alben geklebt hatte.

Ein Schrei riss mich aus meinen Gedanken.

Nein, ein Brüllen aus tiefster Kehle.

Ich wandte den Kopf, sah eine Frau durch die Tür hinter den Kindern stürzen. Sie warf beide Hände nach oben, das Gesicht puterrot, die Augen voller Entsetzen. So plötzlich wie ein Luftballon, in den eine Nadel gestochen hatte, fiel sie in sich zusammen.

Die Menschen in ihrer unmittelbaren Nähe hoben den Blick, erschrocken oder gleichgültig. Doch niemand rührte auch nur einen Finger. Ich steuerte auf die reglos daliegende Frau zu. Auch wenn ich es noch so eilig hatte – als gebürtige Italienerin war ich dazu erzogen worden, immer und überall jedem zu helfen, der in Not geraten war.

Schon war ich bei ihr, schüttelte sie. Ihr Rucksack war zur Seite gerutscht und hatte ihren Sturz gebremst.

»Können Sie mich hören?«, fragte ich.

Ihr Gesicht war nun kalkweiß, das fransige Haar klebte ihr an der Stirn. Sie reagierte nicht. Wieder rüttelte ich sie an den Schultern, dieses Mal heftiger.

Sie riss die Augen auf, starrte mich an.

»Mein Gott«, keuchte sie, »der Mann da … Der ist tot, der muss tot sein, das viele Blut, mein Gott, ich …«

Ein zweites Mal schrie sie, rau und verzweifelt.

2

Ich sah auf den ersten Blick, dass ich nichts mehr für den an einem Vorsprung lehnenden Mann tun konnte. Einer alten Gewohnheit als ehemalige Polizistin folgend, beugte ich mich dennoch über ihn und fühlte seinen Puls. Nichts, natürlich. Sein Körper, registrierte ich, war noch warm.

Ich richtete mich auf, trat vorsichtig zurück, um keine Spuren zu verwischen, scannte in Sekundenschnelle die Umgebung ab. Schon in diesem Augenblick war mir klar, dass es sich hier um einen Tatort und nicht um einen bloßen Fundort handelte.

Der Tote saß mit dem Rücken zur Wand auf einer Steinbank am Ostende des südlichen Seitenschiffs, augenscheinlich von einem einzigen Schuss in die rechte Schläfe niedergestreckt. Mit dem Kopf und der linken Schulter lehnte er an dem Vorsprung, seine Augen blickten starr ins Nirgendwo, auf der linken Seite waren Hals, Schulter, Brust und Arm blutüberströmt.

Mir wurde flau im Magen. Dennoch nahm ich, wieder ganz automatisch, jedes Detail in mich auf. Die Eintrittsstelle des Projektils war kreisrund, mit einem Durchmesser von höchstens einem Zentimeter. Die Austrittsstelle musste umso größer sein und sich am Hinterkopf über dem linken Ohr befinden. Der Mörder hatte vermutlich direkt neben seinem Opfer gestanden.

Ich schätzte den Ermordeten auf Anfang dreißig. Die Hautfarbe verriet, dass er sich vor seinem plötzlichen Tod selten an der frischen Luft aufgehalten hatte. Das aschblonde Haar trug er kurz. Bekleidet war er mit orangefarbenen Jeans, einem T-Shirt und Sneakers einer gängigen Sportmarke. Keine Tasche, kein Rucksack, also offenbar kein Tourist. Oder sein Mörder hatte alles, was er nicht direkt am Leib trug, mitgenommen.

Ich trat noch weiter zurück und sah mich um. Ich stand in

der Sailer-Kapelle, dem Aufbewahrungsort des Allerheiligsten. Trotz der Nähe zum Hochaltar, der links neben der Kapelle lag, verirrten sich nur wenige Besucher in diesen für das stille Gebet reservierten Bereich. Ein Gitter trennte ihn vom südlichen Seitenschiff. Zudem war der eigentliche Tatort durch den Vorsprung vor Blicken verborgen, was erklärte, dass bis auf die Frau, die vor dem Seiteneingang zusammengebrochen war, noch niemand die Leiche bemerkt hatte.

Um mich dröhnte Orgelmusik, machtvoll, düster und so laut, dass ich kaum etwas von den Schritten und dem Gemurmel der vielen Besucher hörte, die durch die gewaltige Kathedrale wanderten. Manche fotografierten auch oder saßen stumm in den Bänken. Im Gegensatz zur durch Lichtstrahler einigermaßen gut ausgeleuchteten Kapelle befand sich das restliche Bauwerk in dämmriger Dunkelheit. Das Sonnenlicht drang nur schwach durch die bunt bemalten, haushohen und uralten Fenster, da und dort flackerte Kerzenschein.

Es roch nach Weihrauch, den Hoffnungen und Tränen vergangener Jahrhunderte und in der Kapelle auch nach Tod. Was wohl Gott zu dem Frevel in seinem Haus sagte, an diesem würdevollen Ort, der schon während seiner Entstehung untrennbar mit dem Stolz und Leid so vieler Menschen verbunden gewesen war?

Ich zog das Handy aus der Tasche und verständigte die Rettungsleitstelle. Bis zum Eintreffen von Notarzt und Polizei, versprach ich der Beamtin am anderen Ende der Leitung, würde ich den Tatort gegen die Neugierigen abschirmen, die sich früher oder später zwangsläufig einfinden würden.

So leid es mir tat, aber Mona musste noch ein wenig länger warten.

✳✳✳

»Ich kann hier nicht weg«, erklärte ich Mona eine halbe Stunde später, das Mobiltelefon erneut am Ohr. »Der Polizist, der meine Zeugenaussage aufgenommen hat, möchte mir noch ein, zwei Fragen stellen.«

Ein weiteres Mal stand ich draußen vor der Seitentür des Doms, wo jetzt ein fürchterliches Gedränge herrschte. Ich hatte Mühe, mich zu verständigen, berichtete Mona aber dennoch in ein paar knappen Sätzen, was seit unserem letzten Gespräch geschehen war. Eigentlich hatte ich erwartet, dass sie mich anrufen würde. Aber sie hatte sich nicht wieder gemeldet, um zu fragen, wo ich so lange blieb.

Zwei Rettungs- und drei Streifenwagen standen am Straßenrand, auch ein Team von der Kripo und die Spezialisten von der Spurensicherung waren eingetroffen. Mehrere Polizisten versuchten, die vielen Passanten und Schaulustigen im Zaum zu halten. Manche drängten durch die eilig errichteten Absperrungen, andere hielten ihre Smartphones in die Höhe, um Fotos zu schießen oder ein Video zu drehen. Viele fragten auch einfach nur, was geschehen war.

»Alles paletti, bin schon fast beim Amtsgericht.« Mona schien gar nicht richtig zugehört zu haben.

Ich drängte mich durch die Menge, um mir ein ruhigeres Plätzchen zu suchen, während sie jetzt ihrerseits mit den letzten Neuigkeiten losprudelte. Vor etwa zwanzig Minuten war Benedetta im »BellaDonna« erschienen, meiner Boutique für hochwertige Secondhandmode und italienische Designerkleidung, und hatte schließlich doch noch ihre Schicht angetreten. Ein wenig atemlos zwar, aber immerhin. Mona hatte sich den fälligen Anpfiff verkniffen und sich auf den Weg zum Anwalt gemacht, der sie in einem Büro im Amtsgericht erwartete.

»Hab ich das eben richtig verstanden – jemand wurde erschossen?«, fragte sie. »Ja, wer denn?«

»Ein Journalist, wie du, aber bei der ›Süddeutschen Zeitung‹ in München. Er war noch keine zweiunddreißig, *madonna*.«

Das alles hatte ich von Armin Hellweg erfahren, der meine Aussage aufgenommen hatte. Ich kannte ihn von meinen Besuchen in Paolos Büro, meinem Ex-Mann und Vincenzos Vater.

Paolo selbst, Hellwegs Vorgesetzter und Hauptkommissar bei der Kripo Regensburg, war zurzeit in Urlaub, ein Umstand, den ich begrüßte. Sonst hätte ich mir gewiss wieder einmal anhören müssen, wie unfassbar es sei, dass er ausgerechnet seine geschiedene Frau an *seinem* Tatort antreffe.

»Bei der ›SZ‹?«, fragte Mona. Sie war nebenberuflich als freie Mitarbeiterin für die hiesige »Mittelbayerische Zeitung« tätig. »Da kenne ich jemanden, ziemlich gut sogar. Der Jakob, der hat nämlich mit mir studiert, und …«

»Jakob?«, unterbrach ich sie alarmiert. »Und wie noch?«

»Landauer.« Sie lachte. »Aber das wird ja wohl nicht der Tote im Dom sein, oder?«

»Doch. Genau so heißt er.«

Mona schnappte nach Luft. Dann murmelte sie etwas, offenbar stand sie vor der Tür des Anwalts, die gerade aufgegangen war. Sie versprach, sich später noch einmal bei mir zu melden, und legte auf.

»Sie können hier nicht durch«, quäkte eine aufgeregte Stimme neben mir. »Ich nehme die Personalien auf und … Oh, verzeihen Sie, Herr Pfarrer.«

Der Angesprochene, seiner Kleidung nach ein hochgestellter Würdenträger der Diözese, quetschte sich durch die Lücke, die sich gerade zwischen mir und einer jungen Streifenpolizistin auftat, einer mittelgroßen Blondine mit Pickeln auf dem Kinn. Ich beneidete sie und ihre Kollegen nicht um ihre Arbeit. Sie mussten den Tatort sichern, mögliche Zeugen ausfindig machen, die Neugierigen ringsum in ihre Grenzen weisen – immer bemüht um den richtigen Ton.

Die Frau, die die Leiche gefunden hatte, wusste ich mittlerweile, hieß Karin Haavestedt und war Anfang fünfzig. Der Schock stand ihr noch ins Gesicht geschrieben. Sie war umringt von aufgeregt durcheinandersprechenden Menschen, vermutlich ihre Reisegruppe, ein Kegelverein aus Mönchengladbach.

Inzwischen kannte ich den Ablauf: Karin Haavestedt, fasziniert von der Pracht und ehrfurchteinflößenden Architektur des Doms, hatte ihre Kegelgefährten aus den Augen verloren. Beim Anblick des Mannes hinter der Säule, der eine ähnliche Hose wie ihr Sitznachbar im Bus trug, eilte sie erleichtert auf ihn zu. Dann aber starrte sie auf sein blutverschmiertes Hemd und verlor fast schon an Ort und Stelle das Bewusstsein.

Bisher gab es keinen Hinweis auf den Täter. Niemand hatte etwas beobachtet, niemandem war etwas aufgefallen. Karin Haavestedt hatte zwar gemeint, einen leisen Knall gehört zu haben, in der Nähe des Hochaltars und kurz bevor sie den Toten entdeckte. Möglich, dass es sich dabei um einen Schuss handelte, aber die Orgelmusik habe das Geräusch fast übertönt. Auf meine Frage, ob jemand aus der Sailer-Kapelle gekommen sei, hatte sie nur mit den Schultern gezuckt.

Die junge Polizistin sprach nun auch mich an. Meine Aussage, wurde ich belehrt, solle ich so schnell wie möglich zu Protokoll geben, »am besten sofort, also gleich im Anschluss, jedes Detail ist für uns wichtig, das haben Sie schon verstanden, oder?« Es schien ihr erster Einsatz bei einem Kapitalverbrechen zu sein.

Wenn wirklich Benedetta die Frau mit Pferdeschwanz und Käppi vor dem Dom gewesen war, überlegte ich, als die Polizistin sich entfernte, hatte sie nur wenige Minuten Zeit gehabt, um in die Pfarrergasse zu meinem Laden zu sausen und Mona abzulösen. Das hätte sie mühelos geschafft. So unzuverlässig Benedetta in vielerlei Hinsicht war, so sportlich war sie doch. Wenn sie vielleicht sogar im Dom auf ihrer Kirchenbesichtigungstour gewesen war – die Frau, die ich gesehen hatte, musste aus Richtung der Seitentür gekommen sein –, hatte sie vielleicht etwas Verdächtiges bemerkt.

Ich nahm mir vor, sie später darauf anzusprechen. Ich wollte ohnehin ein ernstes Wörtchen mit meiner flatterhaften Praktikantin aus Rom wechseln.

***

Das Firmenschild, vor dem ich eine Stunde später stand, war so unauffällig, dass ich fast daran vorbeigelaufen wäre. »Manfred Billich, Agency«, las ich auf einem nicht einmal handtellergroßen silbernen Schildchen. Von meinen Auftraggebern wusste ich jedoch, dass sich hinter der nichtssagenden Bezeichnung ein Kunsthändler verbarg, der mit Gemälden aller Art und Preisklassen handelte, ein ungewöhnlicher Umstand. Die meisten Händler spezialisierten sich auf eine oder mehrere Epochen.

Ich läutete.

Das vierstöckige Bürogebäude in einer Seitenstraße nahe beim Stobäusplatz, in dessen oberster Etage die Agentur residierte, war schlicht. Hinter der sandgelben Fassade verbargen sich ein Übersetzungsbüro für slawische Sprachen, eine Investmentfirma und zwei Bürogemeinschaften.

Der Türöffner surrte. Ich drückte gegen die Milchglastür und ging zum Aufzug.

An einem steingrau lackierten Empfangstresen begrüßte mich kurz darauf eine unerträglich dünne Frau, die mich mit ihrem spitzen Näschen und dem kurzen Haar in Rotblond an eine Spitzmaus erinnerte. Ihr Mienenspiel passte allerdings nicht zu diesem Bild. Ihr Lächeln war so herzlich, dass ich dachte, sie würde mir jeden Moment um den Hals fallen.

Mit einer einladenden Bewegung deutete sie auf die mit hellgrauem Stoff bespannte Sitzecke gegenüber dem Tresen, doch ich blieb stehen. Sie trug ein Headset und telefonierte gerade. Ihr Gesprächspartner war offenbar der Mitarbeiter einer Spedition namens »Rapid Transports«. In fließendem Englisch informierte sie ihn über die baldige Abholung einer Sendung aus dem firmeneigenen Lager außerhalb der Stadt.

»Mona Weber«, stellte ich mich vor, als sie auflegte.

Wenn ich nicht als Privatermittlerin in Erscheinung treten wollte, benutzte ich meist Monas Namen. Ihren alten Presseausweis, den sie mir zuliebe vor einiger Zeit als verloren gemeldet hatte, ließ ich heute allerdings in meiner Handtasche.

Nur kein Aufsehen erregen, lautete ja die Devise meiner Auftraggeber.

Ich erklärte, ich sei am Erwerb von Gemälden interessiert und wünsche, mit dem Inhaber der Agentur zu sprechen, was der Empfangsdame ein noch wärmeres Lächeln entlockte. Sie informierte ihren Chef telefonisch über mein Anliegen, führte mich in einen Besprechungsraum und bot mir Kaffee, Tee und Wasser an. Ich entschied mich für Letzteres.

Auch hier war die puristische Einrichtung vollständig in Grau gehalten, was wohl Exklusivität vermitteln sollte. Vier Stühle, ein runder Tisch, alles aus Designer-Plastik, dazu Flipchart und ein Sideboard mit Katalogen. An der Wand hingen moderne Drucke, die meisten mit kubistischen Darstellungen. Ein Geruch nach Orange lag in der Luft. Durch zwei gekippte Fenster drangen Verkehrsrauschen und das Gerातter eines Presslufthammers herein. Der Ausblick auf die Jugendstilvillen mit ihren grünen Gärten und all dem architektonischen Charme, der typisch war für die Gegend am östlichen Rand der Innenstadt, entschädigte mich jedoch.

Die Mail, die Julius Kalterer mir versprochen hatte, war längst angekommen, inklusive Anhang. Die drei Gemälde, die ich für ihn und seine Frau ausfindig machen sollte, waren abstrakt und alle nach demselben Muster konzipiert: zwei Farbblöcke, die in der Mitte der Leinwand aufeinandertrafen, in Rot-Grün, Gelb-Blau, Lila-Orange. Die Farben waren frisch, die Konturen klar, die Gesamtwirkung ansprechend. Wenn mir jemand eines dieser jeweils einen auf anderthalb Meter großen Bilder geschenkt hätte, hätte ich es vielleicht sogar in meinem Zuhause aufgehängt. Das dafür nötige Kleingeld hatte ich allerdings nicht übrig. Meine Auftraggeber hatten mich ermächtigt, bis hunderttausend Euro zu bieten, ein Betrag, der mich nun, da ich die Fotos gesehen hatte, in Erstaunen versetzte.

Mein Honorar lag weit über meinem üblichen Satz. Dazu kamen die Spesen, die ich laut Julius Kalterers Worten gern großzügig berechnen durfte. Im Gegenzug hatte ich ihm und seiner Frau versprechen müssen, ihren Namen aus allen Verhandlungen und dem hoffentlich baldigen Kaufabschluss herauszuhalten. Die Sache war nämlich die: Ich sollte keine fremden Bilder für sie erwerben, sondern diejenigen, die ihnen bis vor Kurzem noch gehört hatten.

Vor wenigen Tagen hatten sie die drei Gemälde an den Kunsthändler verkauft, in dessen Agentur ich jetzt saß. Rosina Kalterer, der die Werke nie so richtig gefallen hatten, hatte den Stein ins Rollen gebracht. Inzwischen aber, hatte mein Auftraggeber mir erklärt, bereue auch sie die übereilte Transaktion. Er hatte versucht, den Kunsthändler zu einem Rückkauf zu bewegen. Dieser hatte sich jedoch nicht darauf eingelassen.

Ich war keine Kunstkennerin, und natürlich wusste ich, dass es in der Sammlerszene einige schräge Vögel gab. Dennoch war mir der Umstand, dass das ehemalige Architektenpaar ausgerechnet mich mit dem Rückkauf beauftragt hatte, im ersten Moment als rätselhaft erschienen. Schließlich gab es in zig deutschen Großstädten reihenweise Ermittlungsbüros, die auf den Erwerb von Kunstgegenständen spezialisiert waren. Meine Auftraggeber wollten aber jemanden aus der Gegend, hatten sie betont, mit gutem Leumund und Fingerspitzengefühl. Vermutlich war ihnen die Angelegenheit einfach nur peinlich.

Die Tür ging auf. Der Mann, der hereintrat, passte ins Ambiente. Alles an ihm war blass, sein exquisiter Anzug in mattem Grau ebenso wie das Aussehen. Blick und Händedruck waren allerdings so euphorisch wie bei seiner Empfangsdame. Manfred Billich begrüßte mich wie eine langjährige Kundin, mit ausgesuchter Eloquenz und für meinen Geschmack ein wenig zu aufdringlich. Dann setzte er sich mir gegenüber und legte sein übergroßes Smartphone und ein Tablet vor sich hin.

»Wie kann ich Ihnen helfen?«, fragte er geschäftsmäßig. »Sind Sie an einer bestimmten Epoche interessiert?«

Ich gab vor, eine Freundin hätte mir kürzlich von drei

außergewöhnlichen Gemälden vorgeschwärmt, die ein ihr bekanntes Ehepaar verkaufen wolle. Als ich den Namen der Malerin – Agnes Vienna – nannte und die Bilder beschrieb, runzelte er die Stirn.

»Tja, und heute rufe ich meine Freundin an und muss erfahren, dass die drei Werke nicht mehr zu haben sind.« Mit indignierter Miene zupfte ich an meiner eleganten Marlene-Hose herum, die mich zusammen mit der smaragdgrünen Seidenbluse – alles von Valentino und natürlich aus der Secondhandabteilung meiner Boutique – hoffentlich als zahlungskräftige Kundin erscheinen ließ. »Zum Glück wusste sie, wer den Zuschlag bekommen hat. Wie viel verlangen Sie dafür?«

»Sie kommen leider zu spät.« Er faltete die für einen so schmal gebauten Mann erstaunlich derben Hände, nur um damit im nächsten Moment über das Display seines Tablets zu wischen. Er sprach reinstes Hochdeutsch mit norddeutscher Färbung. »Die Bilder sind schon weiterverkauft.«

Ich verdrehte die Augen. »Aber, es ist doch noch keine halbe Woche her, dass …«

»Ja, tatsächlich, der Verkauf ist sehr schnell über die Bühne gegangen. Vor zwei Tagen, an einen guten Kunden.« Seine Finger glitten in schnellem Rhythmus über den Bildschirm. »Aber ich habe sicherlich etwas Ähnliches für Sie.«

»Das ist wirklich schade. Ich habe mich nämlich in die Bilder verliebt, buchstäblich, sie würden perfekt in das Entree unserer Villa passen. Wie heißt denn Ihr Kunde, wenn ich fragen darf?«

»Das dürfen Sie. Nur, eine Antwort dürfen Sie nicht erwarten. Diskretion ist einer der wichtigsten Grundsätze in meiner Firma.«

»Aber natürlich.« Ich nahm das Glas, das mir die Empfangsdame gebracht hatte, und trank einen Schluck. »Vielleicht kann ich Sie trotzdem noch erweichen? Glauben Sie mir, ich wäre genauso diskret wie Sie.«

Manfred Billich entgegnete nichts, sondern legte das Tablet

vor mich hin. Dann lachte er verlegen, schnappte es sich wieder und stand auf. Es war so schnell gegangen, dass ich nur einen flüchtigen Blick auf die Abbildungen hatte werfen können, beide so abstrakt wie die Bilder von Agnes Vienna.

»Das ist jetzt dumm, die sind ja auch schon nicht mehr im Haus.« Mit kummervoller Stirn wiegte er den eckigen Kopf hin und her. »Hm … So auf die Schnelle ist das leider etwas schwierig.«

Er ging zum Sideboard, legte das Tablet ab und blätterte in einem Katalog, wobei er immer wieder seufzte. Ich strich mir eine meiner langen tizianroten Strähnen aus der Stirn und wartete.

Ein Piepston ertönte. Sein Seufzen wurde noch eine Spur intensiver. Er kam zum Tisch zurück und griff nach dem Mobiltelefon.

»Der nächste Termin«, sagte er. »Es ist mir wirklich peinlich, aber ohne Voranmeldung ist es bei uns leider immer ein wenig schwierig. Ich bringe Sie nach vorn und sage meiner Assistentin, sie möchte einen Termin für Sie vereinbaren. Dann nehme ich mir alle Zeit der Welt – in Ordnung, Frau Weber?«

Es blieb mir nichts anderes übrig, als mein Glas zu leeren und ihm zu folgen.

***

»*Buongiorno, Sandra Perugi. Le chiamo a causa dell'ultima consegna*«, sagte ich bald darauf mit verstellter Stimme in das Mikrofon meines Handys. Auf Deutsch, aber mit übertrieben italienischem Akzent fuhr ich fort: »Sandra Perugi, von ›Rapid Transports‹. I Sie rufe an wegen Abholung von die letzte Lieferung. Bin i dock ricktig bei die Agentur Billich?«

»Gerade noch, am Freitag machen wir immer früher Schluss«, antwortete Manfred Billichs Assistentin in scharfem Ton und zu meiner Überraschung in perfektem Italienisch.

»Ich habe doch gerade mit einem Kollegen von Ihnen telefoniert – was gibt's denn noch?«

Als ich vor zehn Minuten an ihr vorbeigegangen war, hatte sie in einer slawisch klingenden Sprache telefoniert, offenbar war sie ein Sprachenmultitalent. Und die guten Umgangsformen reservierte sie wohl nur für die Kunden.

»*Perfetto*«, sagte ich und fuhr auf Italienisch fort. »Das heißt, leider gar nicht gut, und eigentlich bin ich sowieso nicht zuständig. Ich rufe Sie nämlich aus Venezia an, unserer Filiale Italia-Nord.«

Sie schien etwas einwerfen zu wollen, aber ich ließ ihr keine Zeit und sprach in derselben Geschwindigkeit weiter wie eben.

»Gerade erhalte ich von einem unserer Fahrer nämlich die Info, dass er die falsche Ablieferadresse angefahren hat. *Allora*, und jetzt steht er vor dem Tor und weiß nicht weiter.«

»Aha. Und was wollen Sie jetzt von mir?«

»Die korrekte Zustelladresse.«

Für meine kleine Inszenierung hatte ich eigens meine italienische SIM-Karte ins Mobiltelefon eingelegt, die ich bei meinen Aufenthalten im Süden benutzte. Wenn ich von meiner deutschen Handynummer mit unterdrückter Nummer angerufen hätte, hätte ich gewiss ihren Argwohn geweckt.

»Das steht doch alles in den Frachtpapieren«, kam es genervt aus dem Hörer. »Kann Ihr Fahrer nicht lesen?«

»Kann er und hat er«, behauptete ich. »Aber nichts stimmt, weder der Empfängername noch die Adresse, *assolutamente niente*. Irgendjemand muss das falsch ausgefüllt haben. Außerdem, er ist Bulgare, tut sich schwer mit Deutsch, Italienisch geht gar nicht, und …«

Ungeduldiges Schnauben. »Um welche Sendung geht es denn?«

Ein Lkw dröhnte in meinem Rücken vorbei. Ich war auf dem Weg zu meinem Wagen, für den ich vor dem Bürogebäude keinen Parkplatz gefunden hatte.

»Einen Moment bitte.« Ich schirmte den Hörer gegen den

Krach ab. »Die Abholung war vorgestern oder gestern. Wegen der Uhrzeit muss ich das Programm wechseln, das dauert leider immer ewig, aber …« Ich machte eine Kunstpause. »Aber gerade sehe ich den Namen des Vorbesitzers. Kalterer, Julius Kalterer.«

»Wer hat denn das da reingeschrieben?« Dieses Mal pustete sie ins Telefon, hörbar genervt. »Die Bilder sind an Vittorio Rossignolo gegangen, das heißt an seine Firma, die ›Rossi-Immo-Service GmbH‹ in Straubing.« Sie hielt kurz inne. »Sicherheitshalber gebe ich Ihnen noch seine Privatadresse, am Freitagnachmittag haben die vielleicht schon zu. Die Sendung muss nämlich unbedingt heute noch zugestellt werden, verstanden?«

3

»Es tut mir wirklich leid, aber die Bilder befinden sich nicht mehr in meinem Besitz«, eröffnete Vittorio Rossignolo mir eine Stunde später auf Deutsch und nach der für einen Italiener ungewöhnlich knappen Begrüßung, jedoch mit ehrlichem Bedauern in der Stimme. »Ich habe sie verkauft.«

Ich lächelte und ließ mir meine Überraschung nicht anmerken. »Ich denke, Sie sind Sammler?«

»Das bin ich, und zwar mit Leidenschaft.«

Auch er lächelte, auf eine offene, charmante Art. Regelmäßige, blendend weiße Zähne kamen zum Vorschein, nur die eisblauen Augen wirkten seltsam unbeteiligt.

Bei der »Rossi-Immo-Service GmbH« schloss man die Bürotüren freitags tatsächlich schon früh. Dennoch war ich nach Straubing gefahren, einer etwa fünfzig Kilometer östlich von Regensburg gelegenen Kleinstadt in Niederbayern, in der Hoffnung, Vittorio Rossignolo in seinem Privathaus anzutreffen, das sich ebenfalls dort befand.

Wie immer war so kurz vor dem Wochenende auf der A 3 viel los gewesen. Zum üblichen Feierabend- und Pendlerverkehr kamen Urlauber aus anderen Bundesländern in bis unters Dach vollgepackten Pkws oder Wohnmobilen.

»Ich liebe die bildenden Künste, schon immer, meine Sammlung umfasst mehr als zweihundert Bilder«, fügte Vittorio Rossignolo ohne eine Spur von Überheblichkeit hinzu. »Normalerweise trenne ich mich nur ungern von einem Werk. Aber bei einem solchen Angebot konnte ich unmöglich Nein sagen. Noch dazu von einer so guten Freundin, wir kennen uns seit vielen Jahren. Sie verstehen das sicher – als Landsmännin.«

Er zwinkerte mir zu. Im Gegensatz zu mir sprach er Deutsch mit einem deutlich italienischen Akzent, jedoch fließend. Die

Unterhaltung in unserer gemeinsamen Muttersprache zu führen hatte er abgelehnt.

»Natürlich.« Ich seufzte. »Trotzdem bin ich jetzt sehr enttäuscht. Ob Sie mir wohl ein wenig mehr über Ihre Freundin
verraten könnten? Vielleicht würde sie mir die Bilder ja überlassen – gegen eine entsprechende Summe, versteht sich.«

Vittorio Rossignolo sah aus, wie man sich einen Italiener
vorstellte. Höchstens eins siebzig groß, schlank und schmal
gebaut. Sein längliches Gesicht zierte ein winziges Kinnbärt-
chen, die Form seiner römischen Nase konnte man nur als
aristokratisch bezeichnen. Seine Haut hatte einen goldenen
Bronzeton. Das pechschwarze, vielleicht schulterlange Haar
hatte er am Hinterkopf zu einem Knoten gebunden.

»Sehr unwahrscheinlich«, sagte er. »Sie arbeitet für ein re-
nommiertes Museum in Italien, so viel kann ich immerhin
verraten. Alle Kunstschätze, die sie im Auftrag des Museums
erwirbt, werden langfristig in die Bestände aufgenommen.«

Wir saßen uns in seinem Haus auf zwei ausladenden Sofas
gegenüber, in einem sonnendurchfluteten Raum, der so groß
war, dass ich ihn mir als Bankettsaal hätte vorstellen können.
Das Mobiliar bestand aus spiegelglattem Metall, schneeweißem
Leder oder Glas, überall blitzte und funkelte es. Riesige Zim-
merpflanzen standen wie Inseln mitten in dem klimatisierten
Raum, die einzige Wand – vom Boden bis zur Decke reichende,
durchweg geschlossene Glastüren ersetzten die restlichen drei
Wände – zierten abstrakte Gemälde und Drucke in stilvollen
Rahmen.

»Wenn Sie mir den Namen Ihrer Freundin trotzdem nennen
möchten«, beharrte ich und zwinkerte ebenfalls, »würde ich
das natürlich vertraulich behandeln.«

»Meine liebe Signora di Santosa, was denken Sie von mir?«

Der Blick seiner klaren Augen bohrte sich in meine, während er sich bekreuzigte, eine Geste, die ich aus dem Süden
zwar zur Genüge kannte, von einem so jungen Mann jedoch
nicht erwartet hätte. Ich schätzte ihn auf höchstens Anfang

dreißig. Ein leichter Duft nach Tabak und Leder umgab ihn, untermalt von einem Hauch Zimt.

»Meine Freundin würde kein Wort mehr mit mir wechseln, zu Recht, muss ich sagen«, fuhr er kopfschüttelnd fort. »Und das«, sein Ton klang nun fast empört, »wollen Sie doch sicher nicht, oder?«

Trotz seiner Haar- und Barttracht, die ihm eine extravagante, wenn nicht gar flippige Note verlieh, wirkte alles an ihm bis ins kleinste Detail solide und durchgestylt. Angefangen von den perfekt manikürten Händen bis zu den fast zierlichen Füßen, die in Budapestern aus feinstem Leder steckten. Zu schwarzen Jeans, der Passform nach zu schließen von Dolce & Gabbana, trug er ein eng anliegendes Hemd in Limettengelb.

Ich neigte den Kopf, trank einen Schluck *caffè* und blickte hinaus in den Garten.

Jenseits einer weitläufigen Terrasse aus Holzbohlen glänzte ein meerblauer Pool, umgeben von meterhohen Palmen und Bananenstauden, so vielen, dass der Eindruck eines exotischen Waldes entstand. Dahinter erstreckten sich ausgedehnte Grünflächen, von mächtigen Kastanienbäumen umstanden, bis zu einer hohen Mauer. Zwischen den Bäumen lagen sorgsam getrimmte Buchshecken, ein Pavillon und mehrere Häuschen, vielleicht eine Sauna und Aufbewahrungsmöglichkeiten für Gartenmöbel und -gerätschaften.

Bisher war ich einer Hausangestellten begegnet, sie hatte mich in den Empfangsraum gebracht und Kaffee und Wasser serviert, und zwei Männern in schwarzen Anzügen. Der eine, der Pförtner, hatte sich an der Einfahrt nach dem Grund meines Besuches erkundigt und vor dem telefonischen Okay seines Arbeitgebers sogar meinen Ausweis sehen wollen. Er hatte mich so finster gemustert, dass ich anstelle von Monas Ausweis meinen eigenen hervorgezogen hatte. Der andere Mann, ein großer Blonder und wohl eher ein Sekretär, war mit einem Notebook und Computerausdrucken aus einem Büro gekommen, als die Bedienstete mich durch die Eingangshalle führte.

»Mir ist nicht ganz klar, woher Sie eigentlich meinen Namen haben«, sagte Vittorio Rossignolo, nun wieder in seinem lockeren Plauderton, der nicht zu seinen kalten Augen passen wollte. »Sie sind auch Sammlerin, sagten Sie?«

»Ja, und wie Sie mit Leidenschaft.« Wieder lächelte ich arglos und nippte an meinem *caffè*. »Was meine Insiderinformationen angeht – Sie werden gewiss verstehen, dass auch ich meine Quellen habe.«

Mein Gastgeber hob die wie gerade Striche geformten kohlrabenschwarzen Augenbrauen und nickte fast unmerklich. Auf dem Glastischchen zwischen uns, sicher ein Designerstück, hatte das Dienstmädchen auch für ihn Wasser und Kaffee bereitgestellt. Im Gegensatz zu mir hatte er bisher jedoch nichts davon angerührt.

»Ihre Objekte dort sind sehr interessant.« Ich deutete auf die Gemälde an der Wand und legte mir eine Formulierung zurecht, mit der ich mich hoffentlich nicht völlig blamierte. »Vor allem das kleine Gelbe in Acryl. Diese Linien, sehr beeindruckend, es wirkt so ursprünglich und dynamisch.«

Nun strahlte er. »Mein absoluter Liebling. Gunnar Pálsson, ein noch weitgehend unbekannter Künstler aus Island, ein echter Geheimtipp.«

Ich nickte anerkennend, schlug ein Bein übers andere und betrachtete das Werk noch interessierter.

Das Eis in seinen Augen schien endlich zu schmelzen. »Sammeln Sie nur, oder verkaufen Sie auch?«

Seine Frage überraschte mich. »Ersteres. Warum?«

»Nun, ich bin immer auf der Suche nach neuen Werken, das da drüben ist ja nur ein kleiner Teil meiner Sammlung. Meine wertvollsten *quadri* hängen im Obergeschoss, meine … Wie sagt man noch mal für ›Bild‹? ›Gemälde‹, ist das das richtige Wort?«

Ich bejahte und fragte ein zweites Mal, ob er die Unterhaltung vielleicht doch lieber in unserer gemeinsamen Muttersprache fortführen wolle.

»Das ist sehr freundlich, Signora, aber ich muss üben. Wenn man in einem fremden Land lebt, muss man die Sprache sprechen. Das gebietet der Respekt gegenüber den Menschen, gegenüber der Kultur.«

»Ihr Deutsch ist perfekt.«

»*Grazie mille.*« Erneut erschien dieses charmante Lächeln auf seinem Gesicht, das seine Augen jedoch wieder nicht erreichte. »Trotzdem bei Weitem nicht so gut wie das Ihre.«

Ich erklärte, dass ich, obwohl in der Toskana aufgewachsen, schließlich nur zu einem Viertel Italienerin war. »Wo haben Sie Deutsch so gut zu sprechen gelernt?«

»In Mailand, ich stamme von dort.«

Das erklärte seine mitunter kurz angebundene Art. Die Norditaliener waren seit jeher bekannt für ihre schnelle Redeweise und die zackigen Umgangsformen.

»Eine wundervolle Stadt«, sagte ich und lobte den berühmten Dom ebenso wie die noblen Einkaufspassagen mit den Boutiquen der *alta moda*. Als ich ihn fragen wollte, was ihn veranlasst hatte, eine Stadt wie Mailand zu verlassen, klopfte es an der Tür.

»*Pronto*«, rief Vittorio Rossignolo.

Während er sich in formvollendetem Ton für die Störung entschuldigte, trat der große Blonde ein, der mir in der Eingangshalle begegnet war. Mit raschen Schritten kam er näher, blieb hinter dem Sofa stehen, auf dem Vittorio Rossignolo saß, beugte sich zu ihm hinunter und flüsterte ihm etwas ins Ohr. Mein Gastgeber lauschte, warf mir einen schnellen Blick zu, raunte ein paar Worte zurück.

»Es tut mir wirklich leid«, sagte er dann wie zu Beginn unseres Gesprächs und wieder mit ehrlichem Bedauern in der Stimme. »Aber die Pflicht ruft. Als Unternehmer ist man ja praktisch immer im Einsatz.«

»Kein Problem, ich kenne das, ich bin auch selbstständig.« Ich stand auf. »Lassen Sie sich von mir nicht aufhalten, Signor Rossignolo.«

Dem Pförtner hatte ich neben meinem Ausweis eine der Visitenkarten gereicht, die mich als Inhaberin des »BellaDonna« auswiesen. Meine zweite Einkunftsquelle war im Internet zwar mühelos in Erfahrung zu bringen, aber ich wollte Vittorio Rossignolo nicht mit der Nase darauf stoßen.

Er nestelte am Kragen seines Hemds, als wollte er noch etwas sagen, erhob sich dann aber ebenfalls. Sein Blick fiel auf meine Tasse, die noch halb voll war.

»Trinken Sie bitte in Ruhe aus, kein Grund zur Eile.« Er reichte mir eine kühle Hand und machte eine Kopfbewegung zu dem Blonden, der sich nicht von der Stelle bewegt hatte. »Massimo bringt Sie zum Ausgang. Ja, dann bleibt mir nur noch, Ihnen einen schönen Tag zu wünschen – *buona giornata, signora di Santosa.*«

Als ich bald darauf auf das Tor zufuhr, das von Kameras überwacht wurde und fast zwei Meter hoch war, trat der Pförtner aus seinem Glashäuschen. Mit unmissverständlicher Geste bedeutete er mir zu warten, während das Tor zur Seite glitt. Dann ging er hinaus auf die Zufahrtsstraße, warf einen Blick nach rechts und links und winkte mich hinaus. Ich bedankte mich mit einem Kopfnicken und gab Gas.

Am Himmel zeigte sich kaum ein Wölkchen. Ich kurbelte das Fenster herunter, trockene Sommerhitze drang in das ohnehin bis zur Unerträglichkeit aufgeheizte Auto. Wie so oft wünschte ich mir eine Klimaanlage für meinen Uralt-Maserati, der um diese Jahreszeit nur mit seinen wuchtigen Formen in sattem Bordeauxrot, den cognacbraunen Lederbezügen und dem vollklingenden Motor punkten konnte.

Mein Weg führte mich an der Mauer entlang, die an die drei Meter hoch war und das komplette Grundstück einfasste. Auf der anderen Straßenseite reihten sich lange verblühte Holunderhecken aneinander. Die Getreidefelder dahinter, an deren Begrenzungsstreifen kaum eine Kornblume wuchs, geschweige denn grünes Gras, waren schon abgeerntet. Seit

Anfang Mai hatte es keine drei Mal geregnet. Angesichts der monatelangen Dürre fühlte ich mich fast wie in meiner alten Heimat, wo zu dieser Zeit auch alles auf irgendeine Art braun war. Der Klimawandel machte eben auch vor dem beschaulichen Niederbayern nicht halt.

Vittorio Rossignolos Anwesen lag auf einer Anhöhe und zwei, drei Kilometer außerhalb von Straubing. Es gab nur wenige Nachbarhäuser, die meisten davon einsam gelegene, große Bauernhöfe, die typisch waren für den Gäuboden, wie man die im Donautal gelegene Gegend hier nannte. Das Wohnhaus hinter der schier endlosen Mauer, ein ultramoderner, zweistöckiger Flachbau riesigen Ausmaßes in sorgsam aufeinander abgestimmten Rottönen, war von der Straße aus nicht zu sehen.

Als ich am Fuß des Hügels angelangt war und auf die Stadt zuhielt, dachte ich über Manfred Billich und seine Agentur nach. Ich verstand nicht, warum er die drei Bilder an Vittorio Rossignolos Firma geschickt hatte, ein Immobilienunternehmen, wie ich im Internet gesehen hatte. Wäre es nicht sinnvoller gewesen, sie direkt an die Privatadresse liefern zu lassen?

Vittorio Rossignolos Firma schien gut zu laufen. Vielleicht stammte er auch aus reichem Hause. Wie sonst hätte er sich eine zweihundert Stück umfassende Gemäldesammlung und ein so luxuriöses wie gut bewachtes Domizil leisten können?

Ich überlegte, wie ich weiter vorgehen sollte. Wenn der smarte Unternehmer mir nichts über die neue Eigentümerin der drei Bilder verraten wollte, würde ich mich wohl am besten in seiner Firma umhören, natürlich inkognito. Es war jedoch schon Viertel nach fünf und das Büro ohnehin längst geschlossen. Meine Ermittlungen hatten Zeit bis Montag, mein Privatleben nicht.

Ich hatte noch die Einkäufe zu erledigen, für die ich tagsüber wieder einmal keine Gelegenheit gehabt hatte, und zu Hause den üblichen Kleinkram. Anschließend würde ich mir einen entspannten Abend gönnen. Maximilian hatte versprochen, spätestens um acht zu Hause zu sein.

Benedetta fiel mir ein. Im Zuge der Aufregung im Dom und meiner anschließenden Nachforschungen hatte ich sie ganz vergessen. Ich musste dringend ein ernstes Wort mit ihr reden.

Seit bald vier Jahren bezog ich zwar mein Haupteinkommen aus meinem kleinen Büro für private Ermittlungen, aber dennoch war die Boutique nach wie vor ein wichtiges finanzielles Standbein für mich. Wenn Mona, meine einzige feste Angestellte, zu einem dringenden Termin musste und keine unserer Aushilfen verfügbar war, blieb mir nichts anderes übrig, als selbst einzuspringen. Und Benedetta wusste genau, was es für mich bedeutete, wenn sie sich nicht an ihren Dienstplan hielt.

4

Mein Zuhause befand sich am Ende der Prebrunnallee, am äußersten Rand der westlichen Altstadt, in einer ruhigen Gegend mit stilvollen Mehrfamilienhäusern und prächtig renovierten Villen aus lange vergangenen Tagen. Gegenüber lag der Herzogspark, wo um diese Uhrzeit höchstens noch ein paar Spaziergänger die Abendsonne genossen oder Jogger ihre Runden drehten. Dahinter floss die Donau, die jedoch nur aus dem obersten Stockwerk zu sehen war.

Als ich meinen Wagen an den hinteren Teil der rückwärtigen Einfahrt quetschte, was angesichts seiner Größe nicht einfach war, hörte ich Gelächter und übermütiges Geschrei aus dem Garten. Vincenzos Stimme war darunter, auch Benedettas rauchige Stimme konnte ich ausmachen. Ihr Miet-Golf in unauffälligem Dunkelblau stand auf der Straße, Maximilians Alfa war noch nicht zu sehen. Monas knallroter Mini hingegen belegte wieder einmal den vorderen Teil der Zufahrt, was aber nicht bedeutete, dass sie schon zu Hause war. Seit es so warm war, war sie oft mit dem Rad unterwegs.

Mona war nicht nur die stellvertretende Geschäftsführerin des »BellaDonna«, sondern hatte auch die oberste Etage meines Hauses gemietet. Sie wohnte nun schon so lange bei mir, dass ich es mir längst abgewöhnt hatte, mich wegen ihrer rücksichtslosen Parkerei mit ihr zu streiten.

Ich klemmte mir die Tasche unter den Arm, holte den Korb mit den Einkäufen aus dem Kofferraum und umrundete das Gebäude, eine dreistöckige Jugendstilvilla mit allerhand Erkern, Gauben, Treppchen und verschnörkelten Balkonen, die ich wie den Maserati von meiner italienischen Großmutter geerbt hatte und mir nicht wirklich leisten konnte.

Das Haus mit Garten, angesichts seiner riesigen Ausmaße und der vielen alten Eichen, Ahornbäume, Linden und Buchen schon fast ein Park, war ein Juwel und nicht zuletzt der Grund, warum ich neben der Boutique schließlich eine Detektei eröffnet hatte. Die Instandhaltung des Bauwerks und die Pflege der Außenanlagen hatten schon vor Jahren den Großteil meiner finanziellen Reserven verschlungen, die mir ebenfalls Nonna Emilia hinterlassen hatte.

Trotz der anhaltenden Hitze quollen die Rosenbüsche, die den gekiesten Weg säumten, über vor Knospen und duftenden Blüten, wahre Farbkaskaden in Lachs und tiefem Rot leuchteten im Abendlicht. Sämtliche Zweige waren sauber gestutzt, und auf dem Weg selbst entdeckte ich keinen einzigen Halm Unkraut.

Allein den Garten nicht zu sehr verwildern zu lassen war bisher eine schier unlösbare Aufgabe gewesen. Seit Maximilian im April bei mir eingezogen war, hatte sich das jedoch grundlegend geändert. Sobald er nach Hause kam, warf er alles, was nach Klinik roch, weit von sich, packte Harken, Schaufeln, Rechen und stürzte nach draußen. Ein Ausgleich zu seinem Job als Arzt, pflegte er zu sagen, wo er stets von absoluter Sterilität umgeben war. Ich nahm mir vor, mich später bei ihm zu bedanken.

»Tor, Tor, Tor!«, brüllte Vincenzo begeistert, als ich die frisch gemähte Rasenfläche vor der Terrasse erreichte. »*Brava, Benedetta, sei bravissima!*«

Sie waren zu sechst: Vincenzo, sein Freund Florian, drei Nachbarsjungen und Benedetta, die auf dem zu einem Fußballfeld umfunktionierten Grasstück wie ein Wiesel auf meinen Sohn zuschoss. Dieser, außer sich vor Freude über das eben geschossene Tor, umarmte sie stürmisch. Florian hingegen warf ihr grimmige Blicke zu, offenbar gehörte er zur Gegenmannschaft. Am Rand des Spielfelds, das von zwei wackeligen Toren begrenzt war, lag ein Haufen Trinkflaschen und City-Turnschuhe.

Ich hatte Vincenzo zweisprachig erzogen, aber normalerweise weigerte er sich, mehr als das absolut Nötigste in seiner zweiten Muttersprache zu artikulieren. In aller Regel, wenn er mehr Taschengeld wollte oder fragte, wann das Essen fertig sei. Seit aber Benedetta eines der Gästezimmer im ersten Stock bewohnte, war alles anders.

Gleichgültig, ob die beiden gemeinsam dem Fußball hinterherjagten, die neuesten Instagram-Fotos auf ihren Notebooks und Smartphones begutachteten, sich über Sitcoms oder Youtube-Videos amüsierten – alles zwischen ihnen spielte sich auf Italienisch ab. An zwei Vormittagen in der Woche besuchte Benedetta einen Deutsch-Sprachkurs, auch in Italien hatte sie schon einen Crashkurs gemacht. Dennoch war ihr Deutsch alles andere als perfekt.

Ich begrüßte die Fußballmannschaft, stellte den Korb ab und erkundigte mich nach Vincenzos Nachmittag. Er hatte an einer Fridays-for-Future-Demo teilgenommen, seiner neuen Leidenschaft.

Die Radl-Tour, erfuhr ich, sei zwar »megageil« gewesen, das »Gequatsche« bei der anschließenden Kundgebung auf dem Haidplatz jedoch »krass ätzend«. Florian, der ihn begleitet hatte, gab zustimmende Brummlaute von sich.

»Hast du später ein paar Minuten Zeit?«, fragte ich Benedetta auf Italienisch. »Ich muss was mit dir bereden.«

Im Gegensatz zu den Jungs, alle wie Vincenzo zwischen vierzehn und fünfzehn Jahren alt, war Benedetta schon fünfundzwanzig. Dennoch war sie kaum von ihren Spielgefährten zu unterscheiden. Ihre Figur war schmal und so sehnig, als wäre sie ebenfalls ein Junge. Das halblange schwarze Haar, auf dem das obligatorische froschgrüne Käppi thronte, hatte sie wie immer zu einem Pferdeschwanz zurückgebunden.

»Das wird eng.« Ein flüchtiger Blick aus ihren hellgrauen Augen streifte mich. »Hab nachher noch eine Verabredung.«

»Es geht um die Boutique. Dauert auch nicht lange.«

»Hm … Bestimmt findet mein Tanzpartner es gar nicht lustig, wenn ich ausgerechnet heute zu spät komme. Ich mache einen Tangokurs, und ich hab versprochen, dass ich pünktlich im ›TangoTango‹ bin.« Sie biss sich auf die schmale Unterlippe, als wäre ihr das zuletzt Gesagte ungewollt herausgerutscht.

»Dann eben gleich. Wir könnten kurz in die Küche …«

»Oh Manno, *mamma*, in einer halben Stunde muss Florian heim«, quengelte Vincenzo und raufte sich das fast schwarze Haar, das er von seinem Vater geerbt hatte, mit wahrhaft theatralischer Miene. »Bestimmt quatscht ihr wieder stundenlang, wir sind sowieso noch ein Tor im Rückstand, und wenn wir nicht sofort …«

»Von stundenlang ist keine Rede«, wies ich ihn zurecht. »Seit wann«, ich wandte mich wieder an Benedetta, »seit wann tanzt du denn Tango?«

Natürlich ging es mich nichts an. Aber ich wusste, dass sich hinter dem »TangoTango« ein erstklassiges und dementsprechend teures Tanzstudio verbarg, in dem sie sich wohl kaum Unterricht leisten konnte. Jedenfalls nicht von dem Geld, das sie bei mir verdiente.

Luciano, ein Freund aus Parma, hatte sie mir empfohlen. Ursprünglich hatte Benedetta in Bologna Italienisch und Anglistik studiert. Da sie aber nach Abschluss des Studiums erst einmal eine Weile im Ausland leben wolle, so Luciano, sei ein Minijob im »BellaDonna« perfekt für sie.

Im Klartext hieß das: Benedetta wohnte und aß bei mir umsonst und bekam ein Taschengeld. Dafür half sie in der Boutique aus. Bei ihrer Ankunft vor zwei Wochen hatten wir vereinbart, dass sie neben den festen Schichten auch nach kurzfristiger Absprache zur Verfügung stehen musste. Da kurz zuvor eine meiner Aushilfen gekündigt hatte, war ich froh gewesen um diese ebenso unerwartete wie flexible Arbeitskraft.

Allmählich aber bereute ich meine Entscheidung. Benedettas Interesse an Mode war nicht erkennbar – auch wenn sie nicht gerade Fußball spielte, trug sie meist nur Shorts und eines ihrer unifarbenen T-Shirts –, und auch die Arbeit in meinem Laden schien ihr keinen Spaß zu machen. Sie ging lieber auf Sightseeingtour und nutzte jede Gelegenheit, sich vor der Arbeit zu drücken.

»Okay, dann lieber jetzt.« Sie verzog ihre kindlichen Züge. Wenn ich nicht gewusst hätte, wie alt sie war, hätte ich sie noch um einiges jünger geschätzt. »Aber mach's bitte wirklich kurz, okay? Ich muss ja auch noch unter die Dusche.«

»Und wir müssen noch mindestens ein Tor schießen, wenn wir gewinnen wollen, Benedetta«, kam es von Vincenzo in muffigem Ton. »*Mamma*, also echt, wieso …?«

Mein Handy meldete sich. Es war Mona.

Ich bat Benedetta um einen Moment Geduld, ging ein paar Schritte zur Seite und nahm das Gespräch an. Hinter mir spielte die Fußballmannschaft weiter.

»Bin noch im Laden«, sagte Mona in atemlosem Ton. »Ich sperre aber gleich zu, hier ist nichts mehr los.«

Als pflichtbewusste zweite Geschäftsführerin war sie nach ihrem Termin noch einmal ins »BellaDonna« zurückgekehrt, um dort nach dem Rechten zu schauen. Es erstaunte mich nicht zu hören, dass Benedetta sofort nach Monas Auftauchen wieder verschwunden war.

»Das mit Jakob lässt mir keine Ruhe«, sagte Mona im nächsten Atemzug. »Ich kann es echt nicht fassen – tot, ermordet, einfach so, und mitten im Dom. Wer tut denn so was?«

Über diesen Punkt hatte auch ich nachgedacht. Auch wenn die Stelle, an der Jakob Landauer getötet worden war, ziemlich versteckt war, so befand sie sich dennoch in einer der wohl am meisten besuchten Sehenswürdigkeiten der Stadt.

Wieder brüllte Vincenzo so laut, dass ich mich noch ein wenig weiter entfernte. Offenbar hatte er oder Benedetta das ersehnte Tor geschossen.

»Eins steht zumindest fest, der Täter hat Nerven wie Drahtseile«, sagte ich, als ich unter dem Apfelbaum zum Stehen kam. »Woher kennst du Jakob Landauer eigentlich?«

»Wir haben miteinander studiert, zwei Semester. Aber dann hatte er genug von Germanistik, wie so viele, die klüger waren als ich, und hat auf Journalismus umgesattelt. Er ist nach München, an die LMU, über Facebook hatten wir aber immer Kontakt. Jedenfalls, wenn du meine Meinung hören willst, Anna – bestimmt ist er jemandem auf die Füße getreten, weil …«

Im Hintergrund hörte ich eine Frauenstimme. Mona erklärte mir, sie müsse sich nun doch noch einer Kundin widmen, und legte auf.

Ich ging zurück und sah, wie Vincenzo seine Flasche in einem Zug leerte. Seine Freunde waren noch da, aber Benedetta war nirgendwo zu sehen. Sie hatte sich einfach aus dem Staub gemacht.

»Kein Problem, *amore*«, sagte ich eine halbe Stunde später ins Handy, das ich mir zwischen Ohr und Schulter geklemmt hatte, und zerpflückte den Lollo Rosso. »Dann warten wir eben mit dem Essen.«

»Warten macht keinen Sinn«, entgegnete Maximilian in hektischem Ton, »vor elf, halb zwölf komme ich hier nicht raus. Die OP dauert zwei Stunden, mindestens, dazu die Vor- und Nachbereitungen. Lasst mir einfach was übrig.«

Natürlich war ich enttäuscht, dass er es wieder einmal nicht zum gemeinsamen Essen schaffte, vor allem heute, zu Beginn des Wochenendes. Ich versuchte jedoch, es mir nicht anmerken zu lassen, sondern wünschte ihm gutes Gelingen. Maximilian verabschiedete sich, schon klickte es in der Leitung. Nicht einmal für ein in den Hörer gehauchtes Küsschen hatte er noch Zeit gehabt.

Seufzend legte ich das Mobiltelefon auf den Küchentisch und widmete mich wieder meinen Vorbereitungen fürs Abendessen, bei dem wir heute also nur zu dritt sein würden. Vincenzo, Mona und ich.

Nach dem Salat würde ich eine Parmigiana servieren, in Olivenöl gebratene und mit Parmesan und Büffelmozzarella überbackene Auberginen- und Tomatenscheiben, und als Dessert eine Pannacotta mit frischen Beeren. Dazu würde ich mir ein Glas eiskalten Vermentino gönnen, den vollmundigen Weißwein vom Landgut meines Onkels Marcello, dem Castello di Santosa nahe bei Volterra im Herzen der Toskana.

Maximilian arbeitete als leitender Oberarzt in der Neurochirurgie am Regensburger Uniklinikum, und bei Notfällen ging sein Job naturgemäß vor. Heute handelte es sich außerdem um einen komplizierten Eingriff, den er keinem Assistenzarzt überlassen konnte. Da ich als Selbstständige daran gewohnt war, auch dann zu arbeiten, wenn andere Leute frei hatten, war das nie ein Problem für mich gewesen.

In den letzten Wochen hatte Maximilian allerdings oft bis an die Grenzen seiner Leistungsfähigkeit geschuftet, die gewohnt schwierige Personalsituation an der Klinik war jetzt in der Urlaubszeit besonders angespannt. Nach den langen Diensten wirkte er oft so fahrig, dass ich mitunter sogar froh war, wenn er sich an seinen Feierabenden in den Garten verzog. Beim Büschestutzen und Unkrautzupfen konnte er ein wenig den Kopf auslüften.

Allmählich litt unsere Beziehung unter der Situation, und auch in der kommenden Woche würde ich wenig von ihm sehen. Am Montag ging sein Flieger nach Jekaterinburg, wo er eine Partnerschaft mit der zukünftig geplanten Medizinischen Fakultät der Ural Federal University anleiern sollte, im Auftrag seines Chefs, der groß darin war, ständig neue Projekte an Land zu ziehen und die Ausführung grundsätzlich seinen Oberärzten zu überlassen. Erst Ende der Woche, pünktlich zur Abfahrt in die Toskana, würde Maximilian zurückkehren.

Ich freute mich auf die gemeinsame Zeit im Süden. Natürlich würden wir einen Großteil davon mit meiner italienischen Familie verbringen. Dennoch gäbe es auch Momente zu zweit, voller Innigkeit, Unbeschwertheit und ohne den ständigen Blick auf die Uhr oder aufs Handy.

Benedettas eilige Schritte rissen mich aus meinen Überlegungen. Ich legte das Salatsieb zur Seite und ging in die Diele. Sie kramte in der für sie reservierten Schublade des Vertikos und zog ihren kleinen Lederrucksack hervor.

»Wolltest du nicht zum Tangotanzen?«, fragte ich mit Blick auf ihr wieder einmal ziemlich burschikoses Outfit.

»Genau, und ich bin auch schon ziemlich spät dran.« Schlüssel und Handy verschwanden im Rucksack. »*Ciao, Anna, a dopo* – bis dann.«

Schon war sie bei der Haustür, die gerade aufging, stieß um ein Haar mit Vincenzo zusammen. Sie zerstrubbelte ihm das Haar, beide lachten. Er sah sofort wieder auf sein Smartphone und ließ die staubigen Fußballschuhe, die von seiner anderen Hand baumelten, einfach fallen. Florian, der hinter ihm aufgetaucht war, folgte seinem schlechten Beispiel.

»Bitte hebt das auf«, sagte ich zu den beiden. »Benedetta, nur eine Minute, wir wollten doch …«

»Später, okay?« Sie quetschte sich an den Jungs vorbei und war im nächsten Moment draußen.

Ich seufzte. Es hatte keinen Sinn, sie jetzt wegen der Boutique zur Rede zu stellen. Sie wäre ohnehin nicht bei der Sache gewesen.

»Da fällt mir ein«, rief ich ihr dann aber doch nach, »bist du heute im Dom gewesen?«

»Im Dom?« An dem Treppchen, das von der Veranda nach unten führte, blieb sie stehen. »Nein, wie kommst du darauf?«

»Ich dachte, ich hätte dich gesehen. So um Viertel nach eins.«

»Das war nicht ich. Um Viertel nach eins, da war ich gerade …« Sie wandte sich um, fuhr sich mit der Zunge über die Zähne. »In der Dreieinigkeitskirche. Echt schön, da oben auf dem Turm.«

Obwohl sie so in Eile war, fummelte sie ihr Smartphone aus der Hosentasche, wischte über das Display, kam ein paar Schritte zurück und hielt es mir unter die Nase. Der altbekannte Blick über die Dächer Regensburgs.

»Im Dom haben sie heute übrigens einen abgeknallt«, sagte

Vincenzo. »Auf Insta gibt's sogar Fotos von der Leiche, echt krass.«

»Einen Mann?« Benedettas Blick erstarrte.

»Einen Journalisten«, sagte ich.

Alle Farbe wich aus ihrem Gesicht.

»Jakob Landauer«, ergänzte ich und betrachtete sie überrascht. »Kennst du ihn etwa?«

Langsam schüttelte sie den Kopf, vermied dabei jeden Blickkontakt. Mit einem Gesichtsausdruck, den ich nicht deuten konnte, rief sie: »*Ciao, ci vediamo*«, und stürzte davon.

Eine Weile später saß Mona auf dem Küchentisch, ließ ihre langen Beine baumeln und informierte mich über den Tagesumsatz im Laden, der für einen Freitag ganz okay war.

Semiramis kam hereingehuscht und sah sich auffordernd maunzend um. Ausnahmsweise überließ Mona es heute nicht mir, ihre rabenschwarze Katzendame zu füttern. Sie sprang vom Tisch, häufte den Inhalt einer frisch geöffneten Dose in die Schüssel neben der Terrassentür und streichelte Semiramis schließlich sogar das dichte Fell, wenn auch mit etwas hektischen Bewegungen.

Die Pannacotta stand schon im Kühlschrank. Ich gab die in Scheiben geschnittenen Auberginen und einen Schuss Öl in eine Pfanne. Aus dem Augenwinkel sah ich, wie Mona unschlüssig an ihrem Engelslockenkopf herumzupfte – seit Wochen trug sie ihr Haar in Silberblond, ihrer natürlichen Haarfarbe. Schließlich ließ sie sich auf der Eckbank nieder und zog die Beine hoch. Wie sie nun so dasaß, mit den eng an den zierlichen Körper gepressten Beinen und das Gesicht so wächsern wie das einer Porzellanpuppe, hatte sie keinerlei Ähnlichkeit mehr mit der Elfe, die sie früher immer gewesen war.

»Wie war dein Termin?«, fragte ich. »Ist der Anwalt der richtige für dein Vorhaben?«

Mona zog ihr Handy aus der Gesäßtasche ihrer Jeans und

zeigte mir kommentarlos seine Website. Mit Mitte vierzig konnte er auf eine lange Reihe erfolgreich abgeschlossener Verfahren am Familiengericht in genau der juristischen Sparte zurückblicken, die für Mona so wichtig war. Neben seinem Lebenslauf war ein Foto abgebildet. Er trug einen aparten Bart, hatte samtene Augen und passte auch sonst perfekt in Monas Beuteschema: in der richtigen Einkommensklasse und vermutlich verheiratet.

Normalerweise wäre sie an dieser Stelle ins Schwärmen gekommen, und nach höchstens vier Wochen hätte sie mir mit tränennassem Gesicht geschworen, sich nie, wirklich niemals mehr wieder mit einem Mann einzulassen, der schon in festen Händen war. Seit ihrer Episode mit Heiner Bach aber war alles anders.

»Was hat der Anwalt zu deinem Problem gesagt?«

»Anfang nächster Woche wird er den Antrag einreichen.« Ihre sonst so unbeschwerte Stimme flatterte, als wäre sie ein Geist, eine ruhelose Seele auf der Suche nach Erlösung. »Fünfzig Meter, hat er gesagt. Das ist wohl die übliche Entfernung in einem solchen Fall. Dann geht alles ganz schnell, vielleicht noch zwei Wochen, bis das Verfahren eröffnet wird.«

Vor anderthalb Monaten war Mona Heiner Bach begegnet. Als gut aussehender und noch besser verdienender Monteur Ende dreißig, der als Leiter eines mehrköpfigen Teams die Wartung und Reparatur von Abfüllanlagen für die Firma Krones im osteuropäischen Markt koordinierte, hatte er ihr Herz im Sturm erobert. Laut Mona war er ein erfindungsreicher Liebhaber. Außerdem verwöhnte er sie mit Einladungen in die angesagtesten Restaurants und überraschte sie mit kostspieligen Geschenken. Nach und nach legte er jedoch Eigenarten an den Tag, die sie anfangs nur irritierten, bald jedoch massiv störten und ihr irgendwann sogar Angst einjagten.

Während seiner Dienstreisen rief er sie ständig an, oft mitten in der Nacht und auch immer wieder in der »Mittelbayerischen Zeitung« oder im »BellaDonna«, und wollte alles wissen. Wo sie gerade stecke, welche Pläne sie für die nächsten Stunden habe, mit wem sie sich zu treffen beabsichtige. Bei jedem noch so flüchtigen Blick, den sie anderen Männern zuwarf, machte er ihr eine Szene. Da sie seinen Kontrollwahn bald nicht mehr ertrug, mündeten ihre Dates immer häufiger in Streitereien. Als er sie bei diesen Gelegenheiten zunehmend beschimpfte, mitunter sogar Dinge nach ihr warf – mal einen Stift, mal einen Löffel – und schließlich sogar die Hand gegen sie erhob, brach sie den Kontakt zu ihm ab.

Ab diesem Moment wurde alles nur noch schlimmer. Heiner Bach bedrängte sie in jeder erdenklichen Art und flehte sie an, sie möge doch wieder zu ihm zurückkommen – ohne sie habe sein Leben keinen Sinn. Er schickte ihr Endlos-Mails, lauerte ihr vor dem Redaktionsgebäude oder der Boutique auf, verfolgte sie bis zur Bushaltestelle oder zum Parkhaus. Längst hatte sie sich eine neue SIM-Karte besorgt, auch mein Pfefferspray trug sie immer bei sich, ging kaum noch aus. Ihre Kollegen bei der »MZ«, die Anwohner meines Ladens – an alle hatte Mona ein Foto mit dem Gesicht des Stalkers verteilt.

Bisher hatte Heiner Bach zum Glück noch nicht herausgefunden, wo Mona wohnte – einer inneren Eingebung folgend, hatte sie sich immer nur auswärts mit ihm verabredet. Wenn sie abends doch einmal unterwegs war, achteten Maximilian und ich darauf, dass bei ihrer Rückkehr einer von uns wach und die Villa hell erleuchtet war. Dennoch lebte sie in der ständigen Angst, Heiner Bach würde plötzlich vor ihr stehen und ihr Gewalt antun.

Seit einigen Tagen nun herrschte Funkstille. Unter einem Vorwand hatte ich bei Krones angerufen – Mona selbst hatte es nicht gewagt – und erfahren, dass Heiner Bach sich momentan im tschechischen Budweis aufhielt, wo eine Anlage ausgefallen war. Anfangs war sie so erleichtert gewesen, dass sie so unbekümmert wie früher durchs Haus wirbelte. Dann aber ergriff die Unruhe wieder von ihr Besitz, irgendwann nackte Panik. Ihrer Meinung nach war es nur eine Frage der

Zeit, bis er ihr wieder nachstellte. Und vermutlich hatte sie damit leider recht.

Ich hatte Paolo davon erzählt. Er hatte versprochen, hin und wieder eine Streife vorbeizuschicken, konnte offiziell jedoch nichts unternehmen, solange er keine konkrete Handhabe gegen den Stalker hatte. Er hatte Mona geraten, Heiner Bach wegen der tätlichen Angriffe und anhaltenden Belästigung anzuzeigen. Und vor allem solle sie eine gerichtliche Verfügung mit einem Annäherungsverbot erwirken.

»Dann ist ja alles bestens«, sagte ich fröhlicher, als mir zumute war, und gab die angebratenen Auberginenscheiben in eine Auflaufform. »Du isst doch mit, oder?«

»Nein, ich hab keinen Hunger.« Mit trüben Augen sah sie hinaus auf die Terrasse, vor der Vincenzos Fußball lag. »Weiß man schon was Genaues wegen Jakob?«

Ich erklärte Mona, dass ich den ganzen Nachmittag über an einem neuen Auftrag gearbeitet hatte und den momentanen Stand der Dinge nicht kannte.

»Wie hast du das eigentlich gemeint, vorhin am Telefon?«, fügte ich hinzu. »Dass Jakob Landauer jemandem auf die Füße getreten ist?«

»Na ja, er hat hier recherchiert, was sonst? Bestimmt wollte er mal wieder einen Skandal aufdecken und den Pulitzerpreis dafür gewinnen. ›Bluthund‹ haben wir ihn genannt, früher an der Uni.« Ein winziges Lächeln glitt über ihre Züge. »Wenn wir anderen gefeiert haben, an den Sarchinger Weiher zum Baden gefahren sind oder zu einem geilen Konzert nach Nürnberg – der Jakob ist garantiert nie mitgekommen, jede noch so blöde Seminararbeit war ihm wichtiger. Aber genau aus diesem Grund ist er dann bei der ›SZ‹ gelandet.«

Ich verteilte den geraspelten Parmesan und den in Scheiben geschnittenen Mozzarella über dem Gemüse und schob die Auflaufform in den Ofen.

»Wann hast du Jakob Landauer zuletzt gesehen?«, fragte ich.

»Schon ewig her, aber Bilder hat er immer fleißig geschickt. Er war ja lange Auslandskorrespondent. Früher, in seinen Anfangszeiten bei der ›SZ‹, da hat er mich immer angerufen, wenn er in der Nähe zu tun hatte. Wir haben dann irgendwo einen Cappuccino miteinander getrunken und über alte Zeiten geredet.«

»Wo hat die ›Süddeutsche‹ ihn hingeschickt?«

»Erst nach Ungarn, dann in die Schweiz. Die Fotos, die er da gepostet hat, die waren der Wahnsinn.« Auf ihren Wangen erschien endlich ein zarter rosa Schimmer. »Auch im Winter noch dieser irre blaue Himmel über dem Luganer See, die Promenade mit tausend Palmen, dahinter die Berge, echt zum Neidischwerden.« Schon wieder trübte ein Schleier ihren Blick. »Ehrlich gesagt, ich hatte keine Ahnung, dass er wieder da ist.«

»Weißt du, für welches Ressort er zuständig war?«

»Politik. Die Königsdisziplin, was sonst?«

5

Als ich mich am nächsten Morgen im Bett aufsetzte, schlief
Maximilian neben mir selig wie ein Kind. Bis Mitternacht hatte
ich auf ihn gewartet, leider umsonst. Ich hatte keine Ahnung,
wann er endlich nach Hause gekommen war.

Ein Blick auf die Uhr sagte mir, dass es Viertel vor acht
war. Ich zog den sonnengelben Schleier auf meiner Seite des
Himmelbetts zurück und schlüpfte so leise wie möglich in
meinen Frotteemantel. Dann schlich ich auf Zehenspitzen aus
dem Zimmer.

Am oberen Treppenabsatz sah ich, dass die Tür zum Gästezimmer nur angelehnt war. Auch wenn ich nicht sicher war, ob
es eine gute Idee war, Benedetta noch vor meinem Morgentee
zur Rede zu stellen, klopfte ich. Der Raum war jedoch leer,
auch im Bad traf ich sie nicht an. War sie etwa schon wieder
auf Tour?

Der gestrige Abend war entspannt gewesen. Vincenzo,
Mona und ich hatten lange auf der Terrasse gesessen, wo es
so warm gewesen war, dass ich in meinem dünnen Trägerkleid
selbst nach zehn Uhr nicht gefroren hatte. In der Ferne hatten
wir immer wieder Wetterleuchten gesehen. Hin und wieder
hatte es gegrummelt, das Gewitter war jedoch nicht näher
gekommen.

Ich hatte es genossen, mit meinem Sohn mehr als nur ein
paar Worte zwischen Tür und Angel zu wechseln. Seit Mitte
Juli, dem Tag des Notenschlusses, war er ständig irgendwo.
Bei Schulfesten oder -ausflügen, auf Klimaschutzkundgebun-
gen, beim Fußballspielen, bei Badenachmittagen an der Donau
oder einem nahe gelegenen Weiher. Manchmal verlor ich den
Überblick, wo er wann und mit wem unterwegs war.

Natürlich begrüßte ich es, dass er so aktiv war, anstatt nur
vor der Playstation oder dem Computer zu sitzen wie so

manch andere seiner Altersgenossen. Aber manchmal dachte ich doch mit Wehmut an die Tage, als er seine Freizeit noch überwiegend zu Hause verbracht und mich vor allem detailliert in seine Pläne eingeweiht hatte.

Auch an diesem Wochenende hatte er einiges vor. Gemeinsam mit Florian und der restlichen Fridays-for-Future-Hardcore-Gruppe ihrer Schule würde Vincenzo heute nach Kallmünz radeln, um dort das Wochenende zu verbringen. Auf einem Zeltplatz an der Naab wollten die Youngsters strategische Zukunftspläne für die Erde schmieden, Fußball spielen, am Lagerfeuer sitzen.

Ich hoffte sehr, dass die Jungs sich zu keiner der allseits so beliebten Vergnügungen hinreißen ließen, zu denen ich nie mein Einverständnis gegeben hätte. Aber erstens waren auch zwei Lehrer und ein Elternpaar mit von der Partie, die ein Auge auf ihre Schützlinge haben würden. Und zweitens wusste ich zu gut, dass ich meinen Sohn nicht für alle Ewigkeit vor den Verführungen des Erwachsenwerdens bewahren konnte. Vor Alkohol oder was auch immer.

In der Küche, sah ich, als ich die Tür aufstieß, war Benedetta ebenfalls nicht. Dann war sie wohl tatsächlich schon wieder unterwegs, um Kirchen zu besichtigen.

Auf dem Tisch lag ein Zettel von Maximilian. Daneben stand die Weinflasche, die gestern Abend fast noch voll gewesen war – leer bis auf den letzten Tropfen. In der Spüle stapelten sich die Teller, auf denen ich sein Abendessen gerichtet hatte. Darauf eine Espressotasse, wahrscheinlich von Benedetta, und Monas riesige Kaffeetasse. Wie so häufig hatte sie ihren Morgencappuccino in meiner Küche getrunken und mir wieder einmal das Aufräumen überlassen.

»Meine Anna«, las ich auf Maximilians Zettel, mein Name war von einem Herz eingerahmt, »deine Parmigiana ist die beste der Welt, und eine solche Pannacotta gibt es wohl im ganzen Universum kein zweites Mal. Es ist schon halb drei, Brunch bitte nicht vor zwölf. Tausend Küsse, M. PS: Ich liebe dich«.

Das Postskriptum war groß geschrieben, mit fünf Ausrufezeichen. Ich musste lächeln – die Liebe ging eben doch auch durch den Magen.

Ich schaltete den Wasserkocher an, füllte meinen geliebten Assam, stark und fast so schwarz wie die Nacht, in das Teesieb, holte Milch aus dem Kühlschrank und inspizierte mein Mobiltelefon. Keine Nachrichten. Weder von Paolo noch von Mona oder Benedetta.

Dass Paolo sich so still verhielt, erstaunte mich nicht. Sein Urlaub war kein Urlaub im herkömmlichen Sinn. Er hatte sich in ein Kloster am Chiemsee zurückgezogen, um zu schweigen, zu meditieren, in sich zu gehen. Das Handy hatte er an der Pforte abgegeben, nicht einmal mit seinen Mitinsassen – wie sonst sollte man die anderen Schweigenden nennen? – durfte er sprechen. Ich hoffte sehr, dass ihm diese freiwillig auferlegte Prüfung guttat. Seit Lilo, seine langjährige Lebensgefährtin, sich von ihm getrennt hatte, war er nicht mehr der Alte.

Ich räumte das schmutzige Geschirr in die Spülmaschine. Nach dem Tee und der Dusche würde ich zur Kripo fahren, zu einer weiteren Zeugenaussage hinsichtlich der gestrigen Vorfälle im Dom und um das Protokoll zu unterschreiben. Bis zum Brunch mit Maximilian blieb mir anschließend sicher noch genug Zeit, um in Straubing zu recherchieren, dieses Mal in der »Rossi-Immo-Service GmbH«. Vielleicht bekam ich in Vittorio Rossignolos Firma ja tatsächlich einen Hinweis auf die neue Besitzerin der Gemälde, die ich für meine Auftraggeber aufspüren sollte.

Der Wasserkocher schaltete sich aus. Ich goss den Tee auf, öffnete die Verandatür und trat hinaus.

In den Sträuchern und Laubkronen der alten Bäume zwitscherten Spatzen und Meisen, Amseln sangen ihre vielstimmigen Melodien. Die Rosen- und Lavendelbüsche waren eine einzige Pracht, und dank Maximilian leuchtete das Grün des Rasens, auf dem noch immer der Fußball lag, hell in der Morgensonne. Tief sog ich die schon jetzt heiße Luft ein. Ich freute mich auf das Wochenende mit meinem Hobbygärtner. Nur wir beide.

Das Gespräch mit dem Anwalt und vielleicht auch Vincenzos Pläne hatten Mona gestern Abend davon überzeugt, dass sich etwas ändern musste. Schluss mit Trübsal, Schluss mit der Angst vor dem, was vielleicht, was hoffentlich nie auf sie zukommen würde. Spontan hatte sie beschlossen, das Wochenende nicht in Regensburg zu verbringen, sondern am Gardasee gemeinsam mit einer Kollegin aus der Redaktion. Sonne satt, Urlaubsfeeling pur, endlich wieder einmal leben. Allein schon der Gedanke daran hatte sie wieder in die leichtfüßige Elfe verwandelt, die ich seit Wochen vermisste.

Für die Samstagsschicht im »BellaDonna«, für die eigentlich Mona eingeteilt war, sprang eine unserer verbliebenen Aushilfen ein. Da am Montag ohnehin Benedetta dran war, konnten Mona und ihre Kollegin sich für die Rückreise Zeit lassen.

Ich holte den Fußball und legte ihn in eine Ecke der Terrasse. Zurück in der Küche goss ich den fertig gezogenen Tee in meine Lieblingstasse mit veilchenfarbenen Blümchen und gab Milch dazu. Beim ersten Schluck hörte ich die Tür von Vincenzos Zimmer oben zuknallen, ungewohnt früh. Der Ausflug mit seinen Freunden lockte.

Welche Pläne Benedetta für heute und morgen hatte, wusste ich nicht. Von dem anstehenden Gespräch mit ihr würde ich mir das Wochenende jedoch nicht verderben lassen. Irgendwann würde ich sie schon noch erwischen.

***

Das Entree der »Rossi-Immo-Service GmbH« war genauso nobel wie Vittorio Rossignolos Privathaus, wenn auch auf andere Weise. Über drei Stockwerke zog sich die Halle, bis unters mit Holzbalken abgestützte Dach. Die vorherrschende Farbe war asphaltgrau. Dazwischen gekonnt in Szene gesetzte Farbkleckse in Form von Blumenarrangements, sichtlich wertvollen Gemälden und Lithografien, die sogar an diesem sonnenhellen Vormittag per Lichtspot angestrahlt wurden.

Der Besuch bei der Kripo in der Bajuwarenstraße war schon erledigt. Auf dem Weg nach Straubing hatte ich mit verstellter Stimme in Vittorio Rossignolos Firma angerufen und zu meiner Erleichterung erfahren, dass der Chef selbst nicht im Büro war, sondern wie immer an Samstagen im Homeoffice arbeitete. Gewiss wäre er nicht begeistert, wenn er wüsste, dass ich hier herumschnüffelte.

Das Immobilienunternehmen befand sich in einem modernen Gebäude, in einem offenbar ziemlich neuen Industriegebiet im Westen der Stadt. Der gepflasterte Platz vor dem mit viel Glas versehenen Bauwerk führte in einen Hof. Dort schien außerdem eine Spedition untergebracht zu sein, vor einer Rampe wurde ein Lkw beladen.

Ich ging auf die gläserne Eingangstür zu. In den oberen Stockwerken, die über eine Holztreppe zu erreichen waren, sah ich nur eine einzige gebeugte Gestalt vor einem Bildschirm sitzen. Hinter dem wuchtigen Tresen im Erdgeschoss trippelte eine Frau auf und ab, mit Headset, im eng anliegenden Hosenanzug und blutjung. Ich schätzte sie auf noch nicht einmal zwanzig.

»Am Montag, ja, da ist er wieder im Haus«, sagte sie in höflichem, fast säuselndem Ton, als ich das Entree betrat. »Aber Sie könnten auch mit Herrn Sassi sprechen, Herr Schönbrinck. Er ist unsere Notbesetzung heute, außerdem voll im Thema und …«

Sie schwieg, blieb vor einem Bildschirm stehen und tippte hektisch auf einer Tastatur herum, während ihr Telefonpartner augenscheinlich gerade explodierte. Immer wieder versuchte sie, etwas Beruhigendes einzuwerfen, jedoch vergebens, und ihr zarter Teint lief allmählich dunkelrot an.

»Nun, wenn es so dringend ist, stelle ich Sie doch lieber

an Herrn Rossignolo persönlich durch«, sagte sie schließlich. »Einen ganz kleinen Moment bitte, ich verbinde.«

Sie drückte auf einen Knopf an ihrer Telefonanlage, ihr Blick streifte mich. Sofort erschien ein Lächeln auf ihrem Gesicht, wenn auch etwas schief. Mit bemüht entspannter Geste deutete sie auf eine Sitzgruppe aus Leder gegenüber dem Tresen.

Ich setzte mich auf einen Sessel mit Sicht auf den Empfang, über dem ein riesiges Bild von Andy Warhol hing, eine handkolorierte Lithografie in den typischen knalligen Farben. Es roch nach Kaffee und einem kaum wahrnehmbaren Zitrusduft. Leise Klaviermusik perlte aus unsichtbaren Lautsprechern.

»Emma hier«, hörte ich die Empfangsdame mit leiser Stimme sagen. »Ich soll dich ja nicht stören, Vittorio, tut mir auch echt leid. Aber es geht nicht anders.«

Natürlich spitzte ich die Ohren. Berufskrankheit.

»Ich hab wieder den Herrn von der Bank in der Leitung, der führt sich auf, sage ich dir.« Ein tiefer Seufzer. »Genau, den von gestern.«

Die Sitzecke befand sich in einer komplett verglasten Nische, sodass ich den Innenhof einsehen konnte, den ich von draußen schon bemerkt hatte. Hinter dem Lkw standen zwei Lieferwagen, der eine schwarz, der andere weiß, mit geöffneten Heckklappen. Vom heutigen Samstag war dort draußen nichts zu spüren. Männer in Arbeitskleidung luden Kisten in die Transporter. Ein wesentlich jüngerer Mann säuberte mit einem Dampfstrahler die Bodenfliesen.

»Ich hab echt alles versucht, Vittorio. Aber er will nur mit dir sprechen, natürlich jetzt sofort, und außerdem geht es um Leben und Tod und … Glaub mir, Vittorio, das hat er gesagt, wortwörtlich … Natürlich, ständig sagt er das, du hast ja recht. Aber ich weiß wirklich nicht, wie ich ihn …« Wieder seufzte sie, nun aber erleichtert. »Okay, danke, das ist echt lieb.«

Erneut drückte sie auf ein Knöpfchen. Dann wandte sie sich

mir zu, dieses Mal mit perfektem Empfangsdamenlächeln. Ich stand auf und erklärte im Näherkommen, ich sei auf der Suche nach einer Eigentumswohnung in Regensburg.

»Fünf Zimmer, darunter auf keinen Fall, gern in der Altstadt, aber natürlich ruhig«, holte ich aus. »Neu oder renoviert, ganz egal, in jedem Fall aber mit Top-Ausstattung. Haben Sie so was?«

»Da können wir Ihnen tatsächlich ein geeignetes Objekt anbieten«, flötete sie. »Ein wundervolles Appartement, sehr zentral, und die Ausstattung absolut hochwertig.«

Mit ihren nudefarbenen Gelnägeln klickte sie ein paarmal auf die Maus. Sie trug einen vollen Bob unter einem akkurat geschnittenen Pony, wodurch ihr an und für sich schmales Mädchengesicht um einiges pausbäckiger wirkte, als es tatsächlich war.

»Und das hier«, kurz hielt sie inne, »das hier hat sogar einen Traumblick auf die Donau, ganz in der Nähe vom Marina-Viertel übrigens, so was kriegen Sie sonst …« Sie stutzte. »Da gibt es wohl schon einen Interessenten, sehe ich gerade. Aber wenn wir uns beeilen, vielleicht … In welchem Preisrahmen, sagten Sie?«

»Das spielt keine Rolle.«

Ihr Lächeln wurde noch eine Spur umwerfender und das Klicken um einiges engagierter.

Nach der Dusche hatte ich mich für eines der nobelsten Outfits entschieden, das ich besaß. Mit dem knapp sitzenden Kostüm von Giorgio Armani, so mein Gedanke, würde ich meiner kleinen Show die entsprechende Authentizität verleihen. Schließlich sah man dem farbenprächtigen Ensemble aus Seide und Leinen nicht an, dass es aus zweiter Hand stammte, wie so viele meiner besten Stücke. Dazu trug ich eine Handtasche aus jadegrünem Kalbsleder und Nonna Emilias prächtigste Perlenkette, die noch aus den goldenen Zwanzigern des letzten Jahrhunderts stammte.

Ein Drucker surrte, das Empfangsdämchen zog einen Farb-

ausdruck nach dem anderen heraus. Während ich die Lithografie an der Wand hinter ihr betrachtete, steckte sie alles in
eine grüne Klarsichtfolie.

»Hier haben Sie schon mal die Eckdaten.« Sie reichte mir die
Unterlagen und wies wieder zur Sitzgruppe. »Ich informiere
sofort einen unserer Berater.« Ihr Blick flog zum Display ihrer
Telefonanlage. »Wenn Sie vielleicht fünf Minuten Zeit hätten,
er spricht nämlich gerade. Darf ich Ihnen solange eine Tasse
Kaffee …?«

»Eigentlich wollte ich mit dem Chef persönlich sprechen«,
unterbrach ich sie mit in die Hüfte gestemmter Hand und
hochgezogenen Brauen.

»Aber natürlich, entschuldigen Sie bitte.« Ihre Finger, die
schon wieder über einem Knöpfchen flatterten, kamen zum
Stillstand. »Leider ist er heute nicht im Haus. Ich könnte Ihnen
aber gleich den ersten Termin für den kommenden Montag
reservieren.«

»Das geht nicht, lieber Donnerstag«, sagte ich mit Blick auf
mein Handy. Bis dahin hatte sie meinen Besuch hier hoffentlich vergessen. »Und nach siebzehn Uhr, bitte.«

»Ich hoffe wirklich sehr, dass das Objekt bis dahin nicht
schon weg ist. Wie gesagt, der andere Interessent. Wie sieht's
denn am Dienstag bei Ihnen aus?«

Ich rollte mit den Augen. »Da bin ich in Amsterdam.«

»Verstehe. Gut, ich trage Sie sofort für Donnerstag ein,
vielleicht haben wir ja Glück. Wie war der Name, sagten
Sie?«

Da ich mich in Manfred Billichs Kunstagentur schon als
Mona ausgegeben hatte und selbstverständlich nicht als Anna
di Santosa in Erscheinung treten wollte, nannte ich nun einen
anderen, von meinem Ex-Mann entliehenen Namen: »Paula
Wolf.«

Paolo hieß im richtigen Leben Paul Wolf.

»Wunderbar. Darf ich Sie gleich in unsere Kundendatei auf-
nehmen, Frau Wolf?«

»Das machen wir dann am Donnerstag.«

Hoheitsvoll verabschiedete ich mich, warf einen letzten Blick auf die Lithografie über ihr, die ein drucksigniertes, vermutlich limitiertes Porträt Liza Minellis zeigte, und wandte mich zum Ausgang. Nach ein paar Schritten kehrte ich wieder um.

»Der Warhol gefällt mir übrigens unglaublich gut. Was meinen Sie, würde Ihr Chef mir den vielleicht überlassen?«

»Nun ja.« Ihr Profilächeln, das sie mit meinem vermeintlichen Abgang schon ausgeknipst hatte, erschien erneut. »Dazu kann ich Ihnen leider gar nichts sagen, Frau Wolf. Das besprechen Sie lieber direkt mit Herrn Rossignolo.«

»Mir ist zu Ohren gekommen, dass Ihr Chef nicht nur ein sehr angesehener Sammler ist, sondern auch mal das eine oder andere Einzelstück verkauft. Das stimmt doch, oder?«

»Wie gesagt, Frau Wolf, wenn Sie nächste Woche …«

»Verschicken Sie die verkauften Bilder auch von hier? Das wäre für mich wirklich der einfachere Weg, ich bin ja ständig unterwegs.«

Das Telefon läutete, ihr Blick flog wieder zum Display der Telefonanlage. »Das erledigt immer die Spedition.«

Ich musterte sie fragend. Sie machte eine flüchtige Kopfbewegung in Richtung Innenhof.

»Es wäre wirklich besser, wenn Sie das mit Herrn Rossignolo persönlich besprechen, und jetzt entschuldigen Sie mich bitte.« Ein letztes warmes Lächeln, sie drückte den Knopf. »›Rossi-Immo-Service GmbH‹, ich bin Katinka, was kann ich für Sie tun?«

Ein Gabelstapler holperte bald darauf an mir vorbei und auf den Lkw zu, dessen Seitenplane jemand zurückgeschlagen hatte. Auf einem Schild ein paar Meter neben der Rampe hieß es »New Transports GmbH«, darüber waren noch weitere Firmenschilder angebracht. Außer der Spedition residierten in dem Gebäudekomplex, das den Hof umgab, das Zahntechniklabor »Lohbichler und Huber«, eine Investmentfirma, zwei Arztpraxen und ein Copyshop.

In weitem Bogen ging ich um den Mann mit Dampfstrahler herum, aus dem es blies und zischte. Die Lieferwagen standen noch da, jetzt mit geschlossenen Hecktüren, die einen Schriftzug mit dem Namen der Spedition trugen. Der Großteil der Arbeiter, die sie beladen hatten, war verschwunden. Nur einer lungerte noch in einer Ecke herum und rauchte.

Der mit Kisten unterschiedlicher Größe beladene Gabelstapler hielt vor der Ladefläche des Lkws. Der Fahrer, ein untersetzter Schnurrbartträger, studierte das Klemmbrett, das vor seinem Sitz auf einer Ablage lag. Dann ging er nach vorn, packte die oberste Kiste, setzte sie aber sofort wieder ab und fluchte in derbstem Niederbayerisch.

»Pete, mach mal rüber!«, rief er über die Schulter mit leicht osteuropäischem Akzent. »Das Packstück hier, das muss mit nach Ingolstadt, und allein heb ich mir einen Bruch.«

Der mit der Zigarette tat einen letzten Zug und drückte den Stummel in einem an der Gebäudemauer angebrachten Aschenbecher aus. Gemeinsam trugen sie die Kiste zu den Lieferwagen, die in einiger Entfernung standen. Mich beachteten sie nicht.

Auf der Ladefläche des Gabelstaplers, sah ich beim Näherkommen, befanden sich noch drei weitere Pakete, die von der obersten Kiste verdeckt worden waren. Sie waren allesamt länglich, zudem sehr flach. Etwa ein Meter auf anderthalb. Sollten in diesen Paketen etwa die Bilder der Kalterers sein? Die Abmessungen würden passen.

Die beiden Männer rumorten im Inneren des weißen Lieferwagens. Schnell trat ich noch ein paar Schritte näher und warf einen Blick auf das Klemmbrett.

Das oberste Blatt, ein Kommissionsbeleg der »New Transports«, war auf eine Adresse in Ingolstadt ausgestellt, ein Supermarkt, der mit einem Packstück beliefert wurde. Ich blätterte um, las: »Colli, drei«. Der Beleg, der mich interessierte. Als Versender war die »Rossi-Immo-Service GmbH« in Straubing eingetragen, als Empfänger: »Da Ernesta, Burg…«

»Kann ich Ihnen helfen?«, rief jemand.

Ich hob den Kopf. Der Schnurrbartträger marschierte auf mich zu und musterte mich misstrauisch.

»Ich suche den Beleg für die Sendung nach Passau«, sagte ich ohne Zögern und trat einen Schritt zurück. »Die soll nämlich nicht in die Flussgasse, sondern in die Schiffergasse, unser neuer Assistent hat da was durcheinandergebracht.« Ich wies zu den Firmenschildern. »Zahnlabor Lohbichler, mein Mann ist einer der Geschäftsführer. Ich bin heute nur aushilfsweise da, Alfons hat ein Reitturnier, und der Neue ist im Freibad.«

»Flussgasse, sagen Sie?« Der Mann, er war einen halben Kopf kleiner als ich, blätterte schon eifrig. »Passau, hm, finde ich nicht.« Sein Argwohn war verschwunden. »An welchen Empfänger soll das gleich noch mal gehen?«

Ich nannte einen Phantasienamen. Die Gassen hingegen existierten tatsächlich, wie ich von einem früheren Auftrag wusste, bei dem mich eine Spur zu einem Donauschiff in die Drei-Flüsse-Stadt geführt hatte.

»Komisch, kann ich mich gar nicht dran erinnern.« Der Schnurrbartträger kratzte sich am Kopf. »Und das soll heute raus?«

»Wenn es am Montag ankommen soll, muss es ja heute raus, oder nicht?«

»Aber bei uns doch nicht. Alles, was heute das Lager verlässt, landet noch heute beim Kunden, zumindest die Inlandslieferungen. *Just in time*, Sie verstehen? An sechs Tagen die Woche.«

»Dass Sie so flott sind, war mir nicht klar. Der Beleg liegt bestimmt noch im Büro.« Ich verzog das Gesicht. »Das kommt davon, wenn man immer drei Sachen gleichzeitig macht. Bitte entschuldigen Sie, dass ich Sie behelligt habe.«

»Passt schon, Frau Lohbichler, passt schon.«

Ich nickte ihm zu und wandte mich zum Gehen. Aus dem Augenwinkel sah ich, dass er mich wieder eingehend betrachtete, dieses Mal jedoch mit anerkennender Miene.

»Sie können mich gern jederzeit wieder behelligen«, rief er mir nach. »Oder darf man das zu Zeiten von MeToo gar nicht mehr sagen?«

6

Mein uralter und bildschöner Maserati Quattroporte zog immer und überall Blicke auf sich. Deshalb hatte ich ihn nicht in der Nähe von Vittorio Rossignolos Firma im Stadtwesten geparkt, sondern auf dem in einiger Entfernung gelegenen, aber zentralen Straubinger Theresienplatz mit seinen Läden. Für den Brunch mit Maximilian wollte ich ohnehin noch Croissants und frische Brötchen besorgen.

Auf glutheißen Straßen ging ich stadteinwärts und ärgerte mich, dass ich den Rückweg unterschätzt hatte, auf dem Hinweg war es noch nicht so warm gewesen. Währenddessen überlegte ich in einem fort. »Da Ernesta«, der Empfänger der drei Pakete – das klang nach einem Restaurant, das von einer Italienerin geführt wurde. Gut möglich, dass sich dahinter die Freundin verbarg, an die Vittorio Rossignolo seine frisch erworbenen Gemälde verkauft hatte. Seltsam. Hatte er nicht gesagt, sie arbeite für ein Museum?

Mit Tüten beladen, stand ich irgendwann dann doch vor meinem Wagen auf dem Theresienplatz, warf die Beute hinein und öffnete sämtliche Türen und Fenster des Autos, damit die aufgestaute Hitze entweichen konnte. Samstagsshopper schlenderten an mir vorbei, ein älterer Mann mit Kinderwagen und eisschleckende Mädels in Vincenzos Alter, die so laut quietschten, dass der Mann sich umdrehte.

Ich setzte mich so auf den Fahrersitz, dass meine Füße nach draußen baumelten. Es brachte zwar kaum Abkühlung, aber ich musste den Gedanken an Ort und Stelle weiterverfolgen. Dann nahm ich das Smartphone zur Hand und suchte im Internet mit der Wortkombination »Da Ernesta« und »Burg«, dem Anfang der Adresse, die ich erspäht hatte.

Tatsächlich, ein Restaurant. Und der Ort, in dem es lag, hieß Burghausen.

Ein Blick auf die Website verriet mir, dass ich richtig geraten hatte. Auf den Fotos sah ich Wände voller Gemälde in Gold- und Silberrahmen: Landschaften, Stillleben, Porträts, auch abstrakte Bilder waren darunter. Bingo.

Auch sonst war immer alles sehr stilvoll. Riesige Lampenschirme, perlmuttfarbene Stoffservietten, Kristallgläser, edles Porzellan. Die abgebildeten Gerichte waren nach Art der Nouvelle Cuisine in Szene gesetzt, die winzigen Portionen so geschmackvoll arrangiert, dass mir allein schon vom Ansehen das Wasser im Mund zusammenlief. Bis auf drei Tassen Tee hatte ich heute noch nichts zu mir genommen, schließlich wollte ich mir meinen Hunger für den Brunch mit Maximilian aufsparen. Bald war es elf.

Das »Da Ernesta«, sah ich beim Weiterscrollen, residierte in einem himmelblauen Bauwerk mit italienisch anmutender Scheinfassade, das offensichtlich aus früheren Jahrhunderten stammte und wunderschön renoviert war. Es besaß kleine Zinnen und Stuckverzierungen über den Sprossenfenstern.

Vor einem breiten Holztor posierte eine aus etwa zwanzig durchweg lachenden Menschen bestehende Gruppe. Die meisten waren dunkelhaarig und steckten entweder in einem schwarzen Outfit oder in einer bis zu den Knöcheln reichenden Kochschürze. Nur die langbeinige Frau in der Mitte, die ich trotz ihrer weißblonden Mähne sofort als Landsmännin aus dem Süden erkannte, trug ein papageienbuntes Kleid, das ihren schlanken und festen, aber ausgesprochen weiblichen Körper betonte. Vermutlich Ernesta, die Inhaberin, umgeben von ihren Angestellten. Sie erinnerte mich an jemanden, ich hätte jedoch nicht sagen können, an wen.

Weiter unten gab es eine beeindruckende Burganlage zu sehen, auf der einen Seite mit Blick auf einen See mit einladend grünblauem Wasser, auf der anderen auf die Salzach, den Grenzfluss zwischen Burghausen und Österreich. Sonnenbeschienene Uferwege, Gässchen zum Flanieren, ein noch wesentlich pittoreskerer Stadtplatz als hier in Straubing. Farbenprächtige, mitunter zinnenbewehrte Bürgerhäuser, gediegene Hotels, zünftige Wirtschaften mit Blumenpracht und oberbayerischer Gemütlichkeit.

Ich dachte an Vincenzo, der jetzt mit seinen Freunden auf dem Weg nach Kallmünz war. An Mona, die bald den Gardasee erreichen würde. An meine Auftraggeber, die sich auf der Nordseeinsel Sylt der Entschleunigung widmeten. Sogar Paolo hatte zwischen seinen Schweigeübungen vielleicht ein wenig Muße für ein paar Schritte am Chiemsee, während ich mich kaum daran erinnern konnte, wann ich mir das letzte Mal einen freien Tag gegönnt hatte.

Mitten in meine Gedanken hinein sang Pavarotti von den trügerischen Frauenherzen: »*La donna è mobile …*« Maximilians Name erschien auf dem Display meines Mobiltelefons.

»Du bist schon wach?«, begrüßte ich meinen Liebsten erfreut, sprang aus dem Wagen, umrundete ihn in schnellen Schritten und klappte dabei eine Tür nach der anderen zu. »Ich bin praktisch schon auf dem Heimweg, und einen Mordshunger habe ich. Die Sachen für den Brunch sind übrigens im Kühlschrank, bis auf die Spiegeleier habe ich schon alles vorbereitet, die Croissants …«

»Das müssen wir leider auf später verschieben«, unterbrach Maximilian mich zerknirscht. »Ein Anruf aus der Klinik. Tut mir wirklich unsäglich leid, Anna.«

Ein Stöhnen entfuhr mir. »Doch nicht schon wieder ein Notfall?«

»Keine OP dieses Mal. Aber der Kollege, der mich nach Russland begleiten sollte, hat sich beim Mountainbiken zwei Rippen gebrochen. Deshalb muss ich mich jetzt um alles kümmern – die Präsentation vorbereiten, Papers ausdrucken, unsere neuesten OP-Methoden zusammensuchen, alles eben.« Er schnaubte. »Kannst du mir einen Gefallen tun, Anna? Fahr doch bitte im Baumarkt vorbei, wir brauchen dringend Blumenerde für die Rosenbeete. Ich weiß nicht, wie lange das hier dauert, und ich wollte noch unbe…«

»*Stai zito!*« Wie so oft, wenn ich sauer war, verfiel ich in meine erste Muttersprache. »*Basta, hai sentito, basta davvero!*« Eine Frau im viel zu kurzen Kleid, die gerade ihr Handy aus der Tasche zog, blieb stehen und gaffte mich an. Böse blitzte ich zurück. Dann holte ich tief Luft und wechselte ins Deutsche.

»Maximilian, sei mir bitte nicht böse«, sagte ich in bemüht ruhigerem Ton, »aber du wirst doch in Gottes Namen jemanden auftreiben können, der das für dich erledigt. So etwas muss doch nicht immer der leitende Oberarzt höchstpersönlich tun, noch dazu am Wochenende, oder wie siehst du das?«

Er setzte an, sich zu rechtfertigen. Meine Frage war aber ohnehin nur rhetorischer Art gewesen.

»Sosehr ich es zu schätzen weiß, wie vorbildlich du dich um meinen Garten kümmerst – das hat doch Zeit. Am Montag steigst du in den Flieger, dann sehen wir uns die ganze Woche nicht. Und nur so nebenbei«, ein rascher Blick zum Gehsteig sagte mir, dass die Frau im Miniminikleid weitergegangen war, aber selbst das Gegenteil wäre mir egal gewesen, »wann hatten wir eigentlich das letzte Mal Sex miteinander?«

Mein Liebster hatte mir still zugehört. Nun seufzte er.

»Du hast ja recht«, sagte er schließlich, ohne auf meine Frage einzugehen. »Für Jekaterinburg brauche ich ohnehin Verstärkung. Ich werde jemanden organisieren, der mich begleitet und sich im Vorfeld um alles kümmert. Das dauert eine halbe Stunde, höchstens, und dann, hoch und heilig versprochen, komme ich sofort heim.«

»Tu das. Und wenn du da bist, steigen wir ins Auto und fahren weg. So kommst du erst gar nicht in Versuchung, tausend Dinge zu erledigen, die wichtiger sind als ich.« Ich schwieg einen Moment, um meinen Worten Nachdruck zu verleihen. »Nur wir beide, *amore*. Seit Ligurien haben wir keinen einzigen Ausflug mehr gemacht.«

Das war im Februar gewesen. Damals hatte ich in einem Fall ermittelt, bei dem ich nach einem verschwundenen Bestsellerautor gesucht hatte.

»Dass wir den Kurzurlaub am Meer dann auch noch viel zu früh abbrechen mussten«, Maximilian lachte, »das war ausnahmsweise nicht meine Schuld.«

»Ausnahmsweise mal«, gab ich zu. »Also, was meinst du?«

»Ein freies Wochenende, weit weg von allem – das klingt tatsächlich verlockend. Hast du schon eine Idee, wohin die Reise geht?«

»Burghausen«, sagte ich prompt. »Das liegt in Oberbayern, im Voralpenland, und soll wunderschön sein. Wusstest du, dass es dort die längste Burg der Welt gibt?«

***

Als wir Burghausen am frühen Abend erreichten, war es so heiß, dass die Luft flirrte. Ich parkte Maximilians Alfa Romeo auf dem Stadtplatz, wo es trotz der sengenden Hitze jedoch alles andere als ausgestorben war. Überall gab es Menschen, Lebensfreude und einen ohrenbetäubenden Radau.

Angesichts des Wetters hatten wir den Maserati stehen lassen und Maximilians Auto genommen, das über eine Klimaanlage verfügte. Je weiter wir in Richtung Voralpenland gefahren waren, umso schwüler und heißer war es geworden. Die ganze Zeit über hatte ich am Steuer gesessen, mein Liebster hatte geschlafen.

Trotz seines Versprechens war er erst spät aus der Klinik gekommen. Die Suche nach einer Vertretung für den verunglückten Kollegen war schwieriger gewesen als gedacht. Doch ich hatte nicht groß nachgefragt, sondern ihn beim schon leicht abgestandenen Brunch gebeten, nach dem Essen so schnell wie möglich zu packen – und zwar nicht nur bis Sonntagabend. Wir würden uns eine weitere Nacht zu zweit gönnen, und am Montagmorgen würde ich Maximilian direkt zum Münchner Flughafen fahren.

Während er sein Rollköfferchen packte und ich das Nötigste für die nächsten beiden Tage in eine Tasche warf und nebenbei unser Hotelzimmer reservierte, hatte ich Nachrichten verschickt. Paolo würde am Sonntagabend wieder zu Hause sein, und ich hatte ihn gefragt, ob er sich bis zu meiner Rückkehr um Vincenzo kümmern könne. Auch wenn mein Sohn im Dezember fünfzehn wurde, so ließ ich ihn nachts ungern allein. Sicherheitshalber hatte ich Benedetta um denselben Gefallen gebeten.

Maximilian und ich stiegen aus dem Alfa Romeo, und sofort fühlte ich mich wohl. Trotz der Geräuschkulisse – eine Blaskapelle gab original bayerische Musik zum Besten – erinnerte mich das Flair, das uns umgab, an meine alte Heimat.

Auf dem Stadtplatz flanierten Spaziergänger, viele davon so herausgeputzt wie im mir vertrauten Süden. Kinder mit Luftballons rannten auf und ab, während ihre Eltern in Grüppchen beieinanderstanden oder an Kneipentischen im Freien saßen und sich lautstark unterhielten. In den meisten der jahrhundertealten, liebevoll renovierten Stadthäuser hatten sich kleine Läden, Gasthäuser oder sonstige Lokale und Bars eingenistet. Über allem thronte, hoch oben auf dem Berg, die berühmte Burg. Die Silhouette ihrer Wehrtürme und Bauwerke mit spitzen Zinnen hob sich vor einer strahlenden Abendsonne in den Himmel.

Unsere Unterkunft, das »Hotel Post«, entpuppte sich als so traditionsreich, wie die Homepage es versprochen hatte. Ein blumengeschmückter Biergarten, in dem sich die Gäste drängten, erstreckte sich vor dem stattlichen Gebäude. Im Treppenhaus roch es nach der Würde vergangener Jahrhunderte, die Stufen aus dunklem Holz knarzten angemessen.

Mit seinen gedeckten Farben und edlen Stoffen passte auch unser Doppelzimmer ins Ambiente, bot jedoch allen Komfort der Gegenwart. Das Bett war breit, das Badezimmer modern und mit vergoldeter Spiegelpracht, die Aussicht ansprechend. Direkt gegenüber lag das leuchtend blaue Bürgerhaus unter dem nicht minder blauen Himmel, daneben die nicht ganz so pompöse Stadtbibliothek in Zinnoberrot.

Maximilian stellte unser Gepäck neben dem Kleiderschrank ab. Das Rummstata der Blaskapelle schepperte so laut, dass die Fensterscheiben klirrten, auch Stimmen und Lachsalven drangen herein.

»Ich nehme an«, sagte er, und obwohl er den halben Nachmittag verschlafen hatte, klang seine Stimme müde, »wir müssen bald los. Hast du einen Tisch reserviert?«

Beim Brunch hatte ich ihm von meinem Auftrag und dem Grund unseres Besuches erzählt – selbstverständlich nur ein Randaspekt unseres verlängerten Wochenendes.

»Hab ich vergessen.« Ich kickte meine Schuhe weit von mir und sank aufs Bett, im Moment zu erschöpft, um den Anruf im Restaurant gleich hier und jetzt nachzuholen. »Erst einmal brauche ich eine Verschnaufpause. Danach flitze ich unter die Dusche, und bestimmt ergattern wir trotzdem noch ein hübsches Plätzchen. Das Lokal ist ziemlich groß.«

Maximilian setzte sich neben mich auf den Bettrand. Seine Bewegungen wirkten schwerfällig.

»In den letzten Wochen«, er nahm meine Hand und sah mit umschatteten Augen zu mir herab, »habe ich dich ziemlich vernachlässigt, Anna, bitte sieh es mir nach. Die Zeit lässt sich ja bekanntlich nicht zurückdrehen, und je älter ich werde, umso klarer wird mir das. Trotzdem tappe ich immer wieder in dieselbe Falle, immer zählt ja nur die Arbeit, dabei gibt es doch so viel wichtigere Dinge.«

Er seufzte tief, und ich gab ihm innerlich recht.

»Es gelingt mir immer weniger, allem und jedem gerecht zu werden – leider auch dir nicht, und du hättest es doch am meisten verdient. Aber manchmal«, mit der Linken fuhr er sich durchs dunkle Haar, das nur über den Ohren ein paar graue Strähnen hatte, »manchmal fühle ich mich so ausgelaugt.«

»Maximilian, ich …«

Er machte eine abwehrende Geste. »Hör bitte zu. Weißt du, früher hat mir das nichts ausgemacht – die vielen Dienste, die unvorhergesehen OPs, die ständige Herumfahrerei. Nur, in letzter Zeit …«, seine Lider fielen zu, er seufzte erneut. »Manchmal habe ich das Gefühl, ich werde alt.«

Er öffnete sie wieder, schaute mir ins Gesicht. Die lustigen gelben Pünktchen in seinen tiefbraunen Augen, in die ich mich schon bei unserer ersten Begegnung verliebt hatte, schienen im Vergleich zu damals ein wenig trüb geworden zu sein.

»Wir alle werden älter«, sagte ich und setzte mich auf. »Aber bis wir richtig alt sind, wird noch einiges Wasser die Donau hinabfließen und die Salzach vermutlich auch.« Ich umarmte ihn, zärtlich und sehr innig, und küsste ihn auf die Stirn. »Wir haben noch so viel Zeit, *amore*, mach dir bitte keine Sorgen.«

»Du bist mir nicht böse, wenn ich jetzt gleich wieder einschlafe, anstatt irrsinnigen Sex mit dir zu haben?«

»Warum sollte ich dir böse sein?« Ich ging ein wenig auf Abstand, zwinkerte ihm zu. »Wenn du bei dem Getöse auch nur ein Auge schließen kannst, hast du sowieso einen Orden verdient.«

Sein Blick veränderte sich, wurde erst weich, dann schelmisch. Er zog mich an sich, ich fühlte seine Hände über meinen Rücken gleiten.

»Andererseits hat der Krach auch gewisse Vorteile«, murmelte er, während seine Finger tiefer und tiefer wanderten. »Du kannst so laut sein wie noch nie, und niemand wird dich hören.«

Lachend fielen wir auf die Matratze, und bald war alles um uns vergessen. Das Kindergeschrei von draußen, das Lärmen der Erwachsenen, nicht einmal das Geschepper und die Tärätäs hörten wir noch.

* * *

Im »Da Ernesta« waren auf den ersten Blick alle Tische besetzt. Der Ober, der nach unserer Reservierung fragte, maß uns mit sichtlichem Unverständnis. Mit der Bemerkung, dass man bei ihnen immer reservieren müsse, »*veramente sempre, signora, capisce?*«, organisierte er angesichts meiner italienischen Abstammung dann aber doch einen Tisch im überdachten Innenhof, in dem ein Marmorbrunnen vor sich hinplätscherte.

Das Ristorante lag am nördlichen Ende des Stadtplatzes, in einem Eckhaus, und war auch in natura so nobel wie im World Wide Web. Die Einrichtung war in Türkis und Kakaofarben gehalten, die Tische waren so großzügig arrangiert wie in einem Sternerestaurant. Riesige Lampen schwebten an den Decken und tauchten alles darunter in einen kupfergoldenen Schimmer.

Um uns herum wurde gespeist, geplaudert und getrunken, es duftete nach Knoblauch und den Gewürzen meiner alten Heimat. Die Kellner und Kellnerinnen eilten emsig hin und her, hatten aber dennoch für jeden Gast aufmerksame Blicke übrig. Am Tresen, wo zwei Barkeeperinnen routiniert Getränke ausschenkten, wurde italienisch gesprochen. Die anderen Angestellten unterhielten sich in einer Mischung aus Bayerisch und Italienisch.

Wir bestellten gemischte Antipasti, als Primo *spaghetti al pesto di noci*, das Walnusspesto und die Nudeln natürlich aus eigener Herstellung, gefolgt von *agnello al rosmarino*, mit Rosmarin gewürzte Lammkoteletts, dazu wurde gegrilltes Saisongemüse serviert. Als *aperitivo* orderten wir einen Secco rosé, anschließend einen Primitivo aus Apulien und spritziges Wasser.

Noch vor dem ersten Schluck Secco nahm ich die vielen Lithografien und Kunstdrucke in Augenschein, die uns umgaben. Schlösser und Burgen vor bewaldeten Landschaften, Holzhütten und Ruinen, die an steilen Felsen hoch über dem Meer klebten. Dazwischen Aktzeichnungen von verwirrender Intensität, die meisten davon mit Abbildungen weiblicher Körper.

Die drei Gemälde, die ich aufspüren sollte, waren natürlich nicht darunter. Erstens waren sie viel zu wertvoll, um hier aufgehängt zu werden, und zweitens vermutlich erst heute geliefert worden. Ich hoffte jedoch, einen der Angestellten darauf ansprechen zu können. Aber darum würde ich mich später kümmern. Die gemeinsam verbrachte Zeit mit Maximilian tat mir gut, und noch immer war ich trunken von seiner Nähe, trunken von unserem neu erblühten Glück.

Wir prosteten uns zu. Seine Augen, stellte ich zufrieden fest, als ich am Secco nippte – der *aperitivo* schmeckte einfach göttlich –, hatten ihren Glanz zurückgewonnen. Schon vor dem Aufbruch war uns nach Feiern zumute gewesen, wir hatten uns fein gemacht. Zu seinen obligatorischen, wie angegossen sitzenden Jeans hatte Maximilian sich für ein anthrazitfarbenes Hemd und ein edles Jackett entschieden. Auch ich hatte mich in Schale geworfen und trug ein kleines Schwarzes aus Wildseide.

Bald kamen die Antipasti. Das *vitello tonnato* war das zarteste, das ich je gegessen hatte, und die dazu garnierten Oliven und Cocktailtomaten trugen die südliche Sonne, in der sie gereift waren, noch in sich. Der Wein war rubinrot und schmeckte so abgerundet und samten, als stammte er aus der *cantina* meines Onkels Marcello, der den besten Rotwein kreierte, den ich kannte. Mit jedem Schluck, mit jedem Bissen wurden wir ausgelassener.

Auch an den Nachbartischen ging es launig zu. In einer Nische beim Brunnen, wo zwei Paare mittleren Alters saßen, war die Stimmung besonders angeregt. Immer wieder schnappten wir Gesprächsfetzen auf. Man lobte das Essen und unterhielt sich lautstark über die letzten Urlaubsreisen, alle ausnahmslos zu hörbar kostspieligen und, Klimakatastrophe hin oder her, exotischen Zielen. Champagner und Wein flossen in Strömen.

Mir fiel auf, dass viele der anderen Gäste immer wieder zu dem Vierergespann hinübersahen, teilweise neugierig, teilweise ehrfurchtsvoll. Einer der Männer – er trug Hornbrille und Glatze und beides mit Stolz – schwadronierte ohne Unterlass. Seinem Kompagnon, wie er im Nobel-Anzuglook, gelang es nur selten, eine Bemerkung einzuwerfen. Die nicht minder elegant gekleideten und mit Edelsteinen geschmückten Damen – eine mollige, auffallend hübsche Schwarzhaarige und eine schmale Brünette mit schiefen Zähnen – beteiligten sich nur mit zustimmendem Nicken oder glockenhellem Lachen an der Konversation.

»Schade, dass wir es so weit haben nach Burghausen«, sagte Maximilian, als er die letzten hauchdünn geschnittenen Schalotten und Auberginen des Secondo auf seine Gabel spießte. »Morgen Abend kommen wir wieder her, abgemacht?«

Es war zehn vorbei und ich schon fertig mit dem Hauptgang. Ich hatte mich mit mehreren Obern unterhalten, ihnen jedoch keine Informationen über eventuell heute gelieferte Bilder entlocken können.

Ein Duft nach frisch gemahlenen Kaffeebohnen stieg mir in die Nase. »Wie wär's mit einem *caffè, amore*?«

»Espresso, Dessert, Grappa, ich nehme alles.«

Maximilian trank genießerisch einen Schluck Wein und winkte dem Kellner, der sofort zur Stelle war. Aus dem Augenwinkel sah ich eine langbeinige Frau auf mörderisch hohen Stilettos durch den Innenhof stolzieren. Ich erkannte sie sofort wieder – Ernesta, die Inhaberin dieses vorzüglichen Ristorante.

Sie begrüßte hier diesen Gast, dort jenen, lachte immer wieder laut und aufreizend und war sich ihrer atemberaubenden Wirkung voll bewusst. Das platinblonde Haar, das in krassem Gegensatz zu den dunklen Augenbrauen und dem gewiss von Natur aus bronzefarbenen Teint stand, hatte sie zu einem gewagten Turm drapiert. Auch ihr fließendes Kleid in schlichtem Weiß, mit Pailletten übersät und der Machart nach zu schließen von Gucci, zog alle Blicke auf sich.

»Bei Ihnen passt alles?«, fragte sie uns zuvorkommend und in fast akzentfreiem Deutsch. Ihre Stimme war tief und wie bei vielen Italienerinnen rauchig. »Sind Sie zufrieden mit dem Essen und dem Service?«

»*Tutto a posto*«, bestätigte ich, lobte jeden einzelnen Gang und schloss mit den Worten: *»Siamo contenti – no, siamo contentissimi.«*

Mit plötzlich erwachter Aufmerksamkeit scannte sie mich mit ihren fast schwarzen Augen von oben bis unten ab, während sie Maximilian kaum beachtete. Ein Lächeln schoss wie eine Leuchtkugel über ihr schmales Gesicht und verglühte sternschnuppengleich auf halber Strecke, nur in umgekehrter Richtung. Mein ursprünglicher Gedanke, sie würde mich an jemanden erinnern, meldete sich zurück.

»Das freut mich sehr«, sagte sie auf Italienisch. »Sie sind heute Abend zum ersten Mal bei uns zu Gast?«

Ich erklärte, wir seien nur auf der Durchreise. Sie erkundigte sich, woher in Italien ich stammte. Mir entging nicht, dass ihre Stimme dabei vibrierte und sie mir tiefe Blicke zuwarf, in denen weit mehr mitschwang als das bloße Interesse an einem Gast oder einer Landsmännin. Ernesta hegte offensichtlich eine Vorliebe für Frauen.

»Aus der Toskana«, antwortete ich.

Normalerweise hätte ich nun von meiner Heimat zu schwärmen begonnen und sie nach ihren Wurzeln gefragt, ihrem Akzent nach stammte sie aus Norditalien. Stattdessen aber lobte ich die ausgestellten Bilder, was sie mit einem geschmeichelten Nicken zur Kenntnis nahm. Bevor sie etwas entgegnen konnte, ging in der Nische am Brunnen die nächste Lachsalve los.

»Ernesta, das Filetto!«, dröhnte der Mann mit Glatze und Brille in unsere Richtung und betonte das letzte Wort so, als schriebe man es mit fünf L und noch mehr T. Das E dazwischen, das man im Italienischen eigentlich betont hätte, verschluckte er. »Das Fillllletttttto war einfach bombastisch!«

Sie entschuldigte sich, mit leisem Bedauern, wie mir schien, wünschte uns einen schönen Abend und trat an den Tisch der Bande.

»Das freut mich wirklich sehr, Herr Dr. Grafenreuther«, sagte sie herzlich. »Wie schön, dass Sie wieder einmal bei uns zu Gast sind. Sonst alles in Ordnung?«

»Alles bestens, Ernesta, alles bestens.« Der Rädelsführer der beiden Pärchen betatschte ihre Hand. »Das letzte Mal waren wir übrigens beim Du, schon vergessen? Setz dich doch her zu mir und gib mir als Entschädigung einen kleinen Kuss.«

Er lachte dröhnend und versuchte, sichtlich angetrunken, sie mit ungelenken Bewegungen auf seinen Schoß zu ziehen. Die Schwarzhaarige neben ihm versetzte ihm einen Stoß mit dem Ellbogen, was er jedoch nicht zu bemerken schien. Er zog und zerrte nun auch an Ernestas runden Hüften.

»Stimmt, Michael, du verzeihst mir doch?« Mit neckischem Lachen entschlüpfte sie seinem Griff. »Darf ich dich, deine charmante Gattin«, ein angedeutetes Nicken in Richtung der Schwarzhaarigen, »und deine beiden Freunde zu einem Digestif einladen? Wir kennen uns leider noch nicht«, ihr warmer Blick streifte das zweite Paar, »aber du stellst mir die Herrschaften ja sicher vor. Grappa, Limoncello oder lieber einen Ramazzotti?«

»Aber immer, Ernesta, aber immer«, polterte er. »Du darfst mich einladen, zu was du willst.«

Während Ernesta sich auf den noch freien Stuhl zwischen den beiden Männern setzte, ging ihre Antwort im allgemeinen Gelächter unter. Am lautesten lachte der Glatzköpfige selbst über seinen geschmacklosen Witz. Seine Gattin stimmte in die Heiterkeit mit ein, wenn auch mit säuerlicher Miene. An Ernestas teilnahmsvollem Lächeln – wieder erhellte es jede Partie ihres Gesichts, nur nicht die Augen – meinte ich zu erkennen, dass sie Mitleid mit der Schwarzhaarigen hatte.

Längst war mir klar geworden, an wen Ernesta mich erinnerte. Sie hatte sogar dasselbe Lächeln wie Vittorio Rossignolo.

7

»Ernesta ist Rossignolos Schwester?«, wiederholte Maximilian am nächsten Vormittag und biss in sein mit duftendem Wacholderschinken belegtes Brötchen.

»Während du in der Dusche warst«, ich trank einen Schluck Kaffee, »habe ich ein bisschen im Internet recherchiert.«

Es war halb elf. Wir hatten lange geschlafen, uns nach dem Aufwachen noch hemmungsloser geliebt als bei unserer Ankunft und es erst an den Frühstückstisch geschafft, als die anderen Hotelgäste schon wieder aufstanden. Bis auf eine ausgemergelte Bedienung in Dirndl und in Sneakers, deren handtellergroße Strasscreolen im Spätvormittagslicht funkelten, waren wir die Einzigen im Gastraum.

Trotz der fortgeschrittenen Uhrzeit war das Büfett reich gedeckt. Ungarische Salami, Rohmilchkäse aus dem österreichischen Vorarlberg, würzige Camemberts aus Frankreich, geräucherter norwegischer Lachs mit Meerrettichsahne. Dazu Rührei mit Speck, Obst und Müsli, cremiger Joghurt, Quarkplunder und Butterkuchen. Wir kosteten von allem, und ich fühlte mich wie im Himmel.

»Ernesta kommt auch aus Mailand.« Ich stellte die Tasse ab und spießte ein mit einer Weintraube dekoriertes Käsestückchen auf meine Gabel. »Sie hatte dort eine Kunstgalerie oder hat sie vielleicht auch jetzt noch, die Homepage existiert jedenfalls noch.«

Die Galerie hieß »cose belle« – schöne Dinge –, hatte ich aus einem Zeitungsartikel erfahren, der vor etwa drei Jahren im Onlinebereich des »Corriere della Sera« anlässlich einer Vernissage erschienen war. Die dabei vorgestellten Kunstwerke hatten bei dem Reporter wahre Begeisterungsstürme ausgelöst. Vittorio Rossignolo hingegen hatte in Mailand ein Investmentunternehmen betrieben.

»Mit der Immobilienfirma in Straubing wird er gewiss auch einiges abgreifen.« Maximilian nippte an seinem Orangensaft. »Gerade im Regensburger Raum steigen die Preise ja zurzeit ins Astronomische.«

Ich kaute andächtig und trank einen Schluck Multivitaminsaft. »Vittorio Rossignolo ist erst vor einem halben Jahr nach Deutschland übergesiedelt, hab ich gelesen. Ernesta hingegen lebt schon länger hier, das Ristorante hat sie vor zwei Jahren eröffnet.«

»Alle Achtung. Wenn sie in der kurzen Zeit eine solche Goldgrube daraus gemacht hat, versteht sie ihr Geschäft.« Maximilian lächelte spitzbübisch. »Sie hat dich ja förmlich mit den Augen verschlungen. Als du einmal zur Toilette bist und sie in dieselbe Richtung gegangen ist, hatte ich schon Angst, sie würde dich in eine dunkle Ecke ziehen und an Ort und Stelle vernaschen.«

Ich lachte und schob die Zeitung zur Seite, die die Bedienung uns gebracht hatte, stutzte dann aber. Unter einem Artikel über die Wacker Chemie AG, Burghausens wohl renommiertestes Industrieunternehmen und Arbeitgeber von rund achttausend Angestellten, prangte ein Foto des Glatzkopfs mit Brille.

»Dr. Michael Grafenreuther«, las ich den Beginn der Bildunterschrift laut vor. »Der grauslige Typ von gestern Abend ist Vorstandsmitglied der Wacker Chemie, ist es zu fassen?«

»Wen wundert's?« Maximilian biss in seinen Quarkplunder. »Macht und Geld haben in unserer Welt doch schon immer mehr gezählt als Anstand und Intelligenz.«

»Zum Glück gibt es auch Ausnahmen.« Ich gab ihm einen schmatzenden Kuss auf die Wange.

»Macht und Geld, übertreibst du nicht ein wenig?« Er lachte hell auf. »Ich bin ein einfacher Klinikarzt, der zurzeit in Untermiete wohnt.«

»*Fishing for compliments*«, sagte ich nur und ging zum Büfett, um mir noch ein wenig Nachschub zu holen.

Maximilians eigenes Haus, das er seit seinem Einzug bei mir vermietet hatte, war noch größer als meines und sein Arbeitsplatz um einiges einträglicher als meine beiden Jobs.

Später schlenderten wir über den lang gestreckten Stadtplatz, und wieder einmal war kein Luftzug zu spüren. Paare wie wir oder Familien mit Kindern spazierten an den Auslagen der Geschäfte und teilweise noch geschlossenen Lokalen vorbei. Die Blaskapelle hatte längst ihre Siebensachen gepackt. Es war ruhig und friedlich, nur dann und wann bimmelte ein Glöckchen von einem der Kirchtürme in der Altstadt. Wir hatten beschlossen, uns heute die berühmte Burg anzusehen und danach baden zu gehen.

Als wir den nördlichen Teil des Stadtplatzes erreichten, bretterte ein Lieferwagen den Berg herunter. Direkt vor uns bremste er scharf, ich erhaschte einen Blick auf den Schriftzug der »New Transports«, und bog ab. Mit aufheulendem Motor rumpelte er über das Kopfsteinpflaster in die Richtung, in der das italienische Restaurant lag.

»Liefern die etwa auch am Sonntag?« Ich blieb stehen. »Der fährt bestimmt ins ›Da Ernesta‹.«

Tatsächlich hielt der Wagen ein paar Meter weiter beim Ristorante, vor dem mächtigen Tor, das von unsichtbarer Hand geöffnet wurde und das Gefährt einließ. Ein Hof kam zum Vorschein, eine Tür wurde aufgestoßen, die in einen Seitentrakt des Lokals führte.

»Vielleicht bringt er gerade die Bilder, die du suchst«, sagte Maximilian.

»Möglich, vielleicht hat ja das *Just-in-time*-Prinzip nicht richtig funktioniert. Jedenfalls werde ich mich heute Abend in den hinteren Räumen umsehen.«

»Ich bin schon dauernd am Überlegen«, auf Maximilians Gesicht erschien ein schwärmerischer Ausdruck, »was wir heute Feines dort essen.«

Beim Verlassen des Hotels hatten wir uns nicht für die beängstigend steile Treppe entschieden, die vom Stadtplatz zur Burg hinaufführte, sondern für die Route über den wesentlich sanfter ansteigenden Stadtberg. Dennoch gerieten wir bald außer Puste und begrüßten die in der Ferne aufziehenden Wolken. Hoffentlich brachten sie ein wenig Abkühlung.

Anfangs zeigte sich die tausend Meter lange Burganlage von einer überraschend unspektakulären Seite. Ein mächtiger Torbogen ließ uns ein, doch dann säumten Wiesen und gedrungene Häuschen, in früheren Jahrhunderten von Handwerkern, dem Gesinde und Beamten bewohnt, den breiten Pfad. Ich war froh um meinen Sonnenhut. Die wenigen Bäume am Wegrand waren klein und spendeten kaum Schatten. Aber immerhin wehte hier oben ein laues Lüftchen.

»Warum«, sagte Maximilian und wischte sich den Schweiß von der Stirn, »hat Rossignolo dir eigentlich einen solchen Bären aufgebunden? Ich meine, wieso behauptet er, er hätte die Bilder an die Kuratorin eines Museums verkauft? Dabei hat er sie doch nur seiner Schwester überlassen.«

»Er hat natürlich gedacht, dass ich mich an die Fersen der neuen Besitzerin hefte, wenn ich ihre wirkliche Identität kenne. Womit er«, ich grinste Maximilian an, »ja nicht ganz falschlag.«

Trotz der Hitze waren wir bei Weitem nicht die einzigen Besucher. Immer wieder überholten wir kleinere oder größere Menschengruppen, die sich über Reiseführer oder Smartphones beugten, die Aussicht bewunderten und die historischen Bauwerke bestaunten.

Inzwischen hatte Paolo sich gemeldet. Er war schon auf der Rückfahrt vom Kloster, am Abend würde er Vincenzo in meinem Zuhause abholen. Es klang fast so, als wäre er froh um ein wenig Gesellschaft. Vincenzo selbst hatte mir Fotos vom Zeltlager geschickt. Ich hatte weder Bierkästen noch glimmende Zigaretten darauf entdeckt, wusste aber natürlich, dass die Youngsters nicht dümmer waren als ich.

Auch die ersten Bilder vom Gardasee waren eingetrudelt.

Mona lachte unter Palmen, hinter ihr das Glitzern des Wassers und blaue Bergkuppen in der Ferne. Benedetta hatte mir ebenfalls Fotos geschickt – verschiedene Ansichten der Basilika St. Emmeram mit ihrem uralten Friedhof und der Klosterkirche des Schlosses Prüfening im Westen von Regensburg.

»Warum sind die Rossignolos eigentlich weg aus Mailand?«, fragte Maximilian, als wir die Brücke überquerten, die zum Kornmesserturm führte, einem der Wehrtürme der Burg. »Ich meine, eine gut laufende Galerie und eine bestimmt noch lukrativere Investmentfirma – so was stampft man doch nicht einfach in den Sand.«

»Gute Frage, einen Hinweis auf eine Insolvenz oder dergleichen habe ich nicht gefunden. Allerdings ist die Mutter der Geschwister – sie war übrigens keine Mailänderin, sondern gebürtige Süditalienerin – vor gut zwei Jahren gestorben. Also kurz bevor Ernesta nach Burghausen gezogen ist.«

Ein Ausflugswäglein rumpelte vorbei, vollgestopft mit Kindern und ihren Eltern oder anderen Leuten, die den langen Fußweg bis zur Hauptburg scheuten. Diese lag hinter dem fünften Vorhof und somit ganz am Ende der Anlage. Vom Wöhrsee hörten wir das Lärmen und Plantschen der Badegäste. Die Wolken hatten sich schon wieder verzogen.

»Es wäre nicht ungewöhnlich, wenn Ernesta ihre Heimat deshalb verlassen hat«, sagte Maximilian, als wir den Hexenturm passierten. »In der Klinik treffe ich immer wieder auf Angehörige, die nach dem Tod ihrer Eltern oder des Partners auswandern wollen. Manche ziehen auch nur in eine andere Stadt, aber vielen scheint ein Ortswechsel dabei zu helfen, den Tod einer so nahestehenden Bezugsperson zu verarbeiten. Lebt denn der Vater der Rossignolo-Geschwister noch?«

Über ihn hatte ich bisher nichts in Erfahrung gebracht. Da in Italien die Frauen ihren Mädchennamen bei der Heirat behielten, war das aber nicht erstaunlich.

Wir schlenderten zur Aussichtsplattform beim Gärtnerturm, wo wir weit ins Land schauen konnten.

»Komisch, dass Rossignolo nicht auch nach Burghausen gegangen ist.« Maximilian warf mir einen amüsierten Seitenblick zu. »Man weiß ja, wie familienaffin ihr Italiener seid.«

»Wahrscheinlich hat er sich dort niedergelassen, wo der größte Gewinn zu erwarten ist.«

Ich machte eine Geste, die alles um uns einschloss – den Badesee zu unseren Füßen, die trutzige Hauptburg, die wir bald erreichen würden, die sich weit ausdehnenden Hügel mit ihren Wäldern, Feldern und, bis auf Burghausens Ausläufer, wenig Besiedelung.

»Und hier, so schön es ist«, fügte ich hinzu, »sitzt man doch sehr auf dem Land.«

❊❊❊

An diesem Abend war das »Da Ernesta« noch voller als gestern, doch für heute hatte ich einen Tisch reserviert. Maximilian und ich saßen in einer ruhigen Ecke am hinteren Ende des zentralen Raums, in dem es zuging wie in einem Heuschreckenschwarm. Dennoch waren sowohl die von uns ausgewählten Gerichte als auch der Wein so exzellent wie am Vorabend, und auch der Service ließ nichts zu wünschen übrig. Das Einzige, das fehlte, war die Chefin selbst. Während des ganzen Abends ließ sie sich kein einziges Mal blicken.

Nachdem Maximilian das letzte Gäbelchen des ersten Gangs verputzt hatte – köstlich zubereitete *orecchiette con la rucola*, als Vorspeise hatten wir uns für *bruschette* mit Wildpastete entschieden –, schulterte ich meine Handtasche und legte mir die Samtstola um. Heute trug ich ein schulterfreies Kleid aus demselben Material in einem verspielten Lavendelton.

»Ich sehe mich hinten um«, raunte ich ihm zu und stand auf. »Hoffentlich fühlst du dich nicht zu einsam, *amore*.«

»Lass dir ruhig Zeit.« Mit trüber Miene zog Maximilian das Handy aus seiner Jackettasche. »Es gibt wohl ein Problem mit der Präsentation, da stimmt was mit den Folien nicht.«

Schon während unseres Badenachmittags hatte ich ein ums andere Mal mitbekommen, dass er mit dem Ersatz für den verunglückten Kollegen alles andere als zufrieden war. Siggi, so hieß der eilig akquirierte Behelfsmitarbeiter, war noch ziemlich jung und mit seiner Aufgabe heillos überfordert. Immer wieder hatte Maximilians Mobiltelefon gebrummt, um den Eingang von Kurznachrichten oder Mails anzuzeigen, die er anfangs seufzend, später stöhnend beantwortet hatte.

Ich passierte einen Nebenraum, so groß wie ein Saal, in dem noch mehr Aktzeichnungen hingen, darunter Boxszenen, in denen nackte Frauen vor johlender Menge miteinander rangen oder mit erhobenen Fäusten aufeinander einschlugen. Im Raum selbst feierte eine ansehnliche Runde herausgeputzter Damen irgendein Jubiläum, es mussten an die fünfzig sein.

Einige von ihnen verstopften auch den Korridor davor, wo sie mit Sektkelchen und lachenden Gesichtern anstießen. Den Wortfetzen zufolge, die ich aufschnappte, als ich mich durchdrängte, handelte es sich um Start-up-Gründerinnen aus der Region und den unterschiedlichsten Branchen. Man unterhielt sich über Devisenkurse, Putzkolonnen, die Archivierung von Medien, Stofflängen und die neuesten In-Marken bei Schönheitsprodukten und Smartphones.

Schließlich ließ ich auch die Küche hinter mir, in der es dampfte, schepperte und qualmte. Im Lauf des Abends hatte ich mich hier hinten schon umgesehen. Daher wusste ich, dass sich gegenüber dem Eingang zu den Toiletten eine Tür mit der Aufschrift »Personal« befand. Sie musste in den Anbau führen, den Maximilian und ich heute bei unserem Spaziergang gesehen hatten.

Ich vergewisserte mich, dass niemand in der Nähe war, und drückte die Klinke. Ein langer, hell erleuchteter Gang öffnete sich vor mir, zu beiden Seiten gingen weitere Türen ab. Rasch trat ich ein, schloss die Tür hinter mir.

Es war kalt, wohl aufgrund der dicken Mauern des alten

Gebäudes. Hinter der ersten Tür verbarg sich ein Büro, gegenüber lag ein Kühlraum.

Ein paar Meter weiter, wieder auf der Büroseite, warf ich einen Blick in das nächste Zimmer. Ein Vorratsraum, in dem es noch kälter war als auf dem Gang. An drei Wänden standen zimmerhohe Regale, gefüllt mit Lebensmittelvorräten. An der vierten Wand übereinandergestapelte Kisten und Schachteln, die weit in die Mitte des Raumes hineinragten.

In der am weitesten entfernten Ecke, halb verborgen von noch mehr Paketen, erspähte ich ein schmales Behältnis aus Holz, das höher war als breit und so flach, dass sich darin ein Gemälde befinden mochte. Die Maße stimmten zwar nicht, es war gut zwei Meter hoch. Aber vielleicht versteckte sich dahinter ja das, was ich suchte.

Ich zog auch diese Tür hinter mir zu und drückte auf den Lichtschalter. Es blieb dunkel.

Ich fluchte leise auf Italienisch, öffnete die Tür wieder einen Spaltbreit, sodass der Lichtschein aus dem Korridor hereindrang, hastete zu der Stelle, wo die hohe Holzkiste stand. Noch während ich mit beiden Händen die oberste der davor aufgetürmten Schachteln zur Seite schob, schoss mir durch den Kopf, dass dies hier ein denkbar ungeeigneter Ort für ein wertvolles Gemälde war, inmitten all der Lebensmittel. Dennoch war es einen Versuch wert.

Die Schachtel war höllisch schwer und zudem unverschlossen, was ich jedoch erst bemerkte, als sie ins Kippen geriet und sich eine Flut von Tüten über mich ergoss. Pasta, Unmengen von Pasta prasselten auf mich hernieder. Wieder schimpfte ich vor mich hin, bückte mich und warf die Spirelli- und Rigatoni-Packungen zurück, von denen zum Glück keine aufgeplatzt war.

Türenschlagen, aufgebrachte Stimmen.

Ich zuckte zusammen. Schwere Schritte folgten, schnelles Getrippel.

Die Geräusche kamen vom Korridor, wurde mir rasch klar.

Ich zwängte mich hinter die Kisten, die im Lichtschein von draußen lange Schatten warfen, duckte mich, so gut es ging.

Eine Frau und ein Mann sprachen durcheinander:

»... *Non ce l'abiamo più, tello dico, Claudio ...*«

»... *Ti faccio vedere – vieni, Giulia, dai. Ne sono sicuro, davanti le mozzarelle c'è uno spazio grande, lì trovi il pezzo di lardo, esattamente lì, e ti chiedo perchè non l'hai visto ...*«

Ein dumpfer Ton, jemand fluchte aus Leibeskräften, der Mann, und bollerte gegen etwas Massives. Ein Poltern, das so laut war, dass ich mich noch tiefer duckte, während Giulia und ihr Begleiter Claudio weiter unablässig darüber diskutierten, wo zum Teufel hier das Stück Speck zu finden sei.

Die Stimmen wurden leiser. Den Lauten nach zu urteilen waren die beiden nun im Kühlraum schräg gegenüber. Schließlich schienen sie fündig geworden zu sein. Eine Tür fiel mit einem heftigen Rumms zu, die Schritte entfernten sich. Ich atmete auf.

Dann aber wurde das Getrippel wieder lauter. Ich drückte mich noch tiefer in den Schatten. Die Tür zum Vorratsraum, in dem ich kauerte, wurde von außen zugezogen. Mit einem Schlag war es stockdunkel.

Erst als auch die Tür zum Restaurant endlich zufiel, kroch ich aus meinem Versteck hervor. Ich schaltete die Taschenlampe meines Handys an und tapste zur Tür, ständig darauf bedacht, nicht wieder irgendetwas umzustoßen.

Ich hatte sie noch nicht erreicht, da hörte ich schon wieder etwas. Erneut ein Mann und eine Frau, sie mussten vor dem Büro nebenan stehen. Sollte einer von ihnen den Vorratsraum betreten, bliebe mir nicht mehr genug Zeit, um mich ein zweites Mal zu verstecken. Ich stand mitten im Raum.

Eine Tür knarrte – zum Glück die von nebenan.

Jemand trampelte durch den Korridor nach hinten. Auch im Büro hörte ich Geräusche. Schubladen klappten auf und wieder zu, Absätze, die hin- und herklackerten.

Ich beschloss, das riskante Unterfangen abzubrechen, schlich weiter in Richtung Tür, so vorsichtig wie möglich, um nur ja keinen Lärm zu verursachen. Endlich dort angelangt, steckte ich das Handy ein, drückte die Klinke nach unten, langsam und sachte, zog die Tür einen winzigen Spaltbreit auf.

Niemand da.

Die Tür zum Büro, sah ich beim Hinausschlüpfen, war nur angelehnt. Mit angehaltenem Atem huschte ich weiter.

»*Ciao, Tiziana, come stai?*«, drang Ernestas Stimme gedämpft zu mir. »*Tutto a posto?*«

Die Frau namens Tiziana, mit der sie offenbar telefonierte, war wohlauf, entnahm ich Ernestas erfreuten Kommentaren. Ich setzte meinen Weg leise fort.

Als ich schon fast an der Tür zum Restaurantbereich stand, hörte ich sie auf Italienisch sagen: »… Bilder müssten Mitte der kommenden Woche da sein, spätestens am Freitag.«

Sofort hielt ich inne.

»Wunderbar, ich wusste, dass sie dir gefallen … Aha, das in Rot-Grün?« Ein zufriedenes Lachen. »Ich sage Federico, dass er dir Bescheid gibt, wenn sie in der Galerie sind … Nein, natürlich hast du das Vorkaufsrecht, auch für alle drei, klar … Zum *aperitivo*, gern. Ich weiß noch nicht, wann ich wieder in der Gegend bin, aber wir könnten …«

Ich hatte genug gehört. Schon war ich an der Tür zum Lokal, öffnete sie.

»*Signora, cosa c'è?*«, rief eine dunkle Stimme, dann auf Deutsch: »Kann ich Ihnen helfen, Signora?«

»Die Toiletten«, sagte ich und hoffte, dass der Mann, der gerade mit einem großen Silbertablett am hinteren Ende des Korridors aufgetaucht war, aus dieser Entfernung nicht sehen konnte, aus welcher Richtung ich gekommen war. »Ich suche die Toiletten.«

»Gleich gegenüber, das hier ist der Personalbereich.« Er stieß eine andere Tür auf und verschwand.

Erleichtert trat ich ganz hinaus.

»*Signora*«, hörte ich wieder jemanden rufen und erstarrte nun gänzlich, »*un attimo, per favore!*«

High Heels klapperten hinter mir. Widerstrebend wandte ich mich um.

Ernesta stand vor mir, ein Mobiltelefon in der Hand, das sie in eine Seitentasche ihres knöchellangen Kleides gleiten ließ. Heute trug sie aggressives Rot.

»Es freut mich, Sie so bald schon wiederzusehen«, sagte sie mit ihrer kehligen Stimme. Der Blick, den sie mir zuwarf, war mehr als eindeutig. »Sind Sie also doch noch länger geblieben, wie schön.«

»Ja, das Essen ist auch heute wieder delikat«, sagte ich in unverfänglichem Ton. »Großes Kompliment an Ihren Koch.«

Ernesta lächelte ihr eigentümliches Lächeln, zog mit der einen Hand die Tür hinter uns zu und stützte sich mit der anderen so an der Wand neben mir ab, dass sie mir den Durchgang versperrte. Sie überragte mich um etwa einen halben Kopf.

»Sind Sie wieder in Begleitung?« Sie kam mir so nahe, dass ich ihr Parfüm riechen konnte, einen zarten Rosenduft, der in krassem Gegensatz zu ihrer auffallenden Erscheinung stand. »Oder sind Sie heute allein?«

»Nein.« Ich versuchte, mich an ihr vorbeizudrängen. »Mein Begleiter wartet auf mich, Sie entschuldigen mich …«

Ohne ein Wort stemmte sie nun auch die zweite Hand gegen die Mauer, sodass ich regelrecht eingekeilt war. Ihre Schultern, die unter dem locker fallenden Ausschnitt ihres chiffonartigen Kleides zum Vorschein kamen, waren erstaunlich muskulös. Alles an ihr strahlte eine rohe Sinnlichkeit aus, ihre Brüste, deren voller Ansatz deutlich sichtbar war, bebten. Ihr Gesicht näherte sich dem meinen, ihre Augen funkelten. Dunkel, erotisch, wild.

»Wenn Sie genug haben von ihm oder Ihnen langweilig ist«, fast berührten ihre Lippen die meinen, »dann rufen Sie mich an. Ich gebe Ihnen meine private Handynummer, okay?«

Dass sie bei der erstbesten Gelegenheit so direkt werden würde, hatte ich nicht erwartet. Andererseits war ich natürlich froh, dass sie mich nicht beim Herumschnüffeln erwischt hatte.

»Bitte verstehen Sie mich nicht falsch.« Ich versuchte, mich ihrer Umarmung zu entwinden. »Sie sind eine wunderschöne Frau, Ernesta. Aber ich bin nun mal nicht so gepolt, wie Sie denken, und …«

In einem Ruck drückte sie mich gegen die Wand. Im Rücken spürte ich die Kälte der Mauer, an Brust und Bauch die Rundungen der Frau vor mir, während sie ein Knie kraftvoll zwischen meine Beine drängte. Ich versuchte, sie wegzustoßen, meine Stola glitt zu Boden. Doch sie setzte ihr ganzes Körpergewicht ein, und ehe ich mich versah, pressten sich ihre Lippen auf die meinen. Ihre Zunge drängte sich in meinen Mund, ihre Hand war auf meinen Brüsten.

Ein unwilliger Laut entfuhr mir, wieder versuchte ich, ihrem Griff zu entkommen, schaffte es jedoch nicht. Ich biss zu. Mit einem Aufschrei wich Ernesta zurück. Gleichzeitig sprang gegenüber die Tür zur Toilette auf, jemand lachte.

Zwei Frauen quetschten sich gleichzeitig durch die schmale Tür, sah ich, als ich den Kopf in den Nacken warf. Die Kleinere, sie hatte einen mokkabraunen Teint und zwei Piercings im Kinn, warf mir einen umnebelten Blick zu.

»Ernesta«, rief die andere, eine aschblonde Walküre, und kicherte albern, »deine Grappas sind die besten weit und breit. Woher beziehst du dieses himmlische Gebräu?«

Ernesta zog ein Taschentuch hervor, tupfte sich damit auf die Lippen und verwandelte sich von einer Sekunde zur anderen in die nonchalante Geschäftsfrau, als die sie mir gestern begegnet war.

»Aus Puglia«, erklärte sie den sichtlich angetrunkenen Frauen und lächelte. »Umberto, ein guter Freund, hat dort ein *podere*, ein Landgut mit Olivenhainen und Weinbergen. Von ihm beziehe ich die *grappe* und den Primitivo, sie sind tatsächlich …«

Ich hob meine Stola auf und verschwand, so schnell ich konnte.

Maximilian telefonierte leise. Als ich mich setzte, streifte mich sein Blick, kurz angebunden beendete er das Gespräch. Auf seiner Stirn hatten sich tiefe Falten eingegraben.

»Alles in Ordnung?« Ich legte die Stola über die Stuhllehne, ein wenig außer Atem, und setzte mich.

»Ja.« Er steckte das Handy in sein Jackett. »Das heißt – nein, überhaupt nicht, das wird die absolute Mega-Katastrophe. Ich hätte wirklich jemand anderen bitten sollen, mich nach Jekaterinburg zu begleiten.« Seine Miene verdüsterte sich noch mehr. »Aber auf die Schnelle konnte ich eben nur Siggi auftreiben, und die Präsentationen können wir auch morgen fertig machen.«

»Oh je.« Ich legte eine Hand auf die seine und überlegte, ob ich ihm von meinem kleinen Abenteuer mit Ernesta erzählen sollte, entschied mich dann aber dagegen. Er hatte genug eigene Sorgen. »Es tut mir leid, dass ich dich so gedrängt habe. Aber vielleicht wird es ja gar nicht so schlimm, und dein Kollege wächst mit seinen Aufgaben.«

»Mein Kollege.« Maximilian räusperte sich umständlich. »Also, weißt du, Anna …« Er ließ den Satz unvollendet und zuckte mit den Achseln, ein wenig ungehalten, wie mir schien.

»Lassen wir das. Warst zumindest du erfolgreich?«

Während ich ihm in leisen Worten berichtete, was ich in Erfahrung gebracht hatte, quälte mich das schlechte Gewissen. Natürlich gab es oft genug Schwierigkeiten mit Maximilians Job, gerade in letzter Zeit. Ärger mit der Klinikleitung und dem Pflegepersonal, das notorisch zu knappe Budget, zu wenig Zeit für die Patienten, dazu die zu häufigen unvorhergesehenen Dienste. Ich hörte zwar gern zu, wenn er sich Luft machen wollte, war ihm ansonsten aber natürlich keine große Hilfe. Allerdings hatte bisher nie *ich* die Probleme verursacht.

»Rossignolo hat dich also doch nicht angelogen«, sagte Maximilian, als ich zum Ende gekommen war. »Die Bilder gehen tatsächlich an eine gute Freundin der Familie, diese Tiziana. Vielleicht arbeitet sie sogar in einem Museum, wer weiß?«

»Ein Museum würde aber doch erst einmal einen Sachverständigen nach Mailand schicken und sich nicht einfach anhand von ein paar Fotos das Vorkaufsrecht für einen Neuerwerb in dieser Größenordnung sichern lassen.«

»Ein großes Haus durchaus. Aber wenn es nur ein kleines ist?«

»Dennoch verstehe ich nicht, warum Vittorio Rossignolo die Gemälde nicht direkt in die Galerie nach Mailand schickt, sondern hierher.«

Maximilian betrachtete die Bilder an der Wand. »Vielleicht wollte Ernesta sie sich einfach nur ansehen und dann entscheiden, ob sie sie weiterverkauft oder doch behält.«

Ich nickte widerstrebend. »Wie auch immer, ich muss unbedingt nach Mailand. Bis spätestens Ende der kommenden Woche sollen die Bilder dort sein. Wir könnten den Besuch mit unserer Fahrt in die Toskana verbinden, das wäre kein großer Umweg. Wenn ich Glück habe, kann Tiziana nicht bis hunderttausend gehen.«

Oder ich würde Federico bestechen, Ernestas Mitarbeiter in der Galerie. Zu gut kannte ich die Bereitwilligkeit, mit der meine Landsleute sich seit jeher zu kleineren oder größeren Gefälligkeiten gegen Geld überreden ließen. Eine Unart, die man übrigens auch außerhalb von Italien fand, erst recht in Bayern, dem Herzland der Amigo-Affären.

»Schau«, Maximilian deutete zur Tür, wo gerade Ernesta mit Grandezza eintrat, um ihre Gäste zu begrüßen. »Wenn du sie nett bittest, erteilt sie bestimmt dir das Vorkaufsrecht.«

»Das lasse ich mal lieber bleiben.« Ich sah ihm tief in die Augen. »Du kannst dir ja vielleicht denken, welche Gegenleistung sie dafür verlangen würde, *amore mio*.«

8

Am nächsten Morgen hatten wir es nicht annähernd so gemütlich wie am Vortag. Maximilians Flieger würde gegen Mittag
starten, entsprechend früh sollte er am Münchner Flughafen
sein. Nach einem eiligen Frühstück telefonierte er wieder einmal mit Siggi. Ich hingegen machte mich auf den Weg zum »Da
Ernesta«, wo ich am Vorabend meine Samtstola hatte liegen
lassen. Ernesta würde ich bei dieser Gelegenheit hoffentlich
nicht begegnen.

Wieder schien die Sonne in aller Pracht, und kein Wölkchen war zu sehen. Trotz der frühen Stunde, es war noch nicht
einmal halb neun, herrschte beim Restaurant schon einiger
Betrieb. Eine Reinigungsfrau stand mit Putzlappen und Wisch-
mopp im Eingang und schrubbte, der Postbote brachte im
Laufschritt Päckchen und Briefe, Lebensmittel und Weinkis-
ten wurden angeliefert. Die Spedition trug dieses Mal einen
italienischen Namen.

Meine Stola war schnell gefunden, ein aufmerksamer Ober
hatte sie unter der Theke deponiert und sogar einen Zettel
daran befestigt. Die Reinigungsfrau, die mich ins Restaurant
gelassen hatte, begleitete mich nach draußen, schien jedoch
keine Lust auf Arbeit zu haben. Sie zündete sich eine Zigarette
an und plauderte über dieses und jenes. Ihren Worten entnahm
ich, dass sie schon seit Eröffnung des Ristorante hier arbeitete.
Ich nutzte die Gelegenheit und fragte, ob sie etwas über die
Lieferung von drei Gemälden wisse.

»Die liefern doch ständig irgendwelche Bilder an.« Die
stämmige Frau Anfang vierzig nahm einen tiefen Zug und
atmete ihn in einem pfeilgeraden Strahl aus. »Michele hat gesagt, die Chefin …«

Ein dunkelroter SUV mit chromblitzenden Felgen bog ra-
sant um die Ecke. Ernesta saß am Steuer.

Eilig verabschiedete ich mich und marschierte in die entgegengesetzte Richtung. Ich war so schnell dran, dass ich fast mit einer Frau zusammengestoßen wäre, die mit der einen Hand einen Kinderwagen durch eine Tür bugsierte, während sie mit der anderen telefonierte. Normalerweise hätte ich sie gefragt, ob sie Hilfe benötige. Aber jetzt sah ich zu, dass ich davonkam.

Der SUV hielt mit quietschenden Bremsen, eine Tür klappte auf.

»Wolltest du zu mir?«, hörte ich Ernesta auf Italienisch rufen. »Anna, so warte doch!«

Die Frau mit Kinderwagen musterte erst mich, dann Ernesta, die mir mit klappernden Stöckeln folgte, beides mit unübersehbarem Interesse. Widerstrebend blieb ich stehen und wandte mich um. Ich überlegte, woher Ernesta meinen Namen wusste. Vermutlich hatte ich ihn bei der Tischreservierung für den vergangenen Abend genannt.

»Ja.« Ich zauberte ein warmes Lächeln auf mein Gesicht. »Du wolltest mir deine Nummer geben. Schon vergessen?«

Ihr Strahlen war Antwort genug.

Mit ein paar unverfänglichen Worten grüßte sie die Frau. Dann umarmte und küsste Ernesta mich auf beide Wangen, doch nur flüchtig, als wäre ich nicht mehr als eine gute Bekannte. Sie diktierte mir eine Vorwahl und einige weitere Zahlen, die ich mir auf dem Block notierte, den ich immer bei mir trug. Mein Smartphone ließ ich mit Absicht in der Handtasche stecken. Gewiss hätte sie mich sonst nach meiner Nummer gefragt.

»Ich bin froh, dass du nicht sauer bist«, sagte sie, als ich Stift und Block wegsteckte. »Tut mir leid, wegen gestern. Manchmal bin ich etwas impulsiv.«

Ich zuckte nur mit den Achseln. Ihre Unterlippe, fiel mir auf, war geschwollen.

»Wann höre ich von dir?«

»Übermorgen«, schwindelte ich. »Momentan habe ich tausend Termine, aber am Mittwochabend müsste es klappen. Das heißt«, ich hob die Augenbrauen, »falls du dich so bald überhaupt freimachen kannst.«

»Für dich immer, deinen Begleiter lässt du aber zu Hause, ja?« Sie lachte anzüglich, blieb aber weiterhin auf Abstand.

»Du bleibst natürlich bei mir. Ich lasse mir allerhand geile Sachen für dich einfallen, *bellissima*.«

Die Frau mit Kinderwagen und Ernestas Reinigungskraft waren längst verschwunden.

»Ich freu mich darauf«, behauptete ich.

Zum Abschied hauchte Ernesta mir wieder zwei Küsschen auf die Wangen. Ihre Umarmung fiel dieses Mal aber eine Spur inniger aus als zuvor.

»Du meldest dich auch wirklich?«

»Fest versprochen«, log ich ein viertes Mal.

Ihren Übergriff von gestern Abend hatte ich ihr zwar noch lange nicht verziehen. Dennoch fühlte ich mich beim Anblick ihres hoffnungsvollen Lächelns ziemlich schäbig.

∗∗∗

Die Fahrt zum Flughafen dauerte länger als gedacht. Nicht nur die üblichen Lkw-Kolonnen und Pendler-Pkws rollten an diesem Montagvormittag über die Autobahnen rund um München, es waren auch schon etliche Urlauber unterwegs, die meisten zwar in Richtung Süden, nicht wenige aber auch auf unserer Strecke. Im Gegensatz zu Bayern hatten die Schulferien in den meisten anderen Bundesländern schon lange begonnen.

Als wir die A 94 verließen, war es deshalb schon elf. Eigentlich hatten wir um diese Uhrzeit längst am Flughafen sein wollen, und wir brauchten sicher noch mindestens eine weitere Viertelstunde. Maximilian würde sich sputen müssen, um das Gate rechtzeitig zu erreichen. Ich drückte aufs Gaspedal.

Vor unserem Aufbruch hatte ich mein Handy inspiziert

und eine Nachricht von Vincenzo vorgefunden. Er hatte das Wochenende gut überstanden und war mit seiner Klasse heute nach Nürnberg unterwegs, zum alljährlichen Wandertag, an dem in manchen Jahren auch einmal ein Ausflug per Bus auf dem Programm stand. Geplant waren eine Stadtbesichtigung und ein Rundgang auf der Burg, außerdem eine Führung zum Thema Nürnberger Prozesse.

Auch Mona hatte sich wieder gemeldet. Allerdings nicht mit den erwarteten Selfies oder Panoramafotos vom Gardasee, sondern mit einem wütenden Text: »Mussten gestern Nacht noch zurückfahren. Um vier Uhr morgens waren wir endlich da, um acht bin ich aufgestanden und hundemüde. Rate mal, warum – genau, Benedetta hat wieder mal keine Zeit für ihre Schicht. DIESES MAL BRINGE ICH SIE WIRKLICH UM!«

Sobald ich zu Hause war, würde ich mir Benedetta schnappen, die mir wieder Fotos von allen möglichen Kirchen aus Regensburg und Umgebung geschickt hatte. Und dieses Mal würde ich keine ihrer Ausreden akzeptieren.

»Du lässt mich am besten auf dem Seitenstreifen raus«, sagte Maximilian, als ich schwungvoll in die Zufahrt zur Abflughalle bog. »Dann brauchst du kein Ticket zu ziehen, und für eine lange Abschiedsszene haben wir jetzt sowieso keine Zeit mehr. Ich packe bloß mein Zeug und verschwinde, okay?«

»Einen Kuss möchte ich aber trotzdem«, sagte ich, den Blick auf die vielen Pkws und Taxis gerichtet, die sich neben oder vor mich drängelten. »So viel Zeit muss sein.«

Ohne auf das Gehupe hinter mir zu achten, scherte ich in die nächste Lücke ein, die sich mir bot. Ich stellte den Motor ab, Maximilian sprang hinaus und lief nach hinten, um sein Rollköfferchen zu holen. Aus dem Peugeot vor mir hüpfte eine kleine Brünette, einen ausgebeulten Rucksack und eine Notebook-Tasche über der Schulter, und stakste auf viel zu hohen Stöckeln so ungelenk an mir vorbei, dass ich dachte, sie würde jeden Moment auf der Nase liegen.

Als ich den Wagen umrundete, sah ich sie erneut. Sie stand neben der geöffneten Heckklappe des Alfa. Unter ihrem fast bis zu den Brauen reichenden Pony kam ein Himmelfahrtsnäschen mit Sommersprossen zum Vorschein, und sie blickte zu Maximilian auf, als wäre er der einzige Mann auf Erden.

»… Und die Folien habe ich noch nicht fertig, Herr Dr. Engel, leider«, sagte sie gerade. »Aber ich schwöre, Herr Dr. Engel, das Erste, was ich drinnen tun werde …«

»Das besprechen wir später, jetzt müssen wir erst mal zum Gate.« Ich hörte, dass er einen Seufzer unterdrückte. »Und bitte, Siggi, sagen Sie nicht immer ›Herr Dr. Engel‹. Da fühle ich mich wie Methusalem höchstpersönlich.«

»Sie sind doch kein Methusalem.« Ihre Wangen färbten sich rot. Den Blick ihrer graugrünen Kulleraugen senkte sie jedoch nicht. »Wenn alle Männer am Uniklinikum so dynamisch und jung geblieben wären wie Sie, aber hallo.«

Sie lachte und stellte sich mit geschürzten Lippen auf die Schuhspitzen, fast so, als erwartete sie einen Kuss für ihr tolles Kompliment.

Das war also Siggi, der Ersatz-Kollege, der gar kein Kollege war, sondern eine Kollegin.

»Stellst du mir die Dame nicht vor?«, fragte ich, vielleicht einen Ton zu spitz, und legte einen Arm um Maximilians Hüften, um klarzustellen, wer hier welche Rechte hatte.

»Gern.« Er wandte sich nur halb zu mir um, mit verlegenem Lächeln, deutete auf die Brünette. »Sieglinde Bauer. Anna di Santosa, meine Lebensgefährtin.«

Nun schlug sie endlich die Augen nieder und errötete noch mehr. Ich schätzte sie auf Mitte, höchstens Ende zwanzig.

»So, wir müssen jetzt wirklich.« Maximilian hievte sein Gepäck aus dem Kofferraum. »Ciao, Anna, wir telefonieren, okay?«

Er drückte mir einen schnellen, aber dennoch innigen Kuss auf den Mund, flüsterte mir »Ich liebe dich« ins Ohr. Mir blieb kaum noch Zeit, ihm einen guten Flug zu wünschen. Schon war er auf der gegenüberliegenden Straßenseite, seine anhängliche Kollegin dicht hinter ihm.

Ich sah ihnen zu, wie sie die Abflughalle betraten. Maximilian warf mir eine Kusshand zu, ich winkte mit beiden Händen zurück. Dann verschwand er in einer Gruppe schwarzafrikanischer Touristen, die bunt gewandet und laut schnatternd auf die Sicherheitskontrolle zuströmten. Das Letzte, das ich sah, war die kleine Siggi auf ihren zu hochhackigen Schuhen, mit so verzückter Miene, als würde sie meinem Liebsten bis ans Ende der Welt folgen.

✳ ✳ ✳

Als ich auf die A9 bog, sah ich im Nordosten Wolken aufziehen. Wie es schien, war der Wettergott den Ostbayern gnädiger gestimmt als den Bewohnern im Alpenvorland. Trotz Klimaanlage lechzte ich nach Abkühlung. Auf der Autobahn war allerdings genauso viel los wie dort.

Mein Handy läutete. Auf dem Display erschien Paolos Nummer. Ich stopfte mir einen Stöpsel ins Ohr.

»Wie war's im Kloster?«, fragte ich nach der Begrüßung.

»Kloster?« Er klang zerstreut, im Hintergrund hörte ich Fahrgeräusche. »Ach so, ja, interessante Erfahrung, doch. Am Anfang dachte ich, das halte ich nicht aus. Aber dann habe ich gemerkt, dass es mir guttut. Echt schräg, aber irgendwie besinnt man sich beim Schweigen auf die wichtigen Dinge im Leben.« Er lachte leise. »Tja, und kaum bin ich im Büro beziehungsweise im Dienstwagen, bin gerade an München vorbei, ist die ganze Besinnung wieder zum Teufel. Sag mal, wie gut kennst du eigentlich diese komische Benedetta?«

Paolo war ihr ein-, zweimal begegnet, als er Vincenzo in der Villa abgeholt hatte. Auf seine Versuche, ein wenig Small Talk mit ihr zu machen, war sie nie eingegangen, sondern hatte stets so schnell das Weite gesucht, dass es schon fast an Unhöflichkeit gegrenzt hatte.

»Na ja, sie wohnt und arbeitet bei mir, wie du weißt, und ständig ärgere ich mich über sie. Warum?«

Ich setzte den Blinker und schaltete einen Gang herunter, um einen Sattelschlepper zu überholen, der es sich auf der mittleren Spur gemütlich gemacht hatte. Als ich auf die linke Spur wechseln wollte, schoss ein Audi A5 so knapp an mir vorbei, dass ich sofort wieder auf die andere Seite zog und mehrmals hupte.

»Vorhin habe ich meine Mails gecheckt, und jetzt halt dich fest, in der neuesten Mail steht ihre Nummer«, sagte Paolo. »Zumindest ist das die Nummer, die du mir für Notfälle gegeben hast. Wegen Vincenzo, falls ich Mona nicht erreiche.«

»Aha.« Erneut scherte ich aus und drückte aufs Gaspedal. »Und welche Mail?«

»Jan hat mir die Verbindungslisten geschickt, für Landauers Handynummer. Du hast vielleicht davon gehört, der ermordete Journalist.« Wieder lachte er, dieses Mal aber grimmig. »Klar hast du, schließlich hast *du* die Kollegin in der Zentrale verständigt.«

Ich brauchte einen Moment, um die Information zu verdauen. Doch bevor ich einen Ton von mir geben konnte, sprach Paolo schon weiter.

»Das Handy selbst haben wir bei der Leiche zwar nicht gefunden, aber die ›SZ‹-Redaktion hat uns Landauers aktuelle Nummer gegeben. So, und jetzt kommt's: Er hat Benedetta in den Tagen vor seinem Tod angerufen, und zwar mehrmals. Das letzte Mal am Donnerstagvormittag – einen Tag, bevor er ermordet wurde.«

»Dachte ich's mir doch«, stieß ich hervor und schlug auf das Lenkrad. »Sie hat so seltsam reagiert, als sie von seinem Tod erfahren hat. Sie hat ihn also doch gekannt.«

»Ich muss unbedingt mit ihr reden, und zwar persönlich. Ist sie in der Boutique?«

»Keine Ahnung, wo sie steckt.« In Kurzform berichtete ich, was ich von Mona wusste. »Irgendwas stimmt nicht mit ihr, Paolo. Warum hat sie mir nicht erzählt, dass sie Jakob Landauer kennt? Und woher überhaupt? Ich meine, sie ist doch erst seit zwei Wochen in der Stadt, und er hat ja wohl in München gelebt.«

»Genau genommen auf halber Strecke nach Augsburg, in einem so kleinen Nest, dass es nicht mal mein Navi findet. Ich hoffe, ich komme dort noch an, bevor die Kollegen wieder weg sind. Die nehmen gerade die Wohnung dieses Schreiberlings auseinander.«

»Weißt du schon, an welcher Sache er dran war? Mona hat gemeint, irgendwas Politisches.«

Ich erzählte ihm, dass die beiden sich von früher kannten. Paolo berichtete mir im Gegenzug, Jakob Landauer habe bei der »SZ« auch im Wirtschaftsressort mitgearbeitet.

»In der Redaktion weiß keiner, zu welchem Thema er in Regensburg recherchiert hat, er hat niemanden eingeweiht«, fuhr Paolo fort. »Die Redakteurin, mit der ich vorher telefoniert habe, war aber sicher, dass es was richtig Großes war.«

»So groß, dass man dafür einen Mord begeht?«

Nach dem Autobahnkreuz Holledau lief der Verkehr endlich in ruhigeren Bahnen. Es rollten zwar reihenweise Lkws über die Straße, auch die einen oder anderen versprengten Holländer oder sonstige Urlauber waren unterwegs. Doch die vielen Wochenanfangspendler fuhren alle auf der entgegengesetzten Fahrbahn.

Das Gespräch mit Paolo spukte mir unentwegt durch den Kopf. Ich war gespannt, was Benedetta dazu sagen würde. Ich hatte überlegt, ob ich sie anrufen sollte, hatte aber beschlossen, sie mir doch lieber persönlich vorzuknöpfen.

Als ich die Ausfahrt Mainburg passierte, von hier hatte ich nur noch eine gute halbe Stunde bis nach Hause, meldete sich wieder mein Mobiltelefon. Dieses Mal war es Zia Riccarda, meine Lieblingstante.

Nach dem üblichen Getratsche – in aller Ausführlichkeit

erzählte sie mir, was sich seit unserem letzten Telefonat auf dem Castello di Santosa und im nahe gelegenen Volterra ereignet hatte – erkundigte sie sich, wann Vincenzo, Maximilian und ich dort eintreffen würden.

Inzwischen hielt ich es für unwahrscheinlich, dass ich meinen Auftrag bis zum kommenden Freitag abschließen konnte, dem letzten Schultag. Selbst wenn ich bis dahin tatsächlich einen Termin in Mailand vereinbaren konnte, um die Bilder zu besichtigen – der Kauf als solcher würde sich in die Länge ziehen. Falls ich überhaupt den Zuschlag bekam. Am besten wäre es wohl, wenn nicht ich als Interessentin auftrat, sondern Maximilian. Die Gefahr, dass Ernesta mir die Bilder nicht überlassen würde, erschien mir zu groß. Und dann gab es ja noch ihre Freundin Tiziana, die das Vorkaufsrecht besaß.

Andererseits gab es keinen Grund, warum sich diese Umstände auf den geplanten Urlaub auswirken sollten. Maximilian und ich konnten auch ein paar Tage später nach Mailand fahren, vom Landgut meiner Verwandten aus, die Entfernung betrug keine vierhundert Kilometer. Also versprach ich meiner Tante, wir würden uns wie ursprünglich vereinbart am Freitagnachmittag auf den Weg machen.

Mein Bruder Alessandro, erfuhr ich, hielt sich zurzeit in Polen auf. Als Leiter der Importabteilung eines mittelständischen Unternehmens in der Verpackungsindustrie in Pisa besuchte er eine Papierfabrik in der Nähe von Danzig, die als zukünftiger Lieferant in Frage kam. Bei dieser Gelegenheit, meinte sie, könne er doch gleich bei mir vorbeischauen. Wieder hatte ich keine Einwände und versprach, ihn demnächst anzurufen.

Schließlich berichtete ich von meinen Neuigkeiten. Den Auftrag der Kalterers ließ ich zwar unerwähnt, da Riccarda sich bei beruflichen Dingen grundsätzlich unnötige Sorgen um mich machte. Was mein Privatleben anging, erzählte ich jedoch munter drauflos. Meine Tante stand mir in vielerlei Hinsicht näher als meine eigene Mutter. Seit mein Vater in Rente war, genossen die beiden das Leben in vollen Zügen und meldeten sich meist nur per Karte, Telefon oder WhatsApp von ihren vielen Reisen in die Karibik oder an sonstige entlegene Orte.

»Erst Mitte zwanzig?«, unterbrach Riccarda mich entsetzt. »Bis Donnerstag, sagst du, ist er mit ihr allein? Und diese Universität in Russland liegt offenbar am Ende der Welt?«

Sie hatte Maximilian zwar seit dem ersten Moment, als sie ihm begegnet war, ins Herz geschlossen, für seine vielen berufsbedingten Trips jedoch immer nur wenig Verständnis gezeigt. Vielleicht dachte sie dabei an meine Mutter, die in jungen Jahren als begehrtes Model durch Mailand, London und Paris getourt war, anstatt sich um die Erziehung ihrer beiden Kinder zu kümmern. Diese hatte sie ihrer Schwester überlassen.

»Also *ich* an deiner Stelle«, schob meine Tante nach, »wäre schrecklich eifersüchtig. Sie ist doch hoffentlich nicht hübsch?«

Warum, dachte ich seufzend, hatte ich nicht den Mund gehalten?

»Wirklich, Annina, er lässt dich viel zu oft allein. Und jetzt auch noch mit einem so jungen Ding, man weiß doch, die angeln sich immer den Chefarzt.«

»Er ist nur Oberarzt.«

»Er sieht blendend aus, und der Allerärmste ist er auch nicht gerade. Also ich an deiner Stelle wäre wirklich …«

Und wieder ging es von vorn los.

Maximilian und ich waren seit knapp drei Jahren ein Paar. Zu Beginn unserer Beziehung, als er noch mit seiner Ruth verheiratet gewesen war, hatte auch ich mich manchmal gefragt, ob mein Vertrauen in ihn gerechtfertigt war. Seit Langem wusste ich natürlich, dass ich mich auf ihn verlassen konnte, dass er zu mir stand. Aber ein wenig nagte die Eifersucht doch an mir. Warum hatte Maximilian mir auch nicht gesagt, dass nicht ein Kollege ihn begleitete, sondern eine blutjunge Kollegin?

»Er liebt mich«, sagte ich dennoch, als meine Tante einmal kurz Luft holte. »Also bitte, Riccarda, hör endlich auf …«

»Man weiß doch, wie die Männer sind, und vor allem die in der Midlife-Crisis.«

»Jetzt mach mal einen Punkt«, versetzte ich, nun wirklich genervt, denn sie hatte genau ins Schwarze getroffen. »Das ist unfair, Maximilian ist …«

»Ich jedenfalls habe noch nie einen Mann in seinem Alter getroffen, der bei einem solchen Angebot nicht schwach geworden wäre«, sagte sie, mir schon wieder ins Wort fallend. »Du solltest wirklich mehr auf ihn achtgeben, Annina.«

»Und du solltest nicht von Zio Marcello auf andere schließen.«

Auch mir war nicht verborgen geblieben, welche Blicke Riccardas Ehemann, mein schon ziemlich in die Jahre gekommener Onkel, den jungen Urlauberinnen zuwarf, die sich jede Saison wieder im Hotelbereich des Castello di Santosa einquartierten und mit kurzen Röckchen und gekonnten Hüftschwüngen durch das ländliche Ambiente stolzierten.

»Das geht dich gar nichts an«, sagte sie hoheitsvoll. »Und sag am Ende ja nicht, ich hätte dich nicht gewarnt.«

✳✳✳

Als ich an der Ausfahrt Regensburg-Prüfening die Autobahn verließ und stadteinwärts fuhr, drängten sich am Himmel düstergraue Wolken. Schon nach wenigen Metern war es so dunkel, dass ich dachte, es würde jeden Moment zu regnen beginnen.

Erneut hörte ich Pavarotti die flatterhaften Frauen besingen. Mona.

»Ist Benedetta im Laden?«, fragte ich sofort. »Ich muss dringend mit ihr …«

»Ja, aber deshalb rufe ich nicht an«, sagte Mona atemlos. »Heiner, es ist wegen Heiner. Frau Oberhofer hat ihn gesehen. Zumindest glaubt sie, dass er es war. Vorn, an der Ecke zur Obermünsterstraße.«

Sie sprach von Heiner Bach, dem Stalker, und Maria Oberhofer, einer Anwohnerin meiner Boutique.

»Aber … Er ist doch in Tschechien.«

»Vielleicht ist er ja schon wieder zurück?« Mona klang so aufgelöst wie lange nicht mehr. »Erst dieser komische Typ mit diesem komischen Kleid, das ich nirgendwo finde, und jetzt Heiner. Der ist doch bestimmt nicht zufällig hier, der will doch …«

»Was denn für ein Typ?«, unterbrach ich ihren Redeschwall. »Wovon redest du?«

»Ein Ausländer, aus Südeuropa vielleicht, der hat echt gruselig ausgesehen. Benedetta hat ein Kleid für seine Freundin zurückgelegt.« Sie holte tief Luft. »Sag doch, Anna, was mache ich denn jetzt? Also wegen Heiner?«

»Wann war denn das? Ich meine, dass Frau Oberhofer ihn vielleicht gesehen hat?«

Erst einmal wollte ich das dringendste Thema klären, später konnte ich auf das zurückgelegte Kleid zu sprechen kommen. Dass Mona total durch den Wind war, war nicht zu überhören.

»Vor zwanzig Minuten ungefähr, keine Ahnung, eine Scheiß-Angst habe ich, Anna, ich weiß echt nicht, was ich tun soll, wenn Heiner hier reinkommt, wenn der …«

»Jetzt beruhige dich erst mal.« Dieses Mal unterbrach ich sie sanfter als zuvor. Ihre Stimme hatte am Ende geradezu panisch geklungen. »Du bist doch nicht allein. Hast du nicht gesagt, Benedetta ist da?«

»Schon, aber sie ist im Keller, am PC.«

»Dann sag ihr, dass sie raufkommen soll.«

»Hab ich schon, aber sie muss eine Bestellung eingeben, hat sie gesagt.«

In der Küche hinter dem Verkaufsraum stand unser eigentlicher Computer. Seit er aber ständig Aussetzer hatte, wichen wir meist auf den Reserve-Arbeitsplatz im Keller aus.

»Wenn Heiner hier reinmarschiert, das kriegt sie doch gar nicht mit.« Monas Stimme überschlug sich fast. »Und der Souvenirladen ist zu, und Frau Oberhofer musste zum Augenarzt, und wenn Heiner mich …«

Sie vollendete den Satz nicht, sondern atmete so hektisch, dass ich Angst hatte, sie würde hyperventilieren.

»Alles wird gut, Mona, keiner tut dir was, hörst du mich?«, sagte ich eindringlich. »Du gehst jetzt runter und holst Benedetta rauf – Anordnung von mir, sag ihr das. Falls Heiner wirklich auftaucht, dann seid ihr zu zweit, und er wird sich nichts trauen. Und ich bin ja auch gleich da. Hast du das verstanden, Mona?«

»Okay, ja.« Wieder Stille. »Mach ich, ja, ich geh gleich runter. Und du kommst auch wirklich?«

Ich bog nicht in die Straße, die zu meiner Villa führte, sondern stieg aufs Gaspedal. »In zehn Minuten bin ich da.«

Schlag Viertel nach zwölf stellte ich Maximilians Alfa in der Obermünsterstraße ab, an einer Stelle, an der das Parken eigentlich verboten war. Ich packte meine Tasche, knallte die Tür zu, lief mit klackernden Absätzen in Richtung Pfarrergasse. Von hier waren es keine hundert Meter bis zum »BellaDonna«.

Ich konnte nicht verstehen, warum Benedetta Mona nicht gleich von Anfang an zu Hilfe gekommen war, ausgerechnet in einer solchen Situation. Sie musste doch gemerkt haben, wie es um Mona stand. Außerdem war es nicht Benedettas Aufgabe, Bestellungen zu erfassen – normalerweise erledigten das Mona oder ich. Allmählich platzte mir wirklich der Kragen.

Von Weitem sah ich schon das ochsenblutrote Gebäude, in dem meine Boutique untergebracht war. Davor die obligatorischen Ständer mit den Angeboten, momentan die letzten Stücke in lichtem Gelb und strahlendem Orange aus der Sommerkollektion. Ich überholte ein amerikanisch aussehendes Paar, beide mehr als wohlgenährt, in den unmöglichsten Farben gekleidet und mit schier unzähligen Tüten behängt. Es begann zu tröpfeln.

Die Tür zum »BellaDonna« stand offen. Im Inneren beugte

sich Mona gerade über das rote Plüschsofa, das Glanzstück meines Ladens, faltete etwas zusammen und ging nach hinten in Richtung Küche. Benedetta hingegen konnte ich nirgendwo entdecken.

Mit jedem Schritt wurde ich wütender. Ich schwor mir, Benedetta in der Luft zu zerreißen, stürmte auf die Tür zu, und plötzlich krachte und knallte und blitzte es, als ob ich in der Hölle selbst gelandet wäre. Tausend, nein, Millionen Splitter schossen an mir vorbei, Steine, Scherben, Trümmer. Instinktiv verbarg ich Gesicht und Kopf in beiden Armbeugen, duckte mich hinter einen Mauervorsprung.

Einen Wimpernschlag lang schien alles stillzustehen. Ich fühlte mich, als wäre ich aus der Zeit gefallen, völlig gelähmt, versuchte zu begreifen, was das eben gewesen war. Warum es nach diesem Vulkanausbruch auf einmal so still war, so ganz und gar still, als wäre die Welt in einem tiefen schwarzen Loch versunken. Selbst das Denken funktionierte nur in Zeitlupe.

Eine Bombe …

Kein Zweifel – in meinem »BellaDonna« war ein Sprengsatz hochgegangen!

Ich ließ die Arme sinken, sah aus dem Augenwinkel die Amerikaner zu mir herüberstarren, mit offenen Mündern und schreckensweiten Augen, blickte an mir herunter, registrierte jede Einzelheit nur mit Verzögerung, einer Verzögerung, die wohl nur Sekunden dauerte, sich jedoch anfühlte wie Minuten oder gar Stunden.

Kein Blut, keine sichtbaren Verletzungen, auch keine Schmerzen. Arme, Hände, Beine, ich konnte alles bewegen. Offenbar konnte ich auch wieder hören. Durch ein Rauschen, das in meinen Ohren beständig an- und wieder abschwoll, nahm ich wahr, dass es dort, wo gerade eben noch ein wütendes Ungetüm getobt und gebrüllt hatte, nur noch leise vor sich hin barst, knisterte und scheppterte.

Irgendwo klappten Türen und Fenster. Aufgeregte Stimmen, schnelle Schritte. Jemand schrie: »*Oh my God!*«

Die Amerikaner, wurde mir bewusst, kauerten wie ich am Boden, ihre Tüten wild verstreut, manche aufgeplatzt. Ständig musste ich husten, bekam kaum Luft. Mein Herz klopfte und hämmerte, als wollte es meine Brust zersprengen, meine Augen tränten. Dann, ganz vorsichtig, lugte ich um den Mauervorsprung.

Rauch quoll aus der Boutique, pechschwarz und drohend, zerfaserte an den Rändern, waberte die Hausfassade hinauf. Zerfetzte Kleidungsstücke lagen herum, die eben noch so leuchtenden Farben jetzt schmutzig grau, darauf Glasscherben, zersplittertes Holz, Mauersteine. Da und dort züngelten Flammen.

Ich rappelte mich mühsam hoch, wagte einen Blick in den Laden. Die Tür war aus den Angeln gerissen, das Plüschsofa nicht mehr da. Anstelle der Fenster nur klaffende Löcher, die Regale im Ladeninneren in Schutt und Asche.

Mona war verschwunden.

9

Zwei Stunden später war ich noch immer fassungslos. Ich saß an einem der Fenster im Souvenirshop, die wie durch ein Wunder heil geblieben waren, eine Decke um meine Schultern und eine Tasse Tee in der Hand, und starrte mit blinden Augen auf das Chaos gegenüber.

Es glich einem jener Schreckensbilder in den Nachrichten, die bei den Betrachtern Betroffenheit auslösten und bald wieder vergessen waren. Mit dem einen, dem entscheidenden Unterschied, dass auf einmal alles so unvorstellbar nah war. Dass meine eigene, sonst so intakte Welt erschüttert war, von Grund auf, und ich im Zentrum der Katastrophe.

In den Stockwerken über dem »BellaDonna« war nichts zerstört worden, auch nicht in den angrenzenden Gebäuden. Sicherheitshalber hatte man sie dennoch evakuiert. Hinter den Absperrungen, die die Polizei errichtet hatte, streunten Bewohner, Schaulustige und Passanten. Ein Brandsachverständiger vom LKA wurde erwartet, in einer Ecke standen Sanitäter.

Mona …

Immer wieder dachte ich an sie, während ich den Feuerwehrleuten zusah, die ständig von Neuem durch das Trümmerfeld liefen, das in nichts mehr meinem bis eben noch so schönen Laden glich. Der Brand war längst gelöscht, Mona lag schwer verletzt im Uniklinikum. Die Ärzte rangen vermutlich, hoffentlich – ja, nichts hoffte ich sehnlicher – um ihr Leben, das nur an wenigen, so beängstigend fragilen Fäden hing. Jederzeit konnten sie reißen, in jeder Sekunde. Vielleicht sogar jetzt.

Blutüberströmt und ohne Bewusstsein hatte ich sie vorgefunden, inmitten all der Trümmer, des beißenden Qualms und der Flammen. Immerhin, sie hatte noch geatmet. Voller

Angst, die teils verkohlten, teils noch brennenden Überbleibsel meines Ladens würden jeden Moment über uns zusammenbrechen, hatte ich sie nach draußen geschleift.

In der Gasse hatten sich schon die ersten Menschen versammelt, als ich mich hilfesuchend umgeblickt hatte. Nachbarn, Neugierige, Passanten. Klara Reitmeier, die Inhaberin des Souvenirshops, die auch plötzlich aufgetaucht war, kümmerte sich um die Amerikaner. Irgendwer telefonierte nach der Feuerwehr und einem Rettungswagen.

Ein Mann, klein und stämmig, stellte sich als Krankenpfleger vor und übernahm Monas erste Notversorgung. Ich registrierte kaum etwas von dem, was er sagte. Seine routinierten Bewegungen beruhigten mich jedoch, seine knappen, klaren Anweisungen an die Umstehenden. Als nach einer Ewigkeit der Notarzt eintraf, besprach er sich leise mit ihm. Dann räumte er seinen Platz für die Sanitäter und raunte mir aufmunternd zu: »Bestimmt wird sie's schaffen.«

Benedetta war nicht im Laden gewesen. Wider besseres Wissen lief ich noch einmal zurück, nicht sicher, ob sie nicht vielleicht doch irgendwo unter den Trümmern lag, suchte panisch nach ihr. Jeden Moment konnten Deckenbalken oder lose Ziegelsteine auf mich herunterkrachen, am meisten aber machte mir der Rauch zu schaffen. Also war ich wieder nach draußen getaumelt.

Auch die Feuerwehrleute hatten sie später nicht gefunden. Gefühlte hundert Mal hatte ich seither versucht, sie auf dem Handy zu erreichen. Doch sie hatte weder abgehoben noch zurückgerufen.

Jetzt saß ich nur da, völlig unfähig, aufzustehen und auch nur einen Fuß vor den anderen zu setzen, nicht nur wegen meiner Verletzungen, die ein Sanitäter schon versorgt hatte. Ich war wie gelähmt, konnte einfach nicht begreifen, was sich hier eigentlich abgespielt hatte. Was mein Leben so aus den Fugen gerissen hatte.

Dass tatsächlich eine Bombe meine Boutique in die Luft

gesprengt hatte, stand seit Kurzem fest. Die Polizei hatte Reste davon gefunden. Ich zermarterte mir den Kopf darüber, wer für ihre Detonation verantwortlich sein konnte, fand aber keine Antwort.

In meinem Kopf drehte sich alles, nach dem ersten Adrenalinausstoß schmerzten meine körperlichen Wunden minütlich stärker. Außerdem war mir so übel, dass ich ständig Sorge hatte, mich übergeben zu müssen. Vielleicht eine Nachwirkung der Druckwelle. Auch das Rauschen in den Ohren ging nicht weg, und immer wieder legte sich ein Schleier über meine Augen.

Ich trank einen Schluck Tee, ließ die Lider zufallen, vor denen immer wieder feine weiße Blitze zuckten, und versuchte, das rasende Kaleidoskop aus Gedanken und Eindrücken zu ordnen, zumindest ansatzweise ein wenig System hineinzubringen. Obwohl ich während meiner Ausbildung zur Polizistin gelernt hatte, wie man mit Situationen dieser Art umging, fühlte ich mich machtlos, hilflos, verloren. Es war so viel einfacher, wenn man als Unbeteiligter an einen Tatort kam, Spuren sichtete, sich um Aufklärung bemühte, als wenn man selbst betroffen war. Wenn man nicht ständig dieses Gesicht vor Augen hatte. Dieses totenbleiche, mit Blut, Ruß und Schmutz entstellte Gesicht, das vielleicht nie wieder lachen würde.

Mona …

Ich selbst hatte nur leichte Blessuren erlitten, der Mauervorsprung zwischen dem Nachbarhaus und meiner Boutique hatte mich geschützt. Ein paar Prellungen und oberflächliche Verletzungen, das meiste davon nur harmlose Kratzer, Brandblasen an Händen und Unterarmen, auch am Kinn hatte das Feuer mich versengt. Dazu natürlich der Schock. Die Sanitäter hatten mir angeboten, mich in ein Krankenhaus zu fahren.

»Wir haben da was gefunden«, sagte jemand zu mir.

Ich hob den Blick. Armin Hellweg stand vor mir. In der Hand hielt er ein froschgrünes Käppi, das erstaunlich gut erhalten aussah.

»Das hat im Keller gelegen«, sagte er. »Bei der Tür zum Nachbarkeller.«

Die Gewölbekeller des Hauses, in dem sich das »Bella-Donna« befand, und der zwei angrenzenden Gebäude hatten im Mittelalter Kaufleuten als Lagerplatz für Waren gedient. Im Zweiten Weltkrieg hatte man die Gewölbe, wie vielerorts in Regensburg, zu Luftschutzbunkern ausgebaut und sie miteinander verbunden, um im Falle eines Bombeneinschlags den Verschütteten mehrere Ausgänge zu bieten.

»Es gehört Benedetta.«

Armin Hellweg nickte, mit düsterem Blick. »Die Tür unten steht offen, am Rahmen klebt frisches Blut. Auch im Nachbarkeller und im Treppenhaus sind Blutspuren, aber draußen in der Gasse haben wir natürlich nichts gefunden. Es hat ja dermaßen geschüttet.«

Ich hatte nichts davon bemerkt und folgte seinem Blick. Tatsächlich, das Kopfsteinpflaster in der Gasse war nass. Nicht nur dort, wo die Feuerwehrleute den Brand gelöscht hatten, sondern überall. Erst jetzt erinnerte ich mich an die beginnenden Regentropfen.

»Die Tür ist normalerweise verschlossen«, sagte ich. »Nun ist sie offen, sagen Sie?«

»Einen Schlüssel haben wir nicht gefunden. Aber wir gehen davon aus, dass die Detonation die Tür aufgedrückt hat. Da unten sieht's zwar nicht so übel aus wie im Laden, aber trotzdem ist einiges hinüber.«

»Benedetta muss sich während der Explosion im Keller aufgehalten und von dort das Weite gesucht haben.«

»Klingt logisch.« Armin Hellweg nickte mit konzentrierter Miene. Im Gegensatz zu mir wirkte er, als hätte er alles im Griff. »Dann könnte das Blut tatsächlich von Ihrer Angestellten stammen?«

Wieder versuchte ich, sie anzurufen – vergebens. Vielleicht saß sie jetzt zu Hause, genauso unter Schock wie ich und unfähig, ans Telefon zu gehen.

»Die Amerikaner haben übrigens gesagt, sie hätten einen Mann beobachtet«, sagte Armin Hellweg. »Der hat wohl vor der Boutique herumgelungert, dabei aber mächtig aufgepasst, dass er von innen aus nicht zu sehen war.«

Er erklärte mir, die beiden seien Bekannte von Klara Reitmeier, in deren an Montagen eigentlich geschlossenem Laden ich saß. Ich hatte keinen Gedanken daran verschwendet, warum sie trotzdem hier war. Die Amerikaner, die auf der Durchreise waren, hatten sie angerufen und gewartet, bis sie kam.

»Wann war das?«, fragte ich. »Wann haben sie den Mann gesehen?«

»Vielleicht zehn Minuten vor der Explosion.«

»Konnten sie ihn beschreiben?«

»Typ Bodybuilder, um die eins achtzig groß, kurzes braunes Haar. Anfang vierzig etwa, gut gekleidet und auch sonst sehr gepflegt.«

Die Beschreibung passte perfekt auf Heiner Bach.

Ich erzählte Armin Hellweg, dass Maria Oberhofer, die betagte Anwohnerin des »BellaDonna«, den Stalker eine halbe Stunde vor der Detonation gesehen zu haben glaubte, was nun umso stichhaltiger erschien. Auch dass er Mona nachgestellt hatte, erwähnte ich selbstverständlich, seine Bitten und Drohungen, ihre panische Angst vor ihm. Und den Antrag auf ein Annäherungsverbot, den ihr Anwalt vielleicht schon eingereicht hatte.

Hatte ihr Ex-Lover geahnt, dass sie rechtliche Schritte gegen ihn einleiten wollte, war die Vorladung zum Gerichtstermin womöglich schon zugestellt worden? Bei dem Gedanken, dass seine Angebetete sich so von ihm distanzierte, musste er aus allen Wolken gefallen sein. Hatte er sich ein solch bestialisches Ventil für seine Rache gesucht?

¿¿*

Stunden später, es war schon weit nach sechs, kauerte ich auf dem Diwan im Wintergarten meines Hauses, neben mir eine Kanne meines geliebten Tees, der mir heute aber einfach nicht schmecken wollte. Ich starrte vor mich hin und hatte das Gefühl, jeden Moment innerlich zu zerreißen.

Die Eindrücke der heutigen Katastrophe jagten durch meinen Kopf wie eine Bande tobender Derwische. Wieder und wieder hörte ich die Explosion, spürte die Druckwelle, sah die Flammen vor mir. Das von Rauch und Feuer umgebene Nichts, wo sich Sekunden zuvor noch Mona über das Plüschsofa gebeugt hatte.

Oft, wenn ich um diese Uhrzeit nach Hause kam, dröhnte Vincenzos Musik durchs Treppenhaus, Maximilian klapperte auf der Terrasse mit der Gartenschere, Mona trippelte irgendwo herum, oder Benedetta flitzte durch die Gegend. Nun aber war alles still und verlassen. Nicht einmal Semiramis huschte über die zerschlissenen Teppiche und schmiegte ihr Köpfchen an meine Beine. Das Haus glich einer leeren Hülle, seelenlos und angefüllt mit meiner abgrundtiefen Verzweiflung. Und dieser Ruhelosigkeit, die mich fast wahnsinnig machte.

Ich hatte den Rat der Sanitäter beherzigt und mich von ihnen in die Klinik bringen lassen, wo eine Ärztin mich durchgecheckt und ein Pfleger meine Wunden neu verbunden hatte. Die Ärztin hatte mir Beruhigungstabletten in die Hand gedrückt und mir Bettruhe und für den Bedarfsfall noch mehr Tabletten verordnet. Ein Taxi hatte mich nach Hause gebracht, wo ich eine Tablette geschluckt und Paolo eine kurze Sprachnachricht aufgesprochen hatte. Anschließend war ich sofort ins Bett gefallen.

Viel zu bald war ich wieder aufgewacht, in mir diese zermürbende Unruhe, war trotz bleierner Glieder aufgestanden und in Benedettas Zimmer getorkelt. Doch gleichgültig, wie oft ich dort nachsah: Immer war es leer.

Ihren kleinen Rucksack, in dem sie immer Geldbeutel und

Handy verstaute, hatte ich nicht gefunden. Wahrscheinlich hatte sie ihn bei sich gehabt, als sie aus der Boutique geflohen war. Ich durchsuchte den ganzen Raum, in der Hoffnung, auf einen Hinweis zu stoßen, wo sie sich aufhielt. Einen Zettel mit der Telefonnummer von Verwandten oder Freunden, die Adressenliste mit den Namen der Teilnehmer ihres Deutschkurses, irgendetwas Persönliches. Doch nirgendwo entdeckte ich auch nur ein Fitzelchen, das mir weiterhalf.

Später stellte ich mich unter die Dusche, wusch die Spuren der Verwüstung ab, zog etwas Frisches an, irgendetwas, das mir in die Finger geriet, tigerte durchs Haus, unfähig, einen klaren Gedanken zu fassen. Schließlich brühte ich Tee auf und sank auf den Diwan im Wintergarten der Bibliothek, den ich seither nicht wieder verlassen hatte.

In den zweiten Stock war ich bisher nicht gegangen. Beim Anblick von Monas tausend Schuhen und dem vielen Krimskrams in ihrer unaufgeräumten Wohnung hätte ich gewiss zu weinen begonnen. Stattdessen rief ich mehrmals in der Uniklinik an, erhielt jedes Mal wieder dieselbe Auskunft: Nein, keine Neuigkeiten. Noch immer rangen die Ärzte um ihr Leben.

Auf meinem Handy gab es noch keine Nachricht von Maximilian. Ich konnte mich nicht erinnern, wo und wann sein Flieger zwischenlanden würde. Aber ich wusste, dass er erst mitten in der Nacht in Jekaterinburg ankommen würde.

Wider besseres Wissen versuchte ich einige Male, ihn zu erreichen. Immer vergebens. Wie gern hätte ich seine Stimme gehört, seine Versicherung, alles werde wieder gut, auch wenn ich im Moment nicht wusste, wie. Doch er war ja in der Luft, irgendwo über dem hintersten Osteuropa mit seiner jungen Kollegin, die ihn anhimmelte, und hatte keine Ahnung, wie sehr ich ihn brauchte.

Vincenzo hatte mir eine kurze Mitteilung geschickt, die ich noch nicht beantwortet hatte. Er würde später aus Nürnberg zurückkehren als geplant, gewiss voller Vorfreude auf ein Abendessen, auf das er heute verzichten musste. Ich fühlte mich außerstande, auch nur einen Handgriff zu tun.

Ich nippte wieder an meinem Tee und dachte darüber nach, ob ich Paolo zurückrufen sollte – während ich geschlafen hatte, hatte er es bei mir probiert, jedoch vergebens. Aber auch dazu konnte ich mich nicht durchringen. Wahrscheinlich durchstöberte er gerade Jakob Landauers Wohnung.

Von Armin Hellweg wusste ich, dass Brandstoffexperten beim LKA in München die Reste der Bombe untersuchen würden, vielleicht sogar schon damit begonnen hatten. Erst nach Abschluss der Labortests würde man Aussagen über den Sprengstoff treffen können, was vielleicht Rückschlüsse auf den Täter zuließ. Natürlich war nicht zu erwarten, dass er auf dem Zünder oder sonst irgendwo seine Finger- oder DNA-Spuren hinterlassen hatte. Aber womöglich stießen die Spezialisten ja dennoch auf etwas, einen winzigen Hinweis, wodurch sie ihn identifizieren konnten, was auch immer. Für Armin Hellweg war Heiner Bach schon jetzt der Hauptverdächtige.

Ich überlegte, ob ich eine Kleinigkeit essen sollte, auch wenn ich keine Spur von Hunger hatte. Seit dem Frühstück in Burghausen hatte ich nichts mehr zu mir genommen. Doch ich konnte mich nicht dazu überwinden. Mich quälte die Übelkeit, die mich seit der Dusche immer wieder heimsuchte, das Rauschen in den Ohren. Und allein beim Gedanken an die Verwüstung in der Boutique wurde mir sofort wieder schwindelig.

Vermutlich würde die Versicherung den Schaden übernehmen. Wie es mit dem Verdienstausfall aussah, wusste ich allerdings nicht. Damit würde ich mich morgen befassen. Oder übermorgen.

Ich sah hinaus in den Garten, wo der Regen noch in den Blättern hing, nahm aber nichts wirklich wahr. Nur um irgendetwas zu tun, griff ich wieder nach dem Mobiltelefon und wählte erneut Benedettas Nummer. Doch wieder erreichte ich nur die Mailbox.

Warum, zermarterte ich mir einmal mehr das Hirn, meldete sie sich nicht? Wo steckte sie nur? Irrte sie irgendwo herum, verletzt und völlig desorientiert? Wohnte vielleicht jemand aus ihrem Sprachkurs in der Nähe des »BellaDonna«, und sie hatte dort Zuflucht gesucht? Ich wusste nicht einmal, wie das Institut hieß, an dem sie Deutsch lernte. In ihrem Zimmer hatte ich auch darauf keinen Hinweis gefunden.

Ich legte das Handy zur Seite, meine Finger bebten. Höchste Zeit für die zweite Beruhigungstablette.

Auf dem Weg zur Küche kam mir ein Gedanke. Hatte Benedetta nicht gesagt, sie habe sich mit jemandem zum Tanzkurs verabredet? Ja, im »TangoTango«, einem Studio in der Altstadt. Vielleicht wusste ihr Tanzpartner, wo sie sich aufhielt?

Als ich den Wasserhahn aufdrehte, zitterten meine Hände so stark, dass ich kaum das Glas halten konnte. Ich stellte es zur Seite und hielt meinen Mund unter den Wasserstrahl, die Tablette in der Hand. Da aber schwand die Kontrolle über meine Finger endgültig, und bevor ich mich versah, war das kleine weiße Ding im Ausguss verschwunden.

Die Ärztin hatte mir nur zwei Tabletten gegeben, ich hätte heulen können. Stattdessen aber fluchte ich so laut wie selten, rannte in die Diele, packte die allererste Handtasche, die mir in die Finger kam – die Jeanshandtasche auf dem Boden, sie war schmutzig, voller Brandlöcher und auch sonst übel lädiert –, und stürmte aus dem Haus.

∗∗∗

»Leon Buchner heißt der Mann«, sagte die Frau mit den blattförmigen Augen und im weit schwingenden Kleid, die sich mir als Inhaberin des »TangoTango« vorgestellt hatte. »Ein begnadeter Tango-Argentino-Tänzer.«

»Wissen Sie, wo ich ihn erreichen kann?«

Ich steckte mein Smartphone, auf dessen Display ein Foto von Benedetta zu sehen war, zurück in die Handtasche. Die

Studioinhaberin, wie ich Mitte, Ende dreißig, hatte sie sofort wiedererkannt.

Wir standen an einem hellen Tresen, gleich hinter dem Eingang des sich im Untergeschoss befindenden Studios, das in einem alten Haus in der Nähe des Emmeramsplatzes untergebracht war, mitten in der Stadt. So heiß es draußen wieder war, hier unten war es eiskalt.

Schon auf den ersten Treppenstufen hatte ich Tangomusik gehört. Sanfte Klänge, unter die sich eine rauchige, spanische Stimme mischte, vermutlich sang sie von unerfüllter Liebe und hoffnungsloser Leidenschaft.

»Nein, leider nicht.« Sie warf einen nervösen Blick zu den Paaren hinüber, die im Saal nebenan tanzten. »Leon kommt regelmäßig zu unseren offenen Tanzabenden. Montags, donnerstags und sonntags, meistens ist er gegen zehn Uhr hier. Heute läuft noch der Merengo-Kurs, da werden Sie ihn nicht antreffen, aber bestimmt am Donnerstag. Tja, ich muss dann leider wieder, Sie entschuldigen …«

»Es ist wirklich wichtig«, fiel ich ihr ins Wort. »Haben Sie nicht zumindest seine Telefonnummer oder Adresse, irgendwas?«

Ich war mit dem Taxi hergefahren. Wenn meine körperliche Verfassung es zuließ, würde ich zurück den Alfa nehmen, der noch in der Obermünsterstraße und nicht weit von hier stand. Aber ich musste sowieso noch das Rezept für die Beruhigungstabletten einlösen. Trotz der Kälte hier im Keller stand mir der Schweiß auf der Stirn.

Die Studioinhaberin musterte mich ein wenig besorgt, wie mir schien. Vielleicht hatte sie Angst, ich würde umkippen und ihren Zeitplan noch mehr durcheinanderbringen als ohnehin. Jedenfalls wandte sie sich ihrem Bildschirm zu.

»Im Frühjahr letzten Jahres hat Leon einen Kurs belegt, da war er das erste Mal bei uns«, erklärte sie, als ich in der Handtasche nach einem Taschentuch suchte. »Eigentlich hätte ich die Daten längst löschen müssen.«

Während sie sich durch irgendwelche Seiten klickte, tupfte ich mir mit dem Taschentuch das Gesicht ab. Als ich versehentlich die Hautpartie erwischte, wo das Feuer mein Kinn versengt hatte, zuckte ich zusammen. Hoffentlich entzündete sich die Stelle unter dem Pflaster nicht.

Mein Blick glitt hinüber in den Saal, aus dem die Musik drang. Vor wandhohen Spiegeln tanzten vier, fünf Paare, die Mienen der Männer voller Konzentration, die ihrer Partnerinnen in sich versunken, entrückt. Manche der Frauen lächelten, mit geschlossenen Augen, als wären sie verzaubert. Schleichende Schritte auf dem Parkett, unerwartete Drehungen, ein plötzliches Stampfen im Takt – die so unterschiedlichen Bewegungen übten eine seltsame Magie auf mich aus. Dazu die in sich verwobenen Melodien, die mich, je länger ich lauschte, in eine Art Trance versetzten. Ein klagendes Bandoneon, eine bittende Klarinette, dazwischen die Leichtigkeit einer Bandoline, ein gleichförmiger Bass oder die Klänge einer übermütigen Bazooka. Alles pulsierte, wogte und flirrte. Vor dem tiefen Rot der Nelken, die die kleinen Ecktischchen zierten, zuckten Kerzenflammen.

»Ah, da habe ich ihn«, hörte ich die Studio-Inhaberin sagen. »Sie verraten Leon aber bitte nicht, woher Sie die Anschrift haben, okay?«

10

Das ehemalige Bauernhaus, das in der Abendsonne vor mir lag, war zitronengelb gestrichen. Ein großer Teil der Fassade verschwand unter den vielen hellroten Rosen, die sich bis zu einem hölzernen Giebel rankten. Tür, Balkongeländer, Fensterläden und -rahmen bestanden aus dunkelrot lackiertem Holz.

Das Gehöft lag etwa zehn Kilometer nördlich von Regensburg, mitten im Grünen und sehr einsam. Nirgendwo sah ich ein Nachbarhaus. Auf dem Hang gegenüber, jedoch in einiger Entfernung, befand sich die uralte Klosterwirtschaft bei Adlersberg. Gut möglich, dass Benedetta sich in dieser Einöde hier versteckte. Ihren Golf sah ich allerdings nicht.

Vor mir funkelte ein Türklopfer aus Messing im Schein des sich im Westen purpurrot färbenden Himmels, während im Osten das Blau langsam verblasste. Ich betätigte den Klopfer.

Ein dumpfer Ton, der im Hausinneren verhallte. Von irgendwoher leise Tangomusik. Vielleicht war es nur ein Nachhall von vorhin.

Als ich mich nach dem Abstecher im Tanzstudio in Maximilians Alfa gesetzt hatte, hatte ich kurz überlegt, ob ich die Suche nach Benedetta nicht doch auf einen späteren Zeitpunkt verschieben sollte. Aber zum einen schien mein Kreislauf sich wieder normalisiert zu haben, vielleicht durch die Kühle im »TangoTango«. Zum anderen wusste ich, dass ich zu Hause keine Ruhe finden würde. Und für den Ernstfall hatte ich ja die Tabletten in der Tasche.

Während ich wartete, dass mir jemand öffnete, sah ich mich um. Zwei Scheunen mit verschlossenen Toren und ein Schuppen bildeten zusammen mit dem Hauptgebäude einen Hof, in dem ein Backhäuschen stand. Dort wurde offenbar Brot gebacken. Die Feuerstelle, neben der ein Holzschieber lehnte, war voller Ruß.

Nach dem Regen war es nun wieder so trocken wie zuvor, alles hatte die Hitze aufgesaugt. Auch jetzt war es noch so warm, dass mir der Schweiß über den Rücken rann. Die Rosen verströmten einen intensiven Duft, fast wurde mir schlecht davon. Vielleicht hätte ich doch besser nach Hause fahren sollen.

Ich lehnte mich an die Mauer, schloss die Augen und zwang mich, ruhig zu atmen. Schlagartig überflutete mich wieder die Erinnerung an das, was heute geschehen war. Ich sah den Rauch, die Trümmer. Dazwischen Monas regloser Körper, inmitten all des Drecks, ihr Blut auf Gesicht und Hals und …

»Was wollen Sie?«, hörte ich eine schroffe dunkle Stimme hinter mir.

Ich hatte nicht bemerkt, dass die Tür aufgegangen war. Mit zittrigen Knien wandte ich mich um und musste den Kopf heben, so groß war der Mann, der vor mir stand.

Mein Blick blieb erst an der Narbe hängen, die an seinem Kinn verlief und zu breit und zu lang war für eine Windpockennarbe, dann an seinen Augen. Sie waren klar und von demselben verblassten Blau wie der Himmel zu dieser Stunde, und ich konnte nichts in ihnen lesen. Keine Neugier, Ungeduld, kein Interesse noch sonst etwas. Ich war sicher, noch nie einem Menschen begegnet zu sein, der mich so völlig emotionslos betrachtet hatte.

Mit dem Handrücken wischte ich mir über die Stirn, die ebenfalls schweißnass war. Dann murmelte ich meinen Namen und kramte nach den Tabletten in der Tasche. Als ich nach Benedetta fragte, schlich sich doch etwas in Leon Buchners Blick. Ein winziges Aufglimmen, das ich als Vorsicht interpretierte, vielleicht sogar als Misstrauen.

»Ich habe keine Ahnung, wo sie ist«, sagte er mit seiner dunklen, trotz Ruppigkeit sonoren Stimme, die eine leicht schwäbische Färbung besaß und noch eine Nuance abweisender wurde. »Gut, dann noch einen schönen Abend.«

»Herr Buchner, bitte – Sie sind der Einzige, der mir weiterhelfen kann, ich muss Benedetta finden, sie …«

»Ich kann Ihnen leider nicht helfen, wirklich. Ich kenne sie ja kaum.«

Unwirsch fuhr Leon Buchner sich durchs fast schwarze Haar, nur an den Schläfen und über der wohlgeformten Stirn zeigten sich die ersten weißgrauen Strähnen. Er war nicht nur hochgewachsen, sondern auch hager, was ihn noch größer erscheinen ließ, als er tatsächlich war.

»Ich will nicht unhöflich sein«, sagte er, als ich mich keinen Schritt bewegte. »Aber ich muss Sie bitten, jetzt zu gehen. Ich habe zu tun und …«

»Nein, bitte.« Kraftlos lehnte ich mich an den Türpfosten. »Benedetta ist verletzt, wie schwer, weiß ich nicht, ich mache mir große Sorgen um sie. Wenn ich anrufe, meldet sie sich nicht, und …« Auf einmal brach es aus mir heraus: »Es geht um Leben und Tod, Sie müssen mir einfach helfen, hören Sie?«

Ich spürte mehr, als dass ich es sah, wie er mich mit plötzlichem Interesse betrachtete. Längst war ich zu erschöpft, um alles um mich noch wirklich wahrzunehmen, und noch immer suchte ich nach dieser verfluchten Tablettenpackung in meiner Handtasche.

»Leben und Tod?«, wiederholte er langsam.

Von irgendwoher wehte mich ein Geruch an, vielleicht nach etwas Fruchtigem, vielleicht auch nach Knoblauch. Ich war nicht sicher, ob ich mich auf meine Sinne noch verlassen konnte. Auch meine Hände, die unentwegt wühlten, zitterten wieder.

»Jemand hat einen Anschlag auf meine Boutique verübt«, stieß ich hervor, »einen Bombenanschlag.«

Stöhnend ließ ich die Tasche sinken, und obwohl ich nicht den leisesten Hauch von Hunger verspürte, rumorte es in meinem Bauch so laut, dass Leon Buchner es hören musste.

»Eine meiner Mitarbeiterinnen ist schwer verletzt, was sage ich, meine Freundin, ich weiß nicht einmal, ob sie durchkommt, und Benedetta ist weg, einfach abgehauen ist sie, alles ist ein Trümmerhaufen, und …«

Ich zwang mich, die plötzlich aufkeimenden Tränen hinunterzuschlucken, steckte die Hand noch einmal in die Tasche. Endlich bekam ich die Packung zu fassen. Doch sie entglitt mir. Leon Buchner bückte sich und hob sie auf.

»Haben Sie deshalb diese Verletzungen?« Er deutete auf das Pflaster an meinem Kinn, den Verband am Handgelenk, die Schrammen an den Unterarmen. »Waren Sie dabei?«

Ich nickte, streckte die Hand nach den Tabletten aus, die er festhielt, und hatte Mühe, nicht doch aufzuschluchzen.

»Sie stehen unter Schock«, stellte er fest. »Sie sollten sich setzen, einen Schluck Wasser trinken und Ihre Medizin einnehmen. Und dringend etwas essen.« Er fasste mich unter dem Arm und zog mich ins Haus. »Sie haben Glück, Signora di Santosa, ich bin nämlich gleich mit dem Kochen fertig.«

Die Pasta, die Leon Buchner mir bald darauf auftischte, gehörte wohl zu der besten, die ich jemals gegessen hatte. Die Linguine waren wunderbar *al dente*, und der *sugo al pomodoro*, eine Soße aus frischen Tomaten, der Goldfrucht des Südens, und köstlichstem Olivenöl, Basilikum und Knoblauch, schmeckte so sehr nach meiner alten Heimat, dass ich hätte weinen können. Höchstens meine Tante Riccarda konnte etwas Vergleichbares zaubern. Dazu reichte mein Gastgeber ofenfrisches Brot mit einer knackigen Kruste, das ebenfalls direkt aus Italien importiert zu sein schien. Ohne eine Spur von Eitelkeit erklärte er jedoch, er habe es selbst gebacken, erst am frühen Morgen.

Wir saßen auf einer Holzterrasse, an einem runden, mit weißem Leinen und Tellern in derselben Farbe gedeckten Tisch. Von meinem Platz aus – Leon Buchner hatte mir den einzigen gepolsterten Sessel überlassen, er selbst saß auf einem einfachen Holzstuhl – hatte ich einen Blick auf die Hügellandschaft, die fast bis Regensburg reichte, sanft gewellt und so idyllisch, als stammte sie direkt aus einem Märchenbuch. Selbst die Stadt war in der Ferne zu sehen, in der zunehmenden Dämmerung jedoch nur schemenhaft, auf den Hängen dahinter zeichneten sich die Hochhäuser des Viertels Königswiesen ab. Sogar die Zwillingstürme des Doms konnte ich erkennen, die sich stolz wie immer in den Abendhimmel reckten.

Aus großen Lautsprechern, sie standen nahe bei den weit geöffneten Flügeltüren im Wohnzimmer, drang Musik, die mich immer wieder erschauern ließ. Das »Köln Concert« von Keith Jarrett. Klavierklänge voller Vollendung, die unter die Haut gingen. Ansonsten aßen wir in absoluter Stille. Normalerweise unterhielt ich mich gern beim Essen. Heute aber war es genau das Richtige.

Anfangs hatte ich nicht aufhören können, von den heutigen Vorkommnissen zu berichten, eruptiv und vermutlich weitgehend zusammenhanglos, und meinen Gastgeber immer wieder nach Benedetta gefragt, auch Jakob Landauers Name war dabei gefallen. Leon Buchner hatte jedes Mal wieder versichert, nichts über Benedettas Aufenthaltsort oder ihre Verbindung zu dem ermordeten Journalisten zu wissen, hatte mich ansonsten aber reden lassen. Er schien nicht nur über medizinische Grundkenntnisse zu verfügen, sondern auch über ein gutes psychologisches Gespür.

Irgendwann, als die Tablette wirkte, die ich mit einem großen Glas Wasser hinuntergespült hatte, war ich ruhiger geworden. Auch mein körperlicher Zustand hatte sich gebessert, und endlich hatte ich mich auf das Schweigen meines Gastgebers, die Musik und das Essen einlassen können.

Erst als auf meinem Teller nicht einmal mehr der kleinste Klecks Soße zu sehen war, alles hatte ich mit dem köstlichen Brot aufgewischt, schob ich ihn von mir. Kurz schloss ich die Augen, atmete tief durch und lächelte – zum ersten Mal seit vielen Stunden.

»*Buonissimo*«, lobte ich das Mahl. »*Grazie a Lei, mi ha salvata.*«

»Wie einfach es doch ist, Sie zu retten.«

»Sie sprechen Italienisch?«

»Nein, aber ich verstehe das eine oder andere.«

»Haben Sie in Italien so wunderbar zu kochen gelernt?«

Er nahm mein Kompliment mit einem kaum sichtbaren Nicken zur Kenntnis, meine Frage verneinte er jedoch.

»Ich hatte nur öfter beruflich dort zu tun, ich habe viel im Ausland gearbeitet.«

»Nun nicht mehr?«

Leon Buchner lächelte und schien mir meine Neugier nicht übel zu nehmen. »Ich habe mich, wie man so schön sagt, zur Ruhe gesetzt.«

»Sie sind ein ziemlich junger Rentner, wenn Sie mir diese Bemerkung erlauben.«

»Ja, es ist ein Segen.« Mit einer lockeren Geste strich er sich über das Leinenhemd, das die Farbe seiner Augen hatte, dazu trug er taubengraue Jeans. Seine eleganten Lederschuhe wirkten in diesem ländlichen Umfeld ein wenig deplatziert. »Ein Segen, wenn man alt wird, ohne von den dazugehörigen Gebrechen heimgesucht zu werden.«

Ich schätzte Leon Buchner auf Anfang, höchstens Mitte fünfzig. Ich forschte in seinem Gesicht nach den Anzeichen einer versteckten Krankheit, die einen so frühen Ruhestand erklärt hätten, entdeckte jedoch keine.

Er bemerkte meinen Blick und machte eine weite Armbewegung, die alles um uns einschloss. Sein Heim, die Hügel, die uns umgaben, die Dächer und Kirchenspitzen in der Ferne.

»Ist es nicht herrlich?«, fragte er, wie mir schien aber mehr sich selbst als mich. »Oft sitze ich stundenlang nur da, ich kann mich einfach nicht sattsehen.«

Er lächelte ein zweites Mal an diesem Abend, den Blick fest in die Weite gerichtet. Bald würden sich die ersten Laternen in Regensburgs Straßen und Gassen entzünden, über denen im Osten gerade der Mond aufging. Fast rund war er, und wie eine riesige, ausgebleichte Orangenscheibe hing er über der Stadt, die die Donau so still und schmal und silbern umarmte, als wäre sie nicht aus Wasser, sondern ein Band von gleißenden

Edelsteinen. Das Licht verstärkte diesen Eindruck, dieses besondere Licht zwischen Tag und Nacht, das die Szenerie in einen unwirklich anmutenden Glanz tauchte.

»Jedes Mal, wenn ich über den Haidplatz gehe«, fügte Leon Buchner hinzu, »wenn ich das Fresko am Goliathhaus bewundere, durch das Tor beim Salzstadel schlendere oder von der Steinernen Brücke in den Fluss hinunterschaue – jedes Mal wieder beglückwünsche ich mich. Schon immer«, seine Stimme wurde leise und zärtlich, »wollte ich hier meinen Lebensabend verbringen.«

Normalerweise war ich es, die ins Schwärmen geriet, wenn es um die feine, kleine und uralte Stadt an der Donau ging, in der ich nun schon seit sechs Jahren lebte.

»Obwohl Sie gar nicht aus der Gegend stammen?«, fragte ich und lächelte ebenfalls.

»Woher wissen Sie das?« Sofort flackerte wieder Misstrauen in seinem Blick auf.

»Sie hören sich so an, als kämen Sie aus dem Schwäbischen.«

»Stimmt.« Seine Miene entspannte sich. »Seit gut einem Jahr wohne ich jetzt hier.«

Auf dem Weg zur Terrasse hatte er mich durch das Erdgeschoss geführt. Stilvolle, alte Bauernmöbel, alle perfekt restauriert, schwere Deckenbalken und auch sonst viel Holz, dazu liebevolle kleine Details, die zeigten, dass jemand mit Geschmack und ohne den Hang zu großem Pomp es sich hier wohnlich gemacht hatte. Da ein getrockneter Blumenstrauß, dort ein antikes Bügeleisen, an den Wänden des geräumigen Wohnzimmers, in das wir schließlich gelangt waren, Schwarz-Weiß-Fotografien mit den Porträts von Menschen aus aller Herren Länder. Nichts deutete auf die versteckte Handschrift oder gar Anwesenheit einer Frau hin.

»Darf ich fragen, wie es Sie hierher verschlagen hat?«

»Als Kind war ich oft hier, nicht in diesem Haus natürlich, sondern bei einer Tante in der Stadt.« Leon Buchner schlug ein Bein übers andere, nun noch eine Spur gelöster. »Eigentlich war sie gar keine richtige Tante, nur die Freundin unserer Mutter. Aber bei ihr sind wir immer glücklich gewesen, meine Schwester und ich, immer haben wir gesagt, nein, geschworen haben wir uns, dass wir irgendwann einmal zurück …«

Ein Ruck ging durch seinen Körper. Auf einmal war da wieder diese Unnahbarkeit, die ihn wie eine unsichtbare Mauer umgab.

»Aber das ist lange her«, sagte er mit einer wegwerfenden Geste. »Und später war ich ja viel im Ausland, wie gesagt.«

Er stand auf und entzündete das einzige Windlicht auf dem Tisch, das in einem robusten und dennoch filigranen Eisengeflecht steckte. Ich hatte gar nicht bemerkt, dass es fast dunkel geworden war.

»In welchem Beruf waren Sie tätig?«, fragte ich, als er sich wieder setzte.

»Consulting.«

Er hielt seinen Blick nun abgewandt, ließ ihn über die Rosen schweifen, die sich auch über die Rückwand des Hauses rankten. Ihr Duft, der mir im Gegensatz zu vorhin betörend süß erschien, und der Geruch von frisch gemähtem Gras lagen in der Luft.

»Waren Sie auch mal in Rom? Oder in Bologna?«

»Nein, nie.« Abrupt wandte er mir das Antlitz wieder zu. »Warum?«

»Benedetta. Sie stammt aus Rom, und in Bologna hat sie studiert. Haben Sie das nicht gewusst?«

Ohne ein Wort nahm er sein Glas. Er schwenkte es, betrachtete die rubinroten Reflexe, die das flackernde Kerzenlicht in den Rotwein zauberte, und wirkte so in sich versunken, als hätte er meine Anwesenheit von einem Moment zum anderen völlig vergessen.

Der Kerzenschein tauchte sein Gesicht in eine Licht- und eine Schattenseite, die Trennlinie genau in der Mitte. Die Narbe an seinem Kinn war nun deutlich zu erkennen. Sie stand leicht schräg, hatte etwa die Größe eines Fünf-Cent-Stücks und lief an einer Seite aus, als wäre das, was die Wunde einst verursacht hatte, am Kinn entlanggeschrammt.

Eigentlich war Leon Buchner ein sehr anziehender Mann, dazu seine unaufdringliche, aber stilsichere Kleidung, die perfekten Umgangsformen. Aus dieser Perspektive jedoch betrachtet ...

Ich musste an den »gruseligen« Mann denken, den Mona heute am Telefon erwähnt hatte. War es möglich, dass sie von Leon Buchner gesprochen hatte?

»Ich habe Benedetta ganz zufällig kennengelernt, in einem Tangostudio«, sagte er schließlich doch und klang dabei so gelangweilt, als hätte er mir das schon hundertmal erzählt. »Wir haben miteinander getanzt, ein wenig geplaudert, über unsere Liebe zum Tango, über das Leben.«

Auch ich ergriff mein Glas und musterte ihn verstohlen. Sein Teint war gebräunt, ob von Natur aus, war schwer zu sagen, dazu das weitgehend schwarze Haar. Wenn man ihn flüchtig betrachtete, hätte man ihn vielleicht tatsächlich für einen Südeuropäer halten können. Seine hellen Augen passten allerdings ganz und gar nicht zu diesem Eindruck, und sein Deutsch wies ihn als Muttersprachler aus.

Ich verwarf den Gedanken sofort wieder. Wenn Leon Buchner wirklich dieser Mann gewesen wäre, hätte er Mona doch nicht nach einem zurückgelegten Kleid gefragt. Er hätte sich direkt nach Benedetta erkundigt.

»Ich weiß wirklich nichts von Benedetta«, setzte er nach. »Weder wo sie jetzt steckt, noch was sie früher getrieben hat. Wir haben nur getanzt, das war alles.«

Ich sah die Frauen im Tanzsaal vor mir, mit ihren geschlossenen Augen und diesem Lächeln im Gesicht, mit einer Sehnsucht nach etwas, dessen sie sich vielleicht nicht einmal bewusst waren. Ich fragte mich, wie es sich wohl anfühlte, mit Leon Buchner zu tanzen. Wie es war, wenn er eine Frau im Arm hielt, sie herumwirbelte, sie an sich drückte. Wange an Wange, Körper an Körper.

Ich verscheuchte die Vorstellung und trank vom Rotwein, einem kräftigen Sangiovese. Er schmeckte samtig und schwer und hatte lange in einem Barrique-Fass gelagert. Außerdem stieg er schnell in den Kopf, wie ich jetzt feststellte. Da ich mir meistens ein Gläschen Wein zum Essen gönnte, hatte ich, obwohl ich noch fahren musste, nicht Nein gesagt, als Leon Buchner mir ein Glas anbot. Aus dem einen war inzwischen jedoch das zweite geworden. An diesem Abend war Wein Medizin für mich.

Als ich erneut nach meinem Glas griff, war es unerklärlicherweise schon fast wieder leer. Leon Buchner nahm die Flasche, um mir nachzuschenken. Doch ich lehnte ab, mir war schon schwindelig.

Vincenzo, fiel mir ein, musste längst zu Hause sein. Ich hatte ihm einen Zettel auf dem Küchentisch hinterlassen. Dennoch würde er sich fragen, wo ich blieb. Vielleicht wusste er auch schon von der Verwüstung in meinem Laden, schlechte Nachrichten verbreiteten sich meist schneller als gute, und machte sich Sorgen. Einige Male während des Abends war mir so gewesen, als hätte mein Handy gebrummt. Nun wünschte ich, ich hätte nachgesehen, und zog es aus der Tasche.

Etwas schepperte.

»Wer hat Ihnen eigentlich verraten, wo Sie mich finden?«, fragte Leon Buchner fast im selben Moment.

Ich hob den Blick, sah, dass er die Flasche abgestellt hatte und mich mit schmalen Augen beobachtete.

»Benedetta«, log ich ohne ein Zögern.

»Seltsam. Sie ist nie hier gewesen.«

»Ja, ich finde auch, dass sie ganz anders ist, als man denkt. Sie wirkt so …«, ich blickte in die Ferne, auf die Lichter der Stadt, suchte nach dem richtigen Wort, »… harmlos, nicht wahr?«

Das Telefonat mit Paolo fiel mir wieder ein. Nie hätte ich erwartet, dass sie mich so eiskalt belügen würde.

»Was hat sie Ihnen sonst noch erzählt?«, fragte Leon Buchner so leise, dass ich ihn inmitten der wieder anschwellenden Klaviermusik kaum verstand. »Über mich?«

Erneut betrachtete ich ihn, nun aber nicht mehr versteckt. Nichts hatte sich verändert. Und doch war nichts mehr so wie noch vor wenigen Sekunden.

Ich spürte eine unausgesprochene Bedrohung, konnte sie förmlich riechen, sogar sehen. Sie sprach aus seinen hellen Augen, wie zu Beginn des Abends wieder bar jeden Gefühls, aus seinen aufeinandergepressten Lippen, seiner Körperhaltung. Alles an ihm wirkte plötzlich angespannt. Langsam, schien mir, löste sich von ihm ein Schatten, der mich erschauern ließ. Er wehte zu mir herüber, kroch über meine Haut wie ein klebriger Film. Schwarz, zäh, gefährlich.

»Nichts.« Ich versuchte zu lachen und das beklemmende Gefühl abzuschütteln. »Nur«, ergänzte ich, obwohl auch das natürlich nicht der Wahrheit entsprach, »dass Sie vergessen wollen.«

Vielleicht war es der Wein, der meine Zunge löste, vielleicht meine Verzweiflung über all das, was heute geschehen war. Außerdem, und dessen war ich sicher, verschwieg er mir die wahre Natur seiner Beziehung zu Benedetta. Er wusste mehr über sie, als er vorgab.

»Was sollte das sein?« Er beugte sich nach vorn, sah mir in die Augen, lauernd und kalt.

»Ihre Vergangenheit, was sonst?«

Ein zweites Mal stand er auf, mit undurchdringlicher Miene, holte ein weiteres Windlicht von einem Mauervorsprung, entzündete es, stellte es auf den Tisch. Längst war es ganz dunkel geworden. Die Kerzen flackerten, die Narbe an seinem Kinn war nun noch deutlicher zu sehen als zuvor, wirkte bizarr und schien sich an den Rändern aufzulösen. Vielleicht, der Gedanke drängte sich mir auf wie aus dem Nichts, war es eine alte Schussverletzung?

»Es wundert mich«, sagte Leon Buchner, als er sich wieder setzte, und seine Stimme klang schneidend, »dass Benedetta

Ihnen überhaupt von mir erzählt hat. Sie ist ja sehr verschwiegen, und ich bin sicher, dass ich mich in diesem Punkt nicht täusche.«

Nun füllte er mein Glas doch wieder auf. Dann hob er sein eigenes, prostete mir zu, mit blitzenden Augen.

»Darauf sollten wir anstoßen. Trinken Sie, Signora di Santosa!«

Seine Worte waren keine Bitte, sondern ein Befehl. Er durchschaute mich. Was verband ihn wirklich mit Benedetta? Und wer – die Frage durchzuckte mich, als wäre ein Blitz durch meinen Körper gerast – wusste eigentlich, wo ich war?

»Darf ich Ihnen einen Rat geben?«, fragte er, das Glas an den Lippen.

»Gern.« Ich hoffte, dass meine Stimme nicht zu sehr zitterte. Im Gegensatz zu ihm hatte ich am Wein nur noch genippt.

»Achten Sie auf Ihre Freundin, wie heißt sie gleich noch mal – Mona? Achten Sie gut auf sie.«

»Was soll das heißen?«

»Sie liegt im Krankenhaus, nicht wahr?« Er lächelte, zum dritten Mal an diesem Abend, nun aber betrübt. »Auf der Intensivstation dürfte sie in sicheren Händen sein. Aber danach sollten Sie gut auf sie aufpassen.«

»Wollen Sie mir drohen?« Mein Mund war trocken. »Oder Mona?«

»Wie käme ich dazu?« Sein Blick ruhte auf mir, nur für einen Moment und wieder ohne die Spur einer Emotion. »Ich sage lediglich, dass Sie das Schicksal nicht herausfordern sollten. Man weiß nie, wie stark der Gegner wirklich ist, mit dem man sich anlegt. Manchmal sogar, ohne zu wissen, dass man das tut.«

Ich steckte das Telefon, das ich noch in der Hand hielt und fast zerquetschte, zurück in die Tasche – wie schwer mir die winzige Geste doch fiel –, schulterte sie und stemmte mich hoch.

»Danke für das Essen«, sagte ich kühl und schickte ein

Stoßgebet zum Himmel: *Oddio*, bitte mach, dass dieser Mann mir nicht ansieht, wie erbärmlich ich mich fühle.

Ich tastete nach dem Pfefferspray in meiner Tasche, das mir im Ernstfall vermutlich keinen guten Dienst geleistet hätte. Leon Buchner war nicht nur um einiges größer und kräftiger als ich, sondern gewiss auch sehr viel nüchterner. Doch ich fand die Spraydose ohnehin nicht. Natürlich, ich hatte sie ja Mona gegeben, als Schutz vor Heiner Bach.

Ich verfluchte mich, weil ich noch immer keinen Waffenschein hatte, geschweige denn eine Pistole. Auch Benedetta verfluchte ich. Ich hatte Angst um sie, ja. Ich wollte wissen, wo sie steckte, natürlich. Vor allem aber wollte ich wissen, was für ein Spiel sie spielte.

»Sie werden in diesem Zustand doch nicht mehr ins Auto steigen?« Leon Buchner klang ehrlich besorgt.

Dennoch kroch die Angst, er könnte sich mit einem Mal auf mich stürzen, meinen Rücken hoch, krallte sich in meinem Nacken fest. Auch der Anblick seines Gesichts verstärkte meine Angst. Es verlor an Kontur, verwandelte sich in zwei Gesichter, in zwei Köpfe, die in entgegengesetzte Richtungen blickten, als gehörten sie Janus, dem römischen Gott.

Ein Trugbild, nichts als ein Trugbild. Es war nur der Wein. Und der ganze verdammte Tag. Die Musik, wurde mir bewusst, war verklungen. Tief holte ich Luft und wollte gehen. Aber der Boden schwankte, als befände ich mich plötzlich auf hoher See.

»Signora di Santosa«, Leon Buchners Stimme war auf einmal direkt an meinem Ohr, »was Sie vorhaben, ist sehr unklug. Soll ich Ihnen ein Taxi rufen?«

Ich murmelte etwas, verstand aber selbst nicht, was. Alles glitt ineinander, Gläser und Teller, Tisch und Kerzenflammen, Rosen und Hügel.

»Sie können sich natürlich auch in mein Gästezimmer legen. Ich komme Ihnen nicht zu nahe, Sie haben mein Wort. Und auf mein Wort können Sie sich verlassen. Immer.«

Er lachte leise, diabolisch. Oder bildete ich mir auch das ein? Ich versuchte, ihn wegzustoßen. Doch obwohl er ganz dicht bei mir stand, stehen musste, ging meine Bewegung ins Leere.

Sein Geruch stieg mir in die Nase. Dunkel und moosig wie ein Tannenwald. Gleichzeitig würzig-frisch und so hell, als würde ein Sonnenstrahl, der sich zwischen dichten Baumkronen hindurchstahl, den Waldboden zum Leuchten bringen, das Harz zum Duften. Sogar sein Geruch war so doppeldeutig, als wäre er Janus selbst.

Ein Arm legte sich mir um die Hüfte, zog mich fort. Um mich wurde es kühl, ich musste im Hausinnern sein. Ein Korridor öffnete sich vor mir, der düster und so lang aussah, als würde ich nie sein Ende erreichen.

Mein Mobiltelefon meldete sich.

Ich entwand mich Leon Buchners Griff, fummelte es aus der Handtasche, versuchte, über das Display zu wischen, vergebens. Aber zumindest sah ich noch die Anzeige, bevor sie endgültig vor meinen Augen verschwamm und der Klang von »*La donna è mobile*« abbrach.

»Vincenzo«, wisperte ich. »Mein Sohn, er ist ganz allein, er weiß noch gar nicht, was heute passiert …«

Das Sprechen fiel mir schwer, alles fiel mir schwer. Ich geriet ins Taumeln.

Eine Hand packte mich, stählern und fest, eine zweite umklammerte mich, mit eisernem Griff.

»Kommen Sie.« Leon Buchners Stimme, fern und wie durch dichten Nebel. »Ich halte Sie, Signora di Santosa, vertrauen Sie mir.«

11

»Alles okay, *mamma*?«

Ich öffnete die Augen.

Vincenzos Gesicht, die Augen weit aufgerissen und voller Schrecken. Wie, um Himmels willen, kam er in Leon Buchners Haus?

Ich wandte den Kopf, so schwer er sich auch anfühlte. Nonna Emilias Wäschekommode aus Nussbaumholz, ihr Kleiderschrank mit den gedrechselten kleinen Säulen und Intarsien, mein Schminktisch mit seinen vielen Schubladen und dem in Gold gerahmten Spiegel.

Ich lag in meinem sonnengelben Himmelbett, umgeben von meinen vertrauten Dingen, beschienen von sanftem Licht. Alles war friedlich. Alles war gut.

»Wie bin ich hergekommen?«

Offenbar hatte ich nur gekrächzt, denn Vincenzo gab mir keine Antwort, sondern musterte mich weiterhin besorgt. Ich räusperte mich und wiederholte die Frage.

»Dieser Mann hat dich gebracht, Leon.« Er grinste mich an. »Cooler Typ.«

Langsam kam die Erinnerung zurück, doch nur schemenhaft. Eine Tür, die aufgeklappt war und wieder zu, jemand drückte mich in ein Polster. Scheinwerfer, der Klang eines tiefen, satten Motors.

»Du hältst dich fern von ihm«, keuchte ich, »hast du mich verstanden?«

»Oh, manno. Sind wir jetzt in einem Al-Capone-Film?« Mit verstellter Stimme und wildem Blick sagte Vincenzo: »›Hüte dich vor diesem Mann, er bringt nur Tod und Verderben.‹«

Ich dachte an Leon Buchners zwei Gesichter, die Janusköpfe, schloss die Augen. »Wie spät ist es?«

»Viertel nach zwölf.«

»Viertel nach zwölf?« Ich hob die Lider und versuchte, mich aufzurichten. »Warum bist du nicht in der Schule?«

»*Mamma*, es ist mitten in der Nacht. Du hast die ganze Zeit gepennt. Seit er dich hergebracht hat, dein Al Capone, um Viertel vor elf ungefähr.«

Ein Blick zum Fenster sagte mir, dass es draußen tatsächlich dunkel war. Der sanfte Lichtschein rührte von der Nachttischlampe.

»Wo ist er jetzt?«, fragte ich.

»Zu Hause, schätze ich. Zumindest hat er das gesagt, als er dich ins Bett getragen hat – dass er jetzt wieder heimfährt.«

»Leon hat mich ins Bett getragen?«

»Wie wärst du denn sonst hier raufgekommen? Der hat echt Muckis, sieht man gar nicht.« Vincenzo grinste. »Und ein megageiles Auto, 'nen echten Mercedes Roadster von anno dazumal. Wenn er nicht gesagt hätte, ich dürfe dich keine Sekunde lang allein lassen, hätte ich ihn glatt gefragt, ob wir nicht eine kleine Spritztour machen.«

»Und der Alfa, wo ist der?«

»Den kannst du morgen bei ihm abholen, soll ich dir sagen.«

»Aber … Woher weiß er denn, wo ich wohne?«

Vincenzo zuckte mit den Schultern.

Leon – in Gedanken nannte ich ihn längst beim Vornamen – musste meine Tasche durchsucht und meinen Ausweis gelesen haben. Oder eine meiner Visitenkarten. Nun wusste er, dass ich Privatdetektivin war. Aber, spielte das eine Rolle?

Offenbar hatte ich ihn falsch eingeschätzt, die Situation völlig missinterpretiert. Er hatte mich nicht bedroht. Ich hatte mich sinnlos betrunken – in Kombination mit dem Beruhigungsmittel hatte der Wein natürlich viel stärker gewirkt –, und er hatte mir einfach nur geholfen.

Ich setzte mich auf, schlug die Decke zurück, rutschte bis zum Bettrand. Sofort wurde mir wieder schwindelig, auch die Übelkeit und das Ohrenrauschen kehrten zurück. Schlagartig war mir so kalt, dass ich mit den Zähnen klapperte.

»Ich muss telefonieren«, sagte ich dennoch. »Wo ist mein Handy?«

»Das sollst du auf keinen Fall, hat Papa gesagt. Er hat vorhin angerufen.« Vincenzos Blick wurde trüb. »Mona liegt auf der Intensivstation, hat er gesagt. Und dass man jetzt abwarten muss.«

»Und Benedetta?«

Sein Gesicht umwölkte sich noch mehr. »Sie ist nicht heimgekommen. Weißt du, wo sie ist?«

Mit letzter Kraft strich ich ihm über den Handrücken. Er nickte, halb mutlos, halb hoffnungsvoll. Dann fiel ich zurück ins Kissen und schloss erneut die Augen.

Mir war, als würde Vincenzo mich zudecken. Jedenfalls war mir mit einem Mal wieder warm, das Rauschen in den Ohren, Schwindel und Übelkeit, alles verschwand. Ich atmete auf. Nichts tun zu müssen, nirgendwohin zu gehen, nicht zu sprechen, nicht einmal zu denken, einfach nur dazuliegen – was für eine Wohltat. Und noch während ich versuchte, meinem Sohn eine gute Nacht zu wünschen, glitt ich wieder zurück in einen barmherzigen Schlaf.

✳✳✳

Ich verschlief den halben nächsten Tag. Erst gegen Mittag schaffte ich es aus dem Bett und tapste auf wackeligen Beinen hinunter in die Küche, wo ich den Wasserkocher anschaltete.

Auf dem Tisch lag eine Nachricht von Vincenzo. Ich hatte nichts davon bemerkt, dass er aufgestanden war. Nicht einmal das übliche Türenknallen, bevor er mit dem Rad lossauste, hatte ich gehört.

»Nichts Neues von Benedetta. Papa meldet sich später, Maximilian auch, er ist gut angekommen. Heut ist Sportfest, wird ein bisschen später, aber ich komme dann sofort heim. Bitte werd schnell wieder gesund, V.« Dazu ein Riesenherz.

Ich war gerührt. Die Zeiten, als ich mich um meinen Sohn

hatte sorgen müssen, schienen der Vergangenheit anzugehören. Nun sorgte mein Kleiner, der schon seit Langem so groß war, dass ich zu ihm aufsehen musste, also für mich.

Ich öffnete die Terrassentür. Ein heißer, fast schwüler Luftschwall drang herein. In der Nacht musste es wieder geregnet haben. Die Blätter waren so saftig grün wie seit Langem nicht mehr und der Himmel so blau wie selten im Hochsommer. Nur im Westen zeigten sich vereinzelte Wolkenschlieren.

In den Büschen und Bäumen sangen und pfiffen die Vögel. Meisen, Drosseln, Amseln, irgendwo tackerte eine Elster, Bienen und Hummeln summten zwischen den Heckenrosen. Sogar das Rotkehlchenpaar, das sich seit dem Frühsommer nicht mehr hatte sehen lassen, hüpfte von Ast zu Ast.

Ein neuer Tag. Ein Tag, angefüllt mit Leben, Sonnenschein und Zuversicht. Bestimmt würde er nur Gutes bringen.

Das Wasser begann zu sprudeln. Mit unsicheren Bewegungen ging ich zurück in die Küche und goss den Tee auf. Dank der Beruhigungstablette hatte ich tief und traumlos geschlafen, fühlte mich jedoch benommen, geradezu gerädert. Mein Körper erschien mir wie ferngesteuert, und er funktionierte nur, weil er funktionieren musste.

Ich stellte meine Blümchentasse auf den Tisch und das Milchkännchen dazu, setzte mich auf die Eckbank in den Schatten und warf einen Blick auf mein Handy. Zwei verpasste Anrufe, drei Nachrichten, jeweils von Maximilian. Von Paolo keine Mitteilungen, und auch sonst nichts Neues.

Maximilian klang beunruhigt, weil er noch nichts von mir gehört hatte. Nach der Landung in Jekaterinburg und der nächtlichen Taxifahrt vom Kolzowo Airport zu seinem Hotel in der Stadt war er gegen drei Uhr morgens ins Bett gefallen und viel zu bald wieder aufgestanden. Am Vormittag stand ein Meeting mit dem Leiter der Ural Federal University und den Kollegen auf der Agenda, die den Aufbau der neuen Stationen in der städtischen Klinik planten, darunter auch die Neurochirurgie. Das Gespräch werde sich bestimmt bis zum

Spätnachmittag ziehen, schrieb er, er wolle sich zwischendurch melden. Vincenzo hatte ihm am Morgen offenbar keine Einzelheiten erzählt.

Wider besseres Wissen rief ich Maximilian zurück. Als er wie erwartet nicht abhob, tippte ich eine Nachricht ein, in der ich die gestrigen Vorfälle umriss. Ich hielt den Text bewusst kurz. Dennoch dauerte es eine Ewigkeit, bis ich damit fertig war. Meine Finger gehorchten mir zwar wieder. Doch es fiel mir schwer, mich zu konzentrieren.

Beim ersten Schluck Tee, der mir im Gegensatz zu gestern wieder schmeckte, dachte ich über das nach, was zu erledigen war. Was ich tun musste. Natürlich der Anruf in der Klinik, und wenn Monas Zustand es erlaubte, ein kurzer Krankenbesuch. Anschließend würde ich wieder einmal zur Kripo fahren, um meine Aussage zu Protokoll zu geben. Das konnte ich zwar auch zu einem späteren Zeitpunkt erledigen. Aber ich musste meinen Kreislauf wieder auf Touren bringen.

Zuvor wollte ich den Alfa abholen, der vor Leons Haus stand, und mich für seine Hilfe bedanken. So bot sich mir zudem eine Gelegenheit, ihn noch einmal auf Benedetta anzusprechen. Ich wurde das Gefühl nicht los, dass er mir etwas verschwiegen hatte.

Bei Tageslicht betrachtet, konnte ich nicht begreifen, warum meine Phantasie am vergangenen Abend so mit mir durchgegangen war. Ich hatte ihm Dubioses angedichtet, geradezu Absurdes. Andererseits, war es wirklich erstaunlich? Ich war im Ausnahmezustand gewesen, sowohl psychisch als auch physisch.

Mein Handy lachte, als Zeichen für eine neue Mitteilung. Eine Sprachnachricht von Paolo, die er zwischen zwei Terminen aufgesprochen hatte. Er klang gehetzt, stellenweise überlagerten Motorenlärm, Schritte und sonstige Geräusche seine Stimme.

In keiner Klinik im Stadtgebiet oder der näheren Umgebung, hörte ich, hatte man eine Benedetta Castiglione behandelt, auch von den niedergelassenen Ärzten hatte sich bisher niemand bei der Polizei gemeldet. Mona lag nach wie vor auf der Intensivstation, ihr Zustand war alles andere als stabil. Niemand außer ihren engsten Angehörigen durfte sie besuchen. Ihre Eltern, die im Saarland lebten, waren auf dem Weg nach Regensburg.

Ich legte das Handy auf den Tisch, nippte wieder an dem Tee, lauschte den Vogelstimmen. Sie klangen gedämpft, das Rotkehlchenpaar war verschwunden. Die Sonne hatte den Platz erreicht, an dem ich saß, und die Luft, die durch die geöffnete Verandatür hereindrang, war fast so heiß wie in der Sauna. Auch mein frisch aufgebrühter Tee erschien mir mit einem Mal bitter, und allmählich bezweifelte ich, ob der Tag wirklich nur Gutes bringen würde.

⁂

Leons Haus lag verlassen vor mir. Ich hatte mehrmals geklopft, jedes Mal umsonst. Den Mercedes Roadster, von dem Vincenzo so geschwärmt hatte, entdeckte ich nirgendwo.

Ich überlegte, ob ich warten sollte. Die Fahrt mit dem Taxi hierher hatte mich tatsächlich eher beschwingt als erschöpft, aber ich wollte ja noch zur Kripo. Ich holte Block und Stift aus der Handtasche, kritzelte ein paar Zeilen auf ein Blatt Papier und warf es in den altmodischen Türschlitz, hinter dem sich der Briefkasten verbarg.

Eigentlich hatte ich Leon anrufen wollen, um meinen Besuch anzukündigen. Es war jedoch unmöglich gewesen, seine Telefonnummer oder sonst etwas über ihn herauszufinden. Kein Facebook-Profil, kein Instagram-Account, kein Eintrag bei Xing. Das Einzige, das ich schließlich im World Wide Web entdeckt hatte, war ein Foto, auf dem ich ihn erst nach zweimaligem Hinsehen erkannte. Es war bei einem Tanzabend im »TangoTango« aufgenommen worden und zeigte ihn schräg von der Seite, das Gesicht fast vollständig abgewandt und im Arm eine Blondine, deren Antlitz verpixelt war. Dennoch war ich sicher – es war Leon. Die Narbe an seinem Kinn war unverkennbar gewesen.

Als ich meine Schreibutensilien zurück in die Tasche steckte, fiel mein Blick auf die Rosenranken neben der Tür. Da sah ich etwas, das ich gestern nicht bemerkt hatte. Eine Kamera lugte zwischen den Blüten hervor. Gut versteckt, aber dennoch eindeutig eine Überwachungskamera.

Sie war nicht die einzige, stellte ich bei genauerem Hinsehen fest. Ich zählte fünf weitere winzige Geräte, alle mehr oder weniger unauffällig an der Fassade postiert.

Nachdenklich wandte ich mich um und durchschritt den Rosenbogen, hinter dem Maximilians Alfa stand. Ich verstand natürlich, dass Leon in dieser Einöde auf seine Sicherheit bedacht war. Aber so viele Kameras? Das unangenehme Gefühl, das er am vergangenen Abend in mir geweckt hatte, beschlich mich wieder.

Ich stieg in den Wagen, aufgestaute Hitze schlug mir entgegen. Ich kurbelte das Fenster herunter und startete den Motor. Die Wolkenschlieren hatten sich verdichtet, nur noch wenige blaue Himmelsfetzen waren zu sehen. Trotz Fahrtwind wurde die Schwüle mit jedem Meter noch ein wenig unerträglicher.

Die Zufahrt zu Leons Anwesen, auf der ich nun in der entgegengesetzten Richtung unterwegs war, ging bald in einen Feldweg über. Zu beiden Seiten begrenzten ihn steil abfallende Gräben, dahinter erstreckten sich Wiesen und von Hecken durchbrochene Felder. Da der Weg ziemlich schmal und uneben war, fuhr ich langsam. Als hinter einer Hecke ein Traktor auftauchte, ein dröhnendes Ungetüm in giftigem Grün, erschrak ich dennoch und trat auf die Bremse.

Der Bauer, ein junger Mann mit riesigen Kopfhörern auf den Ohren, entpuppte sich als umsichtiger Zeitgenosse. Er fuhr so weit wie möglich in die Hecke hinein und winkte mich vorbei. Ich passierte ihn im Schneckentempo – an dieser Stelle gab es zwar nur einen, dafür aber umso tieferen Graben – und hob die Hand, um mich zu bedanken. Da sah ich hinter ihm einen

Wagen stehen, einen schwarzen SUV mit getönten Scheiben, halb verborgen von den Büschen. Wenn ich mit normaler Geschwindigkeit vorübergefahren wäre, hätte ich ihn trotz seiner Größe vermutlich nicht bemerkt.

Das Kennzeichen begann mit TI. Das Auto kam also aus dem Tessin in der Schweiz. Neugierig geworden, blickte ich genauer hin.

Vor der geöffneten Fahrertür stand ein Mann. Er rauchte, trug eine verspiegelte Sonnenbrille, war an die zwei Meter groß und ziemlich breit. Seine Frisur – das weißblonde Haar war raspelkurz geschnitten – stach sofort ins Auge und stand in krassem Gegensatz zu der braun gebrannten Haut. Er rief etwas, das ich nicht verstehen konnte. Es galt jedoch nicht mir, sondern einem zweiten Mann, der gerade aus dem Gebüsch trat und sich den Hosenschlitz zuzog.

Er war im Vergleich zu seinem Kompagnon winzig und schmal gebaut, jedoch genauso gebräunt. Sein Kinn zierte ein kurz geschnittener schwarzer Bart, auch das Haar war dunkel, aber lockig. Sein Gesicht verschwand ebenfalls zum großen Teil hinter einer Sonnenbrille, und wie der Koloss war er trotz der Sommerhitze ganz in Schwarz gekleidet.

Als er die Wagentür öffnete, stolperte er, vielleicht über einen Ast oder einen Stein. Die Brille rutschte ihm von der Nase und fiel zu Boden. Fluchend hob er sie auf, dabei guckte er finster in meine Richtung. Auch seine Augen waren rabenschwarz, der Blick stechend.

Es rumpelte, der Alfa kam ins Rutschen.

Ich lenkte gegen, wandte den Blick nach vorn. Das Auto fing sich wieder, ich gab Gas. Die beiden Männer, sah ich im Rückspiegel, stiegen ein.

Kurz darauf schaute ich noch einmal zurück. Der Wagen stand immer noch in der Hecke.

∗∗∗

»Ein pulmonales Barotrauma, die Lunge teilweise gequetscht, zum Glück aber keine Embolie. Bisher zumindest.« Paolos Miene war so düster wie die Wolke, die gerade vor dem Fenster seines Büros vorüberzog und von kommendem Regen kündete. »Man nennt das Explosionslunge, habe ich gelernt. Immer wieder kann es zu Atemstillstand kommen, hat der Arzt gesagt, und auch sonst sind die Folgen schwer einzuschätzen. Die Schäden manifestieren sich wohl oft erst im Laufe der Zeit.«

Ich saß ihm gegenüber, auf dem Besucherstuhl vor seinem Schreibtisch, und hoffte, dass es nicht noch mehr schlechte Nachrichten gab.

»Zum Glück hat Mona keine sonstigen inneren Verletzungen, auch das Gehirn ist unversehrt«, fuhr Paolo fort, als hätte er meine Gedanken gelesen. »Nur das Übliche in solchen Fällen: Prellungen, Quetschungen, gebrochene Rippen, Schnittwunden, Verbrennungen unterschiedlichen Grades. Das alles, meint der Arzt, sind aber nur Peanuts.«

»Kann man schon absehen, wann …«, ich musste mich räuspern, »wann sie über den Berg ist?«

Paolo zuckte mit den Schultern, die Stirn in tiefe Falten gelegt, leerte seine Tasse und sah aus dem geöffneten Fenster. Auf der Bajuwarenstraße dröhnte ein Sattelschlepper vorbei.

Ich war schon vor einer Dreiviertelstunde im Kripogebäude angekommen und hatte bei einem seiner Kollegen meine Aussage zu den gestrigen Geschehnissen zu Protokoll gegeben, in einem fensterlosen, stickigen Büro, dessen Tür weit offen gestanden hatte. Trotz der dichter werdenden Bewölkung waren die Temperaturen mit jedem Moment noch ein wenig nach oben geklettert.

Auf dem Gang vor dem Büro war so oft ein Sicherheitsmann vorbeigegangen, mit dröhnenden Schritten, dass ich dadurch noch nervöser geworden war, als ich ohnehin schon war. Eigentlich war die Firma, zu der der schwarz gekleidete Kerl im Schrankformat und mit wenig vertrauenerweckender

Miene gehörte, für den Gebäudeschutz während der Nacht zuständig. Mir war schleierhaft, was er um diese Uhrzeit hier zu suchen hatte.

Zu Beginn meiner Aussage hatte ich noch befürchtet, ich würde es nicht durchstehen. Dann aber hatte das Gespräch mit dem älteren Beamten, der mich nie zu einer Antwort drängte und irgendwann die Tür schloss und sogar einen kleinen Ventilator hervorzauberte, jedoch genau das Gegenteil bewirkt. Es war das erste Mal gewesen, dass ich die Erlebnisse vom Vortag aus einer anderen Perspektive als nur meiner eigenen schilderte. Dass ich einen Schritt zurücktrat, sie mit Abstand betrachtete.

»Es hätte schlimmer kommen können«, meinte Paolo jetzt, als er seine Tasse mit einem klirrenden Geräusch abstellte. »Mona war in der Küche und nur ein paar Meter vom Epizentrum der Detonation entfernt. Aber dazwischen war ja noch die Wand, zum Glück.«

Auch ich trank nun einen Schluck von dem Filterkaffee, den er mir eingegossen hatte, froh um alles, das mich stärkte. Paolo fuhr sich durch das fast schwarze Haar, das einen Tick zu lang war. Seit Lilo ihn verlassen hatte, ließ er seinen borstigen Schopf nicht mehr so regelmäßig schneiden wie früher.

»Wo war die Bombe?«, fragte ich.

»Unter der Kasse, sagen die Brandstoffexperten. Laut ihrer Einschätzung war der Sprengsatz so groß wie eine Kaffeepackung. Der Täter hat ihn wohl unter irgendwelchen Kleidungsstücken versteckt.«

Unter dem Tisch, auf dem die Kasse gestanden hatte, einem wuchtigen antiken Möbelstück, deponierten meine Mädels die frisch eingetroffene Ware, entweder Kommissionsware von Kundinnen oder die neueste Designermode aus Italien. Erst wenn sie Zeit hatten, räumten sie alles in die Regale. Wehmütig dachte ich an die kürzlich gelieferte Strasskollektion aus Florenz, die wie der wertvolle Tisch aus dem ehemaligen Bestand meiner Nonna nun ebenfalls fast nur noch Asche war.

Andererseits, was zählten in der jetzigen Situation materielle Dinge?

»Aber wenn die Bombe unter der Kasse war, hätte der Täter doch durch den ganzen Laden laufen müssen. Das wäre Mona bestimmt aufgefallen.«

»Vielleicht ist sie auf der Toilette gewesen oder in der Küche.« Paolos ebenfalls dunkle Augen – im Gegensatz zu mir sah er aus wie ein waschechter Italiener – wurden schmal. »Bach hat sich ja eine ganze Weile in der Nähe der Boutique aufgehalten, er hat nur den richtigen Moment abpassen müssen.«

»Du denkst also auch, dass er es war?« Kurz schloss ich die Augen, rief mir die Sekunden vor der Explosion in Erinnerung. »An schönen Tagen steht die Ladentür offen. Wer auch immer das ›BellaDonna‹ betreten hätte – das Glockenspiel hätte nicht angeschlagen.«

»Ich wette, Prinzessin«, Paolo fletschte die Zähne, »ich wette, Bach ist unser Mann.«

Auch wenn ich keine geborene Principessa war, sondern nur eine Contessa aus altem Adel, so war ich doch froh um Paolos klassische Anrede, mit der er mich meist nur necken wollte. Nicht alles in meinem Leben löste sich in Feuer und Rauch auf.

Im Moment, erfuhr ich, saß Heiner Bach in einem Vernehmungsraum, nur wenige Türen weiter, und wartete darauf, dass mein Ex ihn weiter mit Fragen bombardierte. Zum Zeitpunkt der Explosion hatte sich der Verdächtige in einem Café am Bismarckplatz aufgehalten, mehrere Zeugen hatten ihn dort gesehen.

Seinen Arbeitseinsatz in Budweis habe er früher beendet als geplant, hatte er ausgesagt. Anschließend habe er sich die geschenkten Tage freigenommen, um zu Hause Urlaub zu machen, und Liegengebliebenes erledigt. In der Pfarrergasse sei er in der fraglichen Zeitspanne vielleicht gewesen, vielleicht auch nicht. Angeblich wusste er nicht einmal, wo sich Monas

Arbeitsplatz befand, was nachweislich gelogen war. Von der Explosion wollte er nichts mitbekommen haben.

»Die alte Oberhoferin wollte zwar nicht beschwören, ob dieser Kerl, den sie in der Pfarrergasse gesehen hat, wirklich Bach war. Aber das amerikanische Pärchen hat ihn zweifelsfrei identifiziert«, schloss Paolo mit Befriedigung. »Zehn Minuten vor dem Bumms war er vor Ort, daran ist nichts zu rütteln, wahrscheinlich schon früher, und eine Zeugin auf dem Bismarckplatz hat übrigens gemeint, er könnte eine Plastiktüte dabeigehabt haben. Er hatte also genug Zeit, um die Bombe im Laden zu platzieren. Anschließend ist er zum Bismarckplatz und hat darauf geachtet, dass ihn alle möglichen Leute dort sehen. Wenn er sich ein wenig beeilt hat, hat er das locker geschafft. Und die Tüte hat er irgendwo entsorgt.«

»Weißt du schon, um welchen Sprengstoff es sich handelt?«

»C5, aller Wahrscheinlichkeit nach aus Tschechien. Der nächste Zufall, der natürlich keiner ist.« Paolo warf mir einen triumphierenden Blick zu. »Jedenfalls hat die Kollegin, mit der ich vorher telefoniert habe, gemeint, so viel könne sie schon zum jetzigen Zeitpunkt sagen. Sie ist noch nicht durch mit allen Tests, spätestens bis Ende der Woche kriege ich den endgültigen Bericht.«

Auf der Straße unten wurde anhaltend gehupt. Paolo stand auf, sah aus dem Fenster, tippte sich an die Stirn. Dann wässerte er die Grünlilien auf dem Fensterbrett, Topf für Topf und geradezu liebevoll. Sosehr er sich selbst vernachlässigte, zumindest um seine Pflanzen kümmerte er sich.

Vor seiner Zeit bei Krones, nahm Paolo den Faden wieder auf, sei Heiner Bach beim Militär gewesen. Für vier Jahre hatte er sich verpflichtet und die meiste Zeit über bei den Pionieren gedient, wo man ihn schließlich als Feldwebel mit allen Ehren entlassen hatte.

»Der kann mit Sprengstoff umgehen, so viel steht fest.« Paolo setzte sich wieder hinter seinen Schreibtisch. »Die Bauteile für die Bombe hat er auf dem Schwarzmarkt eingekauft, in Budweis oder sonst wo in Tschechien.«

»Hat er von dem Annäherungsverbot gewusst, das Mona gegen ihn erwirken wollte?«

»Die Vorladung wurde bisher noch nicht zugestellt, und er sagt natürlich Nein. Aber das heißt nichts.«

Paolo grinste mich an, das erste Mal, seit ich ihm gegenübersaß. Dennoch wirkte er nicht glücklich. Was in meiner Boutique geschehen war, Monas Zustand – all das ging ihm genauso nahe wie mir. Und auch sonst war er in einer Krise.

»Ich habe einen Durchsuchungsbeschluss für Bachs Haus«, fügte er hinzu. »Und ich gehe jede Wette ein, wir finden dort alles, was wir suchen.«

Die Beweisaufnahme im »BellaDonna« war noch nicht abgeschlossen, vor allem im Keller war noch einiges zu tun. Paolo konnte mir nicht sagen, bis wann die Sprengstoffspezialisten die Räumlichkeiten wieder freigeben würden.

»Ich schätze mal, in drei, vier Tagen.« Wieder betrachtete er mich mit diesem mitleidigen Blick, den er mir schon zu Beginn unseres Gesprächs zugeworfen hatte. »Aber bis du den Laden wieder aufmachen kannst, das wird Monate dauern.«

An den Auftrag der Kalterers hatte ich seit der Katastrophe in meiner Boutique keinen einzigen Gedanken mehr verschwendet. Dabei brauchte ich das Geld dringender denn je. Ich nahm mir vor, so bald wie möglich in Ernestas Galerie in Mailand anzurufen und einen Besichtigungstermin zu vereinbaren. Mit etwas Glück erhielt nicht die Interessentin Tiziana den Zuschlag für die drei Bilder, sondern ich.

»Hast du den Schaden der Versicherung gemeldet?« Paolos Blick wurde noch besorgter.

»Das ist das Nächste, das ich tun werde.« Unsanft stellte ich die Tasse auf den Tisch. »Und tu mir einen Gefallen – schau mich bitte nicht so traurig an, *d'accordo*?«

Von Benedetta gab es nach wie vor keine Neuigkeiten. Trotz des Aufrufs, den Paolo im Internet und in anderen Medien hatte verbreiten lassen, hatte sich weder sie noch ein ernst zu nehmender Zeuge gemeldet. Ihr Handy war ausgeschaltet. Zuletzt war es etwa zehn Kilometer südlich von Regensburg aktiv gewesen, irgendwo hinter Bad Abbach. Dort verlor sich ihre Spur.

12

»Was macht ihr denn für Sachen?«, fragte Maximilian, mit zutiefst beunruhigter Stimme und unter allerhand Knacken und Rauschen. »Tut mir leid, dass ich mich jetzt erst melde, aber hier dauert alles einfach ewig und … Egal. Wie geht es Mona? Und dir, Anna, wie geht's dir?«

»Maximilian, wie schön …« Ich unterdrückte ein Stöhnen. »*Oddio*, wo fange ich bloß an?«

In dem Moment, als mein Handy geläutet hatte, war ich gerade durch die Haustür getreten und hatte mich, von einer Sekunde zur nächsten, wieder einmal am Ende meiner Kräfte gefühlt. Offenbar war mein körperliches Befinden doch noch nicht so stabil, wie ich gedacht hatte. Am liebsten wäre ich sofort wieder ins Bett geschlüpft.

Nach dem Gespräch mit Paolo war ich in die Uniklinik gefahren. Natürlich hatte ich nicht angenommen, dass man mich zu Mona lassen würde. Das Gefühl, ihr zumindest von ferne einen Besuch abzustatten, war jedoch unbedingt nötig für mein inneres Gleichgewicht gewesen.

Bei dieser Gelegenheit war ich Monas Eltern begegnet. Ihre Mutter hatte mir mit verquollenen Augen die Hand gedrückt, der Vater mit versteinerter Miene. Schluchzend hatte Anja Weber mir berichtet, ihre Tochter habe während ihres Aufenthalts am Krankenbett zwar einmal sogar die Augen geöffnet, sie jedoch nicht erkannt.

Ich hatte Monas Eltern Mut zugesprochen. Wir alle mussten positiv denken, nach vorn blicken. Welche andere Chance hatten wir?

Ich brachte Maximilian auf den neuesten Stand. Schon nach den ersten Worten spürte ich, wie sehr es mich erleichterte, mir meine Sorge um Mona von der Seele zu reden. Und endlich, endlich seine Stimme zu hören.

Er reagierte zutiefst betroffen, bemühte sich jedoch nun seinerseits, mir Zuversicht zu vermitteln. Schließlich kam auch meine finanzielle Situation zur Sprache.

»Wir kriegen das hin, Anna«, sagte er nachdrücklich. »Und zwar gemeinsam, okay?«

Für den Fall, dass die Versicherung sich querstellte, oder bei sonstigen Schwierigkeiten würde er mich finanziell unterstützen. Natürlich war ich erleichtert. Dennoch bestand ich darauf, ihm jeden Euro, um den ich ihn vielleicht bitten musste, zurückzuzahlen.

Maximilians Rückflug war für den übermorgigen Donnerstag gebucht. Er überlegte, ob er den Flug stornieren und früher nach Hause kommen könne, was ich insgeheim gehofft hatte. Doch er sah keine Möglichkeit, den lange geplanten und für seinen Chef wichtigen Termin abzukürzen.

Bisher hätten die Gespräche keine konkreten Ergebnisse gebracht, erklärte er. Welche Abteilungen neben der Neurochirurgie sonst noch geplant seien, wer das Großprojekt finanzieren werde, wann die Baumaßnahmen frühestens beginnen könnten – all diese Punkte seien bisher nur lose gestreift worden. Zudem hätten sich zwei Kommunalpolitiker, ein Anwalt und ein Vertreter des deutschen Generalkonsulats angekündigt, die den Besprechungen beiwohnen wollten, teilweise aber aus dem ländlichen Raum anreisen mussten.

»Die Verhältnisse hier sind nicht mit denen bei uns zu vergleichen, du hast keine Vorstellung«, schloss Maximilian seinen Bericht entnervt. »Das Handynetz, die Straßen, vor allem in der Pampa, die Hotelzimmer – einfach alles. Und von Zeitmanagement hat hier auch noch keiner was gehört.«

Außerdem war Siggi, die junge Kollegin, in der vergangenen Nacht auf ihren Stöckelschuhen umgeknickt, auf dem kurzen Weg vom Taxi zu ihrem Hotelzimmer. In den wenigen Stunden bis zum Morgen war der rechte Knöchel so stark angeschwollen, dass sie nicht mehr auftreten konnte.

»Eine böse Sehnenzerrung«, resümierte Maximilian. »Einen

Rollstuhl konnte ich bisher noch nicht auftreiben, die Arme muss mit Krücken durch die Gegend humpeln. Und unser Besprechungsraum ist im zweiten Stock, ohne Aufzug.«

Allein schon sein betrübter Tonfall versetzte mir einen Stich. Ich dachte an Zia Riccarda, die mich vor Momenten wie diesen gewarnt hatte.

»Wer mit High Heels nicht gehen kann, sollte es besser lassen«, sagte ich patzig. Natürlich quälte mich der Stachel der Eifersucht.

»Siggi hat schon recht«, er schnaubte, als hätte er nicht gehört, was ich gesagt hatte, »eine einzige Katastrophe das alles.«

Als ich nichts darauf erwiderte, schwieg auch er.

»Entschuldige bitte«, sagte er schließlich und räusperte sich betreten. »Das eben war wohl nicht gerade taktvoll.«

»Nein.«

»Liebst du mich trotzdem?«

»Du meinst, obwohl du Tausende von Kilometern weit weg bist, mit deiner jungen Kollegin, die bis über beide Ohren verliebt in dich ist und von der du mir vorher kein Sterbenswort erzählt hast, und obwohl alles andere immer wichtiger ist als ich, sogar wenn sich mein Leben hier gerade in Rauch auflöst?«

»Anna, bitte …«

»Ja, ich liebe dich trotzdem.«

Den Rest des schon ziemlich fortgeschrittenen Nachmittags verbrachte ich auf dem Diwan im Wintergarten, über dem das Sonnensegel ausgefahren war, die meiste Zeit in halbwachem oder schlafendem Zustand. Als ich meine Augen irgendwann wieder öffnete, war es sieben Uhr abends.

Vincenzo, den ich ganz vergessen hatte, war tatsächlich sofort nach dem Sportfest nach Hause gekommen. Er hatte schon auf mich gewartet und sogar ein spätes Mittagessen für uns beide vorbereitet. Wir hatten gebratene, nur noch lauwarme Polenta mit Spiegelei und Pilzen gegessen, und noch am Tisch waren mir die Augen wieder zugefallen.

Das Sonnensegel, sah ich nun, wäre gar nicht nötig gewesen. Draußen waren die Wolken noch dichter und finstergrau geworden, geregnet hatte es jedoch offenbar noch nicht. Trotz der weit geöffneten Glastüren stand die Luft im Raum, kein Windhauch regte sich.

Ich rieb mir den Schlaf aus den Augen und überlegte, ob ich bei der Versicherung anrufen sollte, die für Schadensfälle sicher einen Notdienst rund um die Uhr hatte, konnte mich aber nicht dazu aufraffen. Reglos lauschte ich den Geräuschen, die von draußen hereindrangen. Vincenzo und die Nachbarsjungs spielten wieder einmal Fußball, klangen jedoch nicht so unbeschwert wie sonst. Vermutlich fehlte ihnen Benedetta.

Sie und Jakob Landauer hatten viermal miteinander telefoniert, wusste ich von Paolo. Die ersten beiden Male vor etwa einer Woche, zu diesem Zeitpunkt war Jakob Landauer noch in München gewesen, in der Redaktion der »Süddeutschen«. Die anderen Male am Donnerstagvormittag, als er im Zug nach Regensburg saß.

Nach seiner Ankunft hatte der Journalist sich für eine Nacht in einem Hotel am Rand der Altstadt einquartiert. Am Freitag hatte er kurz nach elf ausgecheckt, aber bis etwa halb eins noch in der Hotellobby an seinem Notebook gearbeitet. Laut Polizeibericht war sein Tod um dreizehn Uhr vierzehn eingetreten.

Der Hotelportier hatte beobachtet, wie Jakob Landauer vor seinem Aufbruch das Notebook in seinem Rucksack verstaute, eine Outdoorversion aus blau gestreiftem Goretex. Da dieser bisher nirgendwo aufgetaucht war, ging Paolo davon aus, dass der Täter ihn mitgenommen hatte, einschließlich Notebook und Handy des Toten.

Bei ihrem Eintreffen in Jakob Landauers Wohnung hatten Paolos Kollegen ein aufgebrochenes Fenster vorgefunden, der Schreibtisch sowie einige weitere Möbelstücke waren durchwühlt gewesen. Jemand hatte sichtlich keine Mühen gescheut, sämtliche Hinweise auf die Natur von Jakob Landauers aktuellen Recherchen zu beseitigen.

Paolo vermutete jedoch, dass diese mit der »Dutch United« zusammenhingen, einer niederländischen Bank, die kürzlich eine Filiale in der Wollwirkergasse eröffnet hatte. Ein Zimmermädchen hatte einen Zettel in Jakob Landauers Hotelzimmer gefunden, auf dem dieser sich zwei Namen notiert hatte.

»Beide Angestellte der Bank«, hatte Paolo mir erklärt. »Dahinter stehen die Abkürzungen TD und WM.«

»Und das heißt?«

»TD steht für Trade Finance Management, dort werden Firmenkunden betreut, und zwar weltweit. Beim Wealth Management, zu Deutsch Vermögensverwaltung, betütern sie wohlhabende Privatkunden, Unternehmerfamilien, Stiftungen – alles, was richtig fette Kohle bringt.«

Bisher war es Paolo lediglich gelungen, mit dem Chef der Vermögensabteilung zu sprechen. Jakob Landauer sei ihm unbekannt, hatte der Mann behauptet. Eine Zeugin wollte den Journalisten allerdings im Foyer der Bank gesehen haben. Den Leiter der Außenhandelsabteilung hatte Paolo noch nicht ans Telefon gekriegt.

»Angeblich rast er von einem Geschäftstermin zum nächsten, aber das hat jetzt der Armin an der Backe«, hatte er abschließend mit Befriedigung in der Stimme gesagt.

»Du hast den Fall an ihn abgegeben?«

»Unter meiner Regie natürlich, ja, aber im Dom war er sowieso als Erster vor Ort. Und mit dem Anschlag auf deinen Laden hab ich weiß Gott mehr als genug zu tun.«

Ob Jakob Landauer einem Finanzskandal auf der Spur gewesen war, ob der Mord damit in Zusammenhang stand, wie Benedetta ins Bild passte, warum sie untergetaucht war – mit all diesen Fragen durfte sich jetzt erst einmal Armin Hellweg befassen.

»Tor«, schallte es von draußen herein, doch sogar das klang verhalten.

Ich setzte mich auf und sah, dass Vincenzo sich von seinen Freunden verabschiedete und auf das Haus zutrottete. Sein Gesicht war nicht wie sonst nach sportlicher Betätigung gerötet, sondern grau und eingefallen. Auch ihm setzte alles zu. Die Sorge um Mona und mich, die Frage, was aus Benedetta geworden war.

Ich nahm mein Mobiltelefon zur Hand und suchte die Nummer von Luciano, meinem alten Freund in Parma, der den Kontakt zu Benedetta hergestellt hatte. Vielleicht hatte sie ja einfach nur das Naheliegende getan und war nach Hause gefahren. Nach Rom, wo vermutlich ihre Eltern lebten, von denen sie nie ein Sterbenswörtchen erzählt hatte. Warum hatte ich nicht längst daran gedacht?

»*Pronto!*«, hörte ich Lucianos Bassstimme Sekunden später.

Nach einer nicht ganz so herzlichen Begrüßung wie sonst erkundigte ich mich nach der Telefonnummer von Benedettas Eltern. Als Norditaliener hatte Luciano zum Glück nicht die Angewohnheit meiner toskanischen Verwandten, mich erst einmal lang und breit über den Gesundheitszustand meiner Familie auszufragen und anschließend über den seiner Familie zu berichten, inklusive sämtlicher Freunde und Bekannten.

»Benedetta wer?«, fragte er irritiert.

»Benedetta Castiglione. Du hast sie mir empfohlen, weißt du nicht mehr?«

»Ah, stimmt.« Ein verlegenes Lachen. »Entschuldige bitte, ihr Nachname war mir nicht geläufig, ich kenne sie ja kaum. Nein, die Nummer ihrer Eltern hab ich nicht, tut mir leid.«

»Wie bitte – du kennst sie kaum?«

Die beiden waren sich in einer Bar im Zentrum von Mailand begegnet, rein zufällig, und bei einem *caffè* miteinander ins Gespräch gekommen, wie man in italienischen Bars eben miteinander ins Gespräch kam. Benedetta, erklärte Luciano, sei auf der Suche nach einer Unterkunft in Bayern gewesen, vorzugsweise in München, Regensburg oder Landshut. Als er ihr von mir und meinem »BellaDonna« erzählte, habe sie sehr interessiert reagiert. Und da er sie sympathisch fand und wusste, wie aufgeschlossen ich stets gegenüber neuen Bekanntschaften war, zudem bei einer Landsmännin, habe er spontan beschlossen, mich anzurufen.

Ich ersparte es ihm und mir, ihm Vorhaltungen zu machen, fragte stattdessen, ob Benedetta nicht doch etwas Persönliches erzählt habe. Von ihrer Familie in Rom, dem Viertel, in dem sie aufgewachsen war, Studienkollegen in Bologna, Freunden in Mailand – irgendetwas, das mir einen Anhaltspunkt gab, wo sie sich aufhalten mochte. Doch er wusste nicht mehr als das, was sie auch mir erzählt hatte.

Da ich das Telefon nun schon in der Hand hielt, beschloss ich, endlich auch bei der Versicherung anzurufen. Laut Info auf der Homepage gab es dort tatsächlich eine Vierundzwanzig-Stunden-Hotline. Die Website selbst war so unübersichtlich, dass ich geschlagene zehn Minuten nach der Telefonnummer suchte.

Eine Automatenstimme fragte mich, ob ich einen Schaden melden, eine Versicherung abschließen wolle oder ein anderes Anliegen hätte, und wenn Letzteres der Fall sei, möge ich dies doch bitte in einfachen Worten zusammenfassen. Nachdem ich das dreimal getan und die Kapazität der Computerdame damit offenbar überfordert hatte, versprach sie, mich mit einem Mitarbeiter zu verbinden. So landete ich schließlich in der Warteschlange. So viel zum Thema Digitale Intelligenz.

Nachdem ich gefühlte Stunden gewartet hatte und meinen Entschluss längst bereute, wurde ich von einem gelangweilten jungen Mann nach meiner Versicherungsnummer gefragt.

»Die habe ich leider nicht parat, der Vertrag ist in meinem Laden.« Ich konnte es nicht verhindern, dass ich einen Tick genervt klang. »Zumindest hoffe ich das, denn der ist gestern in die Luft geflogen. Deshalb rufe ich übrigens an.«

Das entlockte ihm lediglich ein gleichgültiges: »Sie wollen also einen Schaden melden?« Anhand meines Namens und

Geburtsdatums schaffte er es immerhin, die Vertragsnummer herauszufinden.

»Feuer, Hagel, Sturm«, sagte er so leidenschaftslos wie zuvor auf meine Frage. »Vandalismus natürlich auch, das ist Standard, aber der Verdienstausfall, hm … Auf Ihre Sonderkonditionen habe ich momentan keinen Zugriff, unser System funktioniert nämlich gerade nicht.« Er seufzte verzweifelt. »Wir haben heute den ganzen Tag schon Störungen, ein Drama, ungelogen.«

Er schlug vor, ich solle später noch einmal anrufen oder, noch besser, im Onlinebereich meinen Vertrag einsehen. Dort könne ich auch gleich die Schadensmeldung ausfüllen, das erspare mir unnötige Wartezeit. Als ich erwähnte, mein Notebook habe die Explosion ebenfalls nicht überstanden – es hatte in meiner Handtasche gesteckt und war nicht nur von Schrammen übersät, sondern auch sonst funktionsuntüchtig –, bekam ich eine noch flapsigere Bemerkung als zuvor zu hören.

Ich knallte das Telefon auf den Tisch, verfluchte die deutsche Servicewüste im Allgemeinen und den Schnösel im Besonderen und beschloss, mich bei einem Spaziergang abzureagieren. Vincenzo, der gerade mit langem Gesicht zur Tür hereinkam, bestand darauf, mich zu begleiten.

Wir wählten den Fußweg entlang der Donau, erreichten nach einer Weile den Haidplatz mit seinen farbenprächtigen Patrizierhäusern, das Alte Rathaus, den Goldenen Turm in der Wahlenstraße, einen der imposantesten Wohntürme in der Stadt. Um uns flanierten Touristen und schick zurechtgemachte Einheimische, die sich angeregt unterhielten oder die historischen Bauwerke bestaunten. Wir hingegen gingen schweigend nebeneinanderher und hatten keinen Blick übrig für all die Pracht.

Schließlich sprach ich aber doch das Thema an, das mir unablässig durch den Kopf geisterte: Benedetta.

Auch Vincenzo wusste nichts, nie hatte sie ihm etwas über

ihr Privatleben erzählt. Seit gestern, gestand er mir, habe er mehrfach im Internet gestöbert. Aber sie besaß nicht einmal ein Facebook-Profil.

Was nur, rätselte ich auf dem Neupfarrplatz, hatte sie vor uns verborgen? Was verband sie mit Jakob Landauer? Wenn sie viermal in so kurzer Zeit mit ihm telefoniert hatte, hatte sie ihn offenbar gut gekannt. War etwa er der Grund, warum sie in Bayern war? Wegen des Jobs in meinem Laden war sie bestimmt nicht hier, dessen war ich sicher. Hatte sie ihm bei seinen Recherchen geholfen? Aber wie? Außer den Mitschülern in der Sprachenschule und Leon kannte sie hier doch niemanden. Und warum, zum Teufel, meldete sie sich einfach nicht?

Wie von unsichtbaren Fäden gezogen, standen Vincenzo und ich schließlich vor meiner Boutique, die mit polizeilichem Sicherungsband abgesperrt war. Schon von Weitem hatte uns ein beißender Brandgeruch den Weg gewiesen. Nun starrten wir in die schwarzen Löcher, in denen vor noch nicht einmal anderthalb Tagen meine phantasievoll dekorierten Modepuppen gestanden hatten. Auch diese waren reif für den Müll.

Erneut hörte ich den Knall der Explosion, meinte, die Druckwelle wieder zu spüren. In meinen Ohren summte es wieder, mein Herz raste von einer Sekunde zur anderen.

»*Mamma*«, sagte Vincenzo leise, »meinst du, Mona ist bald wieder okay?«

Stumm drückte ich ihn an mich. Im Gegensatz zu sonst – welcher Fast-Fünfzehnjährige lässt sich in der Öffentlichkeit gern von seiner Mutter umarmen? – schmiegte er sich an mich. Die Menschen, die an uns vorbeigingen, hatten allerdings keine Augen für uns ungleiches Paar. Neugierig glotzten alle auf die Reste meines Ladens.

»Alles wird gut, Vincenzo«, wiederholte ich das Mantra, das seit heute Morgen mein ständiger Begleiter war. »Alles wird gut, daran glaube ich ganz fest.«

»Aber mit unseren Ferien auf dem Castello, das wird wohl eher nichts, oder?«

Natürlich hatte auch ich über diesen Punkt nachgedacht. Im Moment fühlte ich mich jedoch außerstande, an Reisevorbereitungen und dergleichen zu denken. Also zuckte ich nur mit den Schultern. Er nickte, mit düsterer Miene, und entwand sich nun doch meiner Umarmung, den Blick fest auf den Trümmerhaufen gerichtet.

»Reicht uns dein Geld, *mamma*?«

»Aber natürlich«, sagte ich froher, als mir zumute war. »Wir haben alles, was wir brauchen, und mit der Detektei verdiene ich sowieso genug.« Mit der es zurzeit leider auch nicht weit her war …

Ich schob den Gedanken beiseite und überlegte, wie ich die Aufräumarbeiten bewältigen sollte, sobald die Boutique freigegeben war. Vermutlich wäre es am einfachsten, eine Entrümpelungsfirma zu beauftragen, sicher kein ganz billiges Unterfangen.

An die Summen, die die anschließende Renovierung verschlingen würde, mochte ich ebenfalls nicht denken. Dazu der Verdienstausfall, den die Versicherung vielleicht deckte, vielleicht aber auch nicht. Und ob alle meine Mitarbeiterinnen mir die Treue halten würden, stand auch in den Sternen. Paolo hatte recht. Bis alles wieder seinen gewohnten Gang ging, würden Monate vergehen.

»Vielleicht«, schob ich nach, »müssen wir ein bisschen sparen. Aber das wird bestimmt nicht …«

»Frau di Santosa, ach du liebe Güte, wenigstens *Sie* sind heil geblieben«, sagte eine halb entsetzte, halb erleichterte Frauenstimme hinter mir. »Wie geht es denn der Mona?«

Ich wandte mich um.

Maria Oberhofer, die alte Dame aus dem Haus nebenan, stand vor mir. Auf ihren Rollator gestützt, musterte sie abwechselnd Vincenzo und mich, mit ehrlich betrübten Augen. Was ich ihr von Mona berichtete, stimmte sie noch trauriger. Ich fragte sie nach Benedetta, doch sie hatte nichts von ihr gehört.

»Da fällt mir ein«, sie kniff die hellgrünen, immer noch klaren Augen zusammen, »neulich hab ich sie vor der Dreieinigkeitskirche gesehen.«

»Wann?«, fragten Vincenzo und ich gleichzeitig.

»Am Montag?« Sie blinzelte. »Nein, da bring ich jetzt was durcheinander. Am Freitag war's. Freitagvormittag letzte Woche, genau, gegen zehn.«

Vincenzo seufzte enttäuscht.

»Sind Sie sicher?«, fragte ich alarmiert.

Benedetta hatte mir erzählt, sie sei dort um die Mittagszeit gewesen. An die Fotos, die sie auf dem Turm geschossen hatte, erinnerte ich mich genau.

»Ganz sicher«, beharrte Maria Oberhofer. »Ich war nämlich auf dem Weg zu meiner Schwester und bin noch kurz bei der Bank vorbei. Und da seh ich Ihre Benedetta, wie sie gerade in die Kirche reinspaziert, mit ihrem Käppi, das sie immer aufhat. Ich hab ihr gewunken. Aber sie hat mich nicht bemerkt.«

Benedetta hatte mich also schon wieder angelogen.

Plötzlich war ich sicher, dass sie es gewesen war, die vor dem Dom an mir vorbeigeflitzt war. Zu der Zeit, als Jakob Landauer gestorben war. Die Frage war nur, was hatte sie dort gewollt?

✳ ✳ ✳

»Benedetta war tatsächlich im Dom«, bestätigte Paolo kurz darauf meinen Verdacht. »Eben habe ich mir ein Video angesehen. Ein Rentner hat es aufgenommen und uns zur Verfügung gestellt. Benedetta ist zwar nur von der Seite zu sehen. Aber sie ist es, eindeutig.«

Ich warf die durchweichte Tasche auf das Vertiko in meiner Diele und schlüpfte aus den nassen Schuhen. Der Regen, der so viele Stunden lang in den Wolken gehangen hatte, war am Ende unseres Spaziergangs doch noch losgebrochen, und zwar mit aller Wucht. Die letzten Meter waren Vincenzo und ich gesprintet. Er war schon auf dem Weg ins Bad, um seine Haare zu trocknen.

»Benedetta steht am Eingang zur Sailer-Kapelle und redet auf Landauer ein«, fuhr Paolo fort, »und zwar ziemlich heftig. Sie gestikuliert mit beiden Händen.«

Nach dem Gespräch mit Maria Oberhofer hatte ich mehrmals seine Nummer gewählt, um ihm von der Beobachtung der alten Dame und meinem Telefonat mit Luciano zu erzählen, ihn jedoch nicht erreicht. Als ich schließlich die Haustür aufsperrte, hatte er endlich zurückgerufen – ungeachtet der späten Stunde von seiner Büronummer.

»Landauer wirkt auch ziemlich aufgeregt und hält irgendwas in der Hand – was, kann man aber nicht erkennen. Dann gehen die beiden in die Sailer-Kapelle, dann kommt der Hochaltar in Nahaufnahme, und das war's auch schon.«

»Welche Uhrzeit?«

»Wenn die Uhr vom Handy des Opas richtig geht – exakt vier Minuten vor Landauers Tod.«

»Und was hat er beobachtet?«

»Fehlanzeige. Dem war gar nicht klar, dass da Leute auf seinem Video sind. Erst als ihm einer von unserem Onlineaufruf erzählt hat, hat er es sich genauer angeschaut.«

»Hat Jakob Landauer seinen Rucksack dabei?«

»Hm … gute Frage.«

Ich hörte Paolo etwas murmeln, offenbar besprach er sich mit Armin Hellweg. Eine Weile geschah nichts, vermutlich sahen sie sich das Video noch einmal an, das nur wenige Sekunden dauerte.

»Da«, sagte Paolo dann, »das sieht doch so aus, oder? Ja, jetzt hebt er den Arm, da hängt was, eindeutig.«

Sie wiederholten die Szene noch zwei weitere Male und waren am Ende sicher, dass Jakob Landauer einen Rucksack über der Schulter trug. Sonst gab es nichts Besonderes zu berichten. Niemand, der ihn und Benedetta beobachtete oder ihnen folgte.

»Vier Minuten, bevor Jakob Landauer gestorben ist«, wiederholte ich langsam, während am anderen Ende der Leitung weiter diskutiert wurde, im Moment sehr aufgebracht. »Hörst du zu, Paolo? Das könnte bedeuten, dass Benedetta dem Täter begegnet ist. Dass ihr das erst später klar geworden ist und dass sie sich deshalb versteckt hält. Die Explosion in der Boutique hat ihr sicher den Rest gegeben.«

Paolo entgegnete nichts.

»Paolo?«

»Armin vertritt eine andere Theorie.«

»Und zwar?«

»Er denkt, dass Benedetta was mit Landauers Tod zu tun hat.«

»Wie bitte?«

»Ich habe auch gesagt, dass es dafür keinerlei Hinweise gibt.« Paolo schnaubte. »Aber sie ist jetzt eine wichtige Zeugin, wenn nicht die wichtigste überhaupt. Wir suchen sie über alle Kanäle, und Armin stellt einen Amtshilfeantrag an die Kollegen in Rom und Bologna.«

13

Am nächsten Morgen stand ich zu meiner gewohnten Zeit auf. Ich brühte Tee auf und richtete Vincenzos Pausenbrot, zum drittletzten Mal vor den Sommerferien, während er in der gewohnten Eile seine Cornflakes löffelte. Trotz des anhaltenden Regens entschied er sich, auch heute mit dem Fahrrad zur Schule zu radeln.

Als er durch die Sturzbäche davonsauste, holte ich die Post und Zeitungen der letzten Tage aus dem Briefkasten, der fast überquoll. Seit Samstagmorgen hatte ich ihn nicht mehr geleert. So einfach diese Tätigkeit war, seit jeher gehörte sie zu meiner Morgenroutine, so bedeutete sie doch ein Stückchen Normalität.

Am Vorabend hatte ich mit Monas Mutter telefoniert – der Zustand ihrer Tochter war unverändert – und anschließend lange im Ohrensessel im Salon gesessen, den Blick auf den nächtlichen Garten gerichtet, den der sintflutartige Regen in einen schier endlosen schwarzen See verwandelte. Um halb elf, und somit früh für meine Verhältnisse, war ich ins Bett gegangen und hatte durchgeschlafen bis zum Morgen, zum ersten Mal ohne Beruhigungstablette.

Das Säulenportal meiner Villa, unter dem sich der Briefkasten befand, erinnerte mich mit seinen reich verzierten Jugendstilornamenten in Türkisblau immer an den Eingang einer Pariser Metro-Station. Heute jedoch an eine, die in Wassermassen ertrank. Zum Glück war die Stelle weiträumig überdacht.

Ich ging zurück ins Haus, warf die Papierberge auf das Vertiko in der Diele und setzte mich mit der Zeitung auf den Diwan im Wintergarten, gegen dessen Scheiben der Regen prasselte, neben mir die fertig gezogene Kanne Tee und Semiramis. Ich streichelte ihr dichtes Fell, goss mir die erste Tasse ein und gab einen Schuss Milch dazu. Dann trank ich andächtig und nahm die Zeitung zur Hand, mein zweites Morgenritual, wenn einmal nicht gerade meine Welt auf dem Kopf stand.

An diesem Mittwoch fühlte ich mich endlich wieder fast im Normalzustand. Meine körperlichen Beschwerden waren weitgehend verschwunden, auch die Brandwunden schmerzten kaum noch, und ich war zuversichtlich, dass nun auch mein übermäßiges Schlafbedürfnis gestillt war.

Der Anschlag auf meinen Laden füllte fast die komplette erste Seite der »MZ«, ein trauriger Rekord. Das »BellaDonna« wurde genannt, mein Name zum Glück jedoch nicht. Ich hoffte, dass die Journalisten, die den Bezug zu mir natürlich bald herstellen würden, nicht allzu bald vor meiner Tür stünden, mit der Bitte um ein Exklusivinterview.

Der Artikel selbst brachte nichts Neues. Ein Heiner B. wurde als dringend tatverdächtig genannt, die Bevölkerung um Mithilfe gebeten. Auf Seite zwei folgte eine einspaltige Meldung zum Mordfall im Dom, der nun schon einige Tage zurücklag. Hier gab es ebenfalls keine neuen Erkenntnisse, daneben allerdings den von Paolo angekündigten Aufruf mit einer detaillierten Beschreibung von Benedetta, inklusive eines Fotos von ihr. Auch in diesem Zusammenhang erhoffte die Polizei sich aufschlussreiche Hinweise.

Sosehr ich mir den Kopf darüber zerbrach – ich konnte mir nicht erklären, in welcher Beziehung sie zu Jakob Landauer gestanden hatte. Armin Hellwegs Theorie, sie habe etwas mit seinem Tod zu tun, hielt ich für völlig aus der Luft gegriffen.

Als die Kanne leer war und die Zeitung gelesen, ging ich nach oben ins Bad. Nach der Dusche würde ich mich wieder um meine eigenen Ermittlungen kümmern. Endlich fühlte ich mich fit genug, um in Ernestas Galerie anzurufen. Das Honorar, das an den erfolgreichen Abschluss meines Auftrags gekoppelt war, brauchte ich dringender denn je.

Die Homepage der Galerie »cose belle« war schnell gefunden. Im Gegensatz zum letzten Mal, als ich im Internet recherchiert hatte, las ich heute das Impressum aufmerksam. Geschäftsführer war ein Federico Paulini, Ernestas Name tauchte nirgendwo auf.

Ich überlegte. War in dem Onlineartikel, den ich in Burghausen nur überflogen hatte, nicht Ernesta als Inhaberin der Galerie genannt worden? Ja, ich war sicher. Den Vornamen Federico hatte sie bei ihrem Telefonat mit Tiziana erwähnt, der Interessentin, die die drei Bilder kaufen wollte. Für mich hatte es zwar so geklungen, als wäre Federico nur ein Angestellter in ihrer Galerie. Aber vielleicht hatte Ernesta ihm die Firma vor ihrer Übersiedelung nach Burghausen ja verkauft.

Ich wählte die Telefonnummer des »cose belle«, ein jugendlich und sehr dynamisch klingender Mann meldete sich, der sich als Federico Paulini vorstellte. Ich nannte einen Phantasienamen und behauptete, ich sei am Erwerb von Kunstwerken interessiert, gern etwas Modernem. Die Beschreibung der Gemälde von Agnes Vienna, über die ich kürzlich angeblich etwas gelesen hatte, entlockte ihm einen kleinen Seufzer.

»Donnerstagabend habe ich sie im Haus«, sagte er. »Der Andrang ist ziemlich groß, aber Montag nächste Woche hätte ich noch einen Termin frei. Passt Ihnen achtzehn Uhr?«

Ich sagte zu. Die Reise in die Toskana war zwar mit einem großen Fragezeichen verbunden, aber nach Mailand würde ich in jedem Fall fahren. Dass nicht ich als Käuferin auftreten würde, sondern Maximilian, wollte ich erst vor Ort ansprechen.

Ich erkundigte mich nach den anderen Interessenten. Erst wollte Federico Paulini nicht so recht mit der Sprache heraus, erklärte dann aber, es gebe eine langjährige Kundin der Galerie, die im Auftrag eines renommierten Sammlers agierte. Natürlich verriet er mir keinen der beiden Namen, und auch von einem Museum sagte er nichts. Doch ich war sicher, dass sich hinter der langjährigen Kundin Tiziana verbarg.

Federico Paulinis weitere Andeutungen ließen vermuten, dass der Sammler nicht in Mailand lebte, sondern in einem südlicher gelegenen Teil Italiens. Zudem war er offenbar überaus wohlhabend. Vielleicht wollte der Galerist mit dieser Bemerkung auch nur den Preis hochtreiben.

Als ich auflegte, beschloss ich, mich vor dem Termin am kommenden Montag über meinen Konkurrenten ein wenig schlauzumachen. Es war eine Gleichung mit vielen Unbekannten. Mein einziger Anhaltspunkt war eine Kunstagentin, von der ich nicht mehr als den Vornamen kannte. Ich sah hinaus in den Garten, in dem fast alles im Wasser ertrank, und seufzte. Allein schon beim Gedanken an die vielen Recherchen und Telefonate, die ich zu führen hatte, verging mir die Lust dazu. Eine Sisyphusarbeit …

* * *

Das »BellaDonna« sah noch genauso entsetzlich aus wie am Tag zuvor. Der einzige Unterschied war, dass die Löcher, in denen sich einmal Schaufenster und Tür befunden hatten, mit Brettern zugenagelt waren. Paolo hatte dafür gesorgt, um auf diese Weise etwaiges Gesindel davon abzuhalten, den Laden zu plündern.

Ich stand in der Pfarrergasse, in Jeans und einem warmen Pulli. Es regnete nicht mehr, aber es hatte kräftig abgekühlt. Mittag war fast vorüber.

Den ersten Teil des Vormittags hatte ich mit meinen Recherchen verbracht, wie erwartet ohne Ergebnis. Im Internet war ich zwar auf einige Tizianas gestoßen, die in Italien in der Kunstbranche tätig waren. Herauszufinden, ob sie tatsächlich als Agentinnen arbeiteten, war jedoch mühselig gewesen. Und keine, die ich bisher per Telefon erreicht hatte, wusste etwas von Agnes Viennas Gemälden.

Den zweiten Teil des Vormittags hatte ich für meine Kontaktversuche mit der Versicherung verwendet. Die Serverprobleme dort waren offenbar noch nicht behoben, vielleicht gab es auch schon wieder neue. Jedenfalls war es trotz mehrmaliger

Versuche unmöglich gewesen, meine Schadensmeldung ins World Wide Web zu schicken.

Irgendwann, als ich wieder alles von Neuem eintippte, war zu allem Übel der betagte PC in der Bibliothek abgestürzt, auf den ich wegen des kaputten Notebooks ausgewichen war. Manchmal beruhigte sich der alte Kasten, wenn man ihm ein wenig Zeit ließ. Also hatte ich ihn ausgeschaltet und wieder die telefonische Hotline der Versicherung gewählt, um endlich die Frage des Verdienstausfalls zu klären. Da man dort untertags aber noch länger in der Warteschleife hing als abends, kam ich wieder keinen Schritt weiter.

So rief ich schließlich Paolo an und machte meinem Ärger Luft. Nach einigem Hin und Her erteilte er mir dann doch die Erlaubnis, mir die Versicherungsunterlagen aus dem Keller der Boutique zu holen. Fünf Minuten, hatte ich ihm versprechen müssen, und keinen Moment länger. Das »BellaDonna« war immer noch einsturzgefährdet.

Als ich nun unter dem rot-weißen, triefend nassen Flatterband hindurchschlüpfte, kam ein schlaksiger Mann mit schütterem Haar auf mich zu. An seinen Worten erkannte ich, dass er über mein Kommen bereits informiert war – Paolo hatte sein Versprechen gehalten. Im Eingangsbereich hantierte eine sommersprossige Rothaarige mit durchsichtigen Plastiktüten und -beutelchen, in denen sie irgendwelche Winzigkeiten verstaute.

Mit wenigen Handgriffen und dem Hinweis, auf meine Schritte zu achten, öffnete Paolos Kollege den Bretterverschlag an der Türöffnung neben ihr. Dann holte er eine Taschenlampe hervor und ging voraus. Mit einem Taschentuch vor Mund und Nase, nach wie vor lag ein scharfer Geruch nach Rauch in der Luft, stieg ich vorsichtig über die durchnässten, verdreckten und angekohlten Reste meiner einstmals so schönen Boutique.

Jeder Blick brachte neue Verwüstungen zum Vorschein, jeder Schritt schmerzte. Ich vermied es, genau hinzusehen. Wie viel Geld und Arbeit ich in die Einrichtung gesteckt hatte, wie viel Herzblut und Kreativität. Und nun war alles zerfetzt, zersplittert, zerstört. Nicht nur das Mobiliar war fast vollständig ruiniert, auch die Ware war nicht mehr zu gebrauchen. Und wenn wirklich etwas dem Feuer entkommen war, dann hatte entweder das Löschwasser es unwiederbringlich beschädigt oder es stank so sehr, dass man es nur noch in die Mülltonne werfen konnte.

An der Kellertreppe angekommen, dankte ich Paolos Kollegen, zog meine eigene Taschenlampe aus der Handtasche und ging allein nach unten. Zu meiner Erleichterung sah es im Keller besser aus. Vom Deckengewölbe rieselte es zwar da und dort, durch die Wucht der Erschütterung waren auch einige der weniger stabileren Möbelstücke umgefallen oder zerbrochen. Der massive Schreibtisch war jedoch weitgehend unversehrt, ebenso die Bauerntruhe. Der Aktenschrank – er beherbergte die Versicherungsunterlagen und die Fächer meiner Mitarbeiterinnen, in denen sie persönliche Dinge aufbewahrten – war gegen ein Regal gekippt, wirkte ansonsten aber unbeschädigt.

Es war heiß und stickig hier unten, zudem stank es nach Ruß. Dummerweise gab es kein Fenster, das ich hätte öffnen können. Die Tür zum Nachbarkeller war wieder verschlossen und polizeilich versiegelt, kein Lüftchen regte sich.

Das Chaos auf dem Schreibtisch, der an der Verbindungstür zum Kellergewölbe des benachbarten Hauses stand, stammte weitgehend aus der Zeit vor der Explosion. Ich hatte nie Zeit zum Aufräumen gefunden, und auch Mona hatte selten Lust dazu gehabt. Nun fehlte mir erst recht die Motivation. Nur den zerschlissenen Teppich, der davor in Wellen lag, versuchte ich, glatt zu streichen. Auch er war ein Erbstück von Nonna Emilia und zum Glück nicht verbrannt. An einer Stelle lag etwas darunter, ein Lippenstift. Ich hob ihn auf. Schon an der Farbe der Kappe erkannte ich, dass er Mona gehörte – ein leuchtendes Pink.

Im ersten Moment wunderte ich mich, warum die Leute von

der Spusi ihn übersehen hatten. Dann aber fiel mir ein, dass sie im Keller noch nicht fertig waren. Da ich nicht wollte, dass er in falsche Hände geriet, steckte ich ihn in die Handtasche.

Ich platzierte die Taschenlampe so auf dem Schreibtisch, dass ihr Lichtkegel den Aktenschrank traf. Nun erst stellte ich fest, dass er doch die eine oder andere Blessur abbekommen hatte. Ich versuchte, ihn aufzurichten. Doch er war zu schwer, ich würde ihn in der Schieflage öffnen müssen. Paolos Kollegen wollte ich nicht bitten, mir behilflich zu sein. Sie hatten oben genug zu tun.

Leider klemmte auch die Schranktür. Ich zog, so fest ich konnte, es ruckte heftig, und ein gewaltiger Haufen purzelte mir entgegen. Holzsplitter, kaputte Regalbretter, Stifte und Prospekte, Leitz-Ordner in Rot, Grün und Gelb, Büroklammern, Tampons und Haarbänder. Außerdem mehrere kleine Pappschachteln, alle in derselben Größe, und ein dunkelgrauer Wollpullover, von dem ich sicher war, dass er Benedetta gehörte.

Seufzend legte ich den grünen Ordner zur Seite, er beinhaltete meine sämtlichen Versicherungsunterlagen, und stapelte die anderen Ordner aufeinander. Anschließend stopfte ich die vielen Kleinigkeiten zurück in den Schrank. Die Fächer der Mädels, die man eigentlich abschließen konnte, waren alle beschädigt, und ich wusste ohnehin nicht, wem was gehörte.

Schließlich nahm ich die Pappschachteln, die ich noch nie zuvor gesehen hatte. Sie maßen etwa zehn auf zehn Zentimeter. Da öffnete sich eine von ihnen, und eine Flut von kleinen, metallisch schimmernden Gegenständen ergoss sich auf Benedettas Pullover, der auf dem Teppich lag.

Ich bückte mich, traute kaum meinen Augen: Patronen.

Im Schein der Taschenlampe inspizierte ich auch die anderen Schachteln. Insgesamt fünf zählte ich, und in allen fand ich immer nur dasselbe: bergeweise Munition. Außerdem entdeckte ich eine Pistole, sie war in den Pullover eingewickelt. Dem ersten Anschein nach hatten die Patronen das dazu passende Kaliber.

Ich richtete mich auf, wischte mir den Schweiß von der Stirn, der mir plötzlich aus allen Poren drang. Wie, um Himmels willen, kam Benedetta zu einer Waffe? Und zu so viel Munition, als wollte sie in den Krieg ziehen?

Noch ein weiterer Gedanke jagte mir durch den Kopf: Sollte Armin Hellweg etwa recht haben – hatte sie doch etwas mit Jakob Landauers Tod zu tun? War sie deshalb untergetaucht?

»Die Ballistiker vom LKA werden uns bald mehr dazu sagen können«, sagte Paolo kurz darauf am anderen Ende der Telefonleitung. »Bist du sicher, dass das Zeug Benedetta gehört?«

»Die Pistole war in ihrem Pulli versteckt.«

Im Keller meiner Boutique gab es keinen Handyempfang. So war ich wieder nach oben gegangen, um Paolos Kollegen über meinen Fund zu informieren. Im letzten Moment hatte ich an den grünen Ordner gedacht, den eigentlichen Grund meines Abstechers hierher. Oben hatte ich dann Paolo angerufen.

Ich reichte seinem Kollegen mein Handy. Aus seinen Kommentaren schloss ich, dass die Fundstücke auf direktem Weg zum LKA nach München überstellt werden sollten. Die ballistischen Untersuchungen würden zeigen, ob Jakob Landauer mit der Waffe erschossen worden war, die ich entdeckt hatte. Wegen der Explosion hatte Benedetta die sie belastenden Beweisstücke zurückgelassen.

Heiner Bach leugnete zwar nach wie vor, hinter dem Anschlag auf das »BellaDonna« zu stecken, erfuhr ich von Paolo, als ich das Mobiltelefon wieder am Ohr hatte. Die Indizien gegen ihn waren jedoch erdrückend.

Bei der Hausdurchsuchung seiner Wohnung hatten Paolos Kollegen eine ganze Reihe von Kleinfeuerwaffen entdeckt, inklusive der zugehörigen Munition, und Handgranaten. Außerdem Werbematerial und Unterlagen, die den Verdacht nahelegten, dass er Mitglied einer als verfassungsfeindlich eingestuften und verbotenen Gruppierung der Reichsbürger war.

Sein Computer und sein Smartphone wurden zurzeit ausgewertet.

»Aber ich weiß jetzt schon, dass es darauf zig Mails und Dateien gibt, die alle dasselbe beweisen«, schloss Paolo. »Der Typ hat genug kriminelles Potenzial, der legt eine Bombe, ohne auch nur mit der Wimper zu zucken. Ich werde einen Haftbefehl beantragen, und ich wette, dass der Richter ihn anstandslos genehmigen wird.«

Nach dem Telefonat fuhr ich in die Uniklinik, wo ich auf dem Weg zur Intensivstation Monas Eltern in die Arme lief. Es war das erste Mal, dass ich die beiden lächeln sah.

Monas Zustand, berichtete ihre Mutter aufgeregt, stabilisiere sich endlich. Wenn die Tendenz anhalte, werde man sie demnächst auf eine Überwachungsstation verlegen. Ich war so erleichtert, dass ich ihr um den Hals fiel.

Als ich wieder im Wagen saß und losfahren wollte, meldete sich mein Handy. Julius Kalterers Nummer erschien.

Ich überlegte, ob ich rangehen sollte. Ich hatte wenig Hoffnung, meinen Auftrag bald abzuschließen – und das entgegen meinen anfangs so zuversichtlichen Worten. Wenn Tiziana, die ohnehin das Vorkaufsrecht besaß, die Agentin eines so kaufkräftigen Sammlers war, wie es geklungen hatte, war es unwahrscheinlich, dass ich sie überbieten konnte. Aber dann nahm ich das Gespräch doch an.

»Gibt es Neuigkeiten?«, fragte Julius Kalterer erwartungsgemäß. »Haben Sie die Bilder schon gefunden?«

Von dem Anschlag auf meine Boutique schien er nichts zu wissen, und wenn doch, brachte er mich damit jedenfalls nicht in Zusammenhang. Ich hütete mich, auch nur ein Wort darüber zu verlieren. Die oberste Maxime in meinem Job als Privatermittlerin lautete: Der Kunde musste sich sicher und in professionellen Händen fühlen. Immer.

Ich berichtete Julius Kalterer, was ich herausgefunden hatte. Dabei bemühte ich mich selbstverständlich, meine Erfolge zu betonen, so gering sie auch sein mochten. Mit jedem Satz wurde der betagte Herr jedoch nervöser. Immer wieder flüsterte er, offenbar stand seine Frau neben ihm.

»Wie geht es denn nun weiter?«, wollte er in geradezu verzweifeltem Ton wissen, als ich zum Ende gekommen war. »Sie halten sich hoffentlich an unsere Vereinbarungen? Die Polizei darf nichts von unserem Auftrag wissen, das ist Ihnen doch klar?«

Ich stutzte. Bisher hatte es lediglich geheißen, ich solle den Namen meiner Auftraggeber aus sämtlichen Ermittlungen heraushalten. Von der Polizei war nie die Rede gewesen.

»Frau di Santosa, wir müssen die Bilder unbedingt zurückhaben«, sagte er, als ich nachhaken wollte. »Meine Frau ist völlig am Ende mit den Nerven. Nichts macht ihr Spaß, weder das gute Essen bei unserem Lieblings-Sternekoch noch unsere Meerspaziergänge, jede Nacht liegt sie wach, eine Tortur, sage ich Ihnen, eine Tortur. Und Sie hatten ja auch versprochen, die Angelegenheit sei bis spätestens Ende der Woche erledigt, und danach sieht es im Moment ja leider gar nicht aus, oder?«

»Wie gesagt, ich gehe davon aus, dass ich den Zuschlag erhalte.« Ich hoffte, dass meine Stimme zuversichtlich genug klang. »Den Termin am kommenden Montag in Mailand müssen wir aber natürlich abwarten. Und da ich sehr umsichtig vorgehen soll, muss ich Sie auch danach noch um ein wenig Geduld bitten. Wären Sie denn bereit, die hunderttausend Euro aufzustocken? Selbstverständlich nur für den Notfall.«

Fünfzigtausend mehr, erklärte Julius Kalterer ohne Zögern, seien kein Problem. Auch sonst hatte ich offenbar den richtigen Ton getroffen, ich hörte kein aufgeregtes Wispern mehr. Ich versprach, mich sofort nach dem Termin in der Galerie zu melden. Schließlich verabschiedeten wir uns einigermaßen frohgemut voneinander.

Ich startete den Motor. Mir war nicht wohl in meiner Haut. Selbst wenn ich nun mehr Verhandlungsspielraum hatte, war es unwahrscheinlich, dass ausgerechnet ich den Zuschlag erhielt. Unabhängig von Tiziana gab es ja noch mehr Interessenten. Zudem versetzte mich die Bereitwilligkeit, mit der Julius Kalterer mein Budget für den Rückkauf erhöht hatte, in Erstaunen.

❖❖❖

»Du, *mamma*«, Vincenzo stand im Türrahmen zur Bibliothek und trat von einem Fuß auf den anderen, »ich wollte dich mal was fragen.«

»Komm rein«, sagte ich. »Ich hab sowieso was mit dir zu bereden.«

Vier Uhr war längst vorbei, und trotz der langen Pause, die ich meinem altersschwachen Computer gegönnt hatte, wollte er einfach nicht funktionieren. Gleichgültig, an wie vielen Kabeln ich zog und wackelte, der Bildschirm blieb schwarz.

So war ich auf mein Smartphone ausgewichen, wobei ich mit meinen Recherchen nicht wirklich weitergekommen war. Die Suche nach Tiziana und ihrem kaufkräftigen Klienten gestaltete sich in vielerlei Hinsicht als schwierig. Nicht nur, dass ich alle Telefonate von Hand dokumentieren musste, meine Nachforschungen auf dem kleinen Display waren mehr als mühselig. Ich brauchte dringend einen funktionierenden PC mit großem Bildschirm und allen anderen Tools, die meine Arbeit erleichterten.

Meine einzige Rettung in Momenten wie diesen war Vincenzo, seit jeher mein Computerspezialist. Seine bedröppelte Miene sagte mir jedoch, dass es ratsam war, mir erst einmal sein Problem anzuhören.

»Echt total bescheuert alles.« Mit eingezogenem Kopf schlich er näher. »Sorry, wenn ich schon wieder anfange, aber wie ist das jetzt mit unserem Urlaub? Ich meine, wo es Mona doch so schlecht geht und Benedetta was weiß ich wo ist, können wir wohl nicht weg.« Er schluckte. »Oder vielleicht doch?«

Ich wusste, wie sehr er den Ferien bei unseren Verwandten entgegenfieberte. Er brannte darauf, seinen über alles geliebten

Großcousin wiederzusehen. Leonardo, der in Florenz studierte, hatte während eines Auslandssemesters eine Weile bei uns gewohnt, aber das war lange her. Seit Monaten hatten die beiden sich nicht mehr gesehen.

Durch die Reise in den Süden würde Vincenzo hoffentlich auch seine Unbeschwertheit wiederfinden. Es war nicht zu übersehen, dass er unter der momentanen Situation litt. Deshalb hatte ich nach meiner Rückkehr aus der Klinik mit meinem Bruder telefoniert, der von Donnerstag auf Freitag bei uns übernachten würde. Er hatte sich sofort dazu bereit erklärt, Vincenzo mit in die Toskana zu nehmen. Ich selbst würde mit Maximilian am Montag nach Mailand aufbrechen und dann gemeinsam mit ihm entscheiden, ob wir anschließend in die Toskana fahren würden.

Der Termin im »cose belle« war nicht der einzige Grund, warum ich die Reise verschieben wollte. Wenn die Ärzte Mona demnächst tatsächlich auf die Überwachungsstation verlegten, durfte auch ich sie besuchen. Dann konnte ich mich mit eigenen Augen davon überzeugen, dass sie auf dem Weg der Besserung war. Die Erinnerung an ihr zerschundenes, verbranntes, mit Splittern, Dreck und Blut bedecktes Gesicht quälte mich. Es sollte endlich aus meinem Gedächtnis verschwinden.

»Cool«, sagte Vincenzo ohne Begeisterung, nachdem ich ihm meine Pläne mitgeteilt hatte. »Trotzdem irgendwie blöd. Leonardo und ich wollen ja auch mal zum Strand und nach Volterra sowieso, und du weißt doch, wie schweineteuer immer alles ist, und …« Er brach ab und kaute auf der Unterlippe.

»Was hältst du von einer Taschengelderhöhung?«

Sein Blick hellte sich auf, wurde aber sofort wieder vorsichtig. »Ich denke, wir müssen sparen?«

»Wenn du meinen PC reparierst, spendier ich dir einen Fünfziger. Das kann ich mir gerade noch leisten.«

»Cool«, sagte er wieder, nun aber mit breitem Grinsen. »Bloß, die Preise haben sich geändert. Sorry, *mamma*, aber ich kann echt nichts dafür. Es ist nämlich wegen der Inflation.«

»Wie … Inflation?«

»Ja, steht schwarz auf weiß in meinem Wirtschaftsbuch, das ich heute in der Schule abgegeben habe. Im Kapitalismus steigen ständig die Preise, da kann man praktisch nichts dagegen tun.«

»Allerdings regelt der Bedarf das Angebot. Wenn ich nicht irre, bin ich deine einzige Kundin.«

»Auch wieder wahr.« Er krabbelte schon unter den Sekretär. »Aber ich schätze mal, du hast den Eilzuschlag vergessen. Ist ja bestimmt wieder mal megamäßig dringend, oder?«

Geschäftstüchtig war er, mein großer Kleiner, daran war nichts zu rütteln.

∗∗∗

»Hallo, Anna«, begrüßte Maximilian mich gegen sieben Uhr abends am Telefon. »Ich habe leider schlechte Neuigkeiten.«

Ich verkniff mir ein Stöhnen und lehnte mich an das Vertiko in meiner Diele. Nein, ich wollte keine weiteren Hiobsbotschaften hören.

Die Schäden an meinem Computer waren noch nicht behoben. Für die Reparatur benötigte Vincenzo mehrere elektronische Teile, für die er mir einen Hunderter abgeknöpft hatte. Bisher war er noch nicht aus der Stadt zurück, und ich hatte keine Ahnung, ob er gefunden hatte, was er brauchte.

Zudem hatte ich eben eine geschlagene Stunde mit Zia Riccarda telefoniert, die sich Sorgen um mich machte. Anstatt mich aufzuheitern, hatte sie meine Zukunft in so düsteren Farben gemalt, dass mir auch jetzt noch ganz schummerig davon war. Seit jeher hatte sie Vorbehalte gegen meinen Beruf als Privatdetektivin gehabt und war nun umso überzeugter, dass der Anschlag auf die Boutique in Wahrheit mir gegolten hatte.

»Was gibt's, *amore*?«

Die Gespräche in Jekaterinburg seien abgeschlossen, erklärte Maximilian, jedenfalls für den Moment. Die Teilnehmer auf der russischen Seite wollten sich erst einmal über die einzelnen Agenda-Punkte einigen und diese anschließend mit den Behörden vor Ort abklären. Erst dann könne man einen neuen Termin vereinbaren, zu dem er selbst hoffentlich erst in fernster Zukunft anreisen musste. Die ganze Aktion, schnaubte er, sei der berühmte »Griff ins Klo« gewesen.

Der eigentliche Grund für seinen Anruf war jedoch ein anderer. Soeben hatte er erfahren, dass der Kolzowo Airport gesperrt war.

»Ich habe keine Ahnung, warum«, schloss er beunruhigt. »Wir wissen nur, dass alle Flüge gecancelt sind und niemand aufs Gelände darf.«

»Aber …« Ich schnappte nach Luft. »Der Flughafen wird doch hoffentlich bald wieder offen sein?«

»Was soll ich sagen, Anna? Ich weiß ja noch nicht mal, was überhaupt los ist. In der Zeitung steht nichts, und im Internet wird wild spekuliert.« Er seufzte lang und anhaltend. »Ich kann wirklich nicht sagen, wann ich hier wegkomme.«

Das hatte mir gerade noch gefehlt. Ich hatte mich darauf verlassen, dass er mich am Montag nach Mailand begleiten und als Interessent für den Rückkauf der Bilder auftreten würde. Wie, um Himmels willen, sollte ich meinen Auftrag ohne ihn bewerkstelligen?

Als er sich verabschiedet hatte, kehrte meine Unruhe wieder zurück, wenn auch nicht aus diesem Grund. Steckte vielleicht etwas ganz anderes hinter dieser weiteren Komplikation?

Nein, das konnte und wollte ich nicht glauben.

Dennoch ertappte ich mich immer wieder bei demselben Gedanken. Den ganzen Abend lang musste ich an Maximilians junge Kollegin denken. Genauer gesagt, an sie und ihn.

14

Am nächsten Vormittag hatte ich ständig das Gefühl, mein Leben wäre zum Stillstand gekommen. Die Versicherung, meine Recherchen zu Tiziana und dem Sammler, den sie vertrat, der PC – nichts ging vorwärts. Vincenzo hatte gestern nicht alle erforderlichen Bauteile bekommen, hoffte aber, am Nachmittag erfolgreicher zu sein. So musste ich mich wieder mit dem Handy abmühen.

Hinzu kam nun auch noch meine Sorge um Maximilian, der im Ural festhing – mit seiner dreimal verfluchten Kollegin. Ich weigerte mich, den Gedanken, der mir den gestrigen Abend verdorben hatte, zu Ende zu denken. Stattdessen versuchte ich immer wieder, im Internet herauszufinden, warum der Kolzowo Airport geschlossen war. Dass er tatsächlich geschlossen war, ließ mich aufatmen.

Ich stieß ebenfalls nur auf Vermutungen und Spekulationen, die von einem durch islamistische Extremisten geplanten Anschlag bis zu Putschversuchen reichten. Nur so viel war klar: Polizei und Militär hatten den Flughafen abgeriegelt, sämtliche Zufahrtsstraßen und Passanten wurden kontrolliert, sogar Jekaterinburg befand sich im Ausnahmezustand. Und nirgendwo fand ich einen Hinweis, für wie lange.

Während ich sinnlose Recherchen anstellte und noch sinnlosere Anrufe tätigte, kam mir immer wieder das gestrige Telefonat mit Julius Kalterer in den Sinn. Warum hatte er mir nicht schon zu Beginn meiner Nachforschungen mitgeteilt, dass die Polizei nichts über diesen Auftrag wissen durfte? Oder hatte ich irgendetwas vergessen, übersehen oder verdrängt?

Ich las die Mail noch einmal, die er mir nach unserem Erstgespräch geschickt hatte. Alles war so, wie ich es in Erinnerung hatte, auch hier gab es keinen Hinweis auf die Polizei.

Allerdings fiel mir jetzt erst auf, dass er die versprochenen Provenienzurkunden der Gemälde nicht angehängt hatte.

War etwa das der Knackpunkt – die Herkunft der Bilder? Besaßen sie eine unklare Vergangenheit, waren sie womöglich über zweifelhafte Wege in den Besitz meiner Auftraggeber gelangt?

Ich griff zum Hörer des Festnetztelefons, um Julius Kalterer anzurufen, hielt dann aber inne. Wenn mein Verdacht begründet war, würde ich keine ehrliche Antwort erhalten. Also tippte ich im Mailprogramm meines Smartphones auf »Antworten«, bat ihn, mir umgehend die Herkunftsurkunden, die er sicherlich nur vergessen habe, zukommen zu lassen, und schickte die Mail ab.

Anschließend machte ich mit meinen Recherchen weiter, konnte mich aber nicht mehr konzentrieren. Der Gedanke, meine Auftraggeber würden etwas vor mir verbergen, spukte mir unentwegt durch den Kopf. Zahlten sie mir vielleicht nur deshalb ein so großzügiges Honorar – damit ich keine Fragen stellte? Hatten sie aus diesem Grund mich engagiert und keine der üblichen Detekteien für solche Fälle, in denen man den Schwindel gewiss schon früher entdeckt hätte?

Sollte wirklich etwas mit der Herkunft der Bilder nicht mit rechten Dingen zugehen, dann hatte Vittorio Rossignolo, als Sammler und Kunstkenner, den Braten vermutlich gerochen. Vielleicht hatte er die Gemälde nur deshalb so rasch seiner Schwester überlassen, die sie an den neuen Eigentümer ihrer Galerie schickte. Ernesta oder Federico Paulini wiederum hätten mit Hilfe ihres beruflichen Netzwerks mühelos einen Interessenten ausfindig gemacht, der kein Problem damit hatte, Werke ohne den Nachweis einer lückenlosen Abstammung zu erwerben.

Ich überlegte, ob ich Vittorio Rossignolo anrufen sollte. Doch dann hatte ich eine bessere Idee. Ich würde ihn persönlich nach der Herkunft der Gemälde fragen.

Als ich in der Diele das Mobiltelefon in meine Handtasche

steckte, fiel mir ein, dass heute Donnerstag war. Ernesta hatte gestern Abend ganz umsonst auf meinen Anruf gewartet.

✳✳✳

Dieses Mal parkte ich direkt vor der »Rossi-Immo-Service GmbH« in Straubing, denn heute war ich nicht inkognito da. Dennoch war ich erleichtert, als ich eine andere Empfangsdame als bei meinem letzten Besuch hinter dem Tresen stehen sah. Das ersparte mir unnötige Erklärungen.

Die dunkelhaarige Frau Anfang vierzig, die genauso elegant gekleidet war wie ihre blutjunge Kollegin von neulich und bei meinem Eintreten ebenfalls gerade telefonierte, deutete mit flüchtigem Lächeln auf die Sitzgruppe gegenüber. Ich bedankte mich mit einem Nicken und wollte mich setzen. Da aber hörte ich Getrappel auf der Treppe, die nach oben zu den Büros führte, dazu aufgeregte Worte in Italienisch.

Zwei Männer kamen die Stufen herunter.

Der eine sah zum Fürchten aus. Schwarze Lederhose, schwarzes T-Shirt, der Kopf völlig kahl, in der Nase ein so dicker Ring, dass ich an einen Stier denken musste. Auch sein bulliger Körper passte zu diesem Bild. Er war jung, etwa Mitte zwanzig.

Der andere war Leon Buchner.

Einem Impuls folgend, trat ich hinter die Sitzgruppe. Die beiden waren jedoch so mit sich selbst beschäftigt, dass sie mich ohnehin nicht bemerkt hätten. Der mit dem Nasenring hatte Leon am Jackett gepackt und zerrte ihn die Stufen herab. Leon versuchte, sich zu befreien, sprach auf den Glatzkopf ein, zwar in verhaltenem Ton, aber dennoch hörbar aufgebracht.

Ich spitzte die Ohren.

»… brauche ich mir einen solchen Blödsinn nicht anzuhören«, stieß Leon hervor, in fließendem Italienisch. »Als du noch in den Windeln gelegen hast, da war ich schon …«

»Jaja, alter Mann«, fuhr ihm der Glatzkopf dazwischen und fügte etwas hinzu, das ich nicht verstand. Im Gegensatz zu Leon, der mit nur leicht südlicher Färbung gesprochen hatte, hatte er einen ausgeprägten süditalienischen Akzent. »Im Übrigen bestimmt der Chef, was Sache ist, und nicht du. Soll ich dir das in deinen Scheißkopf hämmern, damit du es endlich kapierst? Kein Problem, *coglione*, mache ich gern.«

»Warum wundert es mich nicht«, Leons Stimme troff vor Spott, »dass ausgerechnet du das sagst, Fabio? Du hast doch noch nie bis drei zählen können.«

Der andere hob die Linke, ließ sie aber wieder sinken, als die Empfangsdame ihm einen warnenden Blick zuwarf.

Der Mann namens Fabio und Leon hatten das untere Ende der Treppe erreicht. Leons Blick streifte mich, flackerte kurz. Dann sah er wieder seinen Gegner an, der ihn immer noch am Kragen gepackt hielt und nichts davon mitbekommen hatte. Dieser zerrte Leon nach draußen.

Vor der Glastür gelang es Leon endlich, die Hand des anderen abzuschütteln. Er richtete sein Jackett, sie gestikulierten und diskutierten, mit wütenden Gesten und zornigen Gesichtern. Erneut griff der Glatzkopf nach Leons Revers und bugsierte ihn in den Hof, wo ein bernsteinfarbener Mercedes Roadster geparkt war. Leon riss die Tür des Wagens auf, sprang hinein, machte eine unmissverständliche Geste. Der Mercedes stieß zurück und verschwand mit röhrendem Motor um die Hausecke.

»Guten Tag«, sprach die Empfangsdame mich nach kurzer, betretener Pause an, während derer ich rätselte, was Leon hier zu suchen hatte. »Wie kann ich Ihnen helfen?«

Ich stellte mich vor, dieses Mal mit meinem richtigen Namen, und erklärte, ich wolle Vittorio Rossignolo in einer wichtigen Angelegenheit sprechen. Sie meldete mich telefonisch an und führte mich in den ersten Stock hinauf.

Der Raum am Ende des Korridors, in den sie mich brachte,

war geräumig und ebenso nobel eingerichtet wie das Entree, wenn auch auf eine völlig andere Weise. Viel spiegelglattes Holz, das meiste davon antik, Glasvitrinen mit Modellen von Wohnhäusern und Bürokomplexen, ein riesiger Schreibtisch.

»Wie schön, Sie so bald wiederzusehen, Signora di Santosa.« Vittorio Rossignolo begrüßte mich mit seinem kalten Lächeln und kam mir mit ausgestreckter Hand entgegen. »Noch mehr freut mich, dass Sie nun auch meine Schwester kennengelernt haben. Darf ich fragen, wie es Ihnen in Burghausen gefallen hat?«

Ich schüttelte die mir dargebotene Rechte und versuchte, mir meine Überraschung nicht anmerken zu lassen. Offenbar hatten Bruder und Schwester über mich gesprochen.

»Gut«, sagte ich in unverfänglichem Ton. »Sehr gut sogar. Ein schönes Städtchen und ein begnadet gutes Ristorante.«

»Ja, man isst göttlich bei Ernesta, nicht wahr?« Der Ausdruck seiner Augen wurde noch eisiger, der Griff seiner Finger fester. »Ernesta würde Sie liebend gern wieder bei sich begrüßen, hat sie mir verraten, mein Schwesterchen hat offenbar einen Narren an Ihnen gefressen. Aber ich halte das für keine gute Idee, muss ich gestehen. Weder für Sie noch für Ihren Begleiter. Wie war noch mal sein Name?«

»Das tut hier nichts zur Sache«, sagte ich kühl und versuchte, ihm meine Hand zu entziehen, die er noch nicht losgelassen hatte. »Sie können es sich bestimmt schon denken, Signor Rossignolo, die drei Gemälde gehen mir einfach nicht aus dem Kopf.«

Endlich gab er meine Hand frei, sein klirrend kaltes Lächeln erlosch. »Schwer zu glauben.«

»Dass ich mich in die Bilder verliebt habe?«

»Dass eine Privatdetektivin sich ein solch teures Hobby leisten kann.«

»Sie haben recht, diese Schwäche bringt mich tatsächlich oft an den Rand des Ruins.« Ich lachte unbekümmert und überlegte, seit wann er wohl über meinen eigentlichen Beruf Bescheid wusste. »Aber ich bin machtlos dagegen, ich liebe nun mal die schönen Künste.«

Er bot mir keinen Platz an und blieb, wo er war, nämlich so nah vor mir, dass er mich fast berührte.

»Wie gern würde ich Ihnen weiterhelfen.« Vittorio Rossignolo wechselte übergangslos ins Italienische. »Trotzdem kann ich Ihnen den Namen meiner Freundin nicht verraten. Ich dachte, ich hätte mich bei unserem letzten Gespräch klar ausgedrückt, oder etwa nicht?«

»Doch, das haben Sie. Aber deshalb bin ich auch gar nicht hier, eigentlich wollte ich Sie fragen, ob …«

»Ich erkläre es Ihnen gern noch einmal«, unterbrach er mich. »Ich bin nicht nur ein unbescholtener Bürger, sondern auch ein angesehener Unternehmer, und bei allem, was ich tue, achte ich auf Seriosität und Legalität. Sie hingegen, verehrte Signora, täuschen die Menschen. Sie erschleichen sich Informationen über sie und nutzen diese zu Ihrem persönlichen Vorteil.«

Ein zweites Mal nahm er meine Rechte, nun jedoch mit beiden Händen, und tätschelte sie, als wären wir auf einmal die besten Freunde.

»Lassen Sie uns in Frieden, meine Schwester und mich.« Im selben Plauderton wie gerade eben und wieder mit seinem kalten Lächeln auf den Lippen fuhr er fort: »Ansonsten sehe ich mich leider gezwungen, entsprechende Schritte gegen Sie einzuleiten.«

»Was soll das heißen?«

»Das wird Ihnen dann mein Anwalt mitteilen.«

Er führte meine Hand an die Lippen und küsste sie. Dabei sah er mir unentwegt in die Augen, mit einer solch bösartigen Nonchalance, dass mir der Atem stockte.

***

Das fünfstöckige Gebäude, vor dem ich bald darauf stand, lag im Marina-Viertel, einem Stadtteil im Regensburger Osten und in unmittelbarer Nähe zum Hafen. Den umwerfenden Donaublick, den Vittorio Rossignolos Empfangsdame so angepriesen hatte, hatte man jedoch nur aus den oberen Stockwerken, sah ich schon beim Aussteigen aus dem Auto. Die Wohnung, für die sie mir am vergangenen Samstag die Unterlagen mitgegeben hatte, war in der zweiten Etage. Die benachbarten Gebäude versperrten die Aussicht.

Vor dem Eingang parkten drei Lieferwagen. Männer in Arbeitskleidung hasteten hin und her, sie trugen Gerätschaften und Kisten ins Haus. Den Aufschriften auf den Seiten der Fahrzeuge nach zu schließen, handelte es dabei um Installateure, Maler und Mitarbeiter einer Elektrofirma.

Nach Vittorio Rossignolos Rauswurf hatte ich beschlossen, ein wenig mehr über ihn herauszufinden. Die unverhohlene Aggressivität, mit der er mich von meinen Nachforschungen abzuhalten versuchte, hatte mir zu denken gegeben. Zugegeben, bei meinem ersten Besuch hatte ich ihn belogen. Später hatte ich einen falschen Namen genannt, seiner Mitarbeiterin allzu neugierige Fragen gestellt und mich als Interessentin einer Immobilie präsentiert, die ich niemals zu kaufen beabsichtigte. Zudem hatte ich seine Schwester getäuscht, während ich in Wirklichkeit ihr Ristorante ausspionierte. Aus seiner Sicht hatte ich mich vermutlich sogar an sie herangemacht.

Das alles gehörte zu meinem Geschäft, ich schämte mich für nichts davon. Als Landsmännin wusste ich jedoch, wie sehr jeder einzelne Umstand Vittorio Rossignolo in seiner Ehre kränken musste. Kurz war mir sogar der Gedanke gekommen – vielleicht auch aufgrund von Zia Riccardas Besorgnis –, ob vielleicht er und seine Schwester hinter dem Anschlag auf meine Boutique steckten. Doch wie ich es auch drehte und wendete, es ergab keinen Sinn. Schließlich hatten die Geschwister nicht wissen können, dass ich sofort nach meiner Rückkehr von Burghausen ins »BellaDonna« fahren würde.

Eins war jedoch klar: Vittorio Rossignolo wollte auf keinen Fall Aufsehen erregen und jede öffentliche Aufmerksamkeit vermeiden. Da seine Immobilie im Hafen praktisch auf meinem Nachhauseweg lag, hatte ich einfach haltgemacht. Vielleicht stieß ich hier auf einen Hinweis darauf, was er zu verbergen hatte.

Die Eingangstür stand weit auf, in der sich anschließenden Halle war der Bodenbelag zur Hälfte herausgerissen. An den Wänden stapelten sich Fliesen, manche waren noch in Plastik eingeschweißt. Daneben Eimer, Werkzeuge, Waschbecken und Kloschüsseln. Im Treppenhaus schepperte und lärmte es, raue Männerstimmen brüllten durcheinander, die meisten in osteuropäischen Sprachen, ein Presslufthammer oder etwas Ähnliches dröhnte, überall lag Staub.

Hatte die Empfangsdame mir nicht von der Top-Ausstattung der Wohnung vorgeschwärmt? Wie es schien, war sie noch gar nicht bezugsfertig.

Zwei Männer kamen mir entgegen. Der Größere, ein Blondschopf in Jackett, Poloshirt und Jeans, hatte einen dicken Packen Computerausdrucke unter den einen Arm und ein Notebook unter den anderen geklemmt. Der Kleinere, mit flächigem Gesicht, schwarzer Kurzhaarfrisur und schräg stehenden Augen, war offensichtlich asiatischer Herkunft, er trug eine ausgeleierte Hose und ein Sweatshirt mit riesigem Gucci-Aufdruck.

Die beiden verabschiedeten sich voneinander. Der Jackettträger eilte auf den Ausgang zu, der asiatisch aussehende Mann beugte sich über die verpackten Fliesen.

»Entschuldigen Sie«, sagte ich. »Ich interessiere mich für ein Appartement im zweiten Stock und …«

»Ich bin hier nur der Hausmeister«, entgegnete er in nicht direkt unhöflichem, jedoch auch nicht sonderlich freundlichem Ton. Er sprach perfektes Deutsch mit leichtem Oberpfälzer Dialekt und ungewöhnlich tiefer Stimme. »Da müssen Sie sich schon an den Eigentümer wenden.«

»Mit dem habe ich gerade gesprochen. Die Unterlagen hier«, ich wedelte mit der grünen Klarsichtfolie, »habe ich von ihm, und bei der ›Rossi-Immo-Service‹ hat man mir gesagt …«

»Die haben das Haus schon wieder verkauft.«

Er richtete sich auf und nannte den Namen des neuen Eigentümers, eine Wohnbaugesellschaft in Mainburg. Nun fiel mir ein, dass die Empfangsdame einen anderen Interessenten erwähnt hatte. Offenbar hatte dieser gleich das ganze Gebäude gekauft.

»Über die Quadratmeterpreise kann ich Ihnen nichts sagen. Nur, dass es nicht ganz billig werden wird«, fügte der Hausmeister hinzu. »Aber die lassen wenigstens alles ordentlich machen, die kümmern sich.«

»Im Gegensatz zu Herrn Rossignolo?«

»Große Töne hat er gespuckt, wie sie halt so sind, die Italiener – Riesenklappe und nichts dahinter.« Er verdrehte die schräg gestellten Augen. »Kein Wunder, dass bei denen nichts vorwärtsgeht. Außer der Staatsverschuldung natürlich, für die dann wieder mal wir Deutsche blechen dürfen.«

Ich überlegte, ob ich für meine Landsleute ein gutes Wort einlegen sollte. Doch da sprach er schon weiter, in aufgebrachtem Ton.

»Kein einziger Handwerker ist je aufgetaucht, nichts ist vorangegangen, einfach gar nichts. Ein halbes Jahr haben die Wohnungen leer gestanden. Da hätte doch die Stadt was machen müssen, bei der Wohnungsnot überall. Die jungen Leute in Berlin haben ganz recht, enteignen muss man solche Typen, die Immobilienhaie und Spekulanten und das ganze Gesocks. Und Ausländer wie diesen Rossignolo erst recht.«

Ich erfuhr, dass hin und wieder zwar Interessenten erschienen seien, die eine Wohnung hatten mieten oder kaufen wollen. Diese hatte der Hausmeister jedes Mal angeblich sofort an die »Rossi-Immo-Service GmbH« verwiesen und danach nie wieder etwas von ihnen gehört.

»Hat Herr Rossignolo zu hohe Preise verlangt?«

»Ach was, der hat's offenbar nicht nötig, Geld zu verdienen. Eine Bürodame des neuen Eigentümers hat mir jedenfalls erzählt, dass das Haus ein regelrechtes Schnäppchen war.« Der Hausmeister tippte sich an die Stirn. »Die denken doch alle in anderen Dimensionen als unsereiner, aber in komplett anderen.«

***

Wieder wartete ich vor Leons Haus, wieder öffnete er auf mein Klopfen hin nicht. Sein Wagen stand zwar vor einer der Scheunen, ansonsten wirkte der Hof aber verlassen. Die Holzschuhe vor dem Backhäuschen waren verschwunden, nur der Holzschieber lehnte achtlos in einer Ecke. Durch die zugeklappten Fensterläden drang keine Musik. Die Kameras schienen mich jedoch noch genauso aufmerksam wie vermutlich auch bei meinem letzten Besuch zu beäugen.

Schon seit dem frühen Morgen stand wieder eine strahlende Sonne am Himmel, auch die Schwüle war zurückgekehrt. Ich trug nur ein dünnes Blüschen und einen Sommerrock. Dennoch war mir so heiß, dass ich am liebsten sofort in eiskaltes Wasser gesprungen wäre.

Nichts rührte sich. Vielleicht machte Leon nur einen kleinen Spaziergang, um die Auseinandersetzung mit Vittorio Rossignolos Gorilla zu verdauen?

Ein weiteres Mal betätigte ich den Türklopfer, horchte an der Tür. Doch wieder tat sich nichts.

Ich musste unbedingt mit Leon sprechen. Er kannte den smarten Immobilienunternehmer, so viel stand fest, schien jedoch nicht das allerbeste Verhältnis zu ihm zu haben. Vielleicht konnte er mir verraten, warum Vittorio Rossignolo mir so offen drohte.

Der zweite Grund, warum ich vor Leons Haus stand – ich wollte wissen, warum er mich belogen hatte. Weshalb er, obwohl er das Gegenteil behauptet hatte, Italienisch sprach wie ein Muttersprachler.

Ich klopfte ein drittes Mal, nun mehrfach und donnernd.

Als wieder alles ruhig blieb, kramte ich wie schon bei meinem letzten Abstecher hierher in der Handtasche nach Block und Stift, um Leon eine Nachricht zu hinterlassen. Dabei bekam ich den pinkfarbenen Lippenstift zu fassen, den ich gestern im Keller der Boutique gefunden hatte. Es versetzte mir einen heftigen Stich, denn natürlich dachte ich sofort an Mona.

Ich kritzelte ein paar Zeilen auf den Block, riss den obersten Zettel ab, klemmte ihn an die Haustür und ging zurück zum Wagen.

***

Es war Viertel nach vier, als ich die Tür zu meiner Villa aufdrückte.

Mein Handy summte: eine Nachricht von Maximilian. Sofort las ich sie.

Noch immer wusste er nicht, warum der Flughafen gesperrt war. Nach wie vor kursierten die wildesten Gerüchte. Nur zwei Dinge waren klar: Ein Feuer war ausgebrochen, das auf weite Teile des Kolzowo Airport übergegriffen hatte. Deshalb war dieser für länger als nur die nächsten zwei, drei Tage geschlossen.

Da völlig unklar war, wann der Flugbetrieb wieder aufgenommen werden würde, wollten er und seine immer noch gehbehinderte Kollegin den nächstgelegenen Flughafen mit internationalen Verbindungen ansteuern. Er lag in der Nähe der Stadt Perm in etwa vierhundert Kilometern Entfernung. Maximilian hoffte, kurzfristig einen Mietwagen zu organisieren, klang jedoch skeptisch. Im Moment versuchten offenbar zahlreiche Menschen, Jekaterinburg zu verlassen, viele von ihnen Ausländer.

Wieder eine Sorge mehr. Es war zum Verrücktwerden.

Ich warf die Tür hinter mir zu und Handtasche und Smartphone auf das Vertiko. Dann schlüpfte ich aus meinen Sandalen, trug die Einkaufstüte in die Küche und genoss es, auf bloßen Füßen über das Parkett zu laufen. Das alte Haus hatte an so heißen Tagen wie zurzeit seine Vorteile, wenigstens in Diele und Treppenhaus war es luftig und kühl.

In der Küche riss ich die Terrassentür auf und packte die Papiertüte aus. Mein Bruder würde jeden Moment eintreffen, Vincenzo hoffentlich ebenfalls. Laut seiner letzten Sprachnachricht war er wieder auf der Suche nach dem PC-Bauteil.

Ich versuchte, an etwas Erfreuliches zu denken, und überlegte mir ein kleines Menü für den Abend. Wenn ich die letzten Tage überhaupt gekocht hatte, dann immer nur etwas Schnelles, das den gröbsten Hunger stillte. Heute aber wollte ich nicht nur endlich wieder einmal anständig essen, sondern auch in stilvollem Ambiente. Alessandros Besuch war dafür ein würdiger Anlass. Für den Abend waren zwar weitere Gewitter angekündigt, aber mit etwas Glück zogen sie vorüber. Ich beschloss, auf der Terrasse zu decken.

Leon hatte sich nicht gemeldet, und irgendwie wurde ich das Gefühl nicht los, dass ich ohnehin nichts von ihm hören würde. Später wollte ich mich noch einmal auf den Weg ins »Tango-Tango« machen. Mir war eingefallen, dass er bei den offenen Tanzabenden gegen zehn Uhr abends auftauchte. Sollte ich ihn dort nicht antreffen, konnte ich die Studioinhaberin nach seiner Telefonnummer fragen.

Ich überprüfte, ob ich wirklich alle Zutaten für das geplante Menü besorgt oder vorrätig hatte. Im Supermarkt hatte ich alles, was mir in die Finger geraten war, wahllos in den Einkaufswagen gelegt.

Salat war noch da, auch für die Vorspeise war gesorgt: rote und gelbe Paprika, die ich grillen und enthäuten würde. Dazu passten die in Olivenöl eingelegten, ebenfalls gegrillten Zucchini und das Ciabatta, an das ich gedacht hatte. Zum

Hauptgang würde ich *spaghetti con aglio, olio e peperoncino* servieren, eine scharfe Variante mit Olivenöl und herrlich frischem Knoblauch, und als Dessert hausgemachte Zabaione.

Semiramis, die an der Haustür an mir vorbeigeschlüpft war, strich mir mit leisem Maunzen um die Beine. Ich füllte den Futternapf mit ihrem Lieblingsfutter auf.

Pavarottis typischer Singsang kündigte den Eingang eines Anrufs an. Ich rannte in die Diele – Paolo.

»Eben hab ich den Bericht aus der Ballistik bekommen«, sagte er, ohne sich mit einer langen Begrüßung aufzuhalten. »Die Beretta, die du in Benedettas Pullover gefunden hast, ist definitiv nicht die Waffe, mit der Landauer erschossen wurde.«

Obwohl ich nicht wirklich daran geglaubt hatte, atmete ich auf.

»Trotzdem lese ich hier ein paar interessante Dinge dazu. Die Waffe gehört der italienischen Polizei, wurde aber vor drei Jahren als gestohlen gemeldet. Und zwar …«, es klickte, »in Rom. Da kommt Benedetta doch her, oder?«

»Ja. Falls das nicht auch gelogen war.«

Sollte Benedetta die Waffe gestohlen haben? Und wenn ja, zu welchem Zweck?

»Der Kollege aus Bologna hat sich übrigens gemeldet, wegen unseres Amtshilfeersuchens«, fuhr Paolo fort. »Eine Benedetta Castiglione ist dort zwar gemeldet, auch die Eckdaten zu ihrem Studium stimmen wohl. Vor Ort aber kennt sie niemand. Weder an der Uni noch in der Strada Maggiore, wo sie fünf Jahre lang gewohnt haben soll. Von Rom habe ich bisher noch nichts gehört. Aber dort wird bestimmt genauso wenig herauskommen, weil, und darauf verwette ich meinen Arsch …«

»… weil ihr Lebenslauf gefälscht ist«, vollendete ich seinen Satz.

Mein Bruder traf mit zweistündiger Verspätung ein – »überall Staus, *mamma mia*, wohin wollen all die Leute bloß?« –, und endlich füllte sich mein Haus wieder mit Leben.

Vincenzo war kurz vor ihm gekommen. Er hatte Florian und einen Schulfreund mitgebracht, den ich nicht kannte. Angeblich war der magere Junge mit Nickelbrille und einer Stimme, die mich an die des Sängers Ed Sheeran denken ließ, ein Computernerd. Sofort nach ihrer Ankunft waren die drei in die Bibliothek verschwunden, die sie seither nicht mehr verlassen hatten.

Alessandro, der schon auf seinem Weg zur Terrassentür eine Arie von Verdi geschmettert hatte, umarmte mich herzlich, während er mir die innigsten Grüße unserer Verwandten bestellte, allen voran von Zia Riccarda. Dann zauberte er ein Mitbringsel aus Danzig hervor, einen Seidenschal in Kobaltblau, der, wie nicht nur er fand, wunderbar zu meinem Haar passte.

Während ich *caffè* aufsetzte – mein Bruder trank mindestens fünf Tassen pro Tag, und auch am frühen Abend machte er keine Ausnahme –, erkundigte er sich nach unser aller und besonders auch nach Monas Befinden. Meine Tante, die mich seit dem Anschlag auf die Boutique täglich dreimal anrief, hatte ihn natürlich über alles informiert.

So gut es mir tat, meine Sorgen mit jemandem zu teilen, so war ich doch froh, als er schließlich das Thema wechselte und von seiner Geschäftsreise erzählte. Seine Verhandlungen mit dem polnischen Papierlieferanten waren gut gelaufen. Leider musste er morgen Vormittag zu einem kurzfristig anberaumten Termin in der Firma, in der er arbeitete. Ein wichtiges Meeting, das sich nicht verschieben ließ. Er konnte deshalb nicht über Nacht bleiben, spätestens um Mitternacht würde er aufbrechen.

Ich überlegte hin und her, ob ich Vincenzo erlauben sollte, den letzten Schultag zu schwänzen. Immerhin war es der Tag der Zeugnisverleihung, dem er allerdings gelassen entgegensah.

Seit er regelmäßig zur Nachhilfe ging, hatte er sich in Englisch auf eine stabile Drei hochgearbeitet, in Französisch immerhin auf eine wackelige Vier. Wenn ich ihn krankmeldete, brauchte er ein ärztliches Attest, was jedoch kein Problem war, da ich mit unserer Hausärztin befreundet war.

Normalerweise wäre ich mit dieser Vorgehensweise nicht einverstanden gewesen. In Anbetracht der außergewöhnlichen Umstände segnete ich den Plan aber schließlich doch ab. Momentan war völlig unklar, wann Maximilian eintreffen würde. Wann wir in die Toskana fahren würden – falls überhaupt.

Während Alessandro nach oben ging, um sich zu duschen und bis zum Abendessen auszuruhen, trug ich Nonna Emilias Meißner Porzellan und meine besten Kristallgläser auf die Terrasse. Noch immer war es heiß und fast wolkenlos.

Das Gespräch mit Paolo ging mir durch den Kopf. Welches Kuckucksei hatte ich mir mit Benedetta bloß ins Haus geholt? Wer war sie wirklich?

Seit Tagen liefen Aufrufe durch alle Medien, mögliche Zeugen zum Mord an Jakob Landauer sollten sich bitte dringend melden, und dennoch gab es keine Spur von ihr. Sollte sie bei der Explosion eine schlimmere Verletzung davongetragen haben als vermutet, hätte sie einen Arzt aufsuchen müssen. Und selbst wenn sie tot war, was weder Paolo noch ich glauben wollten, hätte man früher oder später irgendwo ihre Leiche entdecken müssen.

Meine Sorge um sie war einer nagenden, einer kalten Wut gewichen. Sie hatte mich belogen und hintergangen. All die Fotos und Schnappschüsse von ihren angeblichen Streifzügen durch die Stadt hatte sie mir bestimmt nur deshalb ungefragt präsentiert, mich manchmal sogar fast damit bombardiert, um Ausreden für ihre ständigen Abwesenheiten zu erfinden.

Warum war sie wirklich nach Regensburg gekommen – wegen Jakob Landauer? Oder, dieser Gedanke drängte sich mir wie von selbst auf, hatte es etwa mit Leon zu tun?

Ich holte Servietten aus der Kommode im Salon und brachte

auch sie nach draußen. Als ich den Sonnenschirm aufspannen wollte, verdüsterte sich der Himmel. Dick und schwer hingen plötzlich Wolken über dem Garten, kein Windhauch regte sich in den Blättern der alten Eiche. Die Ruhe vor dem Sturm. Später würde es wohl doch noch gewittern.

Auch wenn Leon behauptet hatte, nichts von Benedetta zu wissen – längst war ich sicher: Er hatte mich auch in diesem Punkt belogen.

15

Es war laut, eng und heiß, als ich um Viertel nach zehn den Saal des Tangostudios betrat. Schlagartig begann ich in der Sommerhose und dem dünnen Baumwollpulli, in die ich nach dem Abendessen geschlüpft war, zu schwitzen. Der Geruch nach Parfüm und Schweiß entstieg den Kleidern aus Crêpe de Chine und schwingendem Jersey. In zuckendem Kerzenlicht glitten die Paare übers Parkett, zu sehnsüchtigen, fast weinenden Geigen- und Bandoneonklängen.

Ich schaute mich um. Doch nirgendwo, weder unter den Tanzenden noch unter den an den Tischchen sitzenden Menschen, entdeckte ich Leon. Ich machte kehrt, drängte mich bis zum Tresen in der Nähe des Eingangs durch, wo die Studioinhaberin gerade Getränke in Gläser schenkte.

Leon, erklärte sie mir auf meine Frage hin, sei heute noch nicht aufgetaucht, und auch mit seiner Telefonnummer könne sie mir leider nicht dienen. Nach meinem Besuch neulich hatte sie alle seine Daten gelöscht.

»Komisch eigentlich«, sagte sie, als ich mich zum Gehen wandte, und erhob ihre Stimme, um den Geräuschpegel zu übertönen, »dass Ihre Freundin sich ausgerechnet hier mit ihm getroffen hat. Benedetta heißt sie, nicht wahr?«

»Wie meinen Sie das?«

»Schon beim ersten Mal, als sie hier war, hab ich mich gewundert. Das muss vor einer Woche gewesen sein, höchstens zwei. Und neulich, am Sonntag war das, erst recht.«

Sie reichte die vollen Gläser zwei Frauen, die sich vor mich drängten. Irgendwer rief ihr eine weitere Bestellung zu, sie nickte.

»Worüber haben Sie sich gewundert?« Ich kam wieder einen Schritt näher.

»Na ja. Ihre Freundin hat überhaupt nicht getanzt, sondern

immer nur da hinten gesessen.« Die Studioinhaberin deutete auf einen kleinen Tisch in der am weitesten entfernten Ecke. »Ein Wasser hat sie getrunken und gewartet, bis Leon frei war.«

»Ich verstehe nicht ganz. Haben die beiden denn keinen Kurs miteinander besucht?«

»Einen Kurs?« Sie lachte, öffnete den Kühlschrank und holte eine Flasche Prosecco hervor. »Leon braucht doch keinen Unterricht mehr, so gut, wie er tanzt. Nein, sie haben immer nur geredet. Dafür hätte sie sich doch auch woanders mit ihm treffen können. Aber die zwölf Euro Eintritt waren ihr offenbar egal.«

»Haben Sie mitgekriegt, worüber sie gesprochen haben?«

»Sie hören ja, was hier los ist. Aber …«, sie öffnete die Flasche mit einem scharfen Plopp. »Sie hat sehr ernst gewirkt, jedes Mal, und ziemlich unterkühlt. Und wenn ich jetzt so darüber nachdenke – die meiste Zeit hat eigentlich nur Ihre Freundin geredet.«

»Und Leon?«

»Hat kaum was gesagt. Letzten Sonntag, da war die Stimmung zwischen den beiden übrigens noch eisiger als sonst. Einmal habe ich sogar gedacht, jetzt explodiert er gleich und haut ihr eine runter.« Sie nahm ein Glas und füllte es mit Prosecco. »Ehrlich, so hab ich Leon noch nie erlebt. Aber dann ist er auf einmal aufgesprungen und abgezogen, da war es noch nicht mal elf. Sonst bleibt er immer bis zum Schluss.«

**

Als ich zum zweiten Mal an diesem Tag vor Leons Tür stand und den Türklopfer betätigen wollte, schwang sie von selbst auf. Leon stand vor mir, um die rechte Schulter einen prall gefüllten Rucksack, in der linken Hand eine ausgebeulte Tasche.

»Was wollen Sie?«, knurrte er.

Ohne meine Erwiderung abzuwarten, hastete er an mir

vorbei, auf einen schwarzen Range Rover zu, der neben dem Mercedes geparkt war.

Es war fast elf und schon lange dunkel. Der Eingangsbereich des Gehöfts war jedoch in grelles Licht getaucht, sämtliche Außenlampen brannten. Auch im Haus selbst war es taghell, wie ich schon beim Näherkommen gesehen hatte. In der Wolkendecke über mir, die noch dichter und schwärzer geworden war, grollte es.

Leon riss die Heckklappe auf und warf beide Packstücke in den Kofferraum. Dann verschwand er wieder im Haus, ließ die Tür jedoch offen, was ich als Einladung verstand. Ich folgte ihm.

»Sie verreisen?«, fragte ich seinen Rücken, während er die Treppe hinaufrannte. »Wollen Sie mir verraten, wohin?«

Ich erhielt keine Antwort.

Auch ich stieg die Stufen hinauf. Oben angekommen, sah ich Leon gerade noch durch eine Tür verschwinden.

Sie führte in sein Schlafzimmer, stellte ich beim Eintreten fest. Aus dem schon halb geleerten Schrank holte er wahllos Kleidungsstücke, stopfte sie in einen Rollkoffer, der auf dem französischen Bett lag, daneben eine Reisetasche. Auf dem Boden türmten sich Hartschalenkoffer in unterschiedlichen Größen, aber alle flach und länglich. Vermutlich Instrumentenkoffer, die im Gegensatz zu den anderen Packstücken sorgsam verschlossen waren.

In einer Nische beim Fenster stand ein Tisch, darauf zwei aufgeklappte Notebooks und eine Ansammlung von technischen Geräten. Darüber hingen ein Lautsprecher und zwei große Bildschirme. Auf dem rechten waren der in gleißendes Licht getauchte Hof und die Haustür zu sehen, auf dem anderen der wesentlich schlechter ausgeleuchtete Rosenbogen, hinter dem ich meinen Wagen geparkt hatte.

»Sie haben mich belogen, Leon. Warum darf ich nicht wissen, dass Sie italienischer Abstammung sind?«

Wieder schwieg er.

»Hat Ihre plötzliche Reise mit Vittorio Rossignolo zu tun? Haben Sie genug von seinen Immobilienschiebereien?«

Mit verbissener Miene schleuderte er Hemden und Hosen in den Koffer.

»Oder verschwinden Sie wegen Benedetta? Sagen Sie mir endlich, wer sie ist und was sie von Ihnen wollte. Tanzen nämlich ganz gewiss nicht.«

Keine Reaktion.

»Was ist mit Jakob Landauer – hat sie Informationen für ihn beschafft? Welche, Leon?«

Jetzt hob er immerhin kurz die Lider.

»Darf ich Ihnen einen Rat geben?«, presste er zwischen den Zähnen hervor, während Unterwäsche in den Koffer flog.

»Immer gern.«

»Stellen Sie keine Fragen. Das ist schlecht für Ihre Gesundheit.«

»*Sta zito!*«, rief ich und machte meinem aufgestauten Zorn Luft. »Hören Sie auf damit! Warum bedroht mich ständig jeder – Vittorio Rossignolo, Sie, was soll das eigentlich?«

Leon versuchte, den Reißverschluss des Koffers zu schließen, doch er klemmte. Mit verkniffenem Mund stemmte er das linke Knie auf den Deckel, zog ihn in einem Ruck zu.

»Nun sagen Sie schon«, fauchte ich. »Was verschweigen Sie mir?«

Er knallte den Koffer auf den Boden, öffnete die Tasche mit einer unwirschen Gebärde, warf Schuhe hinein, Schals, Schlafanzüge.

»Warum haben Sie überall Kameras?« Mit ausgestreckter Hand deutete ich auf die Bildschirme. »Leon, ich möchte eine Antwort – vor wem fürchten Sie sich?«

Endlich hielt er inne. Er stützte beide Hände auf die Tasche, wandte mir das Gesicht zu und sah mich mit seinen glashellen Augen an, konzentriert und, ich konnte es kaum glauben, bittend, geradezu flehentlich.

»Signora di Santosa.« Die Andeutung eines Lächelns glitt

über sein Gesicht. »Ich mag Sie. Ich weiß nicht, warum, aber so ist es nun mal. Deshalb möchte ich Ihnen etwas erklären. Ich bin hierhergekommen, in dieses Haus, in diese Stadt«, mit einer Kopfbewegung deutete er die Richtung an, in der Regensburg lag, »weil mich hier niemand kennt. Zumindest habe ich das gedacht. Das Einzige, das ich wollte, war, hier in Frieden zu leben. Aber dann taucht Benedetta auf, dieses berechnende, eiskalte Miststück, und auf einmal steht dann noch dieser Scheißkerl vor meiner Tür, den ich niemals erwartet …« Er tat einen tiefen Atemzug. »Egal. Ich weiß jetzt, dass ich mich getäuscht habe. Wie soll jemand wie ich irgendwo in Frieden leben?«

»Was soll das heißen?«

»Dass ich keinen Ärger will. Und Sie täten gut daran, wenn Sie dasselbe wollten und nicht überall Ihre Nase hineinstecken würden.«

»Ich habe es so satt.« Ich stemmte beide Hände in die Hüften und blitzte ihn an. »Immer nur Andeutungen, kryptische Bemerkungen und versteckte Drohungen. Warum verkriechen Sie sich hier? Etwa wegen dieser zwei Typen, die ich neulich hier in der Gegend gesehen habe?«

Er fuhr hoch, fixierte mich aus schmalen Augen.

»Was für Typen?«, fragte er scharf.

Ich beschrieb den weißblonden Koloss und seinen Kompagnon mit Bart und Locken. Mit jedem Wort wurde Leons Blick alarmierter, seine Körperhaltung angespannter.

»Sie haben in einem SUV gesessen«, schloss ich. »Ein Schweizer Kennzeichen, aus dem Tessin.«

Nun erstarrte er vollends. »Wann haben Sie …?«

Ein Knistern, ein Rascheln.

Leons Blick flog zu den Bildschirmen.

Auf dem linken sah ich, als mein Blick dem seinen folgte, erst nur undeutliche Schatten. Dann aber erkannte ich schemenhafte Gestalten, alle dunkel gekleidet und vermummt, gerade huschten sie am Rosenbogen vorbei. Einer von ihnen – den Bewegungen nach waren es allesamt Männer – hob die behandschuhte Hand, fuhr sich damit von der Stirn bis zum Nacken, auf Höhe des Hinterkopfs spreizten sich alle fünf Finger. Der Bildschirm flackerte, etwas blitzte auf. Etwas Kompaktes, Handliches aus Metall.

»*Oddio*«, stieß ich hervor, »was zum Teufel …?«

Leon packte den obersten schmalen Koffer, riss ihn auf, zog eine Maschinenpistole heraus. Schon hatte er sie sich umgehängt, steckte sich mehrere Magazine in den Hosenbund, griff nach einer zweiten MP, entsicherte sie. Alles geschah mit blitzschnellen, routinierten Bewegungen.

»Unters Bett!«, kommandierte er in einem Ton, der klarmachte, dass jetzt keine Zeit für Fragen war. »Da bleiben Sie, bis ich wieder da bin, ansonsten warten Sie, bis alles vorbei ist. Und egal, was passiert – auf keinen Fall schreien, verstanden?«

Er packte die MP mit beiden Händen, betätigte mit einem Ellenbogen den Lichtschalter. Es wurde schlagartig dunkel.

Schon war er draußen, auch im Korridor und Treppenhaus verlöschte das Licht. Nur ein Schein von unten drang noch durch die halb offen stehende Tür herein, die Bildschirme verbreiteten ein diffuses Leuchten. Eine Sekunde stand ich da wie gelähmt. Dann tat ich wie geheißen, kroch unters Bett, drückte mich flach auf den Dielenboden. Der Geruch des Holzes stieg mir in die Nase. Mein Herz hämmerte, in meinem Kopf wirbelten Gedankenfetzen.

Ich hatte mindestens fünf Vermummte gezählt. Wer auch immer sie waren, sie hatten nichts Gutes im Sinn. Leon hatte offenbar mit ihrem Erscheinen gerechnet. Deshalb die Kameras und das Waffenarsenal. Ich war sicher, dass sich auch in den restlichen Flachkoffern Waffen befanden.

Plötzlich verhaltene Schritte, die nicht aus dem Lautsprecher kamen. Sie mussten schon in der Diele sein.

Fünf gegen einen, wenn nicht mehr.

Ich linste unter dem Bett hervor. Ich konnte kaum etwas erkennen, nicht einmal mehr etwas hören.

Da – der Lichtstrahl von unten verdunkelte sich, jedoch nur kurz.

Ich meinte, das Geräusch rascher Schritte auszumachen, hielt den Atem an.

Ja, fast lautlos huschte jemand an der Tür vorüber.

Ein Schuss, ein Schrei. Etwas Schweres schlug auf, nicht weit von mir. Dann ratterte es los, Blitze zuckten durch das Halbdunkel im Treppenhaus, ich zog den Kopf ein.

Schritte, schwer und polternd, oben, unten, überall schienen sie zu sein. Noch mehr Schüsse, jemand fluchte lauthals, es klirrte und splitterte, wieder krachte etwas oder jemand zu Boden, und schon ging es weiter.

Erneut Stille. Tödliche Stille.

Rauch stieg mir in Nase, Augen, Bronchien, löste einen Hustenreiz aus. Ich presste das Gesicht auf den Boden, atmete so flach wie möglich, versuchte verzweifelt, dem Reiz nicht nachzugeben.

Endlich, endlich kratzte es kaum noch im Hals. Ich hob den Kopf, lauschte.

Anfangs waren es fünf gegen einen gewesen. Jetzt vielleicht nur noch drei gegen einen. Oder hatte es Leon erwischt? Lag er irgendwo da draußen – blutend? Oder gar tot?

Wieder Schritte auf dem Korridor. Dieses Mal schienen sie von mehr als nur zwei Sohlen zu stammen. Unmöglich herauszufinden, wie viele da vorüberliefen, in welche Richtung. Dann hörte ich gar nichts mehr, so angestrengt ich auch horchte. Auch keine Geräusche aus dem Lautsprecher.

Waren sie etwa fort?

Lange lag ich vollkommen reglos, vielleicht Minuten, vielleicht nur wenige Sekunden. Nichts geschah, nur das Herz dröhnte mir in den Ohren. Was war da draußen bloß los?

Schließlich kroch ich unter dem Bett hervor, schlich zu Leons Koffern. Der oberste war leer. Leise öffnete ich den zweiten, fühlte glattes, kaltes Metall. Es war lange her, dass ich eine Waffe in den Händen gehalten hatte, während meiner

Ausbildung bei der Schutzpolizei. Aber manche Dinge verlernte man nicht.

Ich nahm die Pistole in die Hand, fand im Koffer das dazugehörige Magazin, steckte es in den Griff. Klick. Ich verharrte kurz, mit angehaltenem Atem, sah nur die Umrisse der Möbel, das unruhige Flackern der Bildschirme. Von unten drang kaum noch Lichtschein herauf, jemand musste auf die Lampen dort gefeuert haben.

Als alles ruhig blieb, huschte ich zur Tür, die Waffe im Anschlag, spähte auf den Korridor, lauschte.

Nichts.

Ich schlüpfte hinaus.

Beißender Pulverdampf hing in der Luft, der Hustenreiz meldete sich zurück. Ich versuchte, so wenig wie möglich von dem Rauch einzuatmen, drückte mich an die Wand, spürte das Holz im Rücken. Langsam setzte ich einen Fuß vor den anderen, ständig darauf bedacht, nur ja kein Geräusch zu verursachen.

Ein Dielenboden knarrte, direkt neben mir.

Ich fühlte etwas Kaltes an meiner Schläfe, jemand stieß mich zur Seite. Ein Mann, massig und schwer.

»Waffe her und keine falsche Bewegung«, hörte ich eine tiefe Stimme mit Schweizer Akzent an meinem Ohr. »Wo ist er?«

Ich wandte den Kopf, sah die Umrisse eines Riesen. Eine behandschuhte Pranke packte mich im Genick. Mit der anderen Hand griff er nach meiner Pistole, die ich instinktiv festhielt.

»Gib gefälligst die Knarre her, Schlampe, sonst mach ich dich …«

Ein Schuss krachte in unmittelbarer Nähe.

Kein Schmerz. Ich fühlte nur, wie mir etwas Heißes gegen Hals und Wange spritzte. Der Druck an meinem Nacken war weg, der massige Kerl kippte zur Seite. Im selben Moment knallte und ballerte es schon wieder los.

Ich warf mich zu Boden, suchte Deckung hinter dem immer wieder zuckenden Körper des Hünen, der ständig aufs Neue von Geschossen getroffen wurde. Ich versuchte, rückwärts von der Leiche wegzurobben, blieb mit der Waffe an der Kapuze des Mannes hängen. Sie verrutschte, helle Haarstoppel.

Der Koloss aus dem SUV.

Ein halber Meter noch, dann hatte ich es geschafft, eine bessere Deckung zu finden. Die Waffe umklammert, kauerte ich mich hinter einen Treppenpfosten. Wieder blitzte Mündungsfeuer, dröhnten Schüsse. Querschläger pfiffen herum. Ich duckte mich, so gut es ging, aber lange würde mir auch dieser Platz keinen Schutz bieten. Sie schienen überall zu sein, von unten wurde geschossen, von der Treppe, vom hinteren Ende des Flurs.

Plötzlich war jemand bei mir, Leon, riss mich mit sich, schirmte mich mit seinem Körper ab, feuerte ständig kurze Salven aus seiner Maschinenpistole. Im Weiterstolpern sah ich einen Schatten am anderen Ende des Korridors, etwas leuchtete auf, durchschnitt die Luft zwischen Leons und meinem Gesicht. Ich stieß ihn weg, umfasste die Waffe mit beiden Händen, drückte ab, spürte den Rückstoß. Der Schemen flog nach hinten, krachte gegen die Wand.

Leon drängte mich durch eine Tür, warf sie hinter uns zu, drehte den Schlüssel im Schloss, verrammelte sie zusätzlich mit einem Stuhl. Er zerrte mich zum Fenster, riss es auf. Ich sicherte die Waffe, steckte sie in den Gürtel meiner Hose. Dann schob er mich durch die Öffnung, ich kletterte hinaus aufs Dach.

Draußen bewegte ich mich auf Händen und Knien fort. Leon hielt sich dicht hinter mir. Die ganze Zeit über hörte ich ihn gleichmäßig atmen, während im Haus weiterhin vereinzelt geschossen wurde, nun aber gedämpfter als zuvor. Die Luft, bemerkte ich plötzlich, war klar und windig. Kein Pulverdampf. Nur herrlich frische Luft. Wie gut es tat, meine Lungen damit zu füllen.

Auf dem sich anfangs nur leicht, bald aber stärker nach unten neigenden Dach krochen wir weiter, um uns nichts als

Dunkelheit. Der Mond versteckte sich hinter den tiefschwarzen Wolken, der Lichtschein aus dem Hof drang nicht bis hierher. Offenbar befanden wir uns auf der Rückseite des Hauses. Irgendwann, es erschien mir wie Stunden später, spürte ich den Dachfirst unter meinen Fingern.

Leon sprang. Alles, was ich hörte, war ein dumpfes Geräusch, als er sich im Gras abrollte, und das Klappern seiner Waffen. Er half mir hinunter. Ich verfing mich in irgendwelchen Ranken, rutschte ab, fühlte endlich festen Boden unter den Füßen.

Gemeinsam stolperten wir über eine feuchte Wiese, gelangten auf einen Pfad. Kies knirschte unter unseren Schuhsohlen, dann ging es wieder über weiches Gras. Hinter uns wurde jetzt gerufen und geschrien, doch mit jedem Schritt wurden die Stimmen leiser. Sie hatten offenbar noch nichts von unserer Flucht bemerkt. Hin und wieder peitschten Pistolen- und Gewehrschüsse durch die Nacht.

Bald erreichten wir ein Wäldchen. Es begann zu tropfen, und dann platschte es. Doch ich bemerkte den Regen kaum, ebenso wenig wie den wieder am Himmel knurrenden Donner. Ich lief und stolperte und lief weiter, meine Hand in der von Leon.

Ein Wagen zeichnete sich in der Dunkelheit ab. Ein Japaner, sah ich beim Einsteigen, den Leon wohl für Notfälle am Ende des kleinen Gehölzes abgestellt hatte. Er startete den Motor.

Aufatmend sank ich in den Beifahrersitz. Das Auto holperte über unebenen Waldboden, die brummenden Fahrgeräusche beruhigten mich. Ich lehnte den Hinterkopf gegen die Nackenstütze und schloss die Augen.

Der Mann vorhin, durchzuckte es mich, als ich die Waffe auf die Konsole zwischen den Sitzen legen wollte – er musste tot sein. Ich hatte ihn erschossen.

Ich.

Noch nie hatte ich einen Menschen getötet.

Ich begann zu zittern, so stark, dass mir die Pistole aus

der Hand fiel. Ich riss die Augen auf, richtete mich auf. Alles drehte sich. Ich keuchte, schnappte nach Luft. Doch es wurde nicht besser. Alles, was ich denken konnte, war nur das eine: Ich hatte ihn erschossen, ich hatte ihn …

Etwas klirrte, aus Metall.

»Atmen Sie«, hörte ich Leon sagen, doch wie von ganz weit her, »atmen Sie tief und regelmäßig, dann vergeht der Schock am schnellsten.«

Er schüttelte mich so heftig, dass mein Kopf nach hinten flog.

»Sie sollen atmen, Anna, haben Sie nicht gehört?«

Sein Gesicht war direkt vor meinem, ganz groß waren seine Augen, aber ich sah sie nicht wirklich. Ich hörte nur seine Stimme, die mir Anweisungen gab.

»Ein, aus, ein, aus, so ist es gut. Ein, aus …«

Endlich entspannte ich mich, auch der Schwindel verflüchtigte sich.

»Okay.« Ich tat einen letzten tiefen Atemzug, nickte ihm zu. »Alles okay.«

Wieder ertönte das metallische Klirren – der Zündschlüssel, der in einem Schlüsselbund steckte. Dann sprang der Motor erneut an, Leon musste ihn abgestellt haben. Ich hatte es nicht einmal bemerkt.

»Wer sind diese Männer?«, fragte ich. »Warum sind sie hinter Ihnen her?«

Längst waren wir auf einer befestigten Straße unterwegs. Links und rechts flogen Äcker vorbei, Felder und Wiesen, allesamt vom Schein der Autoscheinwerfer, die Leon erst vor Kurzem eingeschaltet hatte, nur flüchtig beleuchtet. Verwaschen und leer sahen sie aus, schwarz und trostlos. Es goss wie aus Kannen, es blitzte und donnerte in Sekundenabständen.

Bisher hatten wir kein Wort mehr miteinander gewechselt. Immer wieder hatte ich mich umgewandt und die undurchdringliche Finsternis hinter uns nach plötzlich aufleuchtenden Lichtern abgesucht. Jedes Mal war ich erleichtert gewesen, als ich keine entdeckte.

»Was haben Sie ausgefressen?«, fragte ich, als er nicht antwortete. »Das haben Sie doch, oder?«

»Es ist besser, wenn Sie nichts darüber wissen, Anna.«

Es schien mir ganz natürlich, dass auch er mich seit einiger Zeit beim Vornamen nannte. Angst schweißte die Menschen seit jeher zusammen, und die um das eigene Leben umso mehr.

»Wenn Sie den Blonden nicht erschossen hätten«, sagte ich leise, »wäre ich wohl nicht mehr am Leben. Danke.«

Wieder erwiderte er nichts. Dennoch war ich sicher, dass er mich gehört hatte, trotz des Gewitters, das in einem fort tobte. Ich wandte den Kopf, forschte in seinem Gesicht nach einer Gemütsregung, irgendeiner Empfindung. Doch nicht einmal der kleinste Muskel zuckte.

Er hatte ein schönes Profil, fiel mir ausgerechnet jetzt im Widerschein der Scheinwerfer auf. Eine schmale, gerade Nase, das Kinn kantig. Die Narbe war aus dieser Perspektive nicht zu sehen. Längst war ich davon überzeugt, dass sie tatsächlich von einer Schussverletzung stammte.

Leon war ein Profi, was den Umgang mit Waffen betraf. Auch sein Verhalten in der Kampfsituation vorhin, seine Reaktion auf meinen Schock, all das zeugte von jahrelanger Erfahrung. Vielleicht war er Soldat gewesen, in einer militärischen Sondereinheit? Das würde erklären, warum er lange im Ausland gelebt hatte und nicht darüber sprechen wollte.

Es gab aber auch, dieser Gedanke spukte mir schon eine Weile durch den Kopf, eine andere Möglichkeit. Vielleicht hatte er auf der anderen Seite des Gesetzes gestanden, tat es auch jetzt noch.

»Bitte glauben Sie mir«, sagte er wie aus dem Nichts. »Es ist besser, wenn Sie nichts wissen. Weder von mir noch von Benedetta oder Landauer. Ich würde mir Vorwürfe machen, wenn Ihnen etwas zustoßen würde.«

»Ich kann gut auf mich aufpassen.«

»Gegen diese Leute sind Sie machtlos.«

»Wer sind ›diese Leute‹, Leon? Warum sagen Sie denn nichts, verdammt noch mal?« Der Adrenalinspiegel in meinem Körper war offenbar noch nicht weit genug gesunken, es brach einfach aus mir heraus: *»Madonna, perchè non mi dice niente? E insopportabile, devo sapere chi …«*

Er legte seine Hand auf meinen Arm, drückte so fest zu, dass ich aufschrie, legte sie wieder auf das Lenkrad. Mit dieser Unnahbarkeit, die mir schon bei unserer ersten Begegnung ins Auge gesprungen war, starrte er durch die Windschutzscheibe, auf der die Regentropfen wie kleine Böller zerplatzten.

Ich ließ den Kopf auf die Nackenstütze sinken, die Lider zufallen. Wieder musste ich an den Mann denken, den ich vielleicht getötet hatte. Vielleicht war er nur schwer verletzt. In jedem Fall aber war es Notwehr gewesen. Entweder er oder ich. Oder Leon, der mir ja immerhin das Leben gerettet hatte. Dennoch krampfte sich beim Gedanken an die Wucht, mit der der Mann gegen die Wand geprallt war, wieder alles in mir zusammen.

Ich hatte mich an den Handflächen aufgeschürft, stellte ich fest, vielleicht, als ich beim Hinunterklettern vom Dach abgerutscht war. Auch am linken Ellenbogen blutete ich. Harmlose Verletzungen, und nach der Hölle, die in Leons Haus losgebrochen war, war es ein Wunder, dass ich überhaupt so glimpflich davongekommen war. Er selbst schien nicht verletzt zu sein. Und wenn, dann sagte er auch dazu nichts.

Ich fischte das Handy aus der Hosentasche. Maximilian hatte mir wieder eine Nachricht geschickt. Inzwischen wusste er, warum der Flughafen gesperrt war. Kein Terroranschlag, sondern eine Gasexplosion aufgrund menschlichen Versagens. Mein Gott, wie lange das schon her war.

Er hatte tatsächlich keinen Mietwagen mehr bekommen, doch er und seine Kollegin saßen jetzt immerhin im Zug mit dem Endziel Perm. Es war ungewiss, ob und wann sie dort einen Flieger nach München erreichen würden. Vielleicht mussten sie mehrmals zwischenlanden und irgendwo umsteigen. Er hoffte dennoch, bis spätestens Montag wieder zu Hause zu sein. Der Schluss seiner Mitteilung lautete: »Bald bin ich bei dir, ich freue mich so darauf. Bitte sei mir nicht böse wegen Siggi. Ich wollte nicht noch mehr Durcheinander, und sie ist wirklich nur eine Kollegin. Ich liebe dich, Anna, du bist mein Leben.« Wie gut es tat, das zu lesen.

Als Leon und ich die Stadtgrenze erreichten, hörte es auf zu regnen, auch der Donner war verklungen. Straßenlaternen brannten friedlich und beleuchteten da und dort eine Pfütze, hier hatte das Gewitter offenbar nicht so gewütet wie in den Hügeln.

An einer Ampel gondelte ein Radfahrer vorbei, trotz der späten Uhrzeit führte ein weißhaariges Paar seinen Hund aus. Zu Hause würden die beiden vielleicht noch ein wenig plaudern, bei einer Tasse Tee oder einem Gläschen Wein, und dann zu Bett gehen. All das erschien mir so unendlich weit weg. Als gehörte es zu einem Leben, das nicht mehr das meine war.

»Wohin fahren wir?«, fragte ich nach weiteren Minuten, in denen Leon und ich wieder nur geschwiegen hatten.

»Ich bringe Sie nach Hause. Dann verschwinde ich, und für Sie ist alles überstanden. Es geht hier nur um mich.« Scharf sog er die Luft ein. »Wenn Ihnen Ihr Leben lieb ist, Anna, dann vergessen Sie Benedetta, vergessen Sie mich. Und am besten auch das, was vorhin passiert ist, okay?«

»Haben diese Leute Jakob Landauer auf dem Gewissen? Ist Benedetta deshalb abgehauen und hält sich versteckt? Himmel noch mal, so reden Sie doch endlich mit mir!«

Doch gleichgültig, was ich fragte, gleichgültig, wie sehr ich in ihn drang – er sagte kein Wort mehr.

Bald lag die vertraute Prebrunnallee vor mir. Selten war ich so glücklich gewesen, den verlassenen Herzogspark zu sehen, die nachtstille Straße, an deren Ende mein Haus lag, von einer Laterne beschienen, heimelig und sicher.

»Sie müssen Ihre Ermittlungen einstellen«, sagte Leon, als er vor der Villa mit laufendem Motor hielt. »Wollen Sie mir zumindest das versprechen?«

Er wandte mir sein Gesicht zu, das erste Mal, seit wir ins Auto gestiegen waren. Auf seiner Stirn waren tiefe Falten eingegraben, seine Mundwinkel zuckten. Dennoch war mir klar, dass es keinen Sinn hatte, wieder irgendwelche Erklärungen von ihm zu verlangen. Er würde mir nicht helfen, Licht ins Dunkel zu bringen. Er war Teil des Dunkels.

Ich öffnete die Tür, ohne ihm eine Antwort gegeben zu haben. Da beugte er sich zu mir herüber und drückte mir die Pistole, die ich hatte fallen lassen, in die Hand.

»Nur für den Notfall.« Seine Augen bohrten sich in die meinen. »Und ab sofort machen Sie einen großen Bogen um Vittorio, *capisce*?«

16

»Keine einzige Leiche«, sagte Paolo am nächsten Morgen und schloss die Tür seines Büros hinter uns. »Massenhaft Blutspuren im Haus, Hülsen und Patronen, die Bude ist ja komplett zerschossen. Aber nirgendwo ein Toter. Du bist sicher, dass es den blonden Schweizer erwischt hat?«

Ich nickte und ließ mich auf dem Stuhl vor seinem Schreibtisch nieder. Es war völlig undenkbar, dass der Mann den Kugelhagel überlebt hatte. Dass der andere, auf den ich geschossen hatte, vielleicht gar nicht tot war, erleichterte mich.

Paolo öffnete das Fenster. Morgenluft strömte herein, es war noch nicht einmal neun, und sie war wohltuend frisch. Durch das Gewitter, das in der Nacht wieder und wieder losgebrochen war, hatte es merklich abgekühlt. Schneeweiße Wölkchentupfer sprenkelten den hellblauen Himmel.

»Sie müssen ihn weggebracht haben«, sagte ich. »Irgendwo hatten die ein Auto stehen. Was ist mit Reifenspuren?«

»Keine Chance, nach dem vielen Regen. Ich lasse gleich eine Suchmeldung nach dem SUV rausgeben.«

Das Kennzeichen hatte ich mir gemerkt, eine Gewohnheit aus meiner Zeit als Polizistin, und längst zu Protokoll gegeben.

Schon in jungen Jahren, noch während meiner Ausbildung bei der Schutzpolizei, hatte ich nur ein Ziel gehabt: Ich wollte zur Kriminalpolizei. Als ich dort gelandet war, hatte Vincenzos Geburt meine Karrierepläne durchkreuzt, und nach der Elternzeit hatte ich mich beruflich umorientiert. Seit einigen Tagen verbrachte ich nun aber so viel Zeit bei der Kripo, wie ich es mir seither nie hätte träumen lassen.

Paolo ging zum Kaffeetischchen und goss zwei Tassen randvoll, die er auf den Schreibtisch stellte. Dann setzte auch er sich, rieb sich die Augen und leerte die halbe Tasse in einem

Zug. In der Nacht hatte er kaum geschlafen, seit Stunden saß er schon im Büro.

»Fangen wir mit Teil eins der Neuigkeiten an, Prinzessin.«

»Schlechte oder gute?«

»Schlecht sind sie alle, aber die sind wenigstens harmlos.« Er verzog das Gesicht. »Dein Maserati hat einiges abgekriegt. Der Tank hat ein Loch, und der vordere Kotflügel sieht aus wie ein Sieb.«

Ich seufzte und nahm zum Trost ebenfalls einen Schluck Kaffee. Woher sollte ich das Geld nehmen, um den Wagen reparieren zu lassen? Maximilian würde mir mehr leihen müssen als gedacht. Vielleicht wäre es wirklich besser, wenn ich mir endlich ein anderes Auto zulegte. Eines, das auch in kleine Parklücken passte, das eine Klimaanlage und einen sparsamen Benzinverbrauch hatte. Andererseits hatte ich bei Weitem dringendere Probleme. Ich steckte mitten in einem Alptraum.

Noch in der Nacht hatte ich lange mit Paolo telefoniert, gleich nach meiner Rückkehr in die Villa, und ihm sowohl von den Ereignissen auf Leons Anwesen als auch von meinen Ermittlungen erzählt, ohne jedoch den Namen meiner Auftraggeber zu erwähnen. Noch während unseres Gesprächs hatte er die polizeiliche Maschinerie in Gang gesetzt und bewaffnete Einsatzkräfte dort hinbeordert. Bei deren Eintreffen waren die Vermummten jedoch schon verschwunden gewesen.

Auch wenn die Spurensicherung noch nicht abgeschlossen war, hatten die Experten schon jetzt reihenweise Indizien gesichert, die beim LKA in München ausgewertet wurden, teilweise lagen sogar schon die ersten Ergebnisse vor. Fingerabdrücke, DNA- und Blutspuren, außerdem eine wahre Flut an Geschossen und Hülsen. Auch der Inhalt von Leons Instrumentenkoffern befand sich in einem ballistischen Labor in der Landeshauptstadt: zwei Präzisionsgewehre, eine Maschinenpistole, drei Revolver, bergeweise Munition.

Die Pistole, die Leon mir überlassen hatte, lag jetzt in meinem Nachtkästchen. Am Morgen hatte ich sie einfach vergessen. Im Moment konnte ich mich nicht überwinden, noch einmal nach Hause zu fahren, um sie zu holen.

Ich erfuhr, dass die Festplatte mit den Videoaufzeichnungen von Leons Kameras unbrauchbar war. Jemand aus der Killertruppe hatte sie einer sorgfältigen Behandlung mit einer Maschinenpistole unterzogen. Die Vermummten hatten gewiss Taschenlampen dabeigehabt und nichts dem Zufall überlassen.

»Kommen wir zu Teil zwei.« Paolo fletschte die Zähne. »Es gibt interessante Neuigkeiten über deinen Leon. Seine Fingerabdrücke sind in den Europol-Datenbanken.«

Auch wenn ich es befürchtet hatte, sogar geahnt, stöhnte ich nun doch.

»Sie stammen von einem Mord an einem Kommunalpolitiker in Lecce in Apulien«, erklärte Paolo. »Die Kollegen dort sind seinerzeit davon ausgegangen, dass der Täter überrascht wurde, sieben Jahre ist das jetzt her. Er hat sein Opfer im Schlaf erstochen, wurde aber offenbar gestört, von irgendeiner Nachbarin, und konnte nicht mehr alle Hinweise auf seine Identität beseitigen.«

Kurz davor hatte es schon einen missglückten Anschlag auf den Politiker gegeben. Ein Scharfschütze hatte auf ihn geschossen, das Ziel jedoch verfehlt. Der Attentäter war unerkannt entkommen. Die Carabinieri vermuteten damals, dass er beim zweiten Versuch nichts dem Zufall überlassen wollte und deshalb die körperliche Nähe zu seinem Opfer gesucht hatte.

»Das heißt also«, sagte ich und konnte nicht verhindern, dass meine Stimme dabei zitterte, »ich verdanke mein Leben einem Mörder?«

Paolo nickte ernst. »Der Politiker hat angeblich auf der Abschussliste eines Mafiabosses gestanden, Gianmaria Gemelli. Seine Bande ist mit Waffen- und Drogenhandel und der

Zwangsprostitution von illegal eingewanderten Albanerinnen groß und reich geworden.«

Gianmaria Gemelli, der offiziell eine Import-Export-Firma betrieb, unterhielt Kontakte nach Südamerika, Albanien und seit einiger Zeit auch in die Schweiz. Ricco Gemelli, der Bruder des Clanchefs, war als Leiter eines Logistikunternehmens für die internationalen Versandwege des Imperiums verantwortlich.

»Ob Gemelli die Typen im SUV geschickt hat?«, rätselte ich, nachdem ich mich wieder gefasst hatte. »Mir hat Leon gesagt, er hätte sich zur Ruhe gesetzt. Aber wer weiß, vielleicht ist er Gemelli ja irgendwann mal auf die Füße getreten.«

Paolo trank den letzten Rest Kaffee aus seiner Tasse und stand auf. Eine Weile ging er auf und ab, eine alte Gewohnheit, die ihm – wie auch das Diskutieren mit mir – beim Nachdenken half.

»Nehmen wir mal an, Buchner hat für Gemelli regelmäßig Auftragsmorde übernommen«, sagte er langsam. »Als Mafiakiller, ob in Rente oder nicht, hätte er ein Sicherheitsrisiko dargestellt.«

»Nur wenn er Interna verraten hätte. Aber das glaube ich nicht, er hätte doch nie gegen die *omertà* verstoßen.«

Darunter verstand man das Schweigegelübde aller Angehörigen einer süditalienischen *famiglia*. Denn das war sie letztendlich, eine große, wenn auch extrem hierarchisch strukturierte Familie, deren Mitglieder oft tatsächlich miteinander verwandt waren, mit ihren eigenen archaischen Gesetzen. Und gleichgültig, welcher mafiösen Vereinigung ein Clanmitglied angehörte – ob der 'Ndrangheta in Kalabrien, der Camorra in Neapel, der Cosa Nostra auf Sizilien oder der, was Umsatz und Größe anging, verhältnismäßig kleinen Sacra Corona Unita in Apulien –, überall galten dieselben Regeln.

»Wer sein Insiderwissen preisgibt, ist ein *pentito*, ein Geächteter, er unterschreibt damit sein eigenes Todesurteil«, fuhr ich fort. »Das hätte Leon aber natürlich gewusst. Ich kann mir nicht vorstellen, dass er erst seinen Boss verraten und dann in aller Seelenruhe darauf gewartet hätte, bis das Todeskommando anrückt.«

Als gebürtige Italienerin hatte ich mich natürlich oft mit diesem Thema beschäftigt. Schon als Kind war ich davor gewarnt worden, mich mit den falschen Leuten einzulassen, allen voran von Zia Riccarda und Zio Marcello.

»Vielleicht hat Buchner deshalb so zurückgezogen gelebt. Er hat mit den italienischen Kollegen kooperiert, und sie haben ihm eine neue Identität verschafft. Er heißt also gar nicht Buchner und …« Paolo blieb stehen, runzelte die Stirn. »Aber warum haben sie dann die Daten bei Europol nicht gelöscht? Die sind ganz neu, habe ich gesehen.« Er ging wieder auf und ab. »Was, wenn Buchner den Gemelli-Clan erpresst hat?«

Das wiederum hielt auch ich für denkbar. Der perfekt renovierte Bauernhof, die kostspieligen Autos, dazu Leons Waffen und die Überwachungsausrüstung – alles war technisch auf dem neuesten Stand.

»Oder aber die Mafiosi von gestern Nacht gehören zu einem anderen Clan«, überlegte ich weiter. »Vielleicht hat Leon einen von ihnen auf dem Gewissen, von einem früheren Auftrag. Sie sollten ihn erst ausspionieren und dann ausschalten.«

»Bisher ist die Mafia hier in der Gegend nicht aktiv gewesen.« Paolo setzte sich wieder, seine Finger trommelten in einem harten Stakkato auf die Tischplatte. »Aber wenn das der Beginn eines Bandenkriegs sein sollte, dann gnade uns Gott.«

Ich wusste, an wen er dachte: Vittorio Rossignolo.

***

Als ich wieder zu Hause war, brühte ich mir erst einmal eine große Kanne Tee auf. Dann ging ich damit in den Wintergarten, öffnete alle Türen und Fenster und setzte mich auf den Diwan. Kalte Luft strömte herein, kühlte aber nicht meinen Kopf, durch den die Gedanken rasten wie Düsenflugzeuge.

Ich konnte nicht fassen, in was ich da hineingeraten war. Leon, ein Mafiakiller, vermutlich verfolgt von den Schergen eines süditalienischen Clanchefs, und Benedetta, die laut Paolos Theorie auch auf dessen Gehaltszettel stand …

Natürlich sprach einiges gegen sie: der gefälschte Lebenslauf. Die Waffe in ihrem Besitz, die als gestohlen gemeldet war. Und zum Zeitpunkt des Mordes an Jakob Landauer war sie am Tatort gewesen. Ich konnte nur mutmaßen, welche Rolle sie wirklich spielte. Als Todesengel des organisierten Verbrechens konnte ich mir Benedetta zwar nicht vorstellen. Dennoch schien sie mit den mafiösen Strukturen auf irgendeine Weise verbunden zu sein.

Auch die Bombe, die meinen Laden verwüstet hatte, gab immer mehr Rätsel auf. Der Attentäter, wusste Paolo mittlerweile, hatte den Sprengstoff mit einem Zeitzünder versehen. Heiner Bach leugnete weiterhin jegliche Beteiligung an dem Anschlag und war nach wie vor auf freiem Fuß. Der Haftrichter hatte Paolos Antrag nicht stattgegeben. Aus seiner Sicht reichte die Indizienlage für eine Verhaftung nicht aus, außerdem bestand keine Flucht- oder Verdunkelungsgefahr. Nichtsdestotrotz wurden Heiner Bachs mögliche Verbindungen zu den Reichsbürgern genauestens untersucht, was eher früher als später juristische Folgen nach sich ziehen würde. Vorerst durfte er Regensburg nicht verlassen.

Ich war froh, dass Vincenzo weit weg war. Gestern Abend, noch bevor ich ins Tangostudio gefahren war, hatte ich mich von ihm und Alessandro verabschiedet. In den frühen Morgenstunden hatte mein Bruder ihn im Castello di Santosa abgesetzt, wo er in Sicherheit war. Und so bedrückt ich noch vor Kurzem gewesen war, weil Maximilians Rückflug sich auf unbestimmte Zeit verzögerte, so erleichtert war ich nun. Ich hatte ihm in mehreren Nachrichten versichert, es bestehe kein Grund zur Eile, und würde später hoffentlich in Ruhe mit ihm telefonieren können. Die Handyverbindung in Perm, wo er sich nun aufhielt, war leider nicht die beste.

Ich hatte alle Ermittlungen eingestellt, und auch in die Galerie in Mailand würde ich keinen Fuß setzen. Natürlich schmerzte es mich, dass ich somit auf mein Honorar verzichtete. Doch es gab bei Weitem wichtigere Dinge. Gestern Nacht hatte ich Glück gehabt. Ich war nur zufällig zwischen die Fronten geraten und, dank Leon, ungeschoren davongekommen. Ein zweites Mal würde ich mein Schicksal jedoch gewiss nicht herausfordern.

Paolo und ich hatten lange darüber diskutiert, was wirklich hinter Vittorio Rossignolos Immobiliengeschäften steckte. Warum er mir gedroht, warum Leon mich vor ihm gewarnt hatte. Ich hatte eine ungefähre Vorstellung davon, was sich tatsächlich hinter den glänzenden Fassaden in Straubing und auch in Burghausen abspielte. Doch das war nicht mehr länger meine Sorge, und auch Paolo würde sich hüten, die Rossignolo-Geschwister vorzeitig aufzuschrecken. Für organisierte Kriminalität waren das LKA in München und das BKA in Wiesbaden zuständig.

Ich goss mir eine Tasse Assam ein, sah aus dem Fenster und überlegte, wann ich meine Auftraggeber darüber informieren sollte, dass ich den Fall niederlegen würde. Und dass ich ihren Namen wohl nicht mehr lange vor der Polizei geheim halten konnte.

Als ich den ersten Schluck Tee trank, meldete sich mein Handy. Julius Kalterers Nummer erschien auf dem Display.

Wenn man an den Teufel dachte …

»Gerade habe ich Ihnen die Provenienzurkunden gemailt«, sagte er in atemlosem Ton, ohne mich zu begrüßen. »Tut mir leid, dass es so lange gedauert hat, aber hier auf der Insel habe ich natürlich keinen Zugriff auf meine Unterlagen und …«

»Kein Problem«, unterbrach ich ihn, schließlich interessierte mich die Herkunft seiner Bilder längst nicht mehr. »Gut, dass Sie anrufen. Ich wollte sowieso mit Ihnen sprechen, ich werde nämlich …«

»Erst muss ich Ihnen etwas erklären«, fuhr er hektisch fort.

»Sie haben sich vielleicht schon Ihre Gedanken gemacht, und ich wollte, also …« Er räusperte sich unbehaglich. »Es ist nämlich so: Die Bilder sind nur um die dreißigtausend Euro wert, maximal vierzig. Viele Objekte werden natürlich auch über Wert verkauft, der Kunstmarkt ist nun mal so. Deshalb haben wir uns erst auch gar nichts dabei gedacht, als Billich, der Kunsthändler, uns sechzigtausend angeboten hat.«

Genau so hatte ich mir die Vorgeschichte ausgemalt. Doch ich sagte nichts, sondern wartete ab, was er sonst noch enthüllen würde.

»Das Geld hatte er auch gleich parat.« Nun musste Julius Kalterer sogar husten. »In bar, Sie verstehen, und als er gesagt hat, jetzt oder nie, richtiggehend gedrängt hat er uns doch – nun ja, wer würde bei einer solchen Gelegenheit denn Nein sagen?«

»Später sind Sie aber doch ins Grübeln gekommen.«

»Sie sagen es.« Seine Stimme klang zwar nun nicht mehr belegt, aber umso verzweifelter. »Wir wollen natürlich in nichts Illegales verstrickt werden, auf keinen Fall wollen wir das. Das verstehen Sie doch, Frau di Santosa?«

Ich brachte es nicht übers Herz, ihm meinen Entschluss mitzuteilen, sondern beruhigte ihn, soweit möglich. Von den laufenden polizeilichen Ermittlungen erwähnte ich selbstverständlich nichts. Selbst wenn Paolo mich nicht zu absolutem Stillschweigen verdonnert hätte, hätte ich allein schon in meinem eigenen Interesse kein Wort darüber verloren. Schließlich wünschte ich Julius Kalterer und seiner Frau erholsame Tage an der Nordsee, nippte erneut an meinem Tee und fügte ein weiteres Steinchen in das noch von vielen Löchern durchsetzte Mosaik ein, dessen Gesamtbild dennoch zunehmend klarer wurde.

Manfred Billich agierte als Strohmann. Er kaufte Gemälde zu Mondpreisen auf, um sie anschließend an Vittorio Rossignolo weiterzuverkaufen, der sie – vielleicht über weitere Stationen – an seine Schwester in Burghausen schickte, der Grenzstadt zu Österreich. Von dort gingen sie in Ernestas Galerie in Mailand, die nur offiziell nicht mehr ihr gehörte, und dann wiederum zum Endkunden in Italien oder in einem anderen Land. Auf jeden Fall wurden Landesgrenzen überschritten, was die Rückverfolgung der Geschäfte für die Behörden, falls sie überhaupt darauf aufmerksam wurden, praktisch unmöglich machte.

Was im Kleinen funktionierte, funktionierte erst recht im Großen. Gerade in der Baubranche wurden viele Geschäfte auch heute noch bar abgewickelt, und enorme Summen gingen von Hand zu Hand. Selbst dann, wenn Vittorio Rossignolo eine Immobilie unter Wert verkaufte – zum Schnäppchenpreis, wie der Hausmeister im Hafenviertel gesagt hatte –, bedeutete es einen Gewinn für ihn. Denn plötzlich war aus schmutzigem Geld sauberes geworden.

Genau darum ging es: Geldwäsche.

Aus welchen illegalen Geschäften das dafür verwendete Kapital stammte, konnte ich nur ahnen. Aber ich würde mein Leben gewiss nicht riskieren, um dieses Puzzleteil aufzudecken.

Wieder meldete sich mein Handy: Monas Mutter.

Eilig nahm ich das Gespräch an. »Wie geht's Mona?«

»Besser«, sagte sie, und mein Herz machte einen Freudensprung. »Endlich besser!«

Im Lauf des Vormittags hatte sich Monas Zustand so weit stabilisiert, dass die Ärzte sie auf eine Überwachungsstation verlegen ließen. Nun durfte also auch ich sie besuchen.

Noch während ich Anja Weber überschwänglich für den Anruf dankte, sprang ich schon auf und rannte aus dem Haus.

⁂

Monas Gesicht erinnerte mich an die Eisfläche eines zugefrorenen Teichs, so bleich und durchscheinend war es, wobei ein großer Teil unter Mullbinden und Pflastern verschwand. An ihrer rechten Hand und dem linken Unterarm hingen Kanülen, die mit Infusionsbeuteln verbunden waren. Kabel führten zu summenden Geräten, die genau protokollierten, wenn ihr Zustand sich veränderte.

Sie lag allein in einem Zweibettzimmer und bewegte sich nicht, als ich behutsam die Tür hinter mir schloss. Neben dem hohen Bett stand ein Beistelltisch, am Fenster ein Tisch mit zwei Stühlen. Ich nahm einen davon und stellte ihn neben das Bett. Es roch nach Desinfektionsmittel und Seife, aber auch nach leise aufkeimender Zuversicht.

Die Stationsschwester hatte mich darauf vorbereitet, dass Mona noch sehr ruhebedürftig war. Bisher sei sie nur hin und wieder zu sich gekommen und jedes Mal schnell wieder erschöpft gewesen. Sollte mein Besuch die Patientin zu sehr anstrengen, würde ich ihn noch vor der vereinbarten halben Stunde beenden müssen.

Monas Augen waren geschlossen, ihr Atem ging regelmäßig. Offenbar schlief sie. Als ich mich setzte, schien sie kurz aufzuwachen. Zumindest wandte sie mir ihr Gesicht zu, murmelte etwas und hob sogar die Lider. Dann ließ sie diese jedoch sofort wieder zufallen.

Ich nahm ihre Hand, an der keine Schläuche hingen. Sie stöhnte, seufzte bald aber zufrieden. Ich schickte ein Stoßgebet zum Himmel: *Oddio* – lieber Gott, bitte mach, dass Mona bald wieder nach Hause kommt. Ich schwöre, ich werde mich nie wieder beschweren, wenn sie ihre Katze vernachlässigt, meine Cappuccino-Vorräte plündert oder mir den Parkplatz wegschnappt.

Eine Weile saß ich nur da, streichelte ihre Hand und hing meinen Gedanken nach. Natürlich schweiften sie bald zu Vittorio Rossignolo und seiner Schwester ab.

Ich war sicher, dass die beiden im Auftrag einer kriminellen Organisation Geldwäsche betrieben. Ihr unübersehbarer Wohlstand, ihre weißen Westen, sogar ihre perfekten Deutschkenntnisse – alles sprach dafür, dass sie sich weit oben in der

Hierarchie befanden. Auch dass sie in Mailand Unternehmen aufgebaut hatten, passte ins Bild. Die Stadt, seit Langem ein Zentrum des internationalen Finanzwesens, war wie geschaffen für diese Art von Geschäften.

Mein Blick glitt über den Beistelltisch, der bis auf das kleine Gerät zum Rufen des Pflegepersonals leer war. An Blumen hatte ich in der Eile nicht gedacht. Da fiel mir der Lippenstift ein, den ich im Keller der Boutique gefunden hatte. Ich holte ihn aus der Handtasche und legte ihn auf die Tischplatte.

»Der Typ macht mich fertig«, hörte ich eine schwache Stimme sagen. »Nein, nichts mit Punkten … Wie oft soll ich denn noch …«

Mona hatte gesprochen, vielmehr geflüstert. Sofort beugte ich mich über sie. Sie stöhnte nun laut und anhaltend.

»Mein Gott, Mona.« Ich konnte es nicht verhindern, dass meine Stimme vibrierte. Wie sehr hatte ich auf diesen Moment gewartet. Wie sehr hatte ich mir gewünscht, dass sie endlich ein Lebenszeichen von sich gab, mit mir sprach. »Hast du Schmerzen? Soll ich die Schwester rufen?«

»Mit roten Punkten, sagt er … Nein, sage ich … Weder mit roten noch mit gelben.«

Sie sprach gar nicht mit mir. Sie hing in einem Traum fest, vielleicht auch irgendwo in der Vergangenheit. Das Sprechen an sich fiel ihr sichtlich schwer. Immer wieder machte sie Pausen und atmete heftig.

»In einer Stunde ist sie … wieder da.« Mona riss die Augen auf, sah durch mich hindurch. »Soll *sie* doch nach dem … blöden Kleid schauen … Diese dumme …«

Sie verstummte, erst allmählich fokussierten ihre Pupillen sich auf mich. Ich war nicht sicher, ob sie mich erkannte. Sanft drückte ich ihre Hand und lächelte sie an. Sie reagierte nicht. Ihr Blick irrte durch das Zimmer, flackernd und unruhig, als suchte er etwas Wichtiges, das jedoch unsichtbar blieb. Kurz heftete er sich an die Fensterscheibe, vor der die Wolken in beängstigender Schnelligkeit dahinzogen, und blieb schließlich an dem pinkfarbenen Lippenstift auf der weißen Tischplatte hängen.

»Was ist … das?«, fragte sie stockend, aber mit nun erstaunlich klarer Stimme.

»Den hab ich in der Boutique gefunden. Ich dachte mir, ich bring ihn dir mit. Damit du eine kleine Freude hast.«

Ich fühlte mich erbärmlich. Endlich war Mona wieder bei Bewusstsein, und ich war nicht nur mit leeren Händen gekommen, sondern sprach auch nur von Belanglosigkeiten.

»Ist nicht meiner … Der gehört … Benedetta.«

»Benedetta?«

»Ja, komisch, dass sie … Lippenstift benutzt.« Monas Augen waren halb geschlossen. »Wenn du sie siehst, dann frag sie … Keine Ahnung, wo sie das blöde Kleid versteckt hat … Dieser gruselige Typ will es abholen, ein Italiener … Für seine Freundin … *Grazie mille*, das ist doch … Italienisch?«

Ich wusste, dass Mona mir schon einmal von diesem Kleid und dem Mann erzählt hatte – dass es sich dabei um einen Italiener handelte, war mir allerdings neu. Kurz danach war die Bombe im »BellaDonna« explodiert.

»Wann Benedetta da ist, hat er gefragt … In einer Stunde, hab ich gesagt … Vorhin hat sie angerufen, ausnahmsweise mal … Aber so lange wollte er nicht warten … Hab sogar in der Küche nachgeschaut, natürlich auch … Fehlanzeige.« Ihre Lider klappten ganz zu, sie murmelte: »Was machst du eigentlich hier, Anna? … Bin so müde, mein Gott … Warum bin ich nur so müde?«

Erst nach und nach sickerten ihre Worte in mein Bewusstsein. Also steckte offenbar auch hinter der Explosion in der Boutique die Mafia …

Den Sprengsatz hatte der Italiener deponiert. Das Opfer des Anschlags sollte jedoch weder Mona noch ich sein, sondern Benedetta. Unter einem Vorwand, dem angeblich zurückgelegten Kleid, hatte der Mafioso herausgefunden, wann Benedetta wieder im Laden war. Als Mona den Ladenraum verlassen hatte, um nach dem Kleid mit den roten Punkten zu suchen, das es natürlich nicht gab, hatte er den Zeitzünder eingestellt.

Ich sprang so abrupt auf, dass der Stuhl umkippte, suchte fieberhaft nach meiner Tasche, die friedlich an der Lehne hing. Ich musste mit Paolo sprechen. Sofort. Und Mona durfte ich keine Sekunde mehr aus den Augen lassen.

17

Eine Stunde später war ich immer noch in der Uniklinik, aber längst nicht mehr allein. In dem Schwesternzimmer, in dem ich saß, tauschte sich ein Arzt mit zwei Mitarbeiterinnen des Pflegepersonals über die neue Situation aus – man hatte schließlich nicht alle Tage die Polizei im Haus.

Auch auf dem Korridor davor war einiges los. Paolo instruierte den Polizisten, der ab sofort vor Monas Krankenzimmer Wache halten würde, einen kräftig gebauten Mittvierziger. Einige Meter weiter stand Tabäa Brauer, eine gerade erst aus München angereiste Kollegin vom LKA, und telefonierte leise. Ein weiterer, noch ziemlich junger Beamter mit Bürstenhaarschnitt trat von einem Bein aufs andere und wartete auf Anweisungen.

Mona hatte den Mann, der vermutlich den Sprengsatz im »BellaDonna« versteckt hatte, noch nicht beschrieben. Nach meinem Besuch war sie wieder eingeschlafen und durfte laut ärztlicher Anweisung vorerst nicht mehr vernommen werden. Tabäa Brauer, die bis zum Eintreffen des Teams vom BKA die Ermittlungen leitete, hoffte dennoch, so bald wie möglich ein Phantombild von ihm anfertigen zu lassen. Allerdings rechnete sie damit, dass die Fahndung nach dem Verdächtigen ohnehin im Sand verlief.

»Für einen solchen Auftrag fliegen die jemanden ein, der auf keiner Fahndungsliste zu finden ist«, hatte sie Paolo und er wiederum mir erklärt, Letzteres natürlich im Vertrauen. »Dann wird die Sache erledigt, und bevor wir bis drei gezählt haben, ist er schon wieder weg.«

Tabäa Brauer hatte für Mona, die bisher einzige Zeugin, die den Verdächtigen identifizieren konnte, Polizeischutz rund um die Uhr angeordnet. Während um mich tausend Dinge organisiert und besprochen wurden, saß ich einfach nur da, kuschelte mich in meine Strickjacke und entspannte mich endlich. Nun, da ich wusste, dass die Rädchen im Getriebe des Polizeiapparats in Gang kamen, konnte ich wieder ruhig atmen.

Auch andere Dinge waren ins Rollen gekommen und hatten teilweise schon zu Ergebnissen geführt. Eine Ortsbegehung in Leons Haus war selbstverständlich erst dann möglich, wenn die Spurensicherung dort abgeschlossen war. Am Morgen, in Paolos Büro, hatte ich ihm jedoch bis ins kleinste Detail beschreiben müssen, was wo und wann geschehen war. Die Blutspuren von der Stelle, an der der weißblonde Koloss gelegen hatte, waren mit Daten aus den Onlinebanken der europäischen Polizeibehörden abgeglichen worden. Es gab eine Übereinstimmung.

Der Mann, von dem die Blutspuren stammten, hieß Silvio Lorusso und war wegen mehrfacher schwerer Körperverletzung vorbestraft. Wohnhaft in Lugano und verheiratet mit einer Schweizerin, kam er ursprünglich aus einem Dorf bei Bari, Apuliens Hauptstadt. Schon seit Jahren stand Silvio Lorusso in Verdacht, für Gianmaria Gemelli zu arbeiten – also für genau den Mafiaboss, für den vielleicht auch Leon getötet hatte.

»Lorusso war unter anderem in den Mord an einem Staatsanwalt in Bari verwickelt, vor zwei Jahren«, hatte Paolo mir mitgeteilt, wieder unter vier Augen. »Die Carabinieri sind damals davon ausgegangen, dass Gemelli dahintersteckt. Aber sie konnten letztlich weder ihm noch Lorusso irgendetwas beweisen.«

Das Foto auf dem Computerausdruck, den Paolo mir anschließend gereicht hatte, zeigte den blonden Riesen aus dem SUV. Ich hatte ihn sofort wiedererkannt. Das Killerkommando, das Leon auslöschen sollte, war also offenbar tatsächlich in Gianmaria Gemellis Auftrag unterwegs gewesen.

Eine der Krankenschwestern goss mir Kaffee nach – ich hatte aufgehört, die Anzahl der getrunkenen Becher zu zählen –, stellte die Thermoskanne an meinen Platz und verließ mit ihrer Kollegin und dem Arzt den Raum. Im selben Moment trat Paolo ein, während der für Monas Bewachung zuständige Beamte aus meiner Sichtweite verschwand. Vermutlich ging er zu ihrem Zimmer, das nur ein paar Meter um die nächste Ecke lag.

»Das wäre geregelt«, sagte Paolo. »Alle sechs Stunden wechseln sie sich ab, Mona kann nichts mehr passieren.«

Ich nickte und deutete auf die Thermoskanne. Er nahm einen der danebenstehenden Becher, füllte ihn und trank. Sein Handy meldete sich. Er zog es aus der Hosentasche und stellte den Becher ab.

»Was gibt's, Armin? … Schönbrinck behauptet, Landauer sei gar nicht bei ihm gewesen? … Warum wundert mich das jetzt nicht … Alles klar, bis dann.«

Paolo steckte das Mobiltelefon ein, nahm den Becher, ging zum Fenster auf der gegenüberliegenden Seite des Raums und ließ seinen Blick über die Hügel hinter dem Klinikum schweifen. Ich hingegen richtete mich im Stuhl auf – den Namen Schönbrinck hatte ich schon einmal gehört. Aber wo?

»Schönbrinck?« Ich massierte mir die Schläfen. »Wer ist das?«

»Leitet das Trade Finance Management bei der ›Dutch United‹.« Er wandte sich zu mir um und nippte an seinem Kaffee. »Aalglatte Type, zum Kotzen.«

Die »Dutch United«, die Bank, in der Jakob Landauer dem Anschein nach recherchiert hatte, hörte ich nun, hatte ihren Hauptsitz in Den Haag. Zudem gab es Filialen in Belgien und auf Guernsey und den Cayman Islands.

»Alles Steuerparadiese«, schloss Paolo düster. »Schon Brecht hat bekanntlich darüber gegrübelt, was denn nun das größere Verbrechen sei – eine Bank zu überfallen oder eine zu gründen.«

»Rossignolos Empfangsdame hat mit ihm telefoniert, jetzt fällt's mir wieder ein.« Kerzengerade setzte ich mich hin. »Bei der ›Rossi-Immo-Service‹. Ein Herr Schönbrinck von einer

Bank wollte mit Vittorio Rossignolo sprechen, dringend. Am Samstagvormittag war das, und am Freitag hatte er auch schon einige Male angerufen.«

»Der Tag, an dem Landauer erschossen wurde.« Paolo pfiff durch die Zähne. »Das ist die Verbindung, die wir gesucht haben. Wenn Rossignolo und die Banker wirklich Mafiageld waschen ...« Seine Augen wurden schmal. »Die ›Dutch United‹ wäre nicht die erste Bank, die mit Geldwäsche reich wird. Landauer hat herausgefunden, dass Schönbrinck und sein Kollege aus dem Wealth Management mit Rossignolo kungeln, und wollte es öffentlich machen.« Er hob die Linke und ahmte mit Daumen und Zeigefinger eine Pistole nach, mit der er spielerisch auf mich zielte. »Und weg bist du ...«

Tabäa Brauer, die die ganze Zeit über auf dem Korridor telefoniert hatte, kam auf flachen Sohlen herein. Während sie ihr Smartphone in einem Täschchen an ihrer Stretchhose mit Hahnentrittmuster verschwinden ließ, die ihre durchtrainierte Figur betonte, musterte sie uns beide mit hochgezogenen Augenbrauen.

Paolos Hand hing in der Luft. Zwei, drei Sekunden lang war es ungemütlich still im Raum. Ihr Blick flog zwischen uns beiden hin und her, als ahnte sie, dass er mich in Dinge eingeweiht hatte, die mich nichts angingen. Schließlich ließ er die Hand sinken, schlenderte zum Tisch und hob die Kanne mit fragendem Blick in ihre Richtung.

»Danke, aber ich trinke weder Kaffee noch Alkohol. Schlecht für die Fitness im Allgemeinen und die Libido im Besonderen.« Sie sprach Hochdeutsch mit kaum hörbarem oberbayerischem Akzent. »Und wenn doch, Herr Kollege, dann schenke ich mir selbst ein.«

Ihre vollen Lippen verzogen sich zu einem abfälligen Grinsen, wodurch sich ihr an und für sich hübsches Gesicht in eine Grimasse verwandelte. Ihr schwarzes Kraushaar, das ihr bis zu den Schultern reichte, und die mokkafarbene Haut wiesen sie als Europäerin mit afrikanischen Wurzeln aus. Vermutlich hatte sie mehr geschuftet als so manch einer ihrer männlichen Kollegen, um beim LKA die Position zu erreichen, die sie bekleidete, und dabei nicht wenige Seitenhiebe eingesteckt. Aber wäre es wirklich nötig gewesen, diese nun so unmotiviert und unter der Gürtellinie auszuteilen?

Sie klopfte mit dem Zeigefinger auf den Computerausdruck mit dem Foto von Silvio Lorusso, das neben mir auf dem Tisch lag.

»Ich nehme an, Frau di Santosa«, sagte sie barsch, »der Herr Kollege hat Sie schon über den Verdächtigen hier informiert?«

»Ja, Hauptkommissar Wolf hat mir alles erklärt.«

»Das ist doch mal eine gute Nachricht.« Ihre Stimme troff vor Spott. »Sie müssen sich nämlich noch mehr Bilder ansehen. Bisher wissen wir noch nicht, wer der andere im SUV war. Ich warte auf die Bilddateien aus Bari und Lugano.«

»Wann soll ich zur Kripo kommen?«

»Sie gehen momentan nirgendwohin, nicht einmal vor die Haustür. Sobald ich die Dateien habe, melde ich mich.«

»Was soll das heißen?« Mein Blick flog zu Paolo, der die Stirn runzelte. »Hab ich irgendwas verpasst?«

»Ab sofort stelle ich Sie unter Polizeischutz.« Tabäa Brauer gab dem jungen Polizisten, der gelangweilt auf dem Korridor herumstand, einen Wink. »Der Kollege bringt Sie nach Hause und bleibt bis auf Weiteres bei Ihnen.«

»Hören Sie, ich bin ehemalige Polizistin, und ich kann wirklich …«

Mit einer unwirschen Geste schnitt sie mir das Wort ab.

»Keine Diskussionen, Frau di Santosa, und im Übrigen hätte man diese Maßnahme schon viel früher anordnen sollen.« Ihr Blick streifte Paolo. »Sie können zwei der Männer, die mit an Sicherheit grenzender Wahrscheinlichkeit an dem Überfall beteiligt waren, identifizieren. Das dürfte auch den Mafiosi klar sein.«

Paolo wollte etwas sagen, doch wieder hob sie ungehalten die Hand. Ich seufzte, leerte meinen Becher und stand auf.

Tabäa Brauer stand schon an der Tür, vor ihr wartete der junge Polizist auf weitere Anweisungen. Über die Schulter sagte sie: »Ach ja, Herr Kollege, da wäre noch einiges, das ich mit Ihnen besprechen möchte. In dreißig Minuten in meinem Büro, verstanden?«

✳✳✳

Stunden später rauchte mir der Kopf. Gefühlte tausend Gesichter von Verdächtigen hatte ich mir angesehen, und trotz des vielen Tees, den ich immer wieder aufgebrüht hatte, konnte ich mich nicht mehr konzentrieren.

Auf keinem der vielen Fotos, die mir Männer in Blond, Braun, Schwarz und Grau zeigten, hatte ich den kleinen Bärtigen mit den dunklen Locken und stechenden Augen wiedererkannt. Zudem knurrte mein Magen. Bis auf die obligatorische Kanne Tee und ein Mini-Hörnchen am Morgen und zu viel Kaffee und Tee danach hatte ich noch nichts zu mir genommen.

Mein eigener PC funktionierte zwar wieder – Vincenzo und seine Freunde hatten ihn gestern vor dem Abendessen tatsächlich noch zum Laufen gebracht –, doch für das Sichten der polizeilichen Bilddateien durfte ich ihn nicht verwenden. Ich klappte den Laptop zu, den mein Bewacher mir auf den Sekretär in meiner Bibliothek gestellt hatte, und schob das Gerät schwungvoll zur Seite. Dabei stieß ich gegen meine Handtasche, die ebenfalls auf der Tischplatte lag, im schlechten Licht hatte ich sie nicht gesehen. Mit dumpfem Ton fiel sie zu Boden.

Ich bückte mich und stopfte alles zurück, was herausgekullert war. Block und Stifte, Taschentücher, Visitenkarten, Geldbeutel, den pinkfarbenen Lippenstift, den ich nach dem Besuch bei Mona wieder eingesteckt hatte. Dieses Mal stellte ich die Tasche neben dem Sekretär auf den Boden und linste dann durch einen Spalt zwischen den zugezogenen Vorhängen.

Das Wetter passte zu meiner Stimmung. Es war wieder trüb

geworden, die Wolken hingen grau und schwer am Horizont. Es war so dunkel, als hätte schon die Dämmerung eingesetzt. Dabei war es gerade erst sechs.

Mein Bewacher, der junge Polizist mit Bürstenhaarschnitt, war Mitte zwanzig und hieß Jupp Behrens, sein Hamburger Akzent machte seinem Namen alle Ehre. Hin und wieder drehte er eine Runde durch Haus und Garten und vergewisserte sich, dass alle Türen und Fenster so fest verschlossen waren wie vor einer Stunde und sich auch wirklich niemand in irgendeinem Winkel versteckt hatte. Ansonsten saß er meistens draußen auf der Veranda, wo er alles im Blick hatte. Manchmal aber lungerte er in der Diele herum, wo ich ihn auch jetzt antraf.

»Wollen Sie ein belegtes Brötchen?«, fragte ich. »Oder einen Espresso?«

»Am besten beides.« Jupp Behrens tippte etwas in sein übergroßes Smartphone mit angebissenem Äpfelchen. »Bin gleich bei Ihnen. Und Sie stellen sich solange auf keinen Fall ans Fenster, okay?«

Ich murmelte etwas und ging in die Küche, wo es fast genauso düster war wie in der Bibliothek. Seufzend drückte ich auf den Lichtschalter der kleinen Lampe bei der Eckbank. Dann schraubte ich die Espressomaschine auseinander, füllte den unteren Teil mit Wasser und gab Kaffeepulver in das Sieb.

Auch wenn ich die Notwendigkeit meines Polizeischutzes trotz meines ersten Aufbegehrens natürlich verstand, mittlerweile sogar begrüßte, fühlte ich mich doch wie eine Gefangene. Zu gern hätte ich mir auch einmal draußen die Beine vertreten, eine kleine Laufrunde durch das Viertel gedreht, einen Spaziergang an der Donau gemacht. Aber solche Dinge waren im Moment tabu.

Ich hatte keine Ahnung, wie lange meine Schutzhaft dauern würde. Wenn ich Pech hatte, viele Wochen, und Informationen über den Stand der Ermittlungen würde ich solange vermutlich auch nicht bekommen. Ich konnte mir lebhaft vorstellen, was Paolo sich bei seinem Gespräch mit Tabäa Brauer hatte anhören müssen.

Als die Kaffeemaschine dampfte und gurgelte, erschien Jupp Behrens im Türrahmen. Er legte das Handy auf den Tisch, kontrollierte die vor Fenster und Terrassentür zugezogenen Vorhänge und fischte eins der Käsebrötchen von der Silberplatte, die ich dort zwischen Wurst- und Fischbrötchen arrangiert hatte.

Mit seinem Sixpack über den knapp sitzenden Jeans und der schwungvollen Haartolle im Elvis-Stil war er ein Schönling, wie er im Buche stand. Die Damenwelt musste allerdings auf ihn verzichten. Er sei wegen der Liebe nach Regensburg gezogen, hatte er mir verraten. Ständig hing er am Handy und turtelte mit seiner Freundin.

Ich goss den Kaffee in eine kleine Tasse und Wasser in zwei Gläser. »Ihr wievielter Einsatz als Bodyguard ist das?«

»Mein dritter«, sagte er mit vollem Mund. »Der Job ist cool, jedenfalls cooler als immer nur vorm PC hocken, und rumkommen tut man auch.«

Ich warf ihm einen skeptischen Blick zu – nicht nur, weil Tabäa Brauer mich in die Obhut eines Greenhorns gegeben hatte, auch seine Manieren ließen zu wünschen übrig. Dann stellte ich Tasse und Gläser auf den Tisch, holte Löffel, Teller und die Zuckerdose aus dem Küchenbüfett und setzte mich auf die Eckbank.

Jupp Behrens blieb an die Arbeitsplatte gelehnt stehen, befingerte die Waffe, die er in einem Halfter unter der Achsel trug, und kaute andächtig. Mir hingegen war wieder einmal der Appetit vergangen, wie so oft in den letzten Tagen. Mein Gewicht war nie ein Problem gewesen, weder nach oben noch nach unten. Wenn ich so weitermachte, würden mir aber bald die Hosen von den Hüften rutschen.

»Warum ist die Mafia hinter Ihnen her?«, fragte er, als er hinuntergeschluckt hatte. »Weil Sie Italienerin sind?«

»Nein, aber ich habe zufällig ein paar Dinge herausgefunden, und das könnte für einige Leute ziemlich ungemütlich werden. Pech, nicht mehr.« Ich zuckte mit den Achseln. »Und dass die Mafia wirklich hinter mir her ist, denke ich eigentlich nicht. Laut meinem Personalausweis bin ich deutsche Staatsbürgerin, und die Mafiosi machen normalerweise einen großen Bogen um uns Deutsche.«

Vielleicht wollte ich mich mit dieser Behauptung auch nur beruhigen. Verstohlen tastete ich nach Leons Pistole, die ich unter dem weiten Pulli im Gürtel meiner Jeans versteckt hatte. Paolo hatte mich nicht mehr darauf angesprochen, und ich hatte mich gehütet, nur ein weiteres Wort darüber zu verlieren. Seit ich mich wieder in der Villa aufhielt, trug ich sie ständig am Körper.

Jupp Behrens nickte, meine Antwort schien ihn zufriedenzustellen. Dann schnappte er sich ein zweites Brötchen, dieses Mal mit Salami, und biss herzhaft ab.

»Stimmt es eigentlich«, sagte er mit vollen Backen, »dass die Mafiosi ursprünglich Widerstandskämpfer waren?«

»Das ist eine der vielen Anekdoten, die sie sich ausgedacht haben. Mal wollen sie Revolutionäre gewesen sein – die Leibeigenschaft war ja eng mit dem Großgrundbesitz verknüpft, die zur Entstehungszeit der Mafia gerade abgeschafft wurde. Und mal spanische Ritter, die sich nach dem Abzug der spanischen Besatzer in großen Teilen Süditaliens niedergelassen haben.« Ich sah ihm in die Augen. »Aber vielleicht essen Sie erst mal in Ruhe, während ich Ihnen was über die Anfänge der Mafia erzähle. Ich möchte nicht dauernd rätseln, was Sie denn nun gesagt haben.«

Er verschluckte sich so heftig, dass ich ihm auf den Rücken klopfte.

Ab Mitte des 19. Jahrhunderts, fuhr ich fort, habe sich auf Sizilien die Cosa Nostra gebildet, hervorgegangen aus den Gabelloti, von den Großgrundbesitzern eingesetzten Verwaltern, zuverlässigen und geachteten, meist auch charismatischen Männern. Sie besaßen weitreichende Machtbefugnisse und beschäftigten zu diesem Zweck Heerscharen an Gefolgsleuten, denen sie ein gesichertes Einkommen für ihre Familien und sich selbst boten. Ein bemerkenswerter Umstand in Landstrichen, in denen nach Ende der Leibeigenschaft eine regelmäßige, zudem gut entlohnte Beschäftigung Mangelware war.

Mehr und mehr trotzten die Gabelloti die Ländereien den eigentlichen, aber fernen Besitzern ab, die ihren Wohnsitz zunehmend nach Rom und in die Gegend um Neapel verlagert hatten, und verpachteten diese gegen Schutzzölle an Bauern. Auch sonst organisierten sie immer größere Bereiche des öffentlichen Lebens. Sie schlichteten Streit, sprachen Recht, ahndeten Verstöße gegen jene, die sich nicht daran hielten, meist auf gewalttätige und bewusst grausame Art.

»Natürlich zur Abschreckung, aber auch aus traditionellen Gründen. Ihre Herren hatten es ihnen ja vorgemacht. Und immer«, schloss ich und nahm mir nun doch ein Lachsbrötchen, »haben sie nach Einflussnahme gesucht, in Politik, Kirche und Gesellschaft, die Gabelloti und erst recht die Mafiosi. Immer haben sich mit den Mächtigen verbündet. Nur so konnten sie innerhalb des Staates ihren eigenen Staat bilden.«

Jupp Behrens hatte sein drittes Brötchen verspeist und, wenn er eine Bemerkung einwarf, zuvor immer alles brav hinuntergeschluckt. Sein Glas und seine Tasse waren leer. Mit dem Hinweis, er würde wieder einmal den Garten kontrollieren, öffnete er die Terrassentür und ging nach draußen.

Ich verschloss die Tür hinter ihm, konnte mich aber nicht dazu durchringen, mich schon wieder an den Computer zu setzen. Also ließ ich mir Zeit, verputzte noch ein Brötchen und streichelte Semiramis, die sich neben mir auf der Eckbank eingerollt hatte. Als ich schließlich aufstand, um das Geschirr in die Spülmaschine zu räumen, schmetterte Pavarotti sein Lied.

Ich zog das Handy hervor und sah sofort, dass keine Nummer angezeigt wurde.

»*Buongiorno, signora di Santosa, cera una volta …*«, sagte eine mir unbekannte Männerstimme und fuhr auf Italienisch fort: »Ich möchte Ihnen eine kleine Geschichte erzählen. Also, es war einmal eine Privatdetektivin, und in ihrem Haus lebte eine junge Römerin, die überall ihre Nase hineinsteckte und dabei eifrig Daten sammelte. Nun trug es sich aber zu, dass ein mächtiger und sehr ehrenwerter Mann in einem fernen Land der wahre Eigentümer dieser Daten war.«

»Ich verstehe nicht ganz«, sagte ich tonlos.

»*Un attimo*, nicht so ungeduldig, die Geschichte geht noch weiter. Eines Tages verschwand die Römerin spurlos, dummerweise mit den Daten, und eine blonde, ziemlich hübsche Deutsche, deren Gesundheit leider sehr zu wünschen übrig lässt, begab sich auf eine weite Reise.«

»Was soll das?«, fragte ich mit trockenem Mund, trat an die Terrassentür und hielt nach Jupp Behrens Ausschau. Er war nirgendwo zu sehen.

»Sie schnüffeln doch gern herum, oder etwa nicht?« Der Mann am Telefon lachte mitleidlos. »Wenn Sie Ihre Freundin wiedersehen wollen, dann finden Sie heraus, wo die Römerin steckt, *capisce*?«

Mona – sie hatten Mona entführt!

Ich schluckte schwer. »Was wollen Sie von Benedetta?«

»Die Daten natürlich.«

»Welche Daten?« Kaum hörte ich meine eigene Stimme, so laut rauschte plötzlich das Blut in meinen Ohren. »Ich weiß nicht, wovon Sie reden, ich …«

Erneut das böse Lachen. »Machen Sie die römische Schlampe ausfindig. Wenn sie die Daten nicht rausrückt, wird sich der Zustand Ihrer Freundin verschlechtern, und zwar dramatisch.«

Mein Herz setzte einen Schlag aus.

»Ich will mit ihr sprechen«, sagte ich, »*subito*, haben Sie gehört? Sie geben mir Mona, jetzt sofort. Sonst lege ich auf.«

Erst geschah nichts. Dann hörte ich ein Klatschen, einen

Aufschrei, jemand flüsterte: »… so müde … Lasst mich schlafen, nein …«

Es war eindeutig Mona.

»Sie erhalten in den nächsten Tagen Bescheid, wo und wann die Übergabe stattfindet«, hörte ich wieder die Stimme ihres Entführers, bevor ich auch nur ein Wort mit ihr wechseln konnte.

»Verstanden«, war alles, was mir dazu einfiel, obwohl ich selbstverständlich nichts verstanden hatte. Welche Daten, *madonna mia*, forderte er im Tausch gegen Monas Leben?

»Und, Signora, keine Polizei.« Er lachte ein drittes Mal. »Sie wissen ja, was das für Ihre Freundin bedeuten würde.«

Es knackte, er hatte aufgelegt.

Ich starrte das Telefon an, bewegungslos. Sekunden verstrichen, und ich konnte einfach keinen Finger rühren. Jupp Behrens blieb unsichtbar.

Wie war es ihnen nur gelungen, Mona zu entführen – aus der Klinik und trotz Polizeischutz? Wie sollte ich Benedetta aufspüren, wenn Paolo es bisher nicht geschafft hatte? Und wie, ich hätte heulen können, wie sollte ich nur an diese verdammten Daten kommen?

In Benedettas Zimmer war nichts, das wusste ich längst. Wahrscheinlich hatte sie das, was die Entführer wollten, bei ihrer Flucht mitgenommen.

Und auf einmal war mir alles klar. Kurz vor der Explosion im »BellaDonna« hatte Benedetta gar keine Bestellung eingegeben, sondern …

Ich jagte über den Korridor, durch die Diele, in die Bibliothek, schnappte mir den pinkfarbenen Lippenstift, riss den Deckel herunter.

Ein USB-Stick.

Klein und unscheinbar ruhte er auf meiner Handfläche. Es war ihm nicht anzusehen, dass er so wertvoll war wie Monas Leben. Nur auf diesem Stick konnten die Daten sein, die ihre Entführer verlangten. Benedetta musste die Daten darauf gespeichert haben. Als die Bombe hochgegangen war, war sie in den Nachbarkeller gelaufen und hatte den Stick dabei verloren.

Im Nu fuhr ich meinen PC hoch – ich wollte nicht das Notebook der Polizei dafür verwenden –, steckte das Plastikding in einen der Schlitze, wartete angespannt, bis die Anzeige für den Datenträger erschien, klickte ihn an. Eine lange Reihe an Excel-Files tauchte auf, die mit kryptischen Buchstaben- und Zahlenkombinationen benannt waren.

Ich öffnete die erste Datei, wieder ploppte eine auf den ersten Blick endlose Liste auf. Dieses Mal waren es Namen, viele davon italienischer Herkunft, einige aber auch anderer Nationalität. Dahinter waren Anschriften aufgeführt, Telefonnummern, Mailadressen, in einigen Fällen auch Firmenbezeichnungen.

Die letzte Spalte war mit »Geschäftsbereiche« überschrieben. Sie beinhalteten so Unverfängliches wie »Lieferung sechzig Kisten Rotwein« oder »Mitarbeiterschulung«, da und dort hieß es aber auch »Steuerhinterziehung«, »Verschleierung Bankgeschäfte« oder »Schmiergeldzahlung«. Irgendwo las ich »Kokainlieferung, zehn Kilo«, an einer anderen Stelle »Überfall Bari, drei Verletzte, zwei schwer«.

In manchen Zeilen war in einem weiteren Feld ganz am Ende die jeweilige Funktion der anfangs aufgeführten Person innerhalb des Gesamtsystems angegeben, über das hier so genau Buch geführt wurde. Beim Geschäftsführer der »New Transports« hieß es zum Beispiel »Logistische Koordination«, bei anderen Personen »Geldtransport«, »Kundenakquise«, »Informationsbeschaffung«, »Einschüchterung von Zeugen«.

Durch das Fenster – die Bibliothek war einer der wenigen Räume im Haus, in denen ich mir noch keine Isolierglasscheiben geleistet hatte – hörte ich ein Geräusch von draußen. Vielleicht ein Ast, der knackend zerbrach.

Ich spähte durch den Spalt zwischen den Vorhängen, kippte sogar das Fenster. Ich überlegte, ob ich die Terrassentür in der Küche auch wirklich abgesperrt hatte, bevor ich in die Bibliothek gerannt war. Jupp Behrens konnte mit dem Schlüssel, den ich ihm für den Haupteingang gegeben hatte, jederzeit ins Haus gelangen.

Niemand da.

Wieder konzentrierte ich mich auf die Informationen auf dem Bildschirm. Auch den Namen des Verantwortlichen für die Außenhandelsabteilung der »Dutch United« entdeckte ich, Friedolin Schönbrinck, darunter den seines Kollegen im Vermögensmanagement. Außerdem Manfred Billich mit seiner Kunstagentur sowie einen Notar und zwei Anwälte in Regensburg, deren Namen mir nichts sagten. Und natürlich Ernesta und Vittorio Rossignolo: »Immobilien und Kunsthandel, Geldwäsche in Südostbayern«.

Die nächste Datei war eine Power-Point-Präsentation, in der als Erstes ein Organigramm zu sehen war. Was mir sofort ins Auge stach, war der Name, der über allen anderen, durch farbige Linien miteinander verbundenen Kästchen thronte: Gianmaria Gemelli. In der Hierarchieebene darunter standen sieben Namen, die mir bis auf zwei unbekannt waren: Vittorio und Ernesta Rossignolo – sie gehörten also zum Gemelli-Clan.

In den nachfolgenden Ebenen, die jeweils eine steigende Anzahl an Personen umfassten, erkannte ich nur einen Namen wieder: Silvio Lorusso, der blonde Italiener aus der Schweiz, der mich bei dem Überfall auf Leons Haus um ein Haar getötet hätte.

Ein Luftzug streifte mich, der Vorhang vor dem Fenster blähte sich.

Hatte Jupp Behrens die Haustür geöffnet? Warum hatte ich dann nichts gehört?

»Herr Behrens?«, rief ich. »Sind Sie wieder da?«

Keine Antwort.

Oder hatte ich, ein eisiger Schreck durchfuhr mich, die Terrassentür vielleicht doch offen gelassen?

Ich zog die Pistole aus dem Gürtel, entsicherte sie. Dann

schlich ich zur Tür, die ins Treppenhaus führte, die Waffe im Anschlag.

Vor mir stand plötzlich eine Frau. Sie war klein und schmal, aber durchtrainiert, und sehr jung. Das offene Haar reichte ihr bis zum Kinn und war so hellblond wie die Augenbrauen. Nur an ihren kindlichen Zügen erkannte ich sie: Benedetta. In der Hand hielt sie einen Revolver.

»Das hättest du nicht sehen sollen«, sagte sie, den Blick über meine Schulter hinweg auf den Bildschirm geheftet. »Was mache ich jetzt bloß mit dir?«

»Ich habe alles längst kopiert und an die Polizei geschickt«, behauptete ich. »Was ist mit dem Polizisten draußen?«

»Gib mir den Stick, Anna!«

»Was ist mit dem Polizisten?« Ich trat zwei, drei Schritte zurück und versperrte ihr den Durchgang zum PC. »Du Lügnerin, du verdammte Betrügerin. Benedetta, die Gesegnete, dass ich nicht lache – wie heißt du überhaupt in Wirklichkeit?«

Mit einer wegwerfenden Handbewegung strich sie sich über die taubenblaue Tuchhose. Darüber trug sie eine Taftbluse, die ebenfalls elegant wirkte, und eine modische Handtasche. Wenn ich ihr auf der Straße begegnet wäre, hätte ich sie vermutlich nicht wiedererkannt.

»Dem Polizisten geht's gut, ich will nicht, dass noch mehr Menschen zu Schaden kommen«, sagte sie nicht unfreundlich. »Aber ich hab's leider eilig, also her damit!«

Zwischen uns lagen höchstens zwei Meter. Fast zeitgleich grätschte jede von uns die Beine, umfasste die Waffe mit beiden Händen und richtete diese auf die andere.

»Sollen wir uns jetzt etwa gegenseitig erschießen?« Sie lachte. »Anna, sei vernünftig …«

»Sie haben Mona«, fauchte ich. »Die einzige Möglichkeit, ihr Leben zu retten, ist dieser Stick.«

»Mona? Du glaubst doch nicht ernsthaft, dass sie sie am Leben lassen, wenn sie die Daten haben? Oder dich?«

Ich rührte mich keinen Millimeter.

»Also gut.« Sie stöhnte. »Ich gehöre zu einer italienischen Antimafia-Einheit und arbeite als verdeckte Ermittlerin. Mein Job ist, Informationen zu sammeln – so viele, dass es für eine Anklage gegen Gemelli reicht, den *capo dei capi* des Clans.«

»Wie kann ich sicher sein, dass das die Wahrheit ist? Warum weiß Paolo nichts von dir?«

»Wir haben den Verdacht, dass die Rossignolos die hiesige Polizei unterwandert haben. Ich habe von Anfang an gewusst, dass ich auf mich allein gestellt bin.«

»Sie haben einen Maulwurf?«

»So läuft das doch immer«, sagte Benedetta oder wie immer sie in Wirklichkeit heißen mochte. »Und jetzt hören wir auf mit diesem Quatsch, okay?«

Ihr Blick wurde bittend. Erst reagierte ich wieder nicht, dann aber nickte ich. Beide ließen wir unsere Waffen sinken, wieder gleichzeitig und sehr langsam, wobei jede von uns die Bewegungen der anderen mit wachsamem Blick verfolgte.

»Und jetzt?«, fragte ich.

»Ich muss diesen Stick nach Bari bringen, die Daten sind von unschätzbarem Wert für uns. Viel davon habe ich selbst zusammengetragen, das meiste aber stammt von Landauer. Er hat mit seinem Leben dafür bezahlt, und um ein Haar wäre es mir genauso gegangen.« Benedettas Augen verdunkelten sich. »Tatsache ist, dass die Informationen auf dem Stick für eine Anklage gegen Gemelli ausreichen, und zwar nicht nur wegen Steuerhinterziehung. Das Einzige, was noch fehlt, ist die Verbindung zu Zapotto.«

»Wer ist das?«

»Dario Zapotto. Er leitet alle militärischen Operationen des Clans, zusammen mit Lorusso, seinem engsten Mitarbeiter, und …« Sie bemerkte meinen Blick. »Weißt du etwas über die beiden?«

»Wie sieht dieser Zapotto denn aus?«

Sie beschrieb den kleinen Bärtigen mit dem Lockenhaar und den stechenden Augen, den ich im Schweizer SUV in der Nähe von Leons Anwesen gesehen hatte. Ich erzählte ihr von meiner Beobachtung und dem gestrigen Überfall, bei dem Leon den Blonden erschossen hatte.

»Lorusso ist tot? Sehr gut, einer weniger ist immer eine gute Nachricht«, sagte Benedetta kalt. »Würdest du Zapotto wiedererkennen?«

»Natürlich.«

»Ich habe gesicherte Informationen, dass er sich jetzt in Bari aufhält. Wir laden ihn vor, und du identifizierst ihn. Ich gehe jede Wette ein, dass er bei dem Killerkommando dabei war.« Ihre Augen bekamen einen fiebrigen Glanz. »Mit deiner Aussage können wir ihn des versuchten Mordes überführen, vielleicht wird er dann ja kooperativ. Er wäre nicht der Erste, der sich auf eine Kronzeugenregelung einlässt, wenn ihm das Wasser bis zum Hals steht.«

»Wenn ich das tue«, sagte ich heiser, »stehe ich ganz oben auf Gianmaria Gemellis Todesliste.«

»Da stehst du ohnehin.« Ihre Miene versteinerte wieder. »Wir sorgen für deine Sicherheit. Und Zapotto wird dich nicht zu Gesicht bekommen, das garantiere ich dir.«

Sie hatte recht. Ich saß in der Falle. Was auch immer ich in Zukunft tat, wohin auch immer ich mich wendete, nie konnte ich sicher sein, dass mir hinter der nächsten Ecke nicht ein gedungener Mörder auflauerte. Vielleicht nicht heute oder morgen, aber irgendwann, wenn ich am wenigsten daran dachte. Mir oder einem der Menschen, die mir nahestanden, die ich liebte.

»Und Mona?« Ich musste mich setzen, legte die Pistole auf den Sekretär. »Ich kann sie doch nicht einfach …« Stöhnend brach ich ab.

»Wann soll die Übergabe stattfinden?«

»Das erfahre ich in den nächsten Tagen, hat der Mann am Telefon gesagt.«

Benedetta nickte. »Rossignolo muss sich erst mit seinem Vater beraten. Ich gehe davon aus, dass er und Ernesta Deutschland bald verlassen werden, falls sie nicht schon weg sind. Für die dafür nötigen Vorkehrungen brauchen sie natürlich Zeit.«

Vittorio und Ernesta Rossignolo waren die unehelichen Kinder des Mafiachefs höchstpersönlich.

»Okay, ich mache dir einen Vorschlag.« Benedetta steckte den Revolver in ihre Handtasche. »Nach der Gegenüberstellung kann der Staatsanwalt alle Schritte für Gemellis Verhaftung in die Wege leiten, und bei der anschließenden Razzia holen wir Mona raus – lebend, das verspreche ich dir. Sie werden sie nach La Turrita bringen, Gemellis Festung in den Bergen hinter Bari.«

»Und wenn sie vorher wieder anrufen? Wenn Mona unterwegs stirbt?« Verzweifelt fuhr ich mir durchs Haar. »Sie ist doch noch gar nicht transportfähig, nicht für eine solche Strecke. Außerdem braucht sie Medikamente.«

»Diese Möglichkeit besteht natürlich.« Benedettas Blick wurde hart. »Aber eine bessere Idee habe ich nicht. Also?«

18

Bisher war ich immer mit Freuden in meine alte Heimat gefahren. Jedes Mal hatte ich es kaum erwarten können, jenseits des Brenners die laue Luft einzuatmen, irgendwann den ersten Blick aufs Meer zu werfen, die Bauwerke der vielen geschichtsträchtigen Dörfer und Städte zu betrachten, die während der Fahrt vorüberzogen. Dieses Mal aber war alles anders.

Nach dem überstürzten Aufbruch – in Windeseile hatte ich nur das Nötigste gepackt und Maximilian eine kurze, wenig informative Nachricht geschickt, dann waren wir zum Auto gelaufen, immer darauf bedacht, dass Jupp Behrens, der gefesselt und geknebelt im Garten lag, uns nicht sehen konnte – fuhren Benedetta und ich von einem Stau in den nächsten. Als wir die Grenze zwischen Österreich und Italien endlich erreichten, war es tiefste Nacht. Und selbst, als wir die Poebene durchquerten, war noch alles um uns herum düster, schwarz und bar jeglicher Hoffnung.

Wir saßen in Monas Mini. Mein eigener Wagen stand auf Leons Anwesen, zerschossen und vielleicht für immer zerstört. Trotz Benedettas Protest hatte ich den Stick selbst eingesteckt.

Benedetta hatte den gemieteten Golf auf ihrer Flucht irgendwo hinter Bad Abbach stehen lassen, sich die Haare abgeschnitten und, so gut es auf die Schnelle ging, verkleidet. Anschließend war sie mit Bus und Zug nach München gefahren. Dort hatte sie sich bei Camilla versteckt, einer befreundeten Deutsch-Italienerin, deren Nachnamen Benedetta mir nicht verraten wollte, und noch mehr ihr Aussehen verändert.

Wir wechselten uns beim Fahren ab und machten kaum Pausen. Ein schneller *caffè* an einem *autogrill*, um während der langen Reise wach zu bleiben, dazwischen ein belegtes *panino* oder ein eiliger Gang zur Toilette. Sobald wir wieder im Wagen saßen, erschien meine Begleiterin mir so fremd wie in dem Moment, als sie zum ersten Mal mein Haus betrat.

Während der ersten zwei-, dreihundert Kilometer hatte ich sie argwöhnisch beäugt. Schließlich konnte ich nicht sicher sein, ob sie mir dieses Mal wirklich die Wahrheit gesagt hatte. Doch je mehr Zeit ich mit ihr verbrachte, umso mehr verflüchtigte sich mein Misstrauen. Ihr Vokabular, die zurückhaltend formulierten Insiderinformationen, die sie nur zögerlich mit mir teilte, die kurzen Telefonate mit Vorgesetzten und nicht zuletzt ihre eiserne Disziplin, die es ihr verbot, mir gegenüber auch nur die geringsten Anzeichen von Schwäche oder Erschöpfung zu zeigen – all das überzeugte mich davon, dass sie keine Kriminelle war, sondern tatsächlich eine verdeckte Ermittlerin.

Auf Benedettas Weisung hin hatte ich bei der Abfahrt mein Handy aus- und erst einige Kilometer nach der italienischen Grenze wieder eingeschaltet. Vermutlich war Jupp Behrens zu diesem Zeitpunkt längst befreit. Paolo und Tabäa Brauer mussten davon ausgehen, dass ich nicht freiwillig verschwunden war. Bis alle nötigen Schritte eingeleitet waren, um im Ausland meinen Aufenthaltsort per Handyortung zu bestimmen, würden Tage vergehen.

Benedetta nahm mir das Versprechen ab, niemanden, wirklich niemanden über Ziel und Zweck unserer Fahrt zu informieren. Vor allem Paolo und Tabäa Brauer durften nichts davon erfahren. Wenn es wirklich einen Maulwurf in der Regensburger Kripo gab, hatte er gewiss Wanzen in den Telefonen und vielleicht sogar dem einen oder anderen Smartphone installiert. Benedetta traute niemandem, vielleicht mit Ausnahme ihrer Freundin Camilla.

Ich fragte sie über Gianmaria Gemelli und seine unehelichen Kinder aus, sie teilte ihr Wissen bereitwillig mit mir. Nach den ungeschriebenen Gesetzen des Clans war die Mutter der beiden, eine gebürtige Römerin, in den Augen der apulischen *famiglia* keine standesgemäße Ehefrau für deren Oberhaupt gewesen. Gianmaria Gemelli hatte sich dem Druck gebeugt und eine andere geheiratet. Seine Jugendliebe, die später in Mailand lebte, und die gemeinsamen Kinder hatte er jedoch nie vergessen.

»Er hat die Familie nicht nur finanziell unterstützt, sondern Rossignolo und seine Schwester auch in seinem Sinne erziehen und ausbilden lassen«, sagte Benedetta, als die Lichter Riminis an uns vorbeizogen. Seit unserer letzten Pause saß wieder sie am Steuer. »Sie haben beide studiert und sprechen neben Deutsch fließend Englisch und Französisch. Ziemlich untypisch für uns Italiener, wie du weißt.«

Gianmaria Gemelli hatte nicht nur die Mutter der Rossignolos überlebt, sondern auch seine Ehefrau, die ihm bis auf eine geistig schwer behinderte, in einem Heim untergebrachte Tochter nie Kinder geschenkt hatte. So war die Position des Geschwisterpaars innerhalb des Clans immer unanfechtbar gewesen. Mit der Unterstützung ihres Vaters bauten die beiden ihre Unternehmen in Mailand auf, wo sie von Anfang an illegales Geld wuschen.

Gianmaria Gemelli war nicht der Einzige, der Teile seines Imperiums auslagerte. Von den etwa vierzig, teilweise miteinander verflochtenen Familien der Sacra Corona Unita, die in Apulien ihr Unwesen trieb, dehnten auch andere ihren Machtbereich in die norditalienischen Städte aus. Die Antimafia-Gesetze machten es ihnen allerdings nicht leicht. Im Gegensatz zu Deutschland war in Italien allein schon die bloße Zugehörigkeit zu einem Mafiaclan strafbar. Die Polizei besaß weitreichende Machtbefugnisse, die in Deutschland undenkbar gewesen wären, wie etwa das Abhören von Telefongesprächen und die Umgehung des Datenschutzes.

Die Rossignolo-Geschwister gingen noch weiter nach Norden. Ernestas Ristorante in Burghausen fungierte als strategische Zentrale. Nicht nur die Bildertransporte nach Mailand und Geldlieferungen aus Apulien liefen dort zusammen, das Lokal war auch ein wichtiger Kommunikationsort für Politiker und Meinungsbildner in der Region. Nicht umsonst hatte ich dort das Vorstandsmitglied der Wacker Chemie gesehen, den Vielredner mit Hornbrille und Glatze, der lieber mit Ernesta flirtete als mit seiner Gattin, und die Start-up-Gründerinnen im Nebenraum mit den Aktzeichnungen.

»Die Connections, die Ernesta auf diese Weise knüpft, ihr gesellschaftlicher Einfluss – all das ist nicht zu unterschätzen«, gab Benedetta zu bedenken. »Die erste Zeit hat sie immer mal wieder eine Bar oder ein Restaurant eröffnet, es gibt Standorte in München und Niederbayern. Die laufen natürlich alle auf Strohmänner, und das Bild ist überall das gleiche: So gut wie keine Kundschaft, aber in den Hinterzimmern wird über fingierte Rechnungen fleißig Geld gewaschen. Bei ihrem Bruder läuft es im Prinzip genauso, nur in einem wesentlich einträglicheren Wirtschaftssektor.«

Ein silberner Porsche scherte zügig und so knapp vor uns ein, dass Benedetta hart auf die Bremse stieg. Sie hupte nicht. Auf keinen Fall auffallen, hatte sie mir eingeschärft.

»Wann ist Jakob Landauer auf die Rossignolos und ihre Geschäfte aufmerksam geworden?«

»Als er für die ›Süddeutsche‹ in die italienische Schweiz gegangen ist.« Sie beschleunigte wieder. »Vor ungefähr zweieinhalb Jahren hat Rossignolo sich mit Zapotto, den du identifizieren sollst, am Luganer See getroffen. Im Wesentlichen ging es wohl um strategische Dinge, hier eine Einschüchterungsmaßnahme, da eine kleine Erpressung. Landauer hat alles mitgehört.«

Draußen flogen Wohnblöcke vorbei, in Weiß und tristem Grau, vom berühmten Strand der Reichen und Schönen war nichts zu sehen. Laternenlicht erhellte die meist noch stillen Straßen. Die Betonriesen hoben sich gegen den schwachen rosafarbenen Schein ab, der sich endlich im Osten am Horizont zeigte.

»Außerdem wollte Rossignolo in Lugano finanzielle Dinge regeln. Aber bei den Banken lief es nicht so, wie er sich das vorgestellt hatte, zumindest nicht bei den großen. Seit deutsche Steuerfahnder immer öfter CDs mit Kontaktdaten von Schweizer Banken ankaufen, hat sich dort einiges geändert. Bei irgendeinem Meeting mit Zapotto hat Rossignolo die Umsiedelungspläne seiner Schwester von Mailand nach Burghausen erwähnt. Auch der Name der ›Dutch United‹ ist dabei gefallen, zu der Rossignolo damals schon seine Fühler ausgestreckt hat. Tja, und da hat Landauer die Story seines Lebens gewittert.«

Als die »SZ« Jakob Landauer bald darauf zurück nach München holte, heftete er sich erst an Ernestas Fersen, später auch an die ihres Bruders. Bei seinen Recherchen in Straubing und Regensburg begegnete er schließlich Benedetta, die sich in meiner Villa eingenistet hatte.

»Am Tag vor seinem Tod ist Landauer dann wieder nach Regensburg gekommen. Wir wollten uns im Dom treffen. Aber auf einmal ist ihm die Sache zu heiß geworden. Der eine Typ von der ›United‹, dieser Schönbrinck, der ist wohl total durchgedreht. Hat sich verfolgt gefühlt und Landauer massiv gedroht.«

Bei dem Treffen im Dom händigte Jakob Landauer Benedetta den Stick aus. Als sie sich von ihm verabschiedete, ahnte sie nicht, dass Vittorio Rossignolo schon jemanden geschickt hatte, um das Problem Jakob Landauer aus der Welt zu schaffen. Vermutlich war sie dem Mörder sogar begegnet.

»Rossignolo hat dafür einen Auftragsmörder einfliegen lassen, der nach dem Job sofort wieder von der Bildfläche verschwunden ist. So läuft das normalerweise. Nach dem Anschlag in der Boutique – das hat bestimmt einer von Zapottos Leuten erledigt – war mir klar, dass Rossignolo dieses Mal Gemellis Killer angefordert hat. In den letzten Jahren, wenn im Ausland jemand zu liquidieren war, hat der immer Zapotto geschickt, der wiederum Lorusso oder noch ein paar andere dabeihatte, je nach Umfang des Auftrags.«

Für Gianmaria Gemelli war es ein Geschenk des Himmels gewesen, als Silvio Lorusso schon in jungen Jahren eine gebürtige Tessinerin geheiratet hatte. Die Schweizer Nationalität hatte der Mafioso dadurch zwar nicht erlangt, zumindest aber eine uneingeschränkte Aufenthaltsgenehmigung in einem neutralen Land. Bei der Antimafia-Bekämpfung gab es zwar umfassende Abkommen und grenzüberschreitende Zusammenarbeit auch zwischen Italien und der Schweiz. Aber die Mühlen der Bürokratie mahlten nun einmal langsamer als innerhalb nur eines Hoheitsgebietes.

»Und Leon?«, fragte ich und kam damit endlich zu dem Thema, das mir auf der Zunge brannte. »Arbeitet er auch für Gemelli?«

»*Il tedesco*, so nennen sie ihn, den Deutschen.« Benedetta nickte grimmig. »Viele der Mafiosi haben ja Spitznamen, *angelino* lautet der von Gemelli. Ziemlich treffend für jemanden, der für den Tod von mindestens dreihundert Menschen verantwortlich ist, oder nicht?«

Angelino bedeutete Engelchen.

»Leon Buchner war Gemellis Topmann, jahrzehntelang. Für uns ist er immer nur ein Phantom geblieben, so professionell wie er hat sonst keiner gearbeitet. In den letzten Jahren hat er sich aus dem Geschäft zurückgezogen. Zumindest hatten wir keine Anhaltspunkte, dass er noch aktiv war.«

Auch wenn ich nicht wirklich verstand, warum mir ausgerechnet das so wichtig war, war ich doch erleichtert. Wenigstens in diesem Punkt hatte Leon mir also die Wahrheit gesagt.

»Weißt du, warum?«

»Vielleicht hatte er genug Geld beisammen.« Benedetta zuckte mit den Achseln. »Vielleicht auch wegen Zapotto, die beiden hassen sich aus tiefster Seele. Als der in Gemellis Hierarchie immer weiter aufgestiegen ist, hat Buchner das ganz bestimmt nicht gepasst.«

»Wo hat Leon gelebt – in Apulien?«

Wieder einmal hob sie die Schultern. »Wie gesagt, wir wussten so gut wie nichts über ihn. Als Landauer mir ein Foto von ihm gezeigt hat – er war zu hundert Prozent davon überzeugt, dass der Mann mit der Narbe am Kinn Gemellis früherer Topkiller war –, war mir klar, das ist meine Chance. Ich hatte ja keine Ahnung, dass Buchner jetzt in Regensburg lebt. Frag mich bitte nicht, woher Landauer ihn kannte, über seine Quellen hat er mich immer im Dunklen gelassen.«

Für Leon war Benedetta eine Unbekannte gewesen. Im Tango-Studio hatte sie sich erst einmal im Hintergrund gehalten, ihn lediglich beobachtet und Beweise gegen ihn gesammelt. Schon am ersten Abend gelang es ihr aber, ein Glas einzustecken, aus dem er getrunken hatte. Dieses übergab sie ihrer Freundin Camilla, die im Kriminaltechnischen Labor des Münchner LKA arbeitete. Die Fingerabdrücke und Speichelspuren auf dem Glas stimmten mit den bisher nicht identifizierten Finger- und DNA-Spuren von Gemellis geheimnisvollem Auftragsmörder überein, die Benedettas Kollegen in Apulien in Zusammenhang mit dem ermordeten Kommunalpolitiker gesichert hatten. Sie hatte ihr Glück kaum fassen können.

»Am nächsten Abend im ›TangoTango‹ habe ich Buchner angesprochen«, erzählte sie weiter. »Er hat natürlich sofort kapiert, was ich von ihm wollte.«

»Du hast ihn unter Druck gesetzt?«

»Ich habe ihm einen Deal angeboten. Wenn er gegen Gemelli aussagt, hab ich ihm erklärt, kann er in das Kronzeugenschutzprogramm einsteigen. Straffreiheit und eine neue Identität im Tausch gegen absolute Kooperation.«

»In anderen Worten ein Leben auf der Flucht und in ständiger Angst. Die einzigen Leute, mit denen er Kontakt hätte, wären Polizisten.«

»Für einen Massenmörder gibt es bei Weitem schlimmere Möglichkeiten, seinen Lebensabend zu verbringen.« Benedetta lachte rau. »Ihm war klar, dass ich ihn hätte verhaften lassen können, wenn er nicht kooperiert. Mit dem gegen ihn vorliegenden internationalen Haftbefehl wäre das kein Problem gewesen.«

»Aber er wollte von deinem Angebot nichts wissen?«

»Er sei kein Verräter, hat er gesagt, nein, angegangen ist er mich, als ich seine Antwort wissen wollte, am letzten Sonntag war das. Er habe Gemelli Treue geschworen, nie würde er sich gegen seinen Boss wenden, und ob ich ihn in seiner Ehre beleidigen wolle, und der ganze Mist. Ich hab ihm einen Tag Bedenkzeit gegeben, und dann ist die Bombe hochgegangen. Im ersten Moment habe ich sogar überlegt, ob nicht Buchner dahintersteckt. Aber er hat nie mit Sprengsätzen gearbeitet.«

»Ein schöner Boss, der ihm postwendend ein Killerkommando ins Haus schickt.«

»Erstens waren Zapotto und Lorusso sowieso schon vor Ort, ich gehe jede Wette ein, dass sie auf mich angesetzt waren. Und zweitens hätte ich an Gemellis Stelle genau dasselbe getan. Er denkt natürlich, Buchner gehört jetzt zur Gegenseite.«

Wie Gianmaria Gemelli von Benedettas Angebot an Leon erfahren hatte, wusste sie nicht. Sie vermutete jedoch, dass ihr Gespräch im Tangostudio nicht unbemerkt geblieben war.

»Sie müssen mich seit meinem Treffen mit Landauer beobachtet haben«, fuhr sie fort. »Bestimmt sind sie mir auch ins Tangostudio gefolgt.«

Den öffentlichen Ort hatte Benedetta aus Sicherheitsgründen ausgewählt. Das Risiko, dass Leon plötzlich eine Waffe zog, war ihr sonst als zu groß erschienen.

»Wo, denkst du, hat er sich versteckt?«, fragte ich.

Seit wir Rimini hinter uns gelassen hatten, lief der Verkehr endlich flüssiger. Benedetta fixierte die Rücklichter der in einiger Entfernung vor uns fahrenden Autos und schwieg, als hätte sie meine Frage gar nicht gehört.

Ich ließ das Beifahrerfenster herunter. Die hereinströmende Morgenluft war warm, fast schon lau. Am Himmel, der sich über Violett zu Lichtblau gefärbt hatte, zeigte sich kein einziges Wölkchen. Es würde ein heißer Tag werden.

»Warum machst du das eigentlich, Benedetta?« Ich betrachtete sie von der Seite. »Für eine Polizistin gibt es doch auch weniger gefährliche Jobs. Warum gehst du in die Fremde und riskierst dein Leben?«

Sie wandte mir das Gesicht zu, nur eine Sekunde lang, sah sofort wieder nach vorn. Ihr waidwunder Blick aber war mir nicht entgangen. Offenbar hatte ich an einen Punkt in ihrem Innersten gerührt, wo es wehtat. An einen Punkt, der sie zerriss.

Ich drang nicht weiter in sie, sondern lehnte mich zurück und schloss die Augen. Wir waren schon mehr als zehn Stunden unterwegs, und ich spürte die Müdigkeit, die bleiern und schwer durch meine Glieder kroch. Bisher hatte ich noch keine Viertelstunde am Stück schlafen können, zu viel spukte mir durch den Kopf. Immer wieder sah ich Monas wächsernes Gesicht vor mir.

»Buchner ist zurück zu Gemelli«, sagte Benedetta. »Er will ihn davon überzeugen, dass er sich an die *omertà* gehalten hat. Gemelli würde ihn ohnehin aufspüren, ganz egal, wo er sich verkriecht.«

»Das glaube ich nicht – das würde doch Leons sicheren Tod bedeuten.«

»Die Chancen stehen fünfzig zu fünfzig. Wenn Buchner sich bereit erklärt, wieder für den Clan zu arbeiten, kommt er vielleicht mit dem Leben davon. Schließlich war er immer einer von Gemellis loyalsten Männern.«

Ich sah Leon vor mir, auf seiner Terrasse, den Blick in die Ferne gerichtet und in der falschen Hoffnung, sein altes Leben hinter sich gelassen zu haben. Das Schicksal nahm keine Rücksicht auf die Sehnsüchte der Menschen. Meist forderte es ausgerechnet dann die Begleichung vergessener Schulden, wenn man am wenigsten damit rechnete.

***

In Bari, Apuliens quirligem Regierungssitz mit breiten, von Palmen gesäumten Boulevards, Designerläden der Alta Moda und farbenprächtigen Palazzi, brachte Benedetta mich ohne Umwege zur *questura*, dem Polizeipräsidium.

Der Polizist an der gut gesicherten, elektronisch überwachten Pforte neben dem pompösen, mit Säulen und Fahnen geschmückten Haupteingang begrüßte sie mit sichtlicher Hochachtung, ließ uns aber dennoch erst nach eingehender Kontrolle meines Ausweises und meiner Handtasche passieren. Es war heiß, drückend feucht, und trotz der Nähe zum Meer, der Hafen lag praktisch in Sichtweite, wehte nicht der leiseste Windhauch.

In den letzten Stunden hatte Benedetta ständig Telefonate geführt, um alles Nötige für die Identifizierung in die Wege zu leiten. Dabei hatte sie mehrmals eine neue SIM-Karte in ihr Handy eingelegt. Für die Clans der Sacra Corona Unita arbeiteten nicht nur Kriminelle und sonstiges Gesindel, sondern auch gut bezahlte IT-Spezialisten. Ich hoffte, dass auch erfahrene Mediziner darunter waren, die Mona während des Transports zu ihrem Gefängnis und auch danach vor dem Schlimmsten bewahrten. Wenn wirklich La Turrita deren Ziel war, waren sie wohl schon angekommen.

An einer weiteren Sicherheitsschleuse gab Benedetta ihre eigene und Leons Waffe ab, die ich ihr ausgehändigt hatte. Durch Hallen und schier endlos lange Korridore, auf deren Marmorböden unsere Absätze klackerten, lief sie mir voraus. Schon auf den Straßen waren mir zahlreiche uniformierte und bewaffnete Polizisten aufgefallen. Hier gab es naturgemäß noch mehr. Für viele von ihnen schien Benedetta keine Unbekannte zu sein, und wie der Mann am Tor begegneten auch sie ihr mit Respekt.

Schließlich hielt sie vor einer flaschengrünen Tür. Der Raum, der dahinter zum Vorschein kam, war klein und mit allerhand technischen Geräten, vier Bildschirmen und einem riesigen Sichtfenster ausgestattet. In einer Ecke standen zwei Männer in Zivil, die sich mit dem Rücken zu uns unterhielten. Bei unserem Eintreten wandten sie sich um. Der eine war schmallippig und grauhaarig, ein feines Lächeln umspielte seinen Mund. Der andere, er mochte Mitte vierzig sein, hatte schiefe Zähne und eine beginnende Tonsur im ansonsten dichten schwarzen Haar.

Nach der für Italiener ungewöhnlich knappen Begrüßung stellte Benedetta mir den Grauhaarigen als ihren Vorgesetzten Franco Moretti vor, den anderen als Nicodemo Rigosa, den leitenden Staatsanwalt, der mich in höflichen, aber unmissverständlichen Worten bat, ihm den Stick auszuhändigen. Ich unterdrückte einen Hustenreiz, sein herbes Aftershave raubte mir fast den Atem, überreichte ihm das Gewünschte und hoffte, dass ich damit nicht Monas Tod besiegelte.

Ich erhielt ein paar Anweisungen, die Lichter verlöschten. Nun konnte ich Einzelheiten in dem Zimmer auf der anderen Seite des Sichtfensters erkennen. Kaum größer als das, in dem wir standen, befanden sich darin ein Tisch mit einem Mikrofon, zwei Stühle und in jeder Ecke eine Videokamera.

Die Tür klappte auf, ein Polizist in schwarzer Uniform und ein Mann kamen herein, in der Hand hielt er eine verspiegelte Sonnenbrille mit riesigen Gläsern. Ich erkannte ihn sofort. Der kurz geschnittene Vollbart, der Lockenkopf, die stechenden Augen – unverkennbar handelte es sich um den Mann, den ich bei dem Schweizer SUV gesehen hatte: Dario Zapotto.

Ich nickte den Anwesenden zu. Benedettas Miene verriet nichts. Ihr Chef und der leitende Staatsanwalt hingegen tauschten einen zufriedenen Blick.

»Beobachten Sie ihn genau«, sagte Nicodemo Rigosa zu mir. »Wenn Ihnen etwas auffällt, das Sie an einen der Vermummten bei dem Überfall auf das Haus in Deutschland erinnert, dann geben Sie mir ein Zeichen. Wenn er bei dem Todeskommando dabei war, und davon gehe ich aus, haben wir endlich eine Handhabe gegen ihn. Eine Geste, wie er sich bewegt, den Kopf hält – irgendetwas, *capisce*?«

Ich nickte wieder und beobachtete, wie Dario Zapotto sich auf den Stuhl fallen ließ, den der Beamte ihm zugewiesen hatte.

Während dieser Position an der Tür bezog, warf Dario Zapotto die Sonnenbrille auf den Tisch und schlug ein Bein übers andere. Sein Gesicht war uns zugewandt, der Blick herablassend. Er wusste genau, dass er beobachtet wurde.

Benedetta setzte sich auf den einzigen Stuhl im Raum, ihre Finger klapperten auf einer der Tastaturen. Auf den Bildschirmen flackerte es. Schließlich erschien der Verdächtige auf allen vieren, in gestochen scharfen Bildern, aus jeweils anderen Perspektiven und in unterschiedlichen Vergrößerungen aufgenommen. Sein schmales Gesicht, beherrscht von den tintenschwarzen Augen und den tiefen Schatten darunter, hatte hohe Wangenknochen und ließ mich trotz des akkurat geschnittenen Barts an einen Totenschädel denken. Einzig seine vollen Lippen passten nicht ins Bild.

Ein weiterer Mann erschien. Er war in Zivil, das strähnige Haar trug er sorgfältig gescheitelt. Mit dem Rücken zu uns setzte er sich an den Tisch und schaltete das Mikrofon an. Nach den üblichen Formalitäten – Datum, Uhrzeit, Namen und Dienstrang der Anwesenden – stellte er seine erste Frage.

»Wo waren Sie in den letzten drei Tagen?«

»Mal hier, mal da, ich bin ein viel beschäftigter Mann.« Dario Zapotto sprach mit südländischem Pathos, untermalt von heftig gestikulierenden Händen, und dem weichen, gutturalen Akzent Apuliens. »Sie wissen ja sicher, dass ich eine Security-Firma leite.«

»Kann es sein, dass Sie in Deutschland waren?«

»Nein, ganz sicher nicht.« Sichtlich genervt schob er die Ärmel seines Seidenblousons nach oben, eine dicke Rolex kam zum Vorschein. »Wieso bin ich eigentlich hier, kann mir das mal jemand sagen? Eine Zeugenaussage soll ich machen, hat's geheißen, aber wozu?«

»Ihnen fällt gar nichts dazu ein, wo Sie in den letzten drei Tagen gewesen sind?«

»*Oddio* … Na gut, in Lecce hatte ich ein *appuntamento*, zwei Besprechungen in Taranto, an den Rest erinnere ich mich nicht mehr. Meine Assistentin kann Ihnen die Termine raussuchen. Von mir aus auch die Namen der Ansprechpartner, wenn es denn sein muss. Meine Geschäftspartner werden Ihnen die Zeiten bestätigen.«

»Daran zweifle ich nicht. Wo sind Sie sonst gewesen, Signor Zapotto?«

»Sonst? Bei meiner Frau natürlich, meinen Kindern, meiner *mamma* – Madonna, wollen Sie mich beleidigen?« Dario Zapottos Gestik wurde noch dramatischer. »Fragen Sie doch Mirella, fragen Sie meine *mamma*! Sie werden ebenfalls bestätigen, dass ich …«

»Natürlich werden sie das.«

»*Perfetto.* Dann kann ich ja jetzt gehen.«

Dario Zapotto setzte sich die Sonnenbrille auf die Nase, stand auf und wandte sich zur Tür. Der Polizist versperrte sie mit einem großen Schritt zur Seite und zog seine Waffe.

»Was soll der Scheiß?«, plusterte Dario Zapotto sich noch mehr auf. »Während wir hier quatschen, geht mir ein wichtiger Auftrag flöten. Im Gegensatz zu euch muss ich nämlich was tun für mein Geld.«

»Setzen Sie sich«, sagte der Mann in Zivil ruhig. »Und nehmen Sie die Sonnenbrille ab.«

Dario Zapotto schnaubte, tat dann aber doch wie ihm geheißen, allerdings mit demonstrativer Langsamkeit. Die Brille legte er mit so übertrieben vorsichtigen Bewegungen auf den Tisch, als würde sie schon bei der kleinsten Berührung zerbrechen.

»Und Ihr Mitarbeiter – Silvio Lorusso? Hat er sich in den letzten Tagen in Deutschland aufgehalten?«

»Natürlich nicht, warum auch? Er ist nur für die Schweiz zuständig, auch das wissen Sie doch bestimmt, und in Deutschland habe ich keine Niederlassung.«

»Laut unseren Informationen wurde er vorgestern erschossen, und zwar in der Nähe von Regensburg. Das liegt in Süddeutschland.«

»Wollt ihr mich hier verarschen?« Dario Zapotto lachte explosiv, hob wieder beide Hände, schüttelte sie mehrmals in Richtung Zimmerdecke. »Silvio ist in Urlaub, in Kuba, er hat mir ein Selfie geschickt. Wenn ich mein Handy endlich wiederkriege, zeig ich's euch sogar. Außerdem, wenn das hier noch länger dauert, möchte ich mit meinem Anwalt telefonieren.« Er fixierte das Sichtfenster. »Haben das alle verstanden?«

Mit geringschätziger Miene lehnte er sich zurück und fuhr sich durchs Haar, wobei er mit der geschlossenen Rechten an der Stirn begann und über den Kopf bis zum Nacken strich. Dabei öffneten sich seine Finger immer weiter, bis sie schließlich vollends gespreizt waren.

»Stopp«, sagte ich. »Kann ich die letzten paar Sekunden noch mal sehen?«

Benedetta beackerte die Tastatur noch geräuschvoller als zuvor, die kurze Sequenz wiederholte sich. Ich erklärte den Anwesenden, dass einer der Vermummten, die in Leons Haus eingedrungen waren, sich genau so über den Kopf gestrichen habe.

»Sind Sie sicher?«, fragte Nicodemo Rigosa.

»Absolut.«

»Reicht das für den Richter?«, schaltete sich Franco Moretti ein.

Der leitende Staatsanwalt wiegte den Kopf hin und her, nickte schließlich. Seine Miene umwölkte sich. »Ich hoffe nur, dass Pizzoli mit der Kaution hoch genug raufgeht.«

19

»Wie geht es jetzt weiter?«, fragte ich. »Wann beginnt die Razzia?«

»Wenn wir Glück haben, vielleicht schon heute«, sagte Benedetta in verhaltenem Ton. »Aber allein schon, bis das Einsatzkommando komplett ist, wird es eine Weile dauern, außerdem die Genehmigung. Auch vom Militär werden wir Unterstützung brauchen.«

Wir waren noch immer in der *questura*. Nach allerhand Formalitäten, ich hatte an die zehn Formulare in mindestens fünf Büros unterschreiben müssen, standen wir nun in einem karg möblierten Saal mit hohen Stuckdecken. Am anderen Ende des Raums saß eine junge Frau, deren knallrot lackierte Fingernägel über eine Tastatur flogen.

Die Fenster erlaubten einen ungehinderten Blick auf das Castello, eine Festungsanlage aus normannischer Zeit, und die Altstadt Baris. Noch vor wenigen Jahren, hatte Benedetta mir erzählt, sei es für Nicht-Einheimische gefährlich gewesen, das Gewirr aus eng gedrängten Bauwerken und gewundenen Gassen zu betreten.

»Kann ich mitkommen?«, fragte ich wider besseres Wissen.

»Nach La Turrita?« Ihre Augen weiteten sich. »Nein, das ist viel zu gefährlich.«

»Und Mona?«

Die Entführer hatten sich nicht wieder bei mir gemeldet. Ich wusste nicht, ob das ein gutes oder schlechtes Zeichen war.

»Wir tun, was wir können. Und dich«, Benedetta senkte die Stimme, »bringe ich solange zu Mauro. Bei ihm bist du sicher.«

***

Die Fahrt ging nach Brindisi, das etwa hundert Kilometer südlich von Bari und am Beginn des Salentos lag, Italiens Stiefelabsatz. Auf der vierspurig ausgebauten Schnellstraße herrschte wenig Verkehr. Hin und wieder ein Pkw, meist alt und verbeult, nur selten ein Laster oder Lieferwagen. Benedetta und ich saßen in einem staubgrauen Kleinwagen asiatischer Herkunft mit einheimischem Kennzeichen. Monas Mini mit deutschem Nummernschild wäre hier viel zu auffällig gewesen.

Vom Meer war kaum etwas zu sehen, nur da und dort glitzerte es unter einem Himmel, der so blau war, dass es fast in den Augen schmerzte. Auf der der Küste abgewandten Seite dehnte sich eine flache Hügellandschaft in ausgedörrten Braunschattierungen. Die Sonne verbrannte alles hier. Zwischen niedrigen Steinmauern graste nur selten eine Schafherde. Dann und wann eine kleine Ansammlung von weißen oder sandfarbenen Häusern mit Flachdächern, ein altes Gehöft, eine zerfallene oder gar nicht erst zu Ende gebaute Fabrik.

Je weiter wir in den Süden der Halbinsel vordrangen, umso unwirtlicher wurde es. Kakteenfelder wechselten sich ab mit Olivenhainen, deren silbrige Blätterdächer über der roten Erde Apuliens mit jedem Kilometer seltener wurden. Oft bestanden die Plantagenwälder nur aus abgestorbenen Bäumen mit dürren Zweigen, ein trostloser Anblick.

Neben dem Tourismus, der sich großenteils auf die Küstenregionen beschränkte und sich erst seit Beginn des Jahrtausends so sprungartig entwickelt hatte, war neben dem Gemüseanbau die Produktion von Olivenöl stets die Haupteinkunftsquelle Apuliens gewesen. Seit jedoch ein extrem aggressiver Schädling ganze Wälder verdorren ließ, mussten in weitem Umkreis die Haine gerodet werden. Viele Bauern, unterstützt von Umweltschützern, sträubten sich gegen diese Maßnahmen, bangten sie doch nicht nur um ihre Lebensgrundlage und die Zukunft ihrer Familien, sondern auch um ihr Selbstverständnis und die Kultur ihres Landes.

Ich war nicht das erste Mal in Apulien, war jedoch noch nie so weit im Süden gewesen. Ich fühlte mich fremd, entwurzelt, und die Umstände, die mich hierhergeführt hatten, taten ein Übriges. Benedetta hatte mir zwar versichert, dass abgesehen von den wenigen Menschen in der *questura*, denen ich begegnet war, niemand von meiner Anwesenheit hier wusste. Dennoch hatte ich mich während der Fahrt immer wieder umgedreht oder unruhige Blicke in den Seitenspiegel geworfen.

Das Örtchen Monopoli lag hinter uns. Bis auf die Fahrgeräusche und das Rauschen der Klimaanlage war es still im Auto. Benedetta saß am Steuer, das Radio mit all den nervtötend unbeschwerten Menschen hatte sie längst abgestellt.

Ein Wegweiser kam in Sicht. Ich erhaschte einen Blick auf den Städtenamen Taranto, gefolgt von mehreren Ortsnamen, die mir nichts sagten.

»Das war der Abzweig nach Rocca Maria«, sagte Benedetta. »Da bin ich aufgewachsen. Die *famiglia* meiner *mamma* lebt da.«

»Willst du umkehren und kurz Hallo sagen?«

Sie antwortete lange nicht.

»Es wird sich verändert haben«, sagte sie erst nach einer Weile. »Früher war es ein *borgo*, winzig und völlig ab vom Schuss. Der Bus nach Taranto ging nur ein paarmal am Tag, und nach Brindisi, Madonna, das war eine halbe Weltreise.« Sie lachte kurz auf, jedoch alles andere als fröhlich. »Abends auf der Piazza durfte ich mir ein Eis kaufen, und während *mamma* mit den Verwandten und Nachbarn getratscht hat, bin ich auf Tour gegangen, zusammen mit den anderen Kindern.« Pause. »*Papà* ist nie mitgekommen.«

Ich konnte mir gut vorstellen, wie es in Benedettas Heimatdorf jetzt aussah. Eine Kirche, ein Lädchen, wenn überhaupt, vielleicht eine Bar oder eine Trattoria. Ein paar alte Häuser, die sich im Sommer unter der unbarmherzigen Sonne duckten und im Winter unter dem Regen und der Kälte eng aneinanderdrängten. Bucklige Gassen, durch die mehr Moder und Hitze wehten als Essengeruch und Fernsehlärm. Steile Treppen, weitgehend nur noch von alten Männern und gebeugten Frauen mit Kopftüchern bevölkert.

»Seit fünfzehn Jahren bin ich nicht mehr dort gewesen.« Ihre Stimme klang brüchig. »Seit wir nach Rom gezogen sind. Erst *papà* und später auch *mamma* und ich.«

»Warum seid ihr weggegangen?«

»Wegen *papà*. Früher hat er in Taranto gearbeitet, im Stahlwerk. Aber als immer mehr seiner Kollegen an Krebs erkrankt sind, hat er gekündigt. So viele sind ja von dort weggezogen.«

Das Stahlwerk in Taranto, zu Deutsch Tarent, das größte in Europa, hatte mit der Umgehung von Umweltauflagen und seinem Dioxin-Skandal das uralte *centro storico* mehr und mehr in eine Geisterstadt verwandelt, vergiftete die Menschen auch heute noch. Nicht nur in der Stadt selbst, sondern in der ganzen Region war die Tumorsterblichkeit enorm hoch. Trotz der Wahlversprechen der Cinque Stelle, der Fünf-Sterne-Bewegung, die genau das Gegenteil in Aussicht gestellt hatte, beschäftigte der stinkende Koloss auch heute noch mehr als zehntausend Arbeiter, eine beachtliche Anzahl in einer so strukturschwachen Gegend, in der die Arbeitslosigkeit traditionell wesentlich höher war als im industriell erschlossenen Norden.

»Nach der Kündigung hat *papà* sich schwergetan, einen Job zu finden. Mal hatte er eine Stelle in der Landwirtschaft, mal im Hafen in Brindisi, und immer schlecht bezahlt. Aber sonst gab es ja kaum Arbeit. Zumindest keine solche, der er nachgehen wollte.«

Sie schwieg ein zweites Mal. Irgendwo hinter uns hupte jemand.

»›Geh doch zu Signor Mazzini‹, hat *mamma* ihn dauernd bekniet«, fügte Benedetta schließlich hinzu, aber so leise, dass ich die Ohren spitzen musste. »›Signor Mazzini sucht immer Leute‹, hat sie gesagt, ›und eine anständige *mesata* zahlt er auch. Sogar, wenn dir was passiert‹.« Ihre Stimme war nur noch ein Flüstern. »*Mamma* hat sich so geschämt, als *papà* stattdessen nach Rom gegangen ist. Er hat ihr gutes Geld geschickt, aber sie hat sich trotzdem geschämt. Abends auf der Piazza, und sonst auch.«

Allmählich wurde mir klar, wie Benedetta zu der verschlossenen Frau geworden war, als die ich sie kennengelernt hatte. Warum sie sich für diesen gefährlichen Beruf entschieden hatte. Die *mesata* war der Monatslohn, den die süditalienischen Clans ihren Mitgliedern für deren Dienste zahlten.

»Er ist kaum noch heimgekommen, aus Rom, und wenn, dann haben sie gestritten. ›Matilda, hör doch‹, hat er immer gesagt, nein, geschrien hat er, und sie hat um sich geschlagen, wenn er sie gepackt hat, ›zumindest habe ich eine ehrliche Arbeit, Matilda‹. Damals habe ich nicht verstanden, was er gemeint hat. So viele Männer im Dorf haben für Signor Mazzini gearbeitet.«

Wieder verstummte sie, betrachtete den Fiat vor uns, der gemächlich dahintuckerte und so rot war wie Monas Mini, der jetzt in irgendeiner Garage in Bari stand.

»Irgendwann hat *mamma* es nicht mehr ausgehalten. Wir sind dann auch nach Rom gezogen, *mamma* und ich, da war ich noch nicht mal so alt wie dein Vincenzo. Rom hat sie natürlich gehasst. ›Das ist nicht meine Heimat‹, hat sie immer gesagt, ›hier habe ich keine Familie, keine Freundinnen, nichts habe ich hier.‹« Wie blind starrte Benedetta auf den roten Wagen, zu dem der Abstand immer größer wurde. »An meinem achtzehnten Geburtstag habe ich ihnen gesagt, dass ich mich bei der *polizia* bewerben werde. *Papà* war einverstanden.«

»Und deine *mamma*?«, fragte ich, obwohl ich die Antwort ahnte.

»Drei Tage lang hat sie nicht mehr mit mir geredet. Drei ganze Tage.« Sie schluckte mehrmals hintereinander. »Und später, als ich bei der Antimafia-Einheit angefangen habe, da hat sie …«

Ein weiteres Mal hielt Benedetta inne. Doch so lange ich auch wartete, sie sprach den Satz nicht zu Ende.

***

Brindisi war laut und still, schmutzig und blitzsauber, klar strukturiert und verwinkelt. Die kolonialistisch anmutenden Palazzi am Corso Giuseppe Garibaldi, der mit Palmen gesäumten Shoppingmeile, versprühten einen morbiden, verschlafenen Charme, der in krassem Gegensatz zu der Geschäftigkeit des Hafens stand. Mit einem Marinestützpunkt und regelmäßigen Fährverbindungen nach Griechenland, Albanien und in die Türkei dominierte er seit der Römerzeit die Stadt.

Es dauerte eine Weile, bis wir uns zur Meerespromenade vorgearbeitet hatten, der Verkehr zum Fährhafen verstopfte die Straßen. Als wir endlich in den Lungomare einbogen, der mit seinen gediegen renovierten Herrschaftshäusern von den Privilegien vergangener Jahrhunderte erzählte, deutete Benedetta auf ein stattliches Gebäude in Hellblau.

»Dort arbeitet Mauro, bei der *guardia costiera*«, sagte sie. »Aber wir treffen uns bei ihm zu Hause, das ist unauffälliger.«

Ich würde mein Leben also einem Vertreter der Küstenwache anvertrauen. Einigermaßen entspannt lehnte ich mich zurück und freute mich auf eine heiße Dusche. Es war höchste Zeit, mir die Spuren der langen Reise abzuwaschen.

Auch Maximilian würde ich endlich anrufen, bisher hatte ich ihm trotz seiner vielen Nachrichten, die zunehmend beunruhigt klangen, keine einzige Antwort geschickt. Er war in Perm am Flughafen, wo er und seine Kollegin zwei Flugtickets organisiert hatten, und wusste noch nicht einmal, dass ich mich in Italien aufhielt. Ich würde ihm irgendetwas vorlügen müssen.

Im Schritttempo fuhr Benedetta hinter Engländerinnen in kurzen Kleidchen und zwei Ordnungshütern her. Schwarzafrikaner boten Plastikplunder »made in China« feil oder scherzten mit den Kellnern in den Cafés. Manche streunten auch nur herum, in den Augen eine stumpfe Leere, die vermutlich von der Enttäuschung über ein gelobtes Land rührte, das keines war.

Endlich erreichten wir das auf einem Hügel gelegene *centro storico*. Die Fensterläden an den hohen Häusern der Altstadt waren zugeklappt, die Rollgitter vor den Geschäften heruntergelassen, bis auf ein paar versprengte Urlauber und eine streunende Katze begegneten wir hier niemandem. Erst um fünf, in einer guten halben Stunde, würde in den buckeligen Gassen das Leben wiedererwachen.

»Da ist es«, sagte Benedetta, als sie auf der Piazza Santa Teresa vor einem Mini-Palazzo in zartem Gelb hielt, auf dessen Dachterrasse es überquoll vor Oleanderbüschen und Bougainvilleen. Eine dichte Hecke und das übliche massive Stahltor schützten das jahrhundertealte Bauwerk nach außen.

Ein drahtig gebauter Mann in dunkler Uniform mit Schulterklappen, er mochte Ende dreißig sein und trug das schwarze Haar sehr kurz, trat durch das Tor. In der Hand hielt er eine ausgebeulte Tasche.

»*Ciao, carissima*«, begrüßte er Benedetta durch das offene Fahrerfenster. »Ich frage lieber nicht, ob alles in Ordnung ist, *d'accordo*?«

Aus dem Augenwinkel sah ich, wie sie lächelte. Ein solches Lächeln hatte ich bisher nur ein Mal an ihr gesehen. Damals hatte sie neben Vincenzo auf dem Sofa in meinem Salon gesessen, beide kichernd über sein Smartphone gebeugt.

Wir stiegen aus. Trotz der Klimaanlage hatte ich während der letzten Kilometer geschwitzt und war nun froh um die leichte, wenn auch zu warme Brise, die vom Meer heraufwehte.

Die Begrüßung war rasch erledigt. Hier auf der Straße konnte jeder mithören, und ich konnte nur hoffen, dass Gianmaria Gemellis Krakenfinger nicht bis hierher reichten. Ich wusste allzu gut, wie schnell sich in Italien Nachrichten verbreiteten. Auf der Straße, über die Theke des Supermarkts, beim Metzger, im Wartezimmer eines Arztes – und von dort quer durchs Land.

Als ich mein Köfferchen aus dem Fond holte, wies Mauro auf das graue Rollgitter, das im Erdgeschoss eines Seitentraktes eingelassen und nur von der Straße aus zu erreichen war.

»*Un attimo*«, bat er mich um einen Moment Geduld und zog einen Schlüsselbund aus der Hosentasche. »Ich muss nur noch das Auto holen.«

»Das Auto?«, fragte ich überrascht.

»Mauro bringt dich nach Otranto«, raunte Benedetta mir zu. »Sicher ist sicher.«

Ich unterdrückte einen Seufzer. Warum hatte sie nichts davon erwähnt? Fürchtete sie etwa, selbst im Wagen befänden sich Wanzen?

»Kein Sorge, in ein, zwei Stunden seid ihr da.« Ihr Blick wurde ernst. »Ich melde mich, sobald alles vorbei ist. Und das mit Mona, das kriegen wir hin. Okay, Anna?«

Mir war klar – sie wollte nicht nur mir Mut machen, sondern auch sich selbst.

Wir umarmten und küssten uns nach italienischer Manier, ich wünschte ihr alles erdenklich Gute für die bevorstehende Aktion. Dann bat ich sie, mir Leons Waffe auszuhändigen, die sie bei unserem Aufbruch in der *questura* wieder an sich genommen hatte.

»Ich möchte dir danken, von ganzem Herzen«, sagte Benedetta, als sie mir die Pistole nach anfänglichem Zögern schließlich doch unauffällig zusteckte. »Für deine Gastfreundschaft, Anna, für deine Geduld – ich weiß, du hattest es nicht leicht mit mir. Und für die Zeit, die ich mit Vincenzo verbringen durfte, dafür danke ich dir ganz besonders. Es ist so lange her, dass ich ein ganz normales Leben hatte.«

Ich umarmte sie ein zweites Mal und drückte sie dieses Mal fest an mich. Sie hatte es mir schwer gemacht, weiß Gott. Dennoch war sie mir ans Herz gewachsen. Besonders nach unserer langen Fahrt, den ersten Momenten der Offenheit, meinem langsamen Verstehen.

Der Motor des kleinen Fiats, den Mauro aus der Garage fuhr, heulte auf. Ich verabschiedete mich endgültig von Benedetta und ging zur Beifahrerseite.

Als ich einstieg, saß sie schon wieder im Wagen. Ich winkte, auch sie hob die Hand, auf den Lippen eines ihrer seltenen Lächeln, das mich für so manches entschädigte, mich mit allem versöhnte.

Ich sollte sie nie wiedersehen.

20

Nach einer eintönigen Fahrt durch das Landesinnere zeigte sich in der Ferne endlich die Weite des Meeres in Silber und Blau. Dahinter erhob sich wie eine Fata Morgana die Küste Albaniens mit ihren hohen Bergketten, die nur an klaren Tagen zu sehen waren. Die Entfernung quer über die Straße von Otranto, wie die Meeresenge an dieser Stelle des *mare adriatico* hieß, betrug nur siebzig Kilometer, erklärte mir Mauro, der ansonsten meist geschwiegen hatte.

Otranto entpuppte sich als strahlend weiße Perle. Die Hafenbucht unter dem azurfarbenen Himmel war so malerisch, das Wasser so klar, dass ich, als ich bald nach unserer Ankunft auf der von Clematis und Efeu überdachten Terrasse in Mauros Elternhaus stand, für einen kurzen Moment sogar den Grund meines Hierseins vergaß.

Segeljachten zogen auf dem offenen Meer ihre Bahnen, ein Kirchlein thronte über der von Wohnhäusern und kleinen Hotels gesäumten Bucht, in der Segelschiffe schaukelten, an der Promenade flanierten Müßiggänger, am Strand wurde gespielt und geplanscht – alles wie aus dem süditalienischen Bilderbuch. Schwer zu glauben, dass im Umkreis von nur wenigen hundert Kilometern gewissenlose Verbrecher hausten und die Menschen in ihrer Umgebung in verhängnisvolle Abhängigkeiten verstrickten. Vielleicht, wer konnte es wissen, vielleicht lauerten sie sogar hier.

Ich verließ die Terrasse, ging zurück ins Haus und endlich unter die Dusche.

Von außen, mit seinem verwitterten Putz und den vielen renovierungsbedürftigen Stellen, wirkte das Haus – wie so viele Bauwerke in der Altstadt – vernachlässigt, wenn nicht gar heruntergekommen. Im Inneren aber bestach es durch ein Treppenhaus, das so riesig war, dass sogar eine antike Droschke Platz darin fand. Schon bei meinem ersten Tritt über die Schwelle war sie mir ins Auge gestochen, und auch die herrschaftlichen Räume in der oberen Etage mit ihren bunten Bodenkacheln, auf denen sich Blumen rankten und Vögel ihre Schwingen ausbreiteten, hatten mir auf Anhieb gefallen. Alles hier erzählte von Tradition und einer Familiengeschichte, auf die man stolz war.

Neben Livia, Mauros Mutter, lebten in dem alten Gebäude an der zentralen Piazza Basilica seine Schwester Claudia, ihre zwei Söhne und der greise Nonno. Bei der Begrüßung hatte niemand mir Fragen gestellt. Sie machten auch sonst kein Aufhebens und behandelten mich so, als wäre ich Teil der Familie. Nach dem Begrüßungskaffee gingen Livia, eine füllige Frau Mitte sechzig mit kupferrot gefärbter Dauerwelle, und ihre Tochter in die Küche, wo sie mit Geschirr klapperten. Mauro und ich wollten die Einkäufe fürs Abendessen erledigen.

Nachbarn und Freunden gegenüber, erklärte er mir auf dem Weg nach unten – im Erdgeschoss waren neben dem Treppenhaus nur Garagen und Lagerräume untergebracht –, würde er mich als entfernte Verwandte eines Onkels vorstellen, den es vor Jahrzehnten in die Toskana verschlagen hatte. Apulien war seit jeher ein Emigrationsland gewesen.

Auf der Piazza sprach uns schon nach wenigen Metern ein Nachbar an. Ungefragt erzählte mir der weißhaarige Alte von dem berühmten Mosaik in der Kathedrale und den Knochen und Schädeln in einer Seitenkapelle – achthundert Märtyrer seien vor vielen hundert Jahren unter türkischer Herrschaft in den Tod gegangen. Nach dieser düsteren Erzählung hob er die Hand zum Gruß und trottete auf die Basilika zu, aus der Touristen, Gläubige und Musikklänge quollen.

Auch auf unserem Gang durch die mittelalterlichen Gässchen mit ihren winzigen Läden, die Kitsch und Kunsthandwerk aus der Gegend feilboten, an der von Bars und Restaurants gesäumten Promenade, im Fischladen und an der

Käsetheke des *supermercato* – überall mussten Mauro und ich stehen bleiben und ein paar Worte mit irgendwelchen Bekannten wechseln. Immer wieder zog ich bei diesen Gelegenheiten das Handy aus der Tasche und warf einen nervösen Blick darauf. Keine Neuigkeiten von Benedetta.

»So war es übrigens immer, und zwar nicht nur in Apulien«, sagte Mauro, als wir auf dem Rückweg den Park hinter der glutheißen Uferpromenade passierten, scheinbar ohne Zusammenhang. »Griechen, Normannen, Türken, dann die Spanier – sie alle haben die Regionen in Süditalien erobert, die Bewohner ausgepresst, oft getötet. Und niemand hat geholfen, schon gar nicht Rom, immer waren wir uns selbst überlassen.«

Er blieb stehen und ließ den Blick seiner kaffeebraunen Augen über die Bucht schweifen. Ein Schiffskutter in Dottergelb tuckerte über die Wasseroberfläche. Der bärtige Mann, der an Bord ein Netz zusammenrollte, rief Mauro etwas Unverständliches zu, offenbar reinstes Apulisch.

»Auch später hat kein Hahn nach uns gekräht, damals, als die Großgrundbesitzer nach Neapel oder Rom übergesiedelt sind.« Mauro winkte dem Mann. »Eigentlich kein Wunder, dass sich hier im Süden die vielen Spielarten der Mafia so wunderbar entwickeln konnten. Allein gelassen von all den Wichtigtuern und korrupten Politikern.«

Wir setzten unseren Weg fort. Drei, vier Rentner, die sich auf einem Bänkchen die Zeit vertrieben, grüßten Mauro lauthals und betrachteten mich neugierig. Ich wurde vorgestellt und angesichts meiner toskanischen Heimat, die hierzulande nicht als dem feindlichen Norden zugehörig galt, mit wohlwollenden Worten und Komplimenten bedacht.

Bald erreichten wir das Ende des Parks, über dem der intensive Geruch mediterraner Gewächse lastete, und durchschritten ein mächtiges, in die mittelalterliche Stadtmauer eingelassenes Tor. Wieder einmal holte ich mein Handy hervor. Nichts. Auch Monas Entführer ließen mich zappeln.

Ich fragte Mauro nach Benedettas Eltern. Ihr Vater, erfuhr

ich, war vor zwei Jahren an Bauchspeicheldrüsenkrebs gestorben.

»Für Benedetta war das natürlich die absolute Katastrophe, ihr Vater hat ihr sehr nahegestanden.«

»Hat sie sich deshalb für diesen Einsatz gemeldet?«

»Es war der Auslöser, das schon.« Er warf mir einen vielsagenden Blick zu. »Aber nicht der eigentliche Grund.«

»Ach?«

»Du weißt das gar nicht?« Andeutungsweise nickte er. »Natürlich, sie spricht ja nie darüber. Ich war in Triest, als es passiert ist, vier Jahre ist das jetzt her. Auf einer Schulung zu Erstmaßnahmen bei terroristischen Anschlägen, bei der Gelegenheit habe ich Benedetta übrigens kennengelernt. Sie war die Jüngste von uns Teilnehmern.«

Wir stiegen eine steile Treppe hinauf, die uns zurück zur Kathedrale führte. Ein drittes Mal blieb Mauro stehen, betrachtete die ausgetretenen, jahrhundertealten Stufen und sog die flirrend heiße Luft ein, die zwischen den eng gedrängten Häusern innerhalb der Festungsmauern stand.

»Am Tag davor hatten sie Benedettas Antrag genehmigt, sie wollte ja schon länger in die Antimafia-Einheit. Am Abend haben wir dann gefeiert. Zwischendurch hat Benedetta mit ihrem Vater telefoniert, sie ist fast geplatzt vor Stolz, und am nächsten Vormittag …«

Mauro schüttelte den Kopf, als könnte er auch heute nicht begreifen, was damals geschehen war. Dann hob er den Blick. Er war ernst und zutiefst traurig.

»Am nächsten Vormittag hat ihr Vater angerufen. Als er Benedettas Mutter den Morgenkaffee bringen wollte, sie hatten getrennte Schlafzimmer …«, kurz schloss er die Augen und seufzte. »Sie hatte sich die Pulsadern aufgeschnitten.«

Den ganzen Abend über wartete ich auf die erlösende Nachricht von Benedetta. Nach jedem Gang des opulenten Essens zog ich unauffällig mein Smartphone hervor.

Trotz meiner Vorsätze hatte ich noch nicht mit Maximilian telefoniert, dessen Flieger bald starten würde – ich wollte ihn nicht eiskalt belügen. Er und Vincenzo hatten mir mehrmals geschrieben oder Mitteilungen aufgesprochen und wollten voller Sorge wissen, wo ich steckte. Vermutlich hatte Paolo sie kontaktiert. Auch er selbst fragte immer wieder an, ob ich seine Anrufe und Nachrichten nicht beantworten könne oder nicht wolle, ob es mir um Himmels willen gut gehe. Nur von Benedetta kam bloß eine kurze Botschaft, in der sie mich wieder um Geduld bat.

Mauros Familie und ich saßen in einem regelrechten Speisesaal, der mit seinen Originalfresken und den vielen Antiquitäten fast so prunkvoll war wie der im Castello meiner Verwandten. Doch ich hatte kaum Augen für die Pracht. Von den schmackhaften Speisen – *orecchiette alla pugliese*, landestypische Pasta mit Gemüse der Saison, und *agnello alle olive*, das Lamm war mit den hierzulande weitverbreiteten Peperoncini gewürzt – ließ ich mir immer nur aus Höflichkeit eine kleine zweite Portion nachlegen.

Nach den schier endlosen Autofahrten wäre ich am liebsten sofort in meinem Zimmer verschwunden. Aber auch abgesehen von meiner Erschöpfung hatte ich keine Lust auf Gesellschaft. Monas Entführer ließen mich nach wie vor schmoren, und die Angst, ob sie überhaupt noch am Leben war, setzte mir mit jeder Minute mehr zu. Die Gastfreundschaft, die Mauro und seine Verwandten mir entgegenbrachten, verlangte jedoch, dass ich mich nicht nur am lebhaften Gespräch beteiligte, sondern mich nach dem Essen auch dem obligatorischen Abendspaziergang anschloss.

So laut und geschäftig es am Spätnachmittag bei unserem Eintreffen zugegangen war, so still war es nun, als wir die Piazza vor der Kathedrale überquerten. In den wie ausgestorbenen Gassen war bis auf das Geschnatter von Mauros Verwandten nur das Piepsen der Mauersegler zu hören. An der Uferpromenade hingegen wurde noch flaniert, gelacht und geplaudert.

Ein leichter Wind war aufgekommen, die vor Anker liegenden Boote tanzten auf den Wellen, über den Festungsmauern schwebte die von Lichtern angestrahlte Kulisse der alten Stadt. Wieder war die Luft schwer von Gerüchen. Die Düfte der exotischen Pflanzen und herausgeputzten Italienerinnen strichen an mir vorbei, der Salzgeruch vom Meer wehte landeinwärts. Wenn ich nicht so unruhig gewesen wäre, hätte ich mich gefühlt wie in einem Traumland.

Auf einer kleinen Bühne spielten Musiker mit Klarinetten, Geigen und einem Akkordeon. Als sie einen Tango anstimmten, dachte ich an Leon und wäre fast in Tränen ausgebrochen. Wenn er wirklich bei Gianmaria Gemelli Unterschlupf gesucht hatte, was ich einfach nicht glauben konnte, vielleicht auch nicht wollte, würde er der großen Razzia nicht entkommen, die nun bald beginnen würde.

Wieder zog ich mein Handy hervor, zum ungezählten Mal. Keine Nachricht von Benedetta, die mich aufatmen ließ.

✳✳✳

Am nächsten Morgen erwachte ich spät, trotz der vielen Geräusche, die mich ab sechs Uhr immer wieder aus dem Schlaf geschreckt hatten. Die Glocken im Turm der Kathedrale, der fernab vom Kirchenschiff am Rand der Piazza stand, Böllerschüsse, das Geschepper und Gerummse einer Blaskapelle. Sogar die Müllabfuhr hatte, selbst am Sonntag, frühmorgens die Abfalleimer auf der Piazza geleert.

Um halb zehn setzte ich mich auf, konsultierte das Handy, und sofort nagte wieder die Unruhe an mir. Aus Benedettas letzter, um kurz nach Mitternacht in großer Eile geschriebener Mitteilung schloss ich, dass der Einsatz zu diesem Zeitpunkt unmittelbar bevorgestanden hatte.

Ich ging ins Bad, zog mich an und trank in der Küche starken schwarzen *caffè*. Nicht einmal den kleinsten *biscotto* brachte ich hinunter, während ich im Zwei-Minuten-Abstand abwechselnd auf mein Mobiltelefon und durchs Fenster hinüber zur Kathedrale blickte. Das Portal unter der riesigen Sandsteinrosette wurde mit Blumen geschmückt, vielleicht fand heute eine kirchliche Feierlichkeit statt, Touristen schlappten vorüber.

Mauro samt Familie war bis auf den Nonno ausgeflogen. Ich stürzte den nächsten Kaffee hinunter, blickte wieder aufs Handy, wieder aus dem Fenster. Die Minuten tröpfelten zäh dahin. Aus reiner Verzweiflung ging ich schließlich zur Kathedrale hinüber und besah mir das berühmte Mosaik. Drei Lebensbäume, die so gut wie den kompletten Boden des Doms bedeckten, mit christlichen, byzantinischen, mythologischen und heidnischen Darstellungen.

Gegen zwölf füllte sich das Haus. Der Nonno fragte in einem fort, ob es pünktlich *cena* gebe, er habe einen Riesenhunger. Die Kinder rannten brüllend treppauf und -ab, Livia und ihre Tochter stritten. Als einer der Jungs mit dem Kopf gegen eine Tischkante knallte, wurde das Geschrei noch größer.

Mein Schutzengel selbst tauchte nicht auf. Ein dringender Einsatz, erklärte mir Livia in der Küche, wo sie Tomaten für die Pastasoße enthäutete, habe Mauros Aufenthalt abrupt beendet. Ein Rettungsschiff unter deutscher Flagge, dem die Behörden das Anlegen im Hafen von Brindisi untersagt hatten, kreuzte mit zweihundert Flüchtlingen in den Gewässern vor der Küste.

Der nächste Blick aus dem Fenster, nun von meinem Zimmer aus. Feierlich gekleidete Menschen strömten in die Kathedrale, deren Portal unter noch mehr Blumenschmuck verschwand, Urlauber mit Selfiesticks schlenderten über die Piazza.

Auf meinem Handy herrschte weiterhin Funkstille. Ich schrieb Vincenzo nun doch eine Nachricht, in der ich ihm versicherte, es gehe mir gut. Immer wieder stand ich kurz davor, Benedetta oder Mauro anzurufen. Doch da beide bei einem wichtigen Einsatz waren, ließ ich es bleiben und rief stattdessen in der *questura* in Bari an. Ständig wurde ich weiterverbunden, jedoch nie mit dem leitenden Staatsanwalt.

Als ich auflegte, begann Pavarotti zu singen.

Eine unterdrückte Nummer, sagte mir ein Blick auf das Display meines Mobiltelefons.

»Die Übergabe findet in Lugano statt.« Die heisere Stimme von Monas Entführer. »Morgen früh um acht, die genaue Adresse erfahren Sie später.«

»Lugano?«, wiederholte ich verwirrt. »Ich weiß nicht, ob ich das schaffe, mein Auto ist kaputt«, behauptete ich, während mir tausend Schreckensszenarien durch den Kopf jagten. »Außerdem die Staus, die Ferien haben gerade angefangen, und nach Lugano, das sind ja bestimmt …«

»Morgen früh, acht Uhr.«

Es klickte, die Leitung war unterbrochen.

Ich starrte auf das Telefon, sekundenlang, rechnete fieberhaft. Die Entfernung nach Lugano betrug mehr als dreizehnhundert Kilometer. Zwölf Stunden mindestens, ohne Pausen. Jetzt war es Viertel vor eins, Zeit hatte ich also genug. Was ich allerdings nicht hatte, war ein Plan. Und ein Fahrzeug und den Stick …

Vielleicht, wenn ich irgendwo einen zweiten Stick organisierte? Wenn ich versuchte, Monas Entführer damit hinzuhalten?

Leons Pistole fiel mir ein, die in meiner Handtasche lag. Der Gedanke, Mona zu befreien und uns den Weg freizuschießen, war jedoch absurd. Allein, das wusste ich genau, würde ich es niemals schaffen.

Warum, überlegte ich verzweifelt, meldete sich Benedetta denn nicht?

Wider besseres Wissen suchte ich ihre Nummer in der Telefonliste meines Handys. Ein fernes Tuten ertönte, dann die alles andere als hilfreiche Ansage, dass der angerufene Teilnehmer sich nicht meldete. Aus der Kathedrale, hörte ich mit halbem Ohr, tönte Klaviermusik, die nicht nach Liturgie klang.

Ich versuchte es ein zweites Mal in der *questura*, erreichte zumindest eine Sekretärin, auf die ich so atemlos einsprach, dass sie mir schließlich in genervtem Ton versprach, der leitende Staatsanwalt würde mich zurückrufen. In zehn Minuten, ganz bestimmt. Seit einer Viertelstunde, entnahm ich ihren Worten, war Nicodemo Rigosa wieder im Büro.

Nur um irgendetwas zu tun, lief ich zum Schrank, stopfte meine wenigen Dinge in das Köfferchen, sah mich um, ratlos. Wenn wirklich etwas falsch gelaufen war, wenn die Razzia missglückt war, wenn Benedetta vielleicht sogar ...

Ich weigerte mich, den Gedanken zu Ende zu denken, zermarterte mir vielmehr den Kopf, wie es jetzt weitergehen sollte. Wenn ich tatsächlich auf mich allein gestellt war – in dieser Abgeschiedenheit gab es nicht einmal einen Bahnhof. Ich brauchte ein Auto.

Die Tür sprang auf, Knoblauchgeruch und eine Parfüm-wolke drangen herein.

»Gleich kommen sie raus!«, rief Livia halb aufgeregt, halb freudig. »Die kleine Carlotta hat geheiratet!«

»Livia, wo kann man hier ...«

»Wir gehen runter zum Gratulieren, alle gehen wir, du kommst doch auch mit? *Dai, Anna, vieni!*«

Schon war sie wieder weg. Schuhgetrappel auf der Treppe, die Jungs schrien durcheinander, der Gehstock des Nonno stampfte die Stufen hinunter. Die Piazza, sah ich bei einem raschen Blick aus dem Fenster, quoll über vor Menschen, viele von ihnen so festlich gekleidet, als wären sie zu einem Staats-bankett geladen.

Ich musste nachdenken, ich musste überlegen. Aber vor allem musste ich mit Benedetta sprechen. Oder zumindest mit dem leitenden Staatsanwalt. Ich schickte ein Stoßgebet zum Himmel, dass die Sekretärin ihr Versprechen hielt und ihn auch wirklich sofort informierte.

Was konnte ich sonst tun? Paolo anrufen?

»Denk an den Maulwurf«, hörte ich Benedettas beschwörende Stimme, und schon wieder ging es los mit den vielen Wenn und Aber – jeden Moment würde mir der Kopf zerspringen. Ja, ich brauchte frische Luft.

Eine Minute später stand ich unten auf dem Platz, das Mobiltelefon in der Hand, damit ich es auf keinen Fall überhörte. Mit halb blinden Augen sah ich den Hochzeitsgästen, die sich vor dem Portal der Kathedrale versammelt hatten, dabei zu, wie sie körbchenweise Rosenblätter verstreuten.

Überall in den umliegenden Häusern klappten Fenster und Türen auf, es wurde gerufen, gepfiffen und geklatscht wie verrückt. Nachbarn mischten sich unter das geladene Volk, Kinder liefen singend durcheinander. Touristen blieben stehen und filmten das Spektakel. Als Braut und Bräutigam sich küssten, versperrte mir ein hochgewachsener Mann die Sicht. Seine Bewegungen erschienen mir seltsam vertraut. Er trug einen dunklen Anzug und einen tief in die Stirn gezogenen Hut.

Rosarote und perlweiße Luftballons, die perfekt mit dem Prinzessinnenkleid der Braut harmonierten, stiegen auf. Nun wurde gelacht und noch mehr geklatscht. Der Lärm war so ohrenbetäubend, dass ich es kaum hörte, als Pavarotti seine Arie schmetterte. Zum Glück spürte ich die Vibration.

Ich drückte auf den grünen Hörer, drängte mich durch die Menge zum Rand des Platzes.

»*Buongiorno*, Signora di Santosa«, hörte ich die Stimme von Benedettas Chef an meinem Ohr. »Ich habe leider schlechte Nachrichten für Sie.«

»Signor Moretti …«

Die nächtliche Aktion war völlig aus dem Ruder gelaufen. Noch während die Kräfte der Antimafia-Einheit Stellung vor La Turrita bezogen und noch bevor sie alle Zufahrtswege blockiert hatten, hatten die Mafiosi das Feuer eröffnet. Sie mussten von der Razzia gewusst haben. Die Sicherheitskräfte hatten natürlich zurückgeschossen. Benedetta hatte dennoch versucht, ins Innere der Festung zu gelangen.

»Mit niemandem hat sie sich abgesprochen, keiner versteht das, mit niemandem.« Ein tiefes, anhaltendes Seufzen. »Vielleicht wollte sie Gemelli den Weg abschneiden, ich weiß es nicht. Aber auf einmal war sie weg, und dann ...«

Ich wusste längst, was nun kam.

»Sie ist tot. Es tut mir so unfassbar leid, ausgerechnet meine beste Agentin.«

Ich schloss die Augen, atmete tief durch. Dennoch hatte ich das Gefühl, der Boden würde mir unter den Füßen wegkippen.

»Und Mona?« Ich hob die Lider, sah jedoch kaum etwas. Mit der Handfläche meiner Linken wischte ich die Tränen fort. »Was ist mit Mona?«

»Wir haben sie nirgendwo gefunden. Gemelli ist verschwunden, er und ein paar seiner Leute, sie müssen die Geisel mitgenommen haben. Falls sie überhaupt je dort war, wir wissen ja noch nichts Genaues, und ob einer von ihnen reden wird, kann ich im Moment noch gar nicht ...«

Der Geräuschpegel hinter mir stieg weiter an, ich verstand nichts mehr von dem, was er sagte. Ich ging in eine Gasse hinein. Jeder Schritt fiel mir so schwer, als zögen mich Bleigewichte unter die Erde.

»... fünf Einsatzkräfte verloren, dazu acht Schwerverletzte«, drang wieder Franco Morettis Stimme an mein Ohr. »Bei der Gegenseite sind die Verluste wesentlich höher.«

Ich erzählte ihm vom Anruf der Entführer.

»Lugano? Das kann nur eine Finte sein, aber gut, ich kümmere mich darum. Und jetzt sagen Sie mir bitte, wo Sie sind. Benedetta hat auf absolute Geheimhaltung bestanden, auch mir gegenüber. Ich lasse Sie natürlich sofort abholen.«

»In ...«

Benedettas Worte schossen mir durch den Kopf: »Traue niemandem!«

»Sie brauchen sich keine Sorgen zu machen, Signora. Ich bürge persönlich für Ihre Sicherheit.«

»Und Mona?«, wiederholte ich. »Sie müssen schnell handeln, und eigentlich würde ich lieber mit dem Staatsanwalt …«

»Ich kann Ihnen keine Auskunft über unsere weiteren Aktivitäten geben«, unterbrach er mich barsch. »Also, wo sind Sie? Wenn Sie mir die Adresse nennen, sparen wir uns viel Zeit.«

Natürlich wusste ich, dass er nun, da er mich am Telefon hatte, über wenige Mausklicks herausfinden würde, wo ich war. Ohne ein weiteres Wort drückte ich auf den roten Hörer, schaltete das Handy aus, steckte es in die Gesäßtasche meiner Jeans, wandte mich um.

Der Mann mit dem Hut stand vor mir.

Leon.

Im ersten Moment traute ich meinen Augen nicht.

»Was wollen Sie?«, fauchte ich ihn im zweiten an. »Hat Gemelli Sie geschickt, seinen besten Killer, damit Sie mich umbringen?«

»Was reden Sie denn da?« Er packte mich am Arm. »Kommen Sie, wir haben nicht viel Zeit.«

»Lassen Sie mich los, verschwinden Sie! Das waren doch Sie, der ihn gewarnt hat, Sie sind nach La Turrita, und jetzt sollen Sie mich …«

»Nein, so war es nicht.« Er ergriff mich nun auch am anderen Arm. »Ich bin dort gewesen, ja, aber ich habe kein Wort mit Gianma…«

»Sie lügen doch, immer lügen Sie nur!«, schrie ich, völlig außer mir. »Er hat Ihnen gesagt, wo ich bin, wer denn sonst? Hauen Sie bloß ab, Sie verdammter Verräter!«

»Anna, so hören Sie doch …«

Ich versuchte, mich seinem Griff zu entwinden, schlug nach ihm, blind und taub für alles, was er sagte. Es war die einzige Erklärung: Leon arbeitete wieder für die Mafia. Mit Händen, Füßen, Fingernägeln und Zähnen setzte ich mich zur Wehr.

»Ich hasse Sie«, brüllte ich, »Sie sind an allem schuld, Sie verfluchter Mörder, ich hasse Sie, ich …«

Ein Schlag traf mich an der rechten Wange. Mein Kopf flog nach hinten, ich geriet ins Taumeln.

Leon musste mich wieder losgelassen haben. Ich hatte es nicht einmal bemerkt, so hatte ich getobt. Erstaunt sah ich ihn an, in diesem Moment zum ersten Mal richtig. Am Hemdkragen hatte er dunkle, eingetrocknete Spritzer, auch an seinen Handgelenken war Blut. Dann erst bemerkte ich die Schatten unter seinen Augen. Die Endgültigkeit in seinem Blick.

»Ich musste Benedetta versprechen, dass ich Ihnen helfe. Dass ich Sie und Ihre Freundin in Sicherheit bringe. Deshalb bin ich hier – das ist die Wahrheit, ich schwöre es bei allem, was mir heilig ist.« Mit einer fahrigen Geste wischte er über das Revers seines Jacketts, es war versengt und zerlöchert. »Gianmaria hat Ihre Freundin nach Lugano schaffen lassen, als Faustpfand, und ist jetzt selbst auf dem Weg dorthin. Aber ich weiß, wo er sich verschanzen wird.« Seine hellen Augen flackerten. »Benedetta hat mir gesagt, wo ich Sie finde. Ich habe ihre Hand gehalten, bis zum Schluss.«

Alle Anspannung, alle Wut fielen von mir ab. Wenn Leon mich nicht wieder gehalten hätte, wäre ich umgefallen.

»Warum … Sie?«, stammelte ich. »Was wollten Sie auf La Turrita?«

»Gianmaria töten, was sonst? Seit dem Überfall auf mein Haus weiß ich, was ich von ihm zu halten habe. Woher sollte ich wissen, dass auf einmal eine ganze Armee anrückt?« Er lachte rau, fast klang es wie ein Knurren. »Zapotto muss Wind von der Aktion bekommen haben, ich schätze, er ist wieder mal gegen Kaution rausgekommen. Jedenfalls habe ich ihn gesehen, Gianmaria nicht, der war längst weg. Als die anderen zu schießen begannen, war ich mittendrin. Es blieb mir nichts anderes übrig, als zu verschwinden, und auf einmal stolpere ich über Benedetta.« Pause. »Buchstäblich.«

»Sie ist tot, Leon, sie …« Ich schluchzte auf. »Ich konnte ihr nicht einmal Lebewohl sagen, sie ist einfach …«

Seine Umarmung wurde fester. Dieses Mal ließ ich sie zu,

lehnte den Kopf an seine Schulter. Ich fühlte seine Hände über meinen Rücken streichen, nahm seinen Geruch wahr, diesen moosig-würzigen und doch frischen Duft. Hinter mir hörte ich die Hochzeitsgesellschaft, die in einem fort jubelte. Und gleichgültig, ob ich die Augen schloss oder öffnete, immer nur sah ich diese beiden Gesichter vor mir, die ich nicht aus meinem Denken verbannen konnte.

Benedettas Gesicht, manchmal unschuldig, manchmal abweisend, und immer diese Scheu im Blick. Neben Vincenzo, zu Hause auf dem Sofa. In der Bibliothek, mit dieser viel zu großen Waffe in ihrer kleinen Hand. In Monas Mini während der langen Fahrt, in ihren Augen eine Zerrissenheit, die ich nicht einmal meinem schlimmsten Feind gewünscht hätte.

Und Monas Gesicht. Mit gerümpfter Nase und dennoch diesem Elfenlächeln auf den Lippen, wenn ich sie bat, nicht ausgerechnet mit ihren spitzesten Stilettos über mein Parkett zu laufen. Zwischen den Trümmern im »BellaDonna«, die Augen geschlossen, auf der Haut das viele Blut. Im Krankenbett, alles an ihr so schmal und zerbrechlich, das Antlitz so weiß wie das Laken eines Toten.

Ich löste mich aus Leons Armen, straffte den Rücken.

»Wir haben einen weiten Weg vor uns«, sagte ich, mit endlich wieder klaren Sinnen. »Wo steht Ihr Auto?«

21

Seit Stunden waren wir unterwegs. Leon saß am Steuer eines
Passats, den er irgendwo gemietet hatte, vermutlich unter fal-
schem Namen.

Anfangs hatte er mir weiter von der Razzia erzählt, von
Benedettas letzten Atemzügen. Als er sie auf einer Treppe
liegen sah, bei seiner Flucht aus La Turrita, hatte sie nur noch
wenige Minuten zu leben gehabt. Sie war von mehreren Kugeln
in Bauch und Brust getroffen worden. Auch wenn sie keine
Freundin war, so war sie doch keine Feindin mehr – und ihr
diesen letzten Dienst zu erweisen war für ihn nicht nur ein
Gebot der Menschlichkeit, sondern auch seiner Ehre. Er blieb
bei ihr, bis sie ihr Leben aushauchte, und schloss ihre Lider. Es
hatte mir fast das Herz gebrochen, seinen Worten zu lauschen.

Nun aber – wir näherten uns Ancona, es war bald sieben
Uhr abends und noch lange nicht dämmrig – war er still gewor-
den. Aus dem Radio tönten gut gelaunte Menschen, die über
Matteo Salvinis Zukunft spekulierten, den Chef der rechtsna-
tionalen Lega, und seinen hoffentlich dauerhaften Untergang.
Ich hörte kaum zu, sondern brütete wie Leon vor mich hin.

Auf den Autobahnen herrschte viel Verkehr. Italiener, nach
einem Wochenende am Meer auf dem Weg nach Hause, Deutsche und Holländer in Sommerurlaub oder ebenfalls auf der
Rückreise. Die meisten von ihnen konnten es vermutlich kaum
erwarten, ihr Ziel zu erreichen. Ich hingegen hatte Angst vor
dem, was uns am Ende unserer Fahrt erwartete, und hoffte
dennoch, dass wir so bald wie möglich ankämen.

Leon war sicher, dass Gianmaria Gemelli sich in seinem
Landhaus hoch über dem Luganer See verschanzt hatte, einem
dreihundert Jahre alten Palazzo in den Bergen. Mit Blick auf
den See, aber gut versteckt, hatte er offiziell dem toten Silvio
Lorusso gehört. In Wahrheit war das Anwesen jedoch Gian-

maria Gemellis Eigentum und fungierte als sein strategischer Stützpunkt in der Schweiz. Laut Leons Worten war die Villa nicht nur gut befestigt und bewacht, sondern auch groß genug, um neben dem Clan-Oberhaupt die mit ihm geflohenen Verbrecher aufzunehmen. Für Geiseln oder sonstige Gefangene war Platz in den Kellerverliesen.

Auf La Turrita wollte Leon gesehen haben, wie einige Mafiosi in einem Geheimgang verschwunden waren, der nach draußen führte, unter ihnen Dario Zapotto. Das Fußvolk war zurückgeblieben, um gegen das Antimafia-Einsatzkommando zu kämpfen. Angeblich hatte Leon sich so nah an die Flüchtenden heranschleichen können, dass er sogar Gesprächsfetzen aufschnappte, unter anderem von der deutschen Geisel in Lugano.

Doch je länger ich neben Leon saß, je länger wir schwiegen, umso mehr Zweifel erwachten in mir. Konnte ich seinen Behauptungen wirklich trauen?

Nicht nur sein Hemd und seine Handgelenke waren blutverschmiert, auch auf seinen Hosenbeinen entdeckte ich nach und nach Flecken. Schwarze, getrocknete, teilweise dick verkrustete Flecken. In einem fort rätselte ich, ob auch Benedettas Blut an seiner Kleidung klebte. Ob ihre letzten Minuten womöglich ganz anders verlaufen waren, als er mir weisgemacht hatte.

Ich konnte nicht vergessen, was sie während der Fahrt nach Bari gesagt hatte: »Er war immer einer von Gemellis loyalsten Männern.« Was, wenn Leon sie auf dessen Geheiß gezwungen hatte, ihm meinen Aufenthaltsort zu verraten? Anschließend hatte er sie kaltblütig erschossen. Und nun hatte er dasselbe mit mir vor.

Meine Intuition sagte mir zwar, dass all das nur Hirngespinste waren. Nachwirkungen des zermürbenden Wartens, meiner Dauerangst um Mona, des Schocks wegen Benedettas Tod. Doch ich wusste nicht, ob auf meine Gefühle noch Verlass war. Ich hatte schließlich keinen Beweis für Leons Unschuld.

Das Einzige, das ich hatte, war sein Wort. Das Wort eines Mafiakillers.

»Wie viele Menschen«, sagte ich, als die Wohnhäuser von Anconas Randgebieten im Rückspiegel kleiner wurden, »haben Sie eigentlich auf dem Gewissen?«

»Ich bin kein Buchhalter, ich habe sie nicht gezählt.«

»Haben Sie nie Alpträume?«

»Doch«, gestand er. »Manchmal kommen sie an mein Bett. Da stehen sie dann, all die Toten, und klagen mich an. Manchmal kann ich sogar ihre Gesichter sehen, ihre Augen.« Er schwieg, seine Kiefer mahlten. »Am schlimmsten aber ist dieses eine Gesicht. Es gehört jemandem, den ich nicht getötet habe, aber immer, wenn ich es ihr erklären will, dann …«

Er sprach den Satz nicht zu Ende, sondern starrte nur auf den chromblitzenden Rover vor uns. Eine Weile sagte auch ich nichts mehr. Doch es ließ mir einfach keine Ruhe.

»Warum haben Sie sich für einen solchen Beruf entschieden, Leon? Warum schlachten Sie Menschen ab?«

Er wandte mir das Gesicht zu, betrachtete mich. Der Ausdruck seiner Augen war, wieder einmal, nicht zu deuten. Dann schaute er wieder nach vorn.

»Ihre Frage ist natürlich berechtigt.« Er schien nachzudenken. »Nun, aus demselben Grund, warum auch Soldaten töten oder Polizisten, Leute aus der Antimafia-Truppe, vom Geheimdienst. Es war mein Job.«

»Das ist ein schlechter Vergleich. All diese Menschen stehen auf der anderen Seite.«

»Sie meinen, auf der richtigen, auf der Seite von Recht und Ordnung?« Er wiegte den Kopf hin und her. »Das hängt davon ab, wo man lebt. Wir heißen es gut, wenn jemand im Auftrag des Staates mordet. Einen Soldaten etwa, der die Grenzen seines Landes gegen Eindringlinge verteidigt, feiern wir als Helden. Wenn er in einem anderen Land lebt, nennen wir das Mord und ahnden seine Handlungen als Kriegsverbrechen.«

»Sie verdrehen die Realität.«

»Mag sein. Aber in dem Land, in dem ich aufgewachsen bin, habe ich mich immer an die Gesetze gehalten.«

»Ihrem Aussehen und Ihrer Sprechweise nach sind Sie halb Deutscher, halb Süditaliener. Sie sind also nicht im Dschungel aufgewachsen, Leon.«

»Stimmt.« Ein grimmiges Lächeln umspielte seine Mundwinkel. »Als uneheliche Kinder eines Gastarbeiters aus Apulien und einer Bäckerstochter aus dem Allgäu hatten meine Schwester und ich eine schöne Kindheit, zumindest bei der Familie unseres Vaters. Da waren wir nicht die dreckigen Ausländer, mit denen man nicht spielen durfte.«

»Und später?« Ich konnte es nicht verhindern, dass meine Stimme provozierend klang. »Ist aus Ihrer Schwester auch eine Auftragsmörderin für die Mafia geworden?«

Seine Hände, die ruhig auf dem Lenkrad gelegen hatten, zuckten. »Rita ist *off limits*, verstanden?«

Er trat das Gaspedal bis zum Anschlag durch, scherte, ohne den Blinker zu setzen, auf die linke Spur und zog an einem Ferrari vorbei, dessen Fahrer die Geschwindigkeitsbeschränkung von hundertdreißig Kilometern gewiss um einiges überschritt.

»Sonst noch Fragen?«, presste er zwischen den Zähnen hervor.

»Allerdings. Die Razzia war heute in den frühen Morgenstunden. Warum sind Sie erst so spät nach Otranto gekommen?«

»Ich musste mich verstecken, bis die Schießerei vorüber war. Es war die pure Hölle, das habe ich Ihnen doch schon erklärt. Und als die *polizia* das Gebäude gestürmt hat, konnte ich zwar gerade noch entkommen, aber nur hinten raus.« Er schnaubte. »Ich musste durchs Gelände, über die Hügel und Felder. Es hat Stunden gedauert, bis ich endlich beim Auto war.«

»Warum haben Sie nicht den Geheimgang benutzt?«

»Weil Gianmarias Leute, sobald sie alle drin waren, den Zugang gesprengt haben.«

Wieder warf er mir einen kurzen Blick zu. Wieder setzte er, ohne zu blinken, zum Überholen an. Wieder fuhr er viel zu schnell.

»Sie trauen mir nicht«, stellte er fest. »Sie glauben, Gianmaria hat mich geschickt.«

»Ich denke darüber nach, warum ein Mann, der sein Leben lang für Geld gemordet hat, auf einmal damit aufhören sollte.«

Leon zog scharf nach rechts, über die durchgezogene Linie auf den Standstreifen, stieg so heftig auf die Bremse, dass ich nach vorn geschleudert wurde. Der Sicherheitsgurt fing mich schmerzhaft auf. Irgendwo hupte es.

Der Motor starb ab, die Radiostimmen verstummten.

»Wenn ich Sie hätte töten wollen«, Leons Stimme klang schneidend, »hätte ich alle Zeit der Welt dafür gehabt. Meinen Sie nicht auch?«

Ich wandte den Kopf und sah direkt in seine Augen, die plötzlich so dicht vor den meinen waren, dass ich erschrak. Er packte mich an den Schultern, schüttelte mich.

»Wir sitzen im selben Boot, Anna, ob es Ihnen nun passt oder nicht. Ich will Gianmaria töten, Sie wollen sich und Ihre Freundin retten. Wenn Sie den Lockvogel spielen, stehen die Chancen gut, dass wir beide kriegen, was wir wollen. Danach verschwinde ich aus Ihrem Leben. Wenn Sie sich auf diesen Deal nicht einlassen, dann steigen Sie aus, hier und jetzt.« Seine Stimme wurde noch kälter und härter. »Aber wenn Sie irgendwen über mein Vorhaben informieren, die Polizei oder sonst jemanden, und wenn ich deshalb nicht tun kann, was getan werden muss, dann beten Sie zu Gott, dass ich Sie nicht finde. Also«, seine Augen bohrten sich in die meinen, »wie lautet Ihre Antwort?«

»Okay«, sagte ich nach wenigen Sekunden atemloser Stille. »Fahren Sie weiter.«

Leon ließ mich los, startete den Motor.

Ich holte tief Luft, lehnte mich in den Sitz zurück und starrte aus dem Beifahrerfenster. Staubbraune Felder zogen vorbei, Bauernhöfe, blühende Oleanderbüsche neben dem Standstreifen, deren Farbenpracht ich kaum wahrnahm. Ich musste Leon vertrauen. Was blieb mir anderes übrig?

Nein, dachte ich, als ein Schild mit der Ankündigung des nächsten *autogrill* vor uns auftauchte. Es gab noch eine andere Möglichkeit.

»Ich müsste mal auf die Toilette«, sagte ich. »Können wir kurz halten?«

✳✳✳

»Ich kenne Gianmaria, seit ich vier Jahre alt war«, sagte Leon, als wir knappe drei Stunden später Parma passierten. »Immer wenn wir bei den Nonni waren, Rita und ich, sind wir rüber zu Gianmaria und Ricco, das ist sein kleiner Bruder. Sie haben nur ein paar Häuser neben unseren Großeltern gewohnt.«

Es waren noch zweihundert Kilometer bis zu unserem Ziel. Je weiter wir nach Norden gekommen waren, umso wolkenverhangener war der Himmel geworden, längst war die Nacht hereingebrochen. Das brütende Schweigen, das nach Leons abruptem Halt auf dem Standstreifen zwischen uns geherrscht hatte, war von seiner Seite aus einer fast heiteren Ruhe gewichen. Ich hingegen war mit jedem Kilometer unruhiger geworden.

Am *autogrill* hinter Ancona hatte ich Paolo angerufen und, dem Himmel sei Dank, auf Anhieb erreicht. Als er hörte, dass ich wohlauf war, war er so erleichtert gewesen, dass es ihm erst einmal die Sprache verschlagen hatte, ein seltener Umstand. Jupp Behrens hatte nicht gesehen, wer ihn von hinten niedergeschlagen und mich vermeintlich entführt hatte. Sie hatten mit dem Schlimmsten gerechnet, umso mehr, als der Polizist, der für Monas Schutz in der Klinik gesorgt hatte, bei ihrer Entführung erschossen worden war.

Schließlich überlegte Paolo auf seine gewohnt präzise und sachliche Art, wie er mir trotz der Distanz am effektivsten helfen könne. Tabäa Brauer vom LKA wollte er nicht einweihen.

»Also gut, ich fahre selbst«, sagte er schließlich. »Irgendwen werde ich unterwegs hoffentlich mobilisieren, die Schweizer Kollegen, keine Ahnung, aber irgendwas wird mir einfallen. Dir ist schon klar, dass das ein Himmelfahrtskommando ist, Prinzessin?«

Als ich anschließend zum Parkplatz zurückgekommen war, hatte Leon schon auf mich gewartet, das Mobiltelefon in der Hand. Das meine hatte er mir vor meinem Gang zur Toilette abgenommen, doch der Kassierer in der Raststätte hatte mir sein Telefon bereitwillig überlassen. Auch Leon schien telefoniert zu haben, verlor jedoch wie ich kein Wort darüber. Seither wirkte er sehr viel entspannter.

Mir war klar, dass Paolo, gleichgültig ob mit oder ohne Hilfe, in jedem Fall erst Stunden nach Leon und mir am Luganer See eintreffen würde. Was uns dort erwartete, was mich erwartete, war völlig ungewiss. Die Aussicht, dass ich als Lockvogel dienen sollte, trug nicht zu meiner Beruhigung bei. Leon hatte eisern geschwiegen, wenn ich nachgefragt hatte.

»Wir sind immer zu viert durch die Gegend gezogen, Gianmaria, sein Bruder, Rita und ich«, fuhr Leon nun im Plauderton fort. »Später haben die beiden geheiratet – Rita und Ricco, allein schon vom Namen her haben sie ja gut zusammengepasst.«

Ich fragte mich, warum er mir ausgerechnet jetzt von seiner Vergangenheit erzählte, und musterte ihn von der Seite. Sein Blick war nach vorn gerichtet, sein Gesicht verriet nichts.

»Irgendwann musste Ricco ins Gefängnis. Nichts Dramatisches, Schwarzarbeiter in seiner Spedition, Steuerhinterziehung, das Übliche. Aber dieses Mal musste er die Haft absitzen, nicht einmal Gianmarias Anwalt konnte ihn rausboxen. Drei Jahre hat er gekriegt.« Sein Ton veränderte sich. »Ich kann gar nicht sagen, wann es angefangen hat. Doch irgendwann hatte ich das Gefühl, Rita schafft es nicht mehr allein. Alles, die Firma, die Familie, die Besuche im Gefängnis – alles ist ihr über den Kopf gewachsen.«

Nun war ich noch eine Spur überraschter. Hatte Leon nicht gesagt, seine Schwester sei tabu?

»Wir haben oft telefoniert damals, noch mehr als sonst. Jedes Mal habe ich versucht, sie zum Durchhalten zu bewegen. Und jedes Mal hat sie am Ende wieder nur geweint und gesagt: ›Ich kann in dieser Welt nicht mehr leben, Leon.‹«

Rita konnte keine Kinder bekommen, und ohne Ricco, so vermutete Leon, müsse ihr bewusst geworden sein, worauf ihr Leben wirklich gebaut war. Nach außen hin war sie die Frau eines erfolgreichen Geschäftsmannes und die Schwägerin des angesehenen Gianmaria Gemelli, der ein internationales Firmenimperium leitete. Unternehmer gingen bei ihm ein und aus, Bankdirektoren und andere Mitglieder der gehobenen Gesellschaft, manchmal auch Richter oder Politiker, die er bestochen hatte. Schließlich wusste bald jeder, womit die Brüder ihr Geld machten.

»Beschworen und bekniet habe ich Rita, ›bleib, wo du bist‹, hab ich gesagt, ›es geht vorbei, glaub mir, aber bitte, schmeiß jetzt nicht alles hin‹. Ich wusste ja, was das bedeutet hätte. Und dann, ich weiß es noch genau, am 11. November ist es gewesen, vor fast vier Jahren. Geregnet hat es, den ganzen Tag lang hat es nichts als geregnet.«

Ein grünes Schild flog vorbei. Noch hundertachtzig Kilometer bis Lugano.

»Ich war gerade in Mailand bei Vittorio, der hatte Probleme mit … Egal, ich musste jedenfalls nach La Turrita, das ging natürlich vor. Zwei Expresspakete, hatte Gianmaria am Telefon gesagt, das Codewort für eine Exekution, genauer gesagt zwei, und dafür käme nur ich in Frage. Und ich wollte ja sowieso nach Rita sehen. Die ganze Woche über war sie noch verzweifelter gewesen als sonst.«

Leons Hände umklammerten das Lenkrad so fest, dass die Fingerknöchel im Scheinwerferlicht eines auf der linken Spur überholenden Wagens weiß hervortraten.

»Das Honorar, mit dem Gianmaria mir den Mund wässrig

gemacht hat, hätte ich gut gebrauchen können«, fuhr er mit unerwarteter Gelassenheit fort. »Ich hatte gerade das Haus auf Sardinien verkauft, zu einem viel zu niedrigen Preis. Aber dann hat Gianmaria mir die Namen genannt. Bis dahin wusste ich nur, dass ich einen Mann und eine Frau exekutieren sollte.«

»Die Frau«, sagte ich tonlos, »war Rita?«

Mit aufeinandergepressten Lippen nickte er, den Blick weiterhin starr nach vorn gerichtet.

»Den Mann kannte ich nicht, aber die Fotos, die Gianmaria mir dann auf La Turrita gezeigt hat, waren eindeutig. Er war ihr Liebhaber.« Leon stöhnte. »Es war der erste und einzige Auftrag, den ich je abgelehnt habe. Ich wusste natürlich – wenn nicht ich es tue, dann tut es ein anderer, und so hätte ich wenigstens dafür sorgen können, dass es schnell ging. Aber ich konnte es nicht tun, ich konnte einfach nicht.« Sein Stöhnen wurde zu einem Keuchen. »Zapotto hat den Auftrag dann übernommen, dieses Dreckschwein.«

»Sie haben es einfach geschehen lassen?«

Lange blieb er stumm.

»Ich habe Gianmaria die Treue geschworen, bis in den Tod«, sagte er schließlich, und mir war unbegreiflich, wie ruhig er dabei klang. »Wenn ich Rita gewarnt hätte, wäre Zapotto bei mir aufgetaucht, aber mit dem wäre ich schon fertig geworden. Außerdem war es mir sowieso egal, zu diesem Zeitpunkt war mir alles egal. Aber ich konnte Gianmaria doch nicht …« Er heulte auf wie ein Wolf, tödlich verwundet, und schlug mit der Faust so heftig gegen das Lenkrad, dass das Auto ins Schlingern geriet. »Gianmaria war mein Freund, verstehen Sie? Seit ich denken kann, war er mein Freund, mein einziger wirklicher Freund.«

Erneut war es lange still zwischen uns.

»Dieses Gesicht«, sagte ich irgendwann. »Die Frau in Ihrem Traum, die Sie immer wieder heimsucht …«

»Ja«, sagte er nur.

Es überkam mich einfach. Ich legte meine Hand auf seinen

Unterarm. Leon schüttelte sie ab. Nach zwei, drei Sekunden aber löste er seine Rechte vom Lenkrad und griff nach meiner Hand. Er umklammerte sie so fest, dass es wehtat.

»Niemand weiß das«, sagte er, und ich hätte geschworen, dass seine Stimme drohend klang. »Niemand.«

Der Druck seiner Hand ließ nur allmählich nach. Dann aber streichelten seine Fingerkuppen meine Haut so sanft, als wären sie nichts als kleine weiße Wölkchen, die mit dem Wind Fangen spielten.

»Sie sollten jetzt ein bisschen schlafen.« Eine letzte Berührung, warm und fest. »Sie werden Ihre Kräfte brauchen, Anna.«

Endlich wusste ich, dass ich ihm vertrauen konnte.

22

Der alte Palazzo war in der Dunkelheit kaum auszumachen, als Leon zwei Stunden später am Rand eines Wäldchens auf einem Hügel hielt. Das Einzige, das von Gianmaria Gemellis Unterschlupf zu sehen war, waren Zypressen über meterhohen Mauern. Am Horizont zeichnete sich die schwarze Silhouette der Bergkette oberhalb von Lugano ab. Weit unten am Seeufer flimmerte ein Lichtermeer.

Leon öffnete das Handschuhfach, nahm eine Pistole heraus – die Waffe, die er mir in Regensburg überlassen hatte, lag in meiner Handtasche in Otranto –, erklärte mir ihre Handhabung und reichte sie mir. Dann holte er den Revolver und die Maschinenpistole, die unter einer Decke auf dem Rücksitz lagen, nach vorn.

Ich wollte aussteigen. Doch er hielt mich zurück.

»Zwei Dinge noch.«

Es war so dunkel, dass ich nur seine Augen funkeln sah, beschienen von einem fernen Mond.

»Das mit dem Lockvogel hat sich erübrigt.« Er machte eine Kopfbewegung in die Richtung, in der Gianmaria Gemellis Palazzo lag. »Ornella wird uns reinlassen, Lorussos Frau.«

»Können wir ihr trauen?«, fragte ich nach einem ersten Moment der Erleichterung. Auch wenn sie Schweizerin war, so war sie doch die Witwe eines Mafiamörders. Und Leon war der, der sie zur Witwe gemacht hatte.

»Zu hundert Prozent, ich kenne sie seit vielen Jahren«, erwiderte er. »Als Sie vorhin mal auf der Toilette waren, habe ich sie angerufen.«

Er nahm sein Mobiltelefon zur Hand, wählte eine Nummer, ließ es ein Mal tuten, wiederholte das Ganze nach zehn Sekunden – das vereinbarte Erkennungszeichen.

Nach der Nachricht vom Tod ihres Mannes, erfuhr ich,

hatte Ornella gehofft, alles wäre endlich überstanden. Zu spät war ihr klar geworden, wen sie vor vierzehn Jahren eigentlich geheiratet, worauf sie sich eingelassen hatte. Als heute aber zwei von Gianmaria Gemellis Leuten mit einer Geisel vor der Tür standen und bald darauf er selbst mit dem letzten Rest seiner Männer, hatte sie begriffen, dass der wirkliche Alptraum gerade erst begann.

»Und was noch?«, fragte ich, als Leon das Handy wegsteckte.

Er zog mich an sich und küsste mich. Ich war so überrascht, dass mir ein leiser Laut entfuhr.

»Viel Glück«, murmelte er, den Mund an meinem Ohr. »Ich wünsche dir viel Glück, Anna.«

Er küsste mich ein zweites Mal, nun aber hemmungsloser und sehr viel härter als zuvor.

»In einem anderen Leben«, flüsterte er und hielt mich dabei so sacht, als wäre ich aus Glas. »Wir beide, vielleicht …«

Leon sprach den Satz nicht zu Ende. Dennoch wäre spätestens jetzt der Moment gewesen, ihm zu gestehen, dass es hier in wenigen Stunden hoffentlich vor Polizisten wimmelte. Doch ich sagte nichts, sondern küsste ihn nun meinerseits, nicht weniger verzweifelt als er.

»Viel Glück«, sagte auch ich leise. »Wir kriegen es hin, okay?«

Tief atmete er durch. »Gehen wir.«

Wir stiegen aus. Die Luft war noch warm, es duftete nach Pinien und Harz. Grillen zirpten, sonst war es ganz still. Fast meinte ich, Leons Lippen noch auf den meinen zu spüren. Ich horchte der bittersüßen Empfindung nach, die diese hinterlassen hatten, der Sehnsucht nach mehr. Schon bei unserer ersten Begegnung hatte er mich verwirrt.

Wir wählten nicht die Straße, die direkt zum Palazzo führte, sondern einen Pfad am Wäldchen entlang. Dann und wann blitzten Sterne zwischen den Wolken auf, und der Mond, der nicht mehr ganz voll war, wies uns den Weg.

Allmählich gewöhnten meine Augen sich an die Dunkelheit. Je näher wir unserem Ziel kamen, desto vorsichtiger wurden wir. Ornella hatte Leon genau erklärt, wo wie viele Wachen postiert waren. Aber vielleicht durchstreiften auch außerhalb des Anwesens Gianmaria Gemellis Männer das Gelände, von denen sie nichts wusste. Jeder Ast, jeder Stein, auf den wir traten, hätte uns verraten können.

Nach einer Biegung erhob sich die Mauer, die ich von ferne gesehen hatte, direkt vor uns in den Himmel. Wir gingen noch ein paar Meter daran entlang, an einer Vertiefung im Boden blieb Leon schließlich stehen.

Wir warteten, sekundenlang. Meine Hand glitt über kühle Beschläge und raues Holz, offenbar eine Tür. Ein Käuzchen schrie. Die Grillen waren verstummt.

Endlich ein leises Knarren. Die Tür öffnete sich, wir schlüpften hinein.

Drinnen war es so düster, dass ich kaum etwas erkennen konnte. Ich erahnte die vor Leon stehende Gestalt mehr als dass ich sie sah, roch ihren Veilchenduft, hörte eine gedämpfte Stimme, die sehr weich und melodisch klang. Ich konnte nichts von dem verstehen, was die beiden miteinander besprachen.

»Ornella macht die Vorhut, du bist am Schluss«, raunte Leon mir zu. »Ab jetzt kein Wort mehr, verstanden?«

Weiterhin im Dunklen ging es durch einen Korridor mit unebenem Boden, eine Treppe hinauf, die sich eng nach oben schraubte. Moder und Feuchtigkeit überlagerten den Veilchenduft, um uns war nichts als Stein, kalt und klamm. Nirgendwo ein Lichtschein, ich musste mich auf meine tastenden Hände und mein Gehör verlassen. Ich zitterte, nicht nur vor Kälte.

Oben angekommen, tat sich ein weiterer Gang vor uns auf. Hier zog ein schwacher, eisiger Luftzug an mir vorbei, von irgendwoher kam ein ferner Schimmer. Dann eine weitere Tür, auch der Raum dahinter war dämmrig.

Eine Küche, geräumig und alt, in der Mitte ein Arbeitstisch, in einer Ecke ein Emailleherd, in der Luft ein Geruch nach Knoblauch und ranzigem Öl. Der Zugang, über den Ornella uns hierhergeführt hatte, musste ein ehemaliger Lieferanteneingang sein, der vermutlich seit Langem nicht mehr genutzt wurde.

Sie wisperte Leon etwas zu und deutete auf zwei Türen. Die eine war breit und besaß Glaselemente, durch die Licht drang, die andere war niedriger und um einiges schmaler.

»… warten auf mich«, hörte ich Ornellas leise Stimme im Halbdunkel. »Alles Gute, und sei bitte …«

Den Rest ihres Satzes verstand ich wieder nicht. Leon umarmte sie, vertraut und innig, wie mir schien. Endlich erhaschte ich einen Blick auf ihr Gesicht. Blitzende Augen, die Nase lang und schmal, ebenmäßige Züge, umrahmt von dichtem schwarzem Haar.

Er ergriff meine Hand, zog mich zu der kleinen Tür, schob mich hindurch.

Nach wenigen Schritten ging es eine weitere Wendeltreppe hinauf, und ich hörte eine Stimme. Erschrocken blieb ich stehen.

»*Mamma mia*, hier steckst du also.« Ein Mann, er sprach behäbiges Italienisch mit brummigem Unterton. »Gianmaria hat dich schon vermisst.«

»Ich wollte nur eine Flasche Wein holen.« Ornella, ruhig und im typischen Singsang der Schweizer. »Gehen wir rauf zu den anderen.«

Schritte, die sich entfernten. Leon drängte mich weiter die Stufen hinauf.

Oben gelangten wir in einen Saal, der von Mondlicht erhellt war. Schimmernde Spiegel, hohe Fenster, da und dort funkelte es golden, die schemenhaften Umrisse antiker Möbel. Kein Laut weit und breit. Wir huschten über matt glänzendes Parkett.

Leon, nun wieder vor mir, öffnete die nächste Tür. Heller

Marmor, Flügeltüren, eine Freitreppe, die in die oberen Stockwerke führte, Kristalllüster an Decke und Wänden. Ebenso rasch wie leise durchquerten wir auch die Halle.

Unter der Treppe schlüpfte Leon in eine Nische, auf eine angelehnte Tür zu, die so unauffällig war, dass ich sie übersehen hätte. Die Luft, die durch ihre Ritzen strömte, war so eisig wie in den Korridoren, die wir durchschritten hatten. Dort musste es zu den Kellergewölben gehen. Dort war Mona.

»Leon«, ich hielt ihn an der Schulter fest, »mein Ex-Mann wird bald hier sein, er und vielleicht noch andere Polizisten. Bitte verzeih mir, aber ...« Ich biss mir auf die Unterlippe.

Er warf mir einen seiner unergründlichen Blicke zu.

»Los jetzt«, sagte er und war schon an der Tür, »wir sollten ...«

Licht flammte auf.

Ein Blick über die Schulter, ein Mann trat durch die Flügeltüren. Ich sprang zur Seite, hob meine Waffe, den Bruchteil einer Sekunde zu spät.

»He!«, rief der Mann. »Wer zum Teufel ...«

Ein Schuss fiel, er kippte um.

Leon, die MP noch im Anschlag, packte mich am Arm.

Absätze klapperten auf dem Marmor, ein zweiter Mann tauchte auf, wieder wurde geschossen. Etwas schlug gegen meinen Oberarm, ich prallte gegen etwas Hartes, und noch bevor ich verstand, dass mich ein Geschoss getroffen hatte, sah ich Leon beide Hände hochreißen. Mündungsfeuer blitzte, die nächste Salve ratterte los. Jemand schrie, ein weiterer Körper krachte zu Boden.

»Verdammt.« Leon kniete neben mir, warf einen Blick auf meinen Oberarm, den ich kaum noch spürte, nur diese Taubheit, die meine Schulter hinaufkroch. »Nur eine Fleischwunde, ich binde es später ab. Wir müssen weiter, komm!«

Er half mir hoch, stützte mich beim Gehen. Erst nach ein paar Schritten merkte ich, wie die Wunde zu pochen begann und mir etwas Warmes über den Ellbogen rann.

Fast hatten wir die Tür zum Keller erreicht, da fielen in unserem Rücken die nächsten Schüsse. Wieder riss Leon die Waffe hoch, ließ mich dabei los, ich stürzte zu Boden, es knallte und knallte. Doch dieses Mal waren es zu viele, er hatte keine Chance gegen sie. Er fluchte, tat einen großen Satz, war verschwunden.

Hinter mir polterten Schritte, die nächsten Kugeln pfiffen an mir vorbei. Ich bedeckte den Kopf mit beiden Armen, kauerte mich so flach es ging auf die Fliesen, spürte die Einschläge neben mir, wartete auf neue Treffer. Mein Herz hämmerte im Stakkato.

Jemand rammte mir etwas Spitzes in den Rücken.

»Eine Schlampe, sieh an.« Der Brummige aus der Küche, nun aber schroff und verächtlich. Hände tasteten mich ab, packten die Pistole, die neben mir am Boden lag. »Giuseppe, Nunzio, schnappt euch den Kerl! Wenn's geht lebend, *avete capito*?«

»Schau, *angelino*.« Der Brummige hinter mir stieß mich in einen hell erleuchteten Saal. »Schau, was ich dir Schönes bringe.«

An einer festlich gedeckten Tafel, inmitten von funkelnden Kristallgläsern, edlem Porzellan und Karaffen, saßen fünf Personen, darunter ein Mann mit schlohweißem Haar, der mir als Einziger das Gesicht zuwandte. Die Waffenspitze im Rücken, stolperte ich ihm entgegen.

Den Weg hierher, über schier endlose Gänge und Korridore, durch Hallen und Säle, hatte mein Bewacher mich vor sich hergetrieben, als wäre ich ein Stück Vieh. In meinem Arm brannte und tobte es.

»Signora di Santosa, nehme ich an«, begrüßte der Weißhaarige mich liebenswürdig. »Vittorio und Ernesta haben mir so viel von Ihnen erzählt. Wie schön, dass ich Sie endlich persönlich kennenlerne.«

Mit interessierter Miene folgte er jeder meiner Bewegungen.

Sein Kinn war glatt rasiert und schwammig, die Wangenpartie nur ein wenig aufgedunsen, der Blick unter den buschigen weißen Augenbrauen verriet Willenskraft und Entschlossenheit. Insgesamt war Gianmaria Gemelli allerdings eine Enttäuschung: sehr klein, sehr korpulent und früh gealtert. Er konnte kaum älter sein als Leon, wirkte jedoch so, als hätte er die Schwelle zu den Siebzigern schon hinter sich gelassen. Das gute Aussehen hatten seine Kinder offenbar von ihrer Mutter geerbt.

Trotz der Uhrzeit – nach meiner Schätzung war es ein Uhr morgens – trugen er und die anderen Menschen am Tisch elegante Abendkleidung. Auch diese, zwei Frauen und zwei Männer, wandten sich nun in meine Richtung. Drei von ihnen kannte ich: Vittorio Rossignolo, seine Schwester, in einer rauschenden sepiafarbenen Robe so schön wie immer, und Ornella, die Leon und mich ins Haus gelassen hatte. Der mir unbekannte Mann – obgleich sehr viel jünger, war seine Ähnlichkeit zu Gianmaria Gemelli unübersehbar – war vermutlich dessen Bruder Ricco.

Ornella, die in ihrem knielangen schwarzen Kleid schlichter angezogen war als die anderen, zuckte fast unmerklich zusammen, als sie mich sah. Sie vermied es, mich anzusehen, und rückte eine Weinkaraffe zurecht, mit ungelenken Bewegungen. Ernestas Blick, der auf mir ruhte, wanderte zu ihr.

»Die Schlampe ist in Begleitung gekommen«, sagte der Brummige hinter mir. »Ziemlich auf Draht, der Kerl, der bei ihr war. Er ist in den Keller, Giuseppe und Nunzio müssten ihn aber jeden Moment haben.«

Der Clanchef runzelte die Stirn, stand auf und trat näher, mit kleinen, bedächtigen Schritten. »Kennst du ihn?«

»Hab ihn nicht richtig gesehen«, sagte der Brummige in meinem Rücken.

Der Druck in meinem Rücken verschwand, er baute sich neben mir auf.

»Geschossen hat er wie ein Profi«, fügte er hinzu. »Fabrizio und Carlo hat's erwischt.«

An den Ausgängen des Saals, insgesamt zählte ich vier, stand je ein bewaffneter Wachposten. Einer von ihnen strich sich gerade durchs Haar, mit dieser unverkennbaren Geste vom Ansatz bis zum Nacken: Dario Zapotto.

»Nunzio hat auch eine Kugel abbekommen, ist aber noch einsatzfähig. Das hier«, der Brummige, den ich aus dem Augenwinkel sehen konnte, hielt Leons Pistole in die Höhe, »gehört übrigens der Schlampe.«

Gianmaria Gemelli blieb vor mir stehen, sein nach Rotwein riechender Atem stieg mir in die Nase. Seine rußgrauen Augen glitzerten genauso kalt wie die seiner Kinder. Er hatte ihnen also doch etwas vermacht.

»Wer ist Ihr Freund?«, fragte er mit einschmeichelnder Stimme. »Sollte ich ihn kennen?«

»Ein Polizist, aus Deutschland.« Ich versuchte, die Schmerzen in meinem Arm auszublenden. Ich würde einen Schuss ins Blaue wagen, vielleicht verschaffte ich Leon und mir damit ein wenig Zeit. »Sein Name tut nichts zur Sache, aber Ihr Informant bei der Regensburger Kripo kann Ihnen bestimmt mehr dazu erzählen.«

»Du hast also doch einen Informanten?« Gianmaria Gemellis Kopf schnellte in die Richtung, in der sein Sohn saß. »Hast du mir etwas verschwiegen, Vittorio?«

»Ich habe keine Ahnung, von wem sie spricht, *babbo*.« Vittorio Rossignolo erhob sich ebenfalls und gesellte sich zu seinem Vater. »Bisher haben wir nur die Security bei den Bullen eingeschleust, einen zuverlässigen Mann beim Gebäudeschutz, aber …«

»Security? Davon weiß ich ja gar nichts«, unterbrach Gianmaria Gemelli ihn mit schneidender Stimme. »Keine Geheimnisse, Vittorio, wann begreifst du das endlich?«

Sein Sohn nickte, halb schuldbewusst, halb genervt, und hob an, etwas zu sagen.

»Mein Tag war anstrengend«, fuhr sein Vater ihm wieder dazwischen, dieses Mal in lamentierendem Ton. Seine fleischigen Hände machten schnelle, aufgebrachte Bewegungen, als würden sie die Luft in kleine Tüten stopfen. »Anstrengender als dein Tag, das kann ich dir sagen, und trotzdem sitze ich hier und heiße dich und deine Schwester willkommen, mitten in der Nacht und obwohl ich todmüde bin, genauso wie Ricco übrigens. Und was tust du, Vittorio?«

Mein Arm pochte und tobte immer mehr. Am liebsten hätte ich mich auf einem der Polstersessel niedergelassen. Doch daran war natürlich nicht zu denken.

»Die Schlampe lügt«, kam es von Dario Zapotto, der mich die ganze Zeit über feindselig betrachtet hatte. »Bulle, von wegen, bestimmt ist sie mit *il tedesco* gekommen. Hundertmal ist das Arschloch hier gewesen, er kennt jeden Winkel im Haus.«

Der Hausherr kam noch einen Schritt näher. »Ist das wahr, Signora? Ist mein alter Freund Leon hier?«

»Nein«, log ich erneut. »Ich weiß nicht, wo Leon Buchner steckt, falls Sie ihn meinen. Es gab einen Überfall, habe ich gehört, auf sein Haus bei Regensburg, und seither ist er verschwunden. Hat Ihr Sohn Ihnen das etwa auch nicht erzählt?«

»Eine kluge Frau.« Gianmaria Gemelli rieb sich die Hände und wandte sich halb zu seinem Sohn um, dessen Miene gefror. »Sie will Zwietracht zwischen uns säen.« Er lächelte mich an. »Aber Sie irren sich, dieser Überfall war meine Idee.«

»Außerdem lügt sie schon wieder«, schaltete Dario Zapotto sich erneut ein. »*Il tedesco* war nicht allein, als er abgehauen ist. Eine Frau hat ihm geholfen, das habe ich dir doch erzählt, *angelino*. Bestimmt ist sie das gewesen, und in Bari hat sie auch gegen mich ausgesagt. Eine Frau war in der *questura*, das weiß ich von Moretti, eigentlich wollte er die Angelegenheit regeln.«

Mein siebter Sinn hatte mich also nicht getrogen – Benedettas Chef stand im Dienst der Mafia. Er hatte der Bande die Details über die Razzia verraten. Aber was half mir diese Einsicht jetzt?

Auf Gianmaria Gemellis Stirn erschienen Falten, so scharf-kantig wie Spatenstiche. Dann aber lächelte er wieder und legte seine Rechte auf meinen verletzten Oberarm. Ich wich zurück, spürte im selben Moment, wie sich erneut etwas Hartes in meinen Rücken bohrte.

»Waren Sie in Bari, Signora?«, fragte er. »Habe ich diesen schweren Tag etwa Ihnen zu verdanken?«

Er drückte zu. Ein Schrei entfuhr mir, laut und unkontrol-liert. Ich versuchte, mich seinem Griff zu entziehen. Doch er verstärkte den Druck nur noch.

»Nein«, stieß ich hervor, während der Schmerz explodierte. »Das war ich nicht, nein …«

Ich hörte Schüsse, dumpf und weit entfernt, vielleicht aus jenem Keller, in dem sie Mona gefangen hielten. Falls Mona überhaupt noch lebte, kam es mir in den Sinn, während mir der Schweiß über das Gesicht lief und meine Gedanken aus-einanderstoben wie welkes Laub, in das ein Windstoß fuhr. Und Leon, was war mit Leon?

Doch auch dieser Gedanke verflüchtigte sich, löste sich auf in dem gewaltigen grauen Nichts, das mehr und mehr Besitz von mir ergriff. Ich bestand nur noch aus Schmerzen, lebte einzig durch die Wunde, in die Gianmaria Gemelli mit sicht-lichem Genuss drückte. Wieder wurde geschossen, näher und wütender als zuvor. Dann breitete sich Stille aus, eine Stille, die ich erst gar nicht richtig wahrnahm, und endlich, endlich ließ er mich los.

Ich taumelte zurück, hielt mich nur deshalb noch auf den Beinen, weil der Brummige, der mir die Waffe in mein Rück-grat stieß, mich festhielt.

»Wenn Leon wirklich hier ist, dann ist er jetzt tot«, sagte Gianmaria Gemelli. »Dario, Nino, vergewissert euch, aber geht nicht allein. Ricco, du bleibst da – alle anderen raus, macht schon!«

Seine Schergen rannten los, der Brummige hinter mir ein-geschlossen, auch Dario Zapotto fügte sich widerspruchslos.

Außer der engsten Familie waren nun nur noch Ornella und ich im Raum. Ricco Gemelli bezog an der Tür, durch die die Männer verschwunden waren, Position, eine MP im Anschlag.

Doch all das nahm ich nur wie durch einen Nebel wahr. Ich war in die Knie gesunken, vom Schmerz überwältigt, um ein Haar hätte ich mich übergeben. Auf dem Boden hatte sich eine dunkle Lache gebildet. Ich musste die Blutung zum Stillstand bringen. Aber wie? Wie sollte ich überhaupt jemals lebend hier herauskommen?

Jemand stellte sich breitbeinig neben Gianmaria Gemelli, der wieder vor mir stand. Vittorio Rossignolo, sah ich, als ich den Kopf hob, er hielt eine Pistole in der Hand. Ernesta saß an ihrem Platz, die Augen auf mich gerichtet. Ein kleines, böses Lächeln umspielte ihre Lippen.

»Noch einmal zu Ihnen, Signora«, sagte Gianmaria Gemelli. »Wenn Sie in Bari waren, haben also Sie die Daten dem Wichser Rigosa übergeben, nicht wahr?«

»Ich war nicht in Bari«, behauptete ich wieder und war erstaunt, dass meine Stimme noch funktionierte. »Den Stick mit den Daten habe ich bei einem Freund gelassen.«

Ich musste Zeit gewinnen. Das war die einzige Möglichkeit, die mir blieb. Vielleicht hatten sie Leon ja doch nicht erwischt, vielleicht tauchte Paolo jeden Moment hier auf, vielleicht sogar mit Verstärkung, vielleicht …

Schon wieder ratterten Schüsse, ganz nah jetzt, jemand brüllte aus Leibeskräften.

Ein letzter Schuss.

Dann wieder Stille. Tiefe, anhaltende Stille.

Ich hob den Kopf noch weiter, blickte in Gianmaria Gemellis Gesicht über mir, auf dem sich ein Lächeln ausbreitete, das mir das Blut in den Adern gefrieren ließ.

»Erst wenn meine Freundin und ich in Sicherheit sind«, brachte ich mühsam hervor, »bekommen Sie den Stick. Wenn ich meinen Freund nicht bis morgen acht Uhr anrufe, bekommt ihn die Polizei in Rom.«

»Den Stick, Signora, brauche ich nicht mehr.«

Noch bevor ich verstand, was Gianmaria Gemelli vorhatte, schlug er zu. Erst so fest in mein Gesicht, dass die Wucht mich nach hinten warf, dann auf meinen verletzten Arm. Ich keuchte, wich zurück, Zentimeter um Zentimeter, in der irrigen Hoffnung, meinem Peiniger zu entkommen, und wusste doch, dass es sinnlos war. Die nächsten Schläge trafen mich.

»Gianmaria, ich bitte dich«, hörte ich von ferne eine melodische Stimme, die mir bekannt vorkam, aber woher? »Ich bin in Trauer, bitte …«

»*Stai zito*«, knurrte Gianmaria Gemelli, »halt bloß die Fresse, Ornella. Und geh mir aus den Augen, sonst garantiere ich für nichts. Raus, hast du nicht gehört?«

»Sie soll hierbleiben.« Auf einmal hielt auch Ernesta einen Revolver in der Hand, klein und silbern, und zielte damit auf Ornella. Sie musste ihn aus ihrem Handtäschchen gezogen haben. »Irgendetwas stimmt nicht mit Ornella, ich behalte sie lieber im Auge, *babbo*.«

Gianmaria Gemelli grunzte etwas, zog das Jackett aus, krempelte die Ärmel seines Hemdes hoch. Dann nickte er seinem Sohn auffordernd zu. Aber vielleicht bildete ich mir das nur ein. Der metallene Geschmack in meinem Mund irritierte mich, die Welt drehte sich um mich wie ein verrückt gewordener Kreisel, und mein Kopf fühlte sich an, als würde er jeden Moment zerspringen.

»Muss das wirklich sein?« Vittorio Rossignolo, maulend und weinerlich zugleich. »Das ist nichts für mich, *babbo*, du weißt doch, dass ich …«

»Zum Teufel«, donnerte Gianmaria Gemelli, »manchmal frage ich mich wirklich, ob du mein Sohn bist. Jetzt komm schon her und tu deine Pflicht, verdammt noch mal!«

Etwas raschelte, Ernestas Kleid. Sie schmiegte sich an ihren Vater, und die Waffe, die sie bisher auf die wie erstarrte Ornella gerichtet hatte, verschwand in ihrem Täschchen. Sicher aber war ich nicht, denn alles verschwamm mir vor den Augen.

»Vittorio und ich tauschen.« Das Geräusch eines schmatzenden Kusses. »Bitte, *babbo*, tu mir den Gefallen. Mit der Rothaarigen habe ich noch eine kleine Rechnung offen.«

Ich blinzelte, sah, wie sie sich ein Paar Lederhandschuhe überstreifte, in den Augen Wollust und grausame Gier, das Täschchen klatschte auf den Boden. Bilder mit boxenden, ringenden, tretenden Frauen tauchten vor mir auf, ihre nackten Körper ineinander verschlungen wie tanzende Schlangen, wo, wann, ich hätte es nicht sagen können.

Gianmaria Gemelli hob beide Fäuste. Blut klebte daran. Mein Blut. Sie würden mich selbst töten und es genießen. Ich wünschte mir, einfach aufzuwachen, in meinem sonnengelben Himmelbett, das so weich und warm war und so unerreichbar. Ich schloss die Augen und sprach ein stummes Gebet.

Es knallte und prasselte und splitterte, ohrenbetäubend laut jetzt und in kurzer, schneller Folge. Kein Schmerz, stellte ich erstaunt fest, zumindest kein neuer. Ich öffnete die Lider, zu benommen, um erleichtert zu sein, sah Ernesta zu Boden stürzen, blutüberströmt. Dahin war all ihre Schönheit, dahin das schwarze Herz.

Vittorio Rossignolo, den die Wucht der Geschosse halb um die eigene Achse gewirbelt haben musste, starrte blicklos auf den Tisch. An Brust und Hals klafften Einschüsse, ein roter Faden rann von seinem Mundwinkel zum Kinn. Gläser, Karaffen, Porzellan, alles lag in Scherben. Gianmaria Gemelli und Ornella, beide offenbar unverletzt, starrten zur Tür.

Auch ich wandte den Kopf, wie schwer es mir fiel, er dröhnte und hämmerte und trommelte, als hätte eine spuckende, walzende, stampfende Maschine sich darin versteckt. Als es mir endlich gelang, sah ich eine mir vertraute Gestalt über den am Boden liegenden Ricco Gemelli steigen.

»Leon«, flüsterte ich. »*Oddio*, Leon … Mona, ist sie …?«

Mit neu erwachter Kraft robbte ich auf ihn zu. Er humpelte, Gesicht und Hals blutverschmiert, in den Händen die Maschinenpistole. Sie war auf Gianmaria Gemelli gerichtet.

»Ich bin unbewaffnet«, sagte dieser ruhig. »Du hast mir Treue geschworen, vergiss das nicht, Leon, unbedingte Treue. Und egal, was jetzt zwischen uns stehen mag, ich bin dein Freund.«

Ich kam kaum vom Fleck, es war so unfassbar anstrengend. Erschöpft hielt ich inne, ließ den Kopf auf den Boden sinken. Der Schmerz, der alles übertönte, schien mein einziges Band zur Wirklichkeit zu sein.

»Du bist schon lange nicht mehr mein Freund«, hörte ich Leon sagen. »Seit fast vier Jahren.«

»Rita war wie meine eigene Schwester, das weißt du, Leon, aber mir waren die Hände gebunden. Sie hatte die *omertà* gebrochen und, verzeih mir, sie war eine Hure. Und mit dem Überfall auf dein Haus, damit habe ich nichts zu tun. Das war Vittorios Idee.«

Wieder hob ich den Kopf, in dem Dämonen einen Kampf auszutragen schienen. Die Wunde am Arm, die ich völlig vergessen hatte, meldete sich mit Macht zurück.

»Und schau«, mit feuchten Augen deutete Gianmaria Gemelli auf seine toten Kinder, »schau, mein lieber alter Freund, was du mir angetan hast. Willst du einen gebrochenen Mann erschießen, der immer nur getan hat, was getan werden musste?«

»Ornella«, sagte Leon kalt. »Komm, Ornella, komm zu mir.«

Ganz nah bei mir stand er, obwohl ich mich doch keinen Millimeter mehr bewegt hatte.

Der Ausdruck in Ornellas Gesicht, als sie zögernd losging, vorbei an Gianmaria Gemelli, der sie hasserfüllt ansah. Das Leuchten in ihren Augen, voller Freude und Erlösung, die Hoffnung auf ein neues Leben. Endlich verstand ich. Sie und Leon liebten sich.

Erneut sank mein Kopf nach unten. So schwer, so laut, so fremd, das Stampfen, Schlagen und Wirbeln darin war kaum noch auszuhalten. Meine Lider fielen zu. Unter Aufbietung all meiner Kräfte öffnete ich sie wieder.

Ornella stand jetzt zwischen Leon und seinem Todfeind, verbarg ihn einen kurzen Moment. Ihr nächster Schritt, in Gianmaria Gemellis Hand blitzte etwas, klein und silbern. Er riss es nach oben, drückte ab. Sie schrie nicht einmal, sondern gab nur einen winzigen Laut von sich, ihre Miene gefror. Als sie in sich zusammensackte, brüllte Leon wie ein zu Tode getroffener Stier und feuerte eine Salve ab. Gianmaria Gemelli wurde nach hinten geschleudert, krachte gegen den Tisch.

»Alles wird gut, mein Liebes«, sagte eine Stimme, vielleicht Leons Stimme, aber sicher war ich nicht, und mir war auch nicht klar, wen er da zu trösten versuchte, zu beschwören. »Alles wird gut, hörst du mich?«

Erneut fielen mir die Augen zu, und sie zu öffnen gelang mir nicht mehr. In meinem Kopf wirbelte ein Kaleidoskop aus Schmerzen, Lügen, betrogenen Hoffnungen, Blut und Tränen, während ich wieder eine Stimme hörte, wie weit weg sie doch klang und seltsam vertraut. Doch ich erinnerte mich nicht mehr, wem sie gehörte, an nichts erinnerte ich mich mehr, sondern glitt einfach davon.

***

Ich war in einem Land, in dem es keine Schmerzen gab. Niemanden, der mir Böses wollte, nur Wärme, Frieden und Wohlbefinden, und in einem fort schimmerte und gleißte es, als bestünde dieses Land aus reinstem, überirdisch glänzendem Gold. Alles war schön, alles war licht, alles war gut, und eine riesige, eine gewaltige Sonne, die in weiter Ferne vor mir lag, jenseits eines endlos langen Tunnels, zog mich wie magisch an.

Schemen tauchten auf, Gesichter, die ich lange nicht gesehen hatte. Einmal meinte ich sogar, Nonna Emilia vor mir zu sehen, meine geliebte Großmutter, sie lächelte mich an, still und noch gütiger als zu Lebzeiten, aber als ich die Hand nach ihr ausstreckte, verschwand sie einfach. Als würde sie mit jener Sonne verschmelzen, die so unendlich weit weg war, so unerreichbar, und dennoch so groß und mich wärmte wie keine Sonne je zuvor. Hier fühlte ich mich geborgen wie nie. Hier wollte ich für immer bleiben.

23

Wie lange dieser Zustand andauerte, weiß ich nicht mit Sicherheit. Doch als das Licht sich trübte, die Wärme verschwand, meine Sinneseindrücke sich normalisierten und ich wieder zurückglitt in unsere Welt, in der es Leben, Menschen aus Fleisch und Blut, aber auch Schmerzen gab, musste eine ganze Weile vergangen sein.

Ich erwachte in einem hellen Krankenzimmer. Im Ospedale Italiano di Lugano, wie eine Schwester in grüner Kleidung mir erklärte, während sie meine Infusionen wechselte und die vielen Geräte prüfte, an die ich angeschlossen war. Der Arzt, versicherte sie, würde später noch einmal nach mir schauen. Und vielleicht würde ich es ja endlich schaffen, nicht wieder die ganze Visite zu verschlafen.

Als sie mich mit aufmunterndem Lächeln verließ, schaute ich mich um. Doch die Konturen der Wände und Möbel verschwammen ineinander. Ich sah nur, dass das Bett neben mir leer war.

Später sah ich einen Schrank und einen Stuhl, über dem meine safranfarbene Strickjacke lag, eines meiner Lieblingsstücke. Ein Fenster, vor dem sich Blätter abzeichneten, Platanenblätter in strahlendem Grün vor einem tiefblauen Himmel. Auf dem Tisch davor eine Batterie an Blumensträußen und bergeweise Multivitaminsäfte, Obst, *biscotti*. Ich überlegte, wie die Strickjacke hierhergekommen war, fand aber keine Antwort und dämmerte wieder weg.

Ein ungewöhnlich großer Mann mit dunklem Haar und hellen Augen habe mich hierhergebracht, erzählte die Schwester, als sie wieder vor meinem Bett herumwuselte. Das Namensschild auf ihrem Kittel wies sie als Yolanda aus. Dieser Mann, offenbar selbst verletzt und blutend, hatte mich in der Notaufnahme abgeliefert und war gleich wieder verschwunden.

Unmittelbar danach hatte ein Pfleger, der ihn gesucht hatte, eine blonde Frau im Eingangsbereich vorgefunden. Mona, erfuhr ich endlich, lag auf einer anderen Station und war laut Yolanda auf dem Weg der Besserung.

Die Polizisten, die bald nach Leons Verschwinden erschienen, hatten jeden im Krankenhaus gelöchert. Doch niemand wusste etwas über ihn. Der Name Ornella sagte der Schwester nichts, und auch die Erwähnung von Gianmaria Gemellis Palazzo entlockte ihr nur ein Schulterzucken.

Auf Yolanda folgte eine Schwester, die kaum sprach, sondern nur vor sich hin trällerte, dann eine, die ständig telefonierte. Der Arzt, der sich irgendwann blicken ließ, hinter ihm viele weiß gekleidete Menschen mit emotionslosen Gesichtern, fragte mich nach meinem Befinden und untersuchte mich routiniert. Schließlich nickte er zufrieden und rauschte mit seinem Gefolge zur Tür hinaus.

Am Nachmittag bekam ich den ersten Besuch, den ich in meiner Morphiumseligkeit nicht verschlief: Maximilian. Er hielt meine Hand so fest, dass ich dachte, er würde sie nie wieder loslassen. Nach ihm stürmte Vincenzo durch die Tür und fiel mir freudestrahlend um den Hals. Hinter ihm Zia Riccarda, die noch mehr Saftflaschen und Obst auf den Tisch häufte, und Leonardo. Alle waren selig, dass ich nach vier Tagen endlich wieder bei Bewusstsein war. Dass ich nach anfänglichen Schwierigkeiten ganz normal sprechen konnte, hin und wieder sogar lachte und hoffentlich bald aufstehen durfte.

Die Schmerzen wurden von starken Medikamenten unterdrückt, aber dennoch spürte ich sie. Als ich das erste Mal in einen Spiegel blickte, erschrak ich. Mein Unterkiefer war gebrochen und verbunden, das Nasenbein ebenfalls, mein ganzes Gesicht war rot und blau und geschwollen. Zudem hatte ich ein schweres Schädel-Hirn-Trauma.

Ich sei haarscharf an einem Schädelbasisbruch vorbeigeschrammt, erklärte mir Maximilian. Seine Kollegen hatten mich in ein künstliches Koma versetzt, um den Heilungsprozess zu beschleunigen, und mich erst nach einigen Tagen zurückgeholt. Ich hatte Glück gehabt. Zum zweiten Mal verdankte ich Leon mein Leben.

Auch Paolo war im Krankenhaus gewesen, noch in der Nacht meiner Einlieferung. Längst war er wieder in Regensburg. Wir telefonierten oft, und als ich endlich wieder denken konnte, ohne dass mir der Kopf dröhnte und der Kreislauf versagte, brachte er mich auf den Stand der Dinge.

Beim Eintreffen in Gianmaria Gemellis Palazzo hatten er und die Kollegen aus Lugano, die er mobilisiert hatte, nur Leichen vorgefunden. Auch Dario Zapotto war unter den Toten, der ganze Clan war ausradiert. Ornella, die sich im Grunde nichts hatte zuschulden kommen lassen, war nicht unter den Toten gewesen.

Anhand der Blutspuren, die man gefunden hatte, ging Paolo davon aus, dass Leon auch seine Geliebte in seinem Wagen weggebracht hatte. Die Fahndung nach den beiden war bisher erfolglos geblieben. In seinem Haus bei Regensburg hatten die Kriminaltechniker Finger- und DNA-Spuren sichergestellt, die von einer weiblichen, nicht identifizierten Person stammten. Paolo wusste, dass es sich dabei nicht um eine Reinigungskraft handelte, wie anfangs vermutet, sondern um Ornella.

Das LKA in München, allen voran Tabäa Brauer, das BKA in Wiesbaden, die deutsche Zollfahndung – nach anfänglichen Unstimmigkeiten hatten alle kooperiert und sich mit der italienischen Antimafia-Einheit und den Kollegen aus der Schweiz abgestimmt. Dann war alles schnell ins Rollen gekommen.

Gegen Manfred Billich lief schon ein Verfahren wegen Geldwäsche und Unterstützung einer kriminellen Vereinigung, der Geschäftsführer der »New Transports« saß in Untersuchungshaft, gegen die beiden Abteilungsleiter der »Dutch United« und manch andere wurde ebenfalls ermittelt. Auch der Mafioso, den Vittorio Rossignolo beim Gebäudeschutz der Regensburger Kripo eingeschleust hatte, war enttarnt. Sowohl in Vittorio Rossignolos Firma als auch in seinem Privathaus hatte man kistenweise Unterlagen und Computer beschlagnahmt, seine Mitarbeiter wurden vernommen. In Ernestas Ristorante und den anderen italienischen Lokalen, die sie eröffnet hatte, war die Lage ähnlich.

In der Galerie in Mailand und der *questura* in Bari waren die polizeilichen Ermittlungen ebenfalls in vollem Gang. Das aber war Sache von Paolos italienischen Kollegen.

Auch meine Auftraggeber meldeten sich. Julius Kalterer überdeckte seine Besorgnis um mein und vermutlich auch sein eigenes Wohl mit salbungsvollen Worten, sogar seine Frau kam an den Apparat. Die verschwundenen Bilder erwähnte keiner von uns.

Nach und nach unternahm ich kleine Ausflüge, meist in Maximilians Begleitung, manchmal auch allein. Erst ging ich nur ein paar Schritte im Korridor vor meinem Zimmer auf und ab, dann wagte ich mich in den Aufenthaltsraum, wo es Zeitschriften und Getränke für Besucher gab. Das Infusionsgestell, das ich vor mir herschob, und auch der Verband an meinem rechten Arm behinderten mich. Dennoch wurde mein Radius immer größer. Ich war stolz auf jeden Schritt, den ich tat, und so gespannt wie ein kleines Kind, das kaum erwarten konnte, welcher Anblick sich ihm hinter der nächsten Ecke bot.

Die größte Freude bereitete mir ein Spaziergang, den ich erst gegen Ende meines Krankenhausaufenthalts unternahm. Natürlich hatte ich bei meinen Streifzügen durch die Stationen immer wieder Ausschau nach ihr gehalten, sie jedoch nie angetroffen. Als ich mich eines Nachmittags an ihr Bett setzte, mit wackeligen Beinen und vermutlich tiefen Schatten unter den Augen, wusste ich, dass ich eines mein Leben lang nicht vergessen würde: dieses fast überirdische Strahlen auf Monas Gesicht.

* * *

Alle, einfach alle gaben sie mir die Ehre. Neben meiner kompletten italienischen Familie waren natürlich Vincenzo und Maximilian da. Auch Paolo war aus Regensburg angereist, in Begleitung von Mona, die das Ospedale in Lugano fast zeitgleich mit mir verlassen hatte. Sogar meine Eltern, unterwegs von Alaska nach Ägypten, machten für ein paar Tage Station auf dem Castello di Santosa. Ständig wurde ich von Menschen umarmt, die mich kaum wieder loslassen wollten, Verwandten, Freunden und Bekannten. Von Grosseto und San Gimignano, aus Livorno und Florenz, von überallher waren sie gekommen.

Selbst Mauro, mein apulischer Schutzengel, hatte den weiten Weg nicht gescheut, im Gefolge seine Mutter Livia und der Nonno, der sich prächtig mit dem alten Conte verstand, meinem eigenen Großvater, und plötzlich nicht mehr schwerhörig zu sein schien. Mit großen Gesten diskutierten die beiden die politischen Zustände in *bella Italia*, das ewige Thema Frauen und die desolate Wirtschaft, während sie sich auf ihre schrill bunten Gehstöcke stützten, die momentan in Mode waren.

Das Castello war herausgeputzt wie selten. Farbenprächtige Blumen schmückten den Hof, in Töpfen und Schalen, über den Türen zu Kränzen geflochten oder in Vasen zu Sträußen gebunden und fast so üppig wie für eine Hochzeit. Die im Freien stehenden und mit weißen Leinentüchern gedeckten Tische bogen sich unter den köstlichsten Speisen. Man trug alles an Fleisch, Fisch und Gemüse auf, was die toskanische Küche in dieser Jahreszeit zu bieten hatte. Es duftete nach Kräutern und frisch gebackenem Weißbrot, Wasser und Wein flossen in Strömen.

Auch der Wettergott war günstig gestimmt. Ende August, Anfang September suchten oft heftige Gewitter die Toskana heim, und abends konnte es schon empfindlich kühl werden. Dieses Jahr aber hatten der ausklingende Sommer und der beginnende Herbst Frieden geschlossen. Die Tage waren warm, aber nicht zu heiß, die Abende mild, und zu Beginn des mehrgängigen *cena* an diesem 7. September vergoldete eine untergehende, aber dennoch weithin leuchtende Sonne die festliche Szenerie. Wir würden bis Mitternacht draußen sitzen können, essen und trinken, lachen und schwatzen.

Ich war noch immer ein wenig schwach auf den Beinen. Der lange Klinikaufenthalt, die Kopfschmerzen und sonstigen körperlichen Beeinträchtigungen, die mich noch dann und wann heimsuchten, die Erinnerung an das Grauen in den Bergen über dem Lago di Lugano saßen mir noch in den Knochen. Die Freude über Monas und meine Rettung überstrahlte jedoch alles, und ich genoss die Zeit mit meinen Lieben und den zahlreichen Gästen in vollen Zügen. Vincenzo, der in wenigen Tagen wieder in die Schule musste, würde nach dem Fest mit Paolo nach Regensburg zurückkehren. Ich hingegen würde mir noch eine kleine Auszeit gönnen, umsorgt von Zia Riccarda, die sich seit meiner Entlassung aus der Klinik um mich gekümmert hatte, und von Maximilian.

Als er erfahren hatte, was mir zugestoßen war – zu diesem Zeitpunkt war er gerade in München angekommen –, hatte er sofort alle Hebel in Bewegung gesetzt, um in den nächsten Flieger in die Schweiz zu steigen. Siggi, seine nach wie vor gehbehinderte Kollegin, hatte ohne ihn klarkommen müssen. Mehr als eine Woche hatte er in der Luganer Klinik verbracht, meist an meiner Seite, und seinen Kollegen auf die Finger geschaut. Nach der Entlassung hatte er mich in einem Mietwagen zum Castello gebracht und war anschließend nach Hause gefahren.

Erst seit wenigen Tagen war er nun wieder bei mir, und ich war überglücklich, dass ich diesen besonderen Abend im Kreise so vieler Gäste gemeinsam mit ihm verbringen konnte. Es war ihm gelungen, eine Vertretung im Uniklinikum zu organisieren und die zweite Hälfte seines Sommerurlaubs zu nehmen. Nie wieder, hatte er mir noch am Krankenbett versprochen, würde er mich allein lassen.

Irgendwann zu vorgerückter Stunde, wie immer im Süden war es schon vor einer Weile fast schlagartig dunkel geworden, stand Livia vor mir und stellte mir ihren Bruder vor, Mauros in die Toskana emigrierten Onkel, als dessen angeheiratete Verwandte ich mich in Otranto präsentiert hatte.

Corrado Savone, ein gepflegter Mittfünfziger mit Goldrandbrille, hatte eine Steuerkanzlei in Siena und war ein belesener Mann, der seine Freizeit gern für Konzert- und Museumsbesuche nutzte. Während wir uns unterhielten, begrüßte der Doggenrüde an seiner Seite jeden, der sich seinem Herrchen näherte, mit tiefem Knurren. Nur als Bella, Zia Riccardas kleine Mischlingsdame, wie ein weißer Blitz an ihm vorbeischoss, vergaß er seine wichtige Position und lief ihr schwanzwedelnd hinterher.

Als Livia und ihr Bruder sich entfernten, entschuldigte ich mich bei Maximilian und stand auf. Gerade hatten wir den Kuchen verspeist, eine köstliche *torta di mele* mit den ersten reifen Äpfeln der Saison. Bald würde man den Kaffee servieren. Ich wollte Vincenzo suchen, dessen Stuhl seit einiger Zeit leer war.

Normalerweise war er dort anzutreffen, wo Leonardo sich aufhielt, sein Großcousin. Doch dieser stand in einer Ecke und tuschelte mit Mona. Im Frühjahr, während Leonardos Auslandssemester in Weihenstephan, waren die beiden für wenige Wochen ein Liebespaar gewesen.

Ich verließ den Hof, auf dem inzwischen schier unzählige Kerzen flackerten, und die Nacht umfing mich. Das Schnattern der Gäste, das Gelächter und Gläserklirren – alles versank in der Dunkelheit, die mich umgab.

Bald hörte ich nur noch meine Schritte auf den Kieseln, da und dort ein Rascheln im Gebüsch, das Lärmen der Zikaden. Fledermäuse flatterten vorbei, so rasch und lautlos, dass ich jedes Mal aufs Neue dachte, ich hätte es mir nur eingebildet. Die vielfältigen Geräusche waren mir aus Kindertagen vertraut, auch die Finsternis schreckte mich nicht. Wie oft war ich hier mit meinem Bruder herumgetollt, mit Cousins und Cousinen, die alle längst groß geworden waren.

Es dauerte eine Weile, bis ich Vincenzo aufspürte. Er stand am Rand einer Wiese, auf der Bella und ihr neu gewonnener Verehrer miteinander herumsprangen. Ich ging auf meinen Sohn zu und rief seinen Namen, doch er wandte sich nicht um. Ganz still stand er da, den Blick auf die Weinberge gerichtet, hinter denen sich Steineichen und Zypressen in den Himmel erhoben.

Die Macchiawälder auf den umliegenden Hügeln waren nur zu erahnen, der Widerschein von Volterras Lichtern leuchtete in der Ferne. Am Firmament hing eine schmale Mondsichel, Abertausende Sterne glitzerten, und mir war, als hätten sie nie heller geleuchtet als an diesem Abend. Bei jedem Schritt sog ich die Luft ein, die sich so weich anfühlte wie Samt, und war dankbar wie selten zuvor. Ich hatte das größte Geschenk überhaupt erhalten – auch wenn mich der eisige Atem des Todes gestreift hatte, war ich ihm doch von der Schippe gesprungen. Gewiss würden über die Zeit auch die Schrecken aus dem Palazzo am Luganer See verblassen und wären irgendwann nicht mehr als eine bloße Erinnerung.

»Wie wunderschön«, sagte ich, als ich neben Vincenzo zum Stehen kam, und ließ meinen Blick schweifen. »Ist es nicht einfach wunderschön?«

Er verschränkte die Arme vor der Brust und entgegnete nichts.

Ich betrachtete ihn von der Seite, sah etwas Silbernes auf seiner Wange glitzern. Mir war sofort klar, was ihn bewegte. An wen er dachte. Behutsam legte ich ihm einen Arm um die Schulter. Er schmiegte sich an mich, als wäre er noch der kleine Junge von früher.

»Ich vermisse sie«, sagte er leise. »Ich vermisse sie ganz furchtbar, *mamma*.«

Ich umarmte ihn noch fester.

»Seit sie weg ist, frage ich mich ständig, wie es wohl so ist, da oben, und versuche, es mir vorzustellen.« Er schauderte. »Für immer.«

»Und«, fragte ich und dachte an meine eigene Nahtoderfahrung, »wie ist es?«

»Der Ausblick megageil, logo, und allein ist sie vielleicht auch nicht.« Seine Stimme wurde noch eine Spur leiser. »Als Pino damals gestorben ist, hast du jedenfalls gesagt, in jedem Stern wohnt ein Mensch, vielleicht auch ein Tier, auf jeden Fall eine Seele – und schau, wie viele Sterne da oben sind.«

Ich konnte mich gut an Pino erinnern, Vincenzos goldfarbenen Hamster, den er sich zum sechsten Geburtstag gewünscht hatte. Fast drei Jahre lang hatte er sich um das Tierchen gekümmert, erstaunlich liebevoll und sorgsam für ein Kind seines Alters.

»Die eine Seele will herunter auf die Erde, hast du gesagt, und dafür ist eine andere eben in den Himmel hinaufgeflogen. Aber weißt du«, er schluckte, »sie hat das nicht verdient, und ich kapier echt nicht, warum …«

Doch so lang ich auch wartete, er sprach den Satz nicht zu Ende.

»Jeder muss seinen eigenen Weg gehen«, sagte ich schließlich und vollendete in Gedanken: Jeder muss sich seinen Ängsten stellen, den Schatten der Vergangenheit.

Ich wünschte mir so sehr, vermutlich nicht weniger als Vincenzo, Benedetta hätte nicht sterben müssen. Ihm vorzulügen, sie wäre sanft entschlummert, brachte ich nicht übers Herz. Also erzählte ich ihm von unserem Abschied in Brindisi. Von dem Leuchten in ihren Augen, als sie mir für die Zeit in meinem Zuhause gedankt, von ihrer Zuneigung zu Vincenzo gesprochen hatte.

»In ihren letzten Momenten«, sagte ich nach einigen stillen Sekunden, in denen er sich nur stumm an mich geklammert hatte, »war sie nicht allein. Leon hat ihre Hand gehalten und ihr Kraft gegeben. Er war bei ihr bis zum Schluss, hat er gesagt. Du erinnerst dich doch an ihn?«

»Der coole Typ?« Vincenzo hob den Kopf. »Dein Al Capone, *mamma*?« Er machte sich los, sah mir forschend ins Gesicht. »Er hätte dich doch bestimmt nicht angelogen, oder?«

»Nein«, sagte ich mit Nachdruck. »Auf Leons Wort ist Verlass.«

»Dann war der Richtige bei ihr, auf Benedettas Wort war nämlich auch Verlass. Vielleicht nicht bei dem ganzen Kleinkram, über den Mona sich immer so aufgeregt hat. Aber in den großen Dingen, *mamma*, in den großen schon.«

Sein Gesicht, vom Mond und den Sternen beschienen, drückte eine Ernsthaftigkeit aus, eine Nachdenklichkeit und Weisheit, die ich noch nie an ihm wahrgenommen hatte.

»Das eine vergesse ich nie, das hat sie oft gesagt: Man muss kämpfen für das, was einem wichtig ist.« Er schluckte erneut. »Egal, ob beim Fußball oder was anderem, egal, was es für Konsequenzen hat. Um jeden Preis, hat sie gesagt.«

So standen wir wieder eine Weile, ohne ein Wort, und betrachteten die schlafende Landschaft vor uns, jeder in seine Gedanken versunken. Benedettas Antlitz, das ich seit Minuten vor mir sah, verschwand irgendwann in der Dunkelheit, und das von Leon formte sich vor meinen Augen, dem Mann mit den Jansusköpfen, aber viel mehr als nur zwei Gesichtern.

Auf der Terrasse seines Bauernhauses sah ich ihn sitzen – wie sehr hatte er sich nach Ruhe und Frieden gesehnt und wohl dennoch geahnt, dass sie ihm nie geschenkt werden würden. Bei der nächtlichen Schießerei in seinem Haus, seine Geistesgegenwart und Kaltblütigkeit hatten uns beide gerettet. Im Wagen auf dem Weg nach Lugano – nie hätte ich gedacht, dass er mir so tiefe Blicke in sein Innerstes gewähren würde. Im Speisesaal des zerschossenen Palazzos, mit diesem Hass im Blick, den er viel zu lange verdrängt hatte.

Sosehr ich hoffte, dass ich ihn nie wiedersehen würde – aus vielerlei Gründen, manche widersprüchlich und noch verwirrender als unsere wenigen Zärtlichkeiten voller Verlangen und Verzweiflung –, so wünschte ich ihm doch, dass er endlich Frieden finden würde. Irgendwo, wo ihn die Polizei nicht aufspürte, und hoffentlich, so schlecht die Chancen dafür auch standen, zusammen mit Ornella.

Im Krankenhaus hatte ich überlegt, ob ich Maximilian von jenem Moment zwischen Leon und mir erzählen sollte. Aber es war ja nichts geschehen, das der Erwähnung wert gewesen wäre. Die Nähe, die zwei Menschen im Angesicht des Todes verband, war ohnehin kaum in Worte zu fassen.

Die Hunde kamen mit heraushängenden Zungen auf uns zugerannt, sprangen um uns herum und schossen mit ausgelassenem Bellen in die andere Richtung davon. Dorthin, wo gefeiert wurde.

»Zeit für den *caffè*.« Ich wandte mich um. »Kommst du, Vincenzo?«

Wir kehrten zurück zum Hof, wo Maximilian schon nach mir Ausschau hielt. Es duftete nach Kaffee.

Als er mich erblickte, schoss er in die Höhe und eilte mir entgegen, durch ein Grüppchen hindurch, das aus Zia Riccarda, meiner Mutter und Livia bestand. Die drei Frauen unterhielten sich angeregt, vermutlich über ihre längst erwachsenen Kinder oder den Tratsch aus Volterra und Otranto. Hinter ihnen gestikulierte Corrado Savone, Livias kulturinteressierter Bruder aus Siena.

»Unglaublich, die neuen Exponate in Enricos Museum, ein guter Bekannter von mir und Pasta-Fabrikant und so erfolgreich, dass sogar die Konzernchefs von Barilla und Buitoni vor ihm zittern«, sagte er, als wir an ihm vorbeigingen. »Ursprünglich war es ja nur eine private Sammlung. Aber dann ist ein richtiges Museum daraus geworden, für jedermann zugänglich. Da müssen Sie unbedingt rein, wenn Sie nach Siena kommen.«

Sein Gesprächspartner war mein Vater, ein ehemaliger Bauingenieur und seit jeher an Kunst interessiert. Gerade versuchte er, einen Blick auf das Display des Smartphones zu werfen, das Corrado Savone ihm unter die Nase hielt, ein schwieriges Unterfangen, da dieser ständig damit herumfuchtelte.

»Enricos Tochter, ich kenne sie seit vielen Jahren, ist fast geplatzt vor Stolz, als sie mir die Bilder gezeigt hat. Sie organisiert dort alles, die Ankäufe und die Öffentlichkeitsarbeit, Enrico hat für so was ja keine Zeit.« Endlich hielt er still. »Sie haben ja ihren berühmten Caravaggio, sein Licht ist göttlich, natürlich, und noch ein paar andere Künstler aus dem frühen Barock. Aber, ganz ehrlich, man möchte auch mal was anderes sehen, nicht immer nur die alten Schinken.«

Während Vincenzo sich zu Mona und Leonardo gesellte, ließen Maximilian und ich uns neben meinem Vater nieder. Er murmelte etwas Unverständliches, seine Miene wirkte irritiert.

»Mutig, meinen Sie? Nun ja, Enrico hat auch ein wenig zurückhaltend reagiert, auch wenn ich nicht verstehe, warum. Schauen Sie doch nur, diese Farben!«, rief Corrado Savone voller Begeisterung. »Dieses Rot, wie es leuchtet, dieses Grün, so klar und rein – einfach phantastisch!«

Ich erhaschte einen Blick auf das Display, das eines der so überschwänglich gelobten Exponate zeigte. Kein Zweifel – es war eines der Bilder, die ich für die Kalterers aufspüren sollte!

Ein Privatmuseum, das einem Sammler gehörte. Das erklärte natürlich alles. Glück für mich. Denn es klang ja so, als wäre der Nudelfabrikant seine neuen Gemälde gern wieder los …

»Was denn?«, fragte Maximilian verdutzt, als ich lauthals zu lachen begann. »Was hast du?«

»Ich dachte nur, ich war schon ewig nicht mehr in Siena, wir könnten …«, schon wieder prustete ich los. »Morgen, was hältst du von morgen, *amore*?«

»Was habe ich verpasst, Anna? Nun sag schon, ich …«

»Nichts, gar nichts.« Stürmisch küsste ich meinen Liebsten auf den Mund. »Das Leben ist so schön, findest du nicht auch?«

Danksagung

Mein Dank gilt allen Personen, die mich bei der Entwicklung des vorliegenden Romans und meinen Recherchen unterstützt haben, darunter vor allem:

Michael Gassmann für die Idee, den Regensburger Dom als Tatort einzubauen.

Rolf Stemmle für seine Anmerkungen zu meinen juristischen Fragen.

Julia Kathrin Knoll und Christian Greller, die mir mit ihrem Buch »Von Hexen, Geistern und Verbrechern« (MZ-Verlag, 2019) hilfreiche Anregungen zu den Kellergewölben in so manchem Gebäude der Regensburger Altstadt geliefert haben.

Dr. Leo Rupprecht, wie immer eine unschätzbare Hilfe bei meinen medizinischen Fragen.

Allen Mitarbeitern des Emons Verlags für die wieder einmal wunderbare Zusammenarbeit.

Meiner Lektorin Susann Säuberlich für ihre wie immer sehr hilfreichen Hinweise und Kommentare.

Ganz besonders danke ich Wolfgang Burger, meinem Ehemann, Geliebten und Freund, meinem Mentor, Lektor und besten Kritiker, den ich mir vorstellen kann – ohne dich, Wolfgang, wäre aus meinem Manuskript wohl nie ein Roman geworden.

Hilde Artmeier
NACHT AN DER DONAU
Broschur, 256 Seiten
ISBN 978-3-95451-354-3

»›Nacht an der Donau‹ ist spannend, kenntnisreich, gut geschrieben und vor allem sehr unterhaltsam.«   Mittelbayerische Zeitung

Hilde Artmeier
DUNKLE DONAU
Broschur, 304 Seiten
ISBN 978-3-95451-954-5

»Spannend und unterhaltsam geschrieben macht das Buch Appetit auf mehr – gutes italienisches Essen eingeschlossen.«   Donaukurier

www.emons-verlag.de

Hilde Artmeier
DONAUHERZ
Broschur, 320 Seiten
ISBN 978-3-7408-0313-1

»Die Leser erwartet eine bewährte Mischung aus authentischen, vielschichtig angelegten Figuren, einer überraschenden Geschichte, Spannung und Romantik sowie italienischem Ambiente und südlicher Lebensart – in Regensburg und in Italien.«
Mittelbayerische Zeitung

www.emons-verlag.de